八月薇妮 / 著

公主病 上

GONG ZHU BING

重庆出版集团
重庆出版社

图书在版编目(CIP)数据

公主病 / 八月薇妮著. —重庆：重庆出版社，2014.6
ISBN 978-7-229-07193-6

Ⅰ.①公…　Ⅱ.①八…　Ⅲ.①长篇小说—中国—当代
Ⅳ.①I247.5

中国版本图书馆 CIP 数据核字(2013)第 274737 号

公主病
GONGZHU BING

八月薇妮　著

出 版 人：罗小卫
责任编辑：王　淋　李　雯
责任校对：郑小石
装帧设计：重庆出版集团艺术设计有限公司·陈永

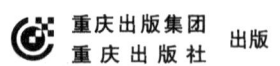

重庆出版集团
重庆出版社　出版

重庆长江二路 205 号　邮政编码：400016　http://www.cqph.com
重庆出版集团艺术设计有限公司制版
重庆升光电力印务有限公司印刷
重庆出版集团图书发行有限公司发行
E-MAIL:fxchu@cqph.com　邮购电话：023-68809452
重庆出版社天猫旗舰店
cqcbs.tmall.com
全国新华书店经销

开本：700 mm×1 000mm　1/16　印张：35.5　字数：682 千
2014 年 6 月第 1 版　2014 年 6 月第 1 次印刷
ISBN 978-7-229-07193-6
定价：55.00 元

如有印装质量问题，请向本集团图书发行有限公司调换：023-68706683

版权所有　侵权必究

目录

CONTENTS

第一章 公主娘子 · 1

第二章 将军威武 · 20

第三章 第一美男 · 43

第四章 恐别倾城 · 61

第五章 万千宠爱 · 82

第六章 春水桃花 · 103

第七章 又见皇叔 · 117

第八章 强行侍寝 · 141

第九章 宫里战争 · 167

第十章 最爱的人 · 187

第十一章 两情相悦 · 208

第十二章 一念执著 · 231

第十三章 殿下出马 · 252

第十四章 忍痛割爱 · 271

第一章

公主娘子

宋守晚上回来的时候买了一尾鱼、两块豆腐,用草叶子包好提着往家走,大老远的就看见阿绯蹲在门口,双手捧腮,不时地摇晃着头,活像只小狗。

阿绯有一双乌溜溜的大眼睛,水灵灵的格外漂亮。她的眼神又好,清楚地望见宋守提着一条鱼,随着他走动,鱼尾在薄暮之中打了个晃,竟有那么几分撩人。

阿绯对那条鱼一见钟情,口水顿时就先涌了出来,从原地跳起来扯着嗓子叫:"相公,相公!"铆足了劲地跑上去,先抱着宋守亲了一下,然后注意力就全转到他手中那尾鱼上去了。

"相公,这鱼真肥!"阿绯垂涎三尺。

宋守听出了明显的咽口水的声音,阿绯看着鱼的时候眼神格外不同,有点像强抢民女为乐的恶少看见如花似玉的良家女子,那种恨不得一口吞掉的感觉如出一辙。

不过宋守觉得阿绯前生一定是只猫,对鱼总是情有独钟,不管是什么种类的鱼,她见了总会眉开眼笑,口水横流。

宋守道:"我特意嘱咐了卖鱼的小哥儿,留了这条肥的。娘子,你想吃红烧的还是清蒸的？"

阿绯皱起眉，觉得这个问题很棘手，实在让她难以选择，从路上一直走到门口，阿绯才期期艾艾问道："相公，可不可以一半红烧，一半清蒸？"

宋守似笑非笑地望着她："不过我记得前日你说要吃油煎的。"

阿绯的口水又涌出来，抓耳挠腮地懊悔："是啊，我居然忘了，油煎好像也不错……"

宋守敲了一下她的头："这鱼是新鲜打上来的，又太肥了……清蒸最好，明天再吃红烧的。"

"也好也好，那就明天再吃红烧的啊。"有人替自己选择了，阿绯立刻举手同意，又带点希冀地望着宋守，把"红烧"两字咬得重重的，生怕他忘了。

宋守看着她的眼神，声音柔和下来："知道了……后天再买鲫鱼，给你油煎了吃好吗？"

"好！"阿绯立刻意气风发答应，眼神又闪闪发亮。

宋守看着这双眸子，就好像看到了漫天的星光。

宋守提着鱼进了厨房，见中午留着的零嘴果真都被清扫一空了，宋守不知道是该为自己精进的厨艺表示得意好呢，还是为阿绯的饭量表示担忧。

阿绯亦步亦趋地跟进来："相公，油炸的小鱼很好吃，明天你再给我做点好不好？"

宋守笑着摇头："好，只不过别一口气吃太多，一刻钟吃一条，还要记得喝水，不然会嗓子疼。"

"我知道，我当然照做了。"阿绯答应，大眼睛闪烁，明显带几分心虚。

宋守只扫一眼就看得极清楚，却不说破："听话就好，那我明天再给你炸，你早上起来就能吃了。"

阿绯欢喜雀跃，在宋守身边转来转去："相公你对我真好。"如果她是小狗，这一刻尾巴就会摇成一个风车。

宋守正在摆布那条鱼，鱼在路上就已经往生极乐，但是杀鱼的样子仍旧不免有些凶残，飞鳞溅血的，惨不忍睹。

宋守便道："记得我对你好就行了……去洗手吧，乖乖坐着，一会儿就能吃了。"

第一章

阿绯嘻嘻笑着，凑过来在宋守的脸颊上亲了下，就跑了出去。

宋守回头望着阿绯的身影消失在门口，嘴角带着笑，眼中却透出几分落寞。

妙村的人都知道宋守是个绝世好男人，生得高大英俊。通常长得不错的男人都很有草包的嫌疑，但宋守不同，宋守出得厅堂入得厨房，又能干又顾家，还很疼自家娘子。

但这样的绝世好男人的娘子，偏是个好吃懒做的，肩不能挑手不能提，还有点呆，唯一的优点是很能吃也很会吃，非要再说一点好处，那就是长得不算难看。

妙村的人提到阿绯，通常都会说"宋守那个绣花枕头的呆娘子"，不过阿绯脾气有些古怪，不管听到什么样的话都是一脸无所谓的表情。

唯一能惹她发火的似乎只有两件事：第一是吃不饱，第二是没吃到好东西。

宋守在张员外家里做事，起初只是当帮佣，渐渐地张员外发现宋守是个人才，居然识字，还很会算账。

彼时张员外正在愁没个可靠的人管账，忽然发现宋守这颗沙砾中的金子，先不忙发掘，只用了个旧伎俩——故意丢了一锭金子在后院宋守必经的路上。

这一招张员外用过数次，手法娴熟，经验丰富：通常见了金子的人都是以令人咋舌的速度捡起来揣了就走，被捉住了还要抵死不认，但是宋守不同。

宋守瞅了几眼那金子，便大声叫道："谁的金子丢了？"然后就一脸忠厚诚恳状去向丫鬟求救，光明磊落、笨头笨脑，毫无私吞掉的意图。

张员外躲在假山后面笑得鱼尾纹游动，却不知宋守心里相当鄙视：这手法的老土已经很难用言语形容，但是自己偏还要捧这个场。

宋守不得不争取这个条件好点的机会，因为他要赚钱养阿绯，他的娘子。

尤其是当看到阿绯吃着他买回来的新鲜点心眉开眼笑的时候，宋守望着那个笑容，隐约觉得张员外肯用那么老土的手法来选人手，其实也可以算是另一种意义上的传统美德的考验跟延续。这样想来，张员外那土财主的样貌也变得和蔼可亲起来。

妙村的人都以为阿绯是走了大运才嫁给宋守。可是谁也不知道：阿绯曾经是他痴痴看了十六年的梦，现在梦里的人就在身边，宋守觉得老天爷总算舍得睁一睁眼了。

他感恩戴德。

只不过宋守早该想到，老天爷的眼大概只睁开了一只。不然怎么会有那么一句：东边日出西边雨，道是无晴却有晴。

不知从何时起，妙村来了一个奇装异服的人，看起来非男非女，打扮很是奇特，手中习惯拿着一支笛子。他不肯说话，只会唱歌，或者用笛声说话。

只可惜妙村是个偏僻的小村子，没有人能够欣赏这种高等的交流方式，但是这并不妨碍此人的自娱自乐。

阿绯坐在门口等宋守回来的时候，就看到这个人赤着脚吹着笛子经过。

阿绯专心致志地坐着等宋守，只有眼睛滴溜溜乱转，好不容易看到个活物出现在视线里，目光不免随着他转了一圈儿。

阿绯端详着他的身影，总觉得这人的背影有几分熟悉，晃来晃去，很是飘逸。阿绯紧盯着他不放，疑心他随时都要跳起舞来。

然而这个人的笛声戛然而止，一头栽了个狗吃屎。

阿绯这才知道原来他不是故意飘逸或者想要跳舞，而是饿得要晕了。

阿绯记得宋守给自己炸了很多小鱼，正巧这两天她吃得太多，喉咙有些肿，剩的还搁在厨房里，只不过想到要跟别人分享好吃的，阿绯有些痛心疾首。

那人在地上挣扎着，用唱歌一样的声调奄奄一息地招呼阿绯："好心的姑娘，能不能给我点吃的……"

阿绯严肃地看了他一会儿，终于下定决心似地跑回屋子，一会儿的工夫她就跑回来了。

地上那人左看右看，没看到她拿着什么，然而阿绯蹲在他跟前，说道："啊……张嘴。"表情认真，哄小孩儿一般。

他把眼睛瞪到最大才看清楚，原来阿绯手中提着一尾小鱼，说是"尾"大概有些夸张，其实用"一丝"来形容更妥帖些。

那条小鱼，基本上比头发丝粗不了多少，能把这种鱼用油炸过还能存着"一丝"鱼体的人，定是厨艺高手。

地上的人眼神飘忽了一下，然后就从地上跳起来，握住笛子冲着阿绯吹了几声横七竖八的腔调，以示不满。

阿绯挑挑眉，善解人意地说："你不吃？不吃我吃了啊……"示威似地看他一眼，然后毫不客气地把那"丝"鱼给吃了，还津津有味地故意发声。

笛声又响了起来，阿绯对上那乱蓬蓬头发中的一双眼，不以为然地说："你敢说我坏，我相公回来会揍你的。"

头发中的眼睛亮了一亮，望着阿绯，慢慢地又吹了一个调子。

阿绯撇撇嘴，又翻了个白眼，下巴挑起，自信又骄傲地说："我瞧你才长得丑，眼神也不咋地，他们都说我是这村子里最好看的女人！"

一个人多少要有点优点，"长得好看"是阿绯不多的两个优点之一。

阿绯觉得自己一定要牢牢记住，誓死捍卫。

吹笛人眼睛眨了眨，正要再吹，忽然听到旁边有人冷冷地说："你在干什么？"

阿绯扭头，却见宋守回来了，手中果真还提着两包东西。

阿绯当下如饿虎扑食般扑过去："相公，你回来了！"声音甜腻得令人发指。

宋守温柔一笑："娘子等急了吗？这里有栗子糕，你拿进去先吃，一会儿我就回家做饭。"

阿绯听到有东西吃，顿时感觉生活一片美好，其他的整个世界都跟她无关，高高兴兴地拎着吃食回家去了。

剩下宋守跟吹笛人面面相觑。

宋守的脸色有些发黑，表情异常凝重，对峙之中，吹笛人忽然往后退了几步。

电光石火间，宋守一挥手，一道银光从他手底飞出去。

银光没入吹笛人胸前，吹笛人痛呼一声，手捂着胸口滚落地上。

宋守正要向前，吹笛人却忽然又一跃而起。他将笛子横在唇边，缓缓地吹出悠扬古怪的曲调，乱发间的双眼盯着宋守，身形往后倒退而去。渐渐地笛声远去，人也消失不见。

空气里的笛声慢慢消失无踪，但宋守的脑中，却仍旧铭刻着那笛音传达的消息：

"北边的战狼已经醒觉，你那只金丝雀要养不住了，要养不住了……"

宋守站在原地，动也不动，只是忽然觉得胸口一阵悲怆的痛，似波浪般翻涌。

晚上，宋守简单地炒了两个菜，而阿绯吃栗子糕吃撑了，也没有再多吃。

宋守把剩下的饭菜端到厨房内，洗净了手脚头脸，才回到屋里。

宋守一进门就看见阿绯四仰八叉地躺在炕上，样子看起来极为不雅，像是被强奸过了一样。

宋守一看她的样子，便忍不住笑出来。阿绯仰头，可怜巴巴地看向他："相公，栗子糕吃多了，好难受啊。"

她躺在炕上，这样竭力仰头看他的样子，活脱脱一只翻了壳的小乌龟，要爬却爬不起来。

宋守忍俊不禁，却又叹了口气，把手合起来用力搓了搓，手心热乎了，才爬上炕，轻轻地替阿绯按摩胃跟肚子的地方。

阿绯只觉得一股暖意渗透进身体，说不出的舒服，嘴里就长长短短地呻吟：

"相公，你好厉害……

热乎乎的，嗯……好舒服啊……

相公……那里，那里！对……就是那里，用点力……"

宋守听着这个声音，起初还不觉得怎么样，后来越来越觉古怪，脸发红，心乱跳，身体某一部分却渐渐抬头。尤其是望着阿绯陶醉的表情，樱唇里还不停地溢出那些让人魂魄荡漾的话……

小茅屋并不隔音，这时候也不算太晚，外面还有经过的人，宋守依稀能听到有车辆经过似的。

当听到外头明显停滞的脚步声的这刻，宋守算是知道了村里那些大姑娘小媳妇见了他为什么会脸红了，敢情他宋守在外面没落个"淫魔"的称呼，已是难得。

此刻，茅草屋外的路边上，有一辆极为华丽的马车无声无息地停在数丈开外。

马车边上，有两个人直直地站着，默然无声，其中一个瘦得像是麻秆，脸上稀稀拉拉地点缀着几颗麻子，另一个要胖些，相貌普通，乏善可陈。

马车里沉寂一片，并无声息。

瘦子看一眼胖子，脚下一蹭，便凑到他的身边，几乎是伏在他耳畔，用比蚊子大不了多少的声音嗡嗡道："你说……公主怎么变成这副模样，淫荡又不知廉耻？"

胖子觉得耳畔痒痒的，只要他一转头，或许会跟瘦子正好亲上，于是他小心地把肥大的脑袋往后一晃，才也附耳过去："公主本来就不是个善茬……难道你还以为她是个好人吗？"

他停了停，看着瘦子的脸，意犹未尽地又补充了一句："你还记得她当初怎么叫我们的吗？"

瘦子想了想，道："当然记得，她叫你狗腿嘛，我还好一点，她只是叫我跟班而已。"

胖子踌躇着："有件事其实我一直都没有跟你说……"

"什么事？"

胖子的声音从嗓子眼里挤出来："有一次你不在，公主说起你，一时记不住该叫你什么，就说……跟在将军身边、那个长得很恶心的……麻子……"

瘦子沉默了很久，瘦巴巴的脸几乎皱成了一张抹布。

胖子叹了口气："咱们私下里偷着说，我觉得将军不要公主……可真是明智的选择。"

瘦子默默地点了点头。

过了会儿，瘦子小心翼翼地问："你说，我真的长得很恶心吗……"

胖子看着他大大的鼻子，小小的眼睛以及几点醒目雀斑："哪有，就是有时候看起来会让人有点反胃而已。"

"哦……"瘦子答应了一声，自尊化成了碎片不复存在。

"不过你不能因此而同情或者原谅公主，"胖子看出瘦子脸上一丝悲愤，便斩钉截铁地说，"能把实话说得那么伤人又过分，她可是天底下头一号的人物，自是极大的罪过了……她还经常叫我肥猪……我不过是肚子大一点点而已。"

胖子说着就忍不住低头看，目光所至只看到圆满的肚子鼓着，看不到双脚。

胖子急忙吸气收腹，然而却收效甚微。

两人在外头说着，屋内的销魂呻吟声不断，显然那人从来不懂什么叫收敛，又或者两人早就开始那胡天胡地之事，却苦了他们这些在外头听壁角的，饱受折磨。

胖子正要再叹："以前跟着将军的时候怎么没见她这么豪……"一句话没说

7

完，就听得马车内有人沉声道："走！"像是刀锋曳过暗夜，浓浓暮夜之色也似跟着震了一震。

两人各自一抖，急忙肃然道："遵命，主上。"

马儿重新往前而行，车门紧闭车窗关着，自是无人看到，这华丽气派的马车里头，夜明珠的光芒之中，某人双眸垂着，大袖遮着的双手拳头紧握，原先握在手中的夜光杯，早就被捏碎成粉末，纷纷扬扬地自掌心撒落。

屋内，宋守被阿绯逗弄得意乱情迷，一时恨不得把阿绯的嘴给堵上，一时又想干脆扑上去放任自己胡作非为一顿，然而眼睛望着阿绯的脸，最终却只是慢慢地停了手，只在她唇上亲了口。

他亲了一下，感觉那酥软的触觉，又香又甜，便忍不住又亲一下……

一直亲了三下，心中有个声音道："够了，够了……事不过三！"终于他猛地撑起身子来，扭头看向别处，暗自喘气调息。

阿绯感觉他停下，便睁开眼睛，意犹未尽地划动四肢，嘴里嘟囔着："怎么停了？相公不要停……我还要……"

宋守无奈，便将她抱起来，不许她乱动。

阿绯扭动了一下，觉得动弹不得，就不再反抗，只是满足地打了个饱嗝。

宋守问："阿绯，每次都会难受，怎么每次都吃这么多……一点也不长教训呢。"

阿绯大概是没想过这个问题，于是皱着眉心认真地想了一下："那是因为难受之后……相公都会把我弄得很舒服……"

宋守无语："你要让我替你按摩，不用吃撑也可以啊！"

阿绯张口结舌："你怎么不早说？"

宋守彻底无语。

薄薄的窗扇外，有草虫轻轻的叫声。

宋守嗅着阿绯身上的香气，听到她平稳的呼吸，忽然问道："阿绯，我们去海上过活好不好？"

阿绯依偎在他的怀中，正在昏昏欲睡，一听到海，即刻精神抖擞："相公，海里都是鱼对不对？"

"对……"宋守本能地回答，然后就觉得似乎答错了。

阿绯的脑袋似乎异于常人。

果真，阿绯立刻忙不迭地就答应去海上，宋守看着她双眼放光，似要流口水的样子，真的一看她的表情就知道她在想什么。

对阿绯而言，去海上的话，就代表着那一海的鱼都要生生地变成她嘴里鲜美的鱼肉了。

她简直恨不得立刻就去，有吃不完的鱼啊……生活多么美好。

阿绯口水涌涌地睡着。

宋守牢牢地抱着阿绯，喃喃："傻阿绯。"

阿绯嘿嘿笑了两声，宋守发现她已经睡着了，他抱着她，脸上露出温馨的笑容。

窗外，不知何处，依稀传来极淡的笛声。

宋守半睡半醒里，蓦地睁开眼睛，脸上笑意荡然无存。

阿绯做了个很好的美梦，她梦见宋守带她去了海上，她站在船头，看着很多很大很肥的海鱼争先恐后地往船上跳。船上准备了一口大锅，那些鱼就主动自觉地跳进锅里头。

阿绯又高兴又着急，急忙指挥着鱼们："你们慢点跳！我吃不过来……"

正手舞足蹈地叫着，旁边不知是谁递了一条烧好的鱼过来，竟碰到她的嘴上。

阿绯兴奋地说"谢谢"，然后毫不客气地一口咬住。

嘴里的滋味有点腥，也有点咸味。阿绯觉得这海鱼一定不是宋守做的，就皱眉，慢慢地把鱼往外吐："相公，这条不好吃……"

阿绯嘟囔着，嘴里的东西慢慢地退了出去。

阿绯感觉有些古怪，她模模糊糊地睁开眼，却看见在炕边上坐着一个陌生的人影。

月光从微微敞开的窗户外洒落进来，他的脸上半边月白半边阴暗，月白面俊美英武，阴暗面鬼魅沉郁，只有双眸，清冽如水，冷彻如冰。

阿绯愣愣地看了一眼，然后面无表情地翻过身去，双眼闭上，低声地叫："相公，我又被鬼压身了，快点叫醒我……"

黑暗中坐着的人脊梁缓缓挺得笔直，脸色越发晦暗难明。

阿绯听到一个极冷的声音，像是刀锋划过皮肤似的又凉又疼，他说："你叫谁……'相公'？"

阿绯听见这声，略转过头来，半眯起眼睛看，隐约只觉得这人生得好，妙村没有比他更好看的人了……除了相公，跟她自己。

阿绯眯着眼问："你是人还是鬼？你是谁？"

他不说话，沉默的样儿竟有几分诱人。

阿绯警惕："你是来勾引我相公的？"

他一呆："什么？"

阿绯瞪着他："你长得虽然不错，不过还比我差一点，我从来没在村里见过你……"

她的大眼睛骨碌碌转了一圈，然后冷笑："我知道了，你一定是邻村来的，哼！……你赶紧走吧，告诉你，我相公不会喜欢你的，上回镇上卖豆腐的那个狐狸精把衣裳脱光了要勾引相公，我相公都没看一眼。"

她躺着做鲤鱼打挺状，示威似地挺了挺不算饱满的胸部："相公说除了我谁也不喜欢。"

他的神色有些古怪，挑了挑眉然后慢慢地说："难道你看不出我是个男人吗？"

阿绯眼睛瞪得溜圆，震惊而疑惑："男的也来当狐狸精？"

他微微皱起眉心："阿绯……"

阿绯有些忧心忡忡，皱着眉低头琢磨："还没有男狐狸精试过呢……相公该不会喜欢男的吧……"

男人的脸色在月光中有些发黑。

阿绯自顾自皱眉思索了会儿，决定给自己留一条退路，便抬起头来，睥睨他一眼，挑着下巴道："其实我是很贤惠的，要是相公喜欢你的话，我也可以大发慈悲让你留下来伺候相公，不过相公做的好吃的就没你的份儿，你知道吗？"

他皱眉，略提高声音："不要胡说！"抬手便将她的手腕握住。

阿绯觉得疼，便慢悠悠坐起来，有些意外而且生气："你放手！我相公会不高兴的。"

10

她挣扎着，忽然觉得手上的感觉有点古怪。她低头看过去，借着淡淡的月光，看清楚他的手指似乎受伤了，有一星血迹擦在自己手腕上。

阿绯眨了眨眼，想到那条被自己吞进嘴里的海鱼，然后又仔细一看，果然看到那人的食指上依稀有几个牙印。

"贱民！"阿绯叫了一声，气冲冲地挥拳打向他的身上，横眉竖眼地骂道，"怪不得那鱼味儿很怪，真该死，我要让我相公狠狠揍你！"说着，就"呸呸"地吐唾沫，分明是嫌他手指弄脏了她的嘴。

他听到她骂出那个称呼，身子忍不住抖了一下。

他牢牢地握住她的双手，黑暗中双眸光芒冷冽，极为镇静肯定地说道："阿绯，或者说……殿下，你只有一个相公，那就是我。"

莫名其妙地，阿绯觉得浑身有些发冷。

两人你看着我，我看着你，对峙了片刻，阿绯望着这个奇怪的男人，忽然一本正经说道："我觉得你好厉害啊。"

他若有所思地望着她："你是什么意思？"

阿绯看他一眼，头一仰，没心没肺地笑了起来："你讲这么好笑的笑话，自己居然一点都不笑，我真的好佩服你啊。"

茅屋内静静地，只有阿绯自己说话的声音，显然不是在做梦，但如果不是做梦，宋守又在哪里？这个男人又是从哪里冒出来的？

阿绯笑了一会儿，觉得没意思，左顾右盼叫道："相公，相公，你去茅厕了吗？快回来啊！不知哪里来了个野男人，说他是我的……"

阿绯还没有叫完，就被那男人抱入怀中，顷刻间，阿绯鼻端嗅到了血跟一种类似霜雪交错在一起的味道，不由得打了个寒战，只觉得浑身不舒服："快放开我，不然我相公……"

下巴被狠狠地捏住，阿绯觉得疼，被迫抬起头来，对上那双让星月无光的冷寒眸子："听好了，我才是你相公，你的驸马爷。"

阿绯只觉得他的力气大得可怕，捉她就好像她捉蚂蚁似的轻而易举，阿绯决定放弃挣扎，眨了眨眼："好吧。"

男人见她如此轻易地就妥协，有些疑惑："你……"

"你弄疼我了，"阿绯可怜巴巴地看着他，声音弱得叫人怜惜，"相公不会弄疼我的。"

他皱了皱眉，勉强放开她。阿绯一翻身，像只狗一样飞快地往炕内爬回去，且又大叫："救命！屋里有个疯了的野男人！"

她以前顽皮的时候，会从炕内的窗户上直接爬出去，这会儿也想如此。

阿绯手足并用地爬到炕内，双手够到窗台，一手便抓住窗棂。窗扇半开着，阿绯毫不犹豫地抬起一腿搭上窗台，正要逃出去，却觉得另一条腿的脚腕被人死死地握住，然后她感觉自己好像是一条被捉住了尾巴的鱼，猛地被拖了回去。

那细嫩白皙的手指只在窗棂上轻轻一搭，连握紧都不曾。

傅清明手腕略微用力，便把人拽了回来，双臂将阿绯圈入怀中，顺势压在炕上。

他的身形极为高大，阿绯觉得自己会一下就被压死，可事实上却并不曾。

阿绯又害怕又惊疑地睁开眼睛，对上傅清明的双眼。她瞪大了双眼，丝毫也不怕："你想干什么？你这是要……"她犹豫了一下，"那啥我吗？"

傅清明的手按在她的腰侧，慢慢地问："你说呢？"

他的嘴唇靠她的非常之近，阿绯能感觉他呼气的时候那种热乎乎的气息，令她很不安。

阿绯努力正色地说："男女授受不亲，我相公会不高兴的，你长得也不难看，何必这样呢？明天我让媒婆张给你找个好姑娘，保管你满意。"

傅清明皱着眉："我已经有人了。"

"真的吗？那更好了，你不要压着我，很难受……"阿绯试图从他身下爬出来，然而虽然被压得不重，要想出来，却是不可能完成的任务。

"我还没说完，"傅清明的手缓缓地拢上她的胸，"我有的那个人，就是你。"

"我不认识你！"阿绯只觉得匪夷所思，被这人搅和得不厌其烦。

阿绯觉得傅清明又疯又野，来路不明，最可怕的是这时候宋守不在，她已经开始想象宋守忽然出现、英雄救美之后的种种场景，这个疯野人会被官府的差人拖走；而那时，她一定会装作哭得梨花带雨求安慰，宋守一定会很疼她，再做更多好吃的……

阿绯想入非非，想到最后，惧怕的感觉忽然荡然无存。

傅清明察觉她的走神，手指在她胸前略微用力，报复般地捏了一下。

阿绯觉得疼，就低头看："你干什么？不要乱捏！"

却不防他又捏住她的下巴："真的……忘了我吗？"

阿绯认定他是个疯野人，决定施展自己的聪明才智跟他斗智斗勇以等待宋守来救美，于是含糊地说："没……有吧，你叫什么来着……"

"叫什么？"

"唔……让我想想，我睡得有点糊涂了……你叫……"阿绯慢吞吞的，眼睛瞥向别的地方，顺便拖延时间。

傅清明探究地望着她的表情，看出了那明显的敷衍之色："说啊。"

阿绯身子抖了抖，就苦了脸："你叫、你叫……你先松……"

"答错了。"他轻声一哼，低头吻上她的唇。

阿绯愕然，只觉得这一招真是厉害极了。她的头都晕晕的，差点被憋死，只觉得两片火热的柔软的东西贴上来，不由分说地挑开她的牙关硬挤进去，然后跟她吃鱼似的含住她的舌头，发出了令人胆战的声响。

一直等傅清明停下，阿绯才猛地喘了口气，红唇被蹂躏得显出一种极媚而诱人的色泽。月光下的她，脸上那种茫然天真的表情，令人几欲抓狂。

阿绯的双眼渐渐地找到了焦距，与此同时泪也跟着涌了出来。

泪珠不断地从她的眼中滚落出来，晶莹无瑕，阿绯索性大声嚎哭起来，哭得肆无忌惮，五官移位，表情抽搐。

方才那个激吻，让阿绯觉得自己变成了一条鱼。她想到自己以前吃鱼的凶猛姿态，又后悔，又害怕，原来吃鱼的时候总是很开心，可是没想到有一天会有个人忽然出现，像是吃鱼一样地对她。

阿绯忏悔着："以后我会少吃点鱼的。"

傅清明定定地看着阿绯，然后从怀中掏出一方锦帕，皱着眉替她把泪拭去："你……什么时候变得这么爱哭了？还哭得……"

哭得这么难看，毫无形象，简直令人发指。

阿绯毫无预兆地打了个嗝，头发散乱："我一直都这样。"

傅清明摇了摇头，又问："就这么不喜欢……我碰你吗？"

阿绯道："男女授受不亲。"

"可我是你的驸马。"

阿绯又打了个嗝:"我有相公了,不能跟别的马乱来……"

傅清明思忖地看着阿绯:"那么,你真的不记得我叫什么了吗?"

阿绯不敢再糊弄他,竭力做理直气壮的模样:"我明明是第一次见到你!"

傅清明的眼底掠过一丝难过,而后,他就低低地说:"我……叫……傅清明。"

傅清明。

三个字,平淡无奇,却好像带着明快轻笛响过,金戈铁马奔腾的气息。

人间四月芳菲尽,山寺桃花始盛开。

是谁的手折了枝细叶杨柳,是谁的手敲牙板唱红巾翠袖。

旖旎里长袖轻扬,沾衣欲湿的是杏花雨,寂寥中负手独立,吹面不寒的是杨柳风。

长街,长亭,长桥。桥下流水潺潺,水里有白云,孤雁,天光云影,旧梦往事。

阿绯不记得。

阿绯也不知道。

"傅清明"三个字,在本朝,几乎无人不知,无人不晓。

大名鼎鼎的"战狼",百战百胜的大将军,长川傅氏的新任族长,一手遮天的——傅清明。

而跟傅清明的功绩和威名同样令人津津乐道的,则是傅清明娶了先帝最爱的光锦公主。先帝有六个王子,却只有一个小公主,傅清明在身兼监国将军的同时,也是本朝唯一的、如假包换的驸马爷。

"清明?"阿绯打了个哆嗦。

傅清明听到她唤自己的名字,浑身一阵战栗,猛地将阿绯抱起来:"你记起来了?"

阿绯有一点羞愧,却还能撑得住:"我……我只是想到了清明节。"

清明的时候宋守会煮鸡蛋给她吃,阿绯每次都会像守财奴一样把吃不完的鸡蛋藏起来,以至于清明节过后第二天宋守无意中在衣柜里发现围成一圈儿的鸡蛋,差点笑破肚皮,觉得阿绯简直是只母鸡。

每到清明阿绯就会收获许多煮熟的鸡蛋，因此她对这个节日印象深刻。

傅清明极为失望似的叹了声："真的不记得了？"

阿绯觉得不仅是他疯了，自己也快要被他逼疯了，碍于现在处境危险，只好没骨气地妥协："现在记得了，好吗？"

傅清明见她带着泪，可怜兮兮地求着自己，便缓缓一笑。他笑起来的样子极迷人。阿绯觉得他快要比自己美了，幸好还有宋守，宋守会做饭，这个男人却是个野蛮的疯子。

傅清明笑着，就轻轻地在阿绯的嘴唇上又碰了一下。阿绯见他靠近，本能地哆嗦了一下，几乎要开始喊饶命，嘴唇上却只传来温柔的摩挲……

阿绯怔了怔，感觉男人离开了自己。

傅清明下地，一手握着阿绯。

阿绯被迫跟着到了炕边上。傅清明见她不动，便俯身下去，将地上的鞋子捡起来，又握住阿绯的脚。

阿绯本来正在琢磨来个二次逃跑，正在蠢蠢欲动、蓄势待发，忽然见男人半跪地上，把鞋子替自己穿上，那副认真且体贴的样子，让她忍不住红了脸："你干什么？"

傅清明有条不紊地替她穿好一只鞋子，又握住她另一只脚。阿绯的脚小小的，白皙细嫩。

阿绯晚上睡觉不耐烦穿袜子，本来也不习惯穿衣裳，是宋守坚持让她穿的，幸好。

傅清明把那只小脚握进掌心，且并不忙穿鞋。

阿绯觉得脚有些痒，似乎被粗粝的什么磨到。阿绯本能地要缩回腿来，却被傅清明牢牢地握住："别动。"

他的声音很温柔，温柔到阿绯几乎疑心是错觉。阿绯望着男人略微低头，似乎看自己的脚看得着迷，令阿绯自己都难为情起来，幸好她每天都会被宋守督促着沐浴。阿绯心里乱跳，只好问："你为什么给我穿鞋？"

傅清明这才替她将另一只鞋穿上："因为我要带你走。"

阿绯大惊："什么？这里是我的家，你要带我去哪儿？"

"这里不是。"

阿绯摇着头，心中忽然升起一股极大的恐惧，试图回到炕上去："不去，这里是我家，我相公也在这儿，我要等他……相公，宋守！"

阿绯扯着嗓子喊，声音在黑暗中有些颤抖，有些无助，傅清明看她一眼，将她揽到胸前："忘了吗？我跟你说过，我才是你的相公。"他严肃而不由分说地，因背对月光，看不出脸色如何，但眼睛却依旧炯炯有神。

阿绯顾不上妥协："不是，你不是……我不认得你……"

傅清明站住脚，双眼在暗影里闪烁不定，片刻，他道："你想见他是不是？你不是想知道他去哪里了吗？那就不要闹，乖乖地跟我走。"

今晚的月光特别亮，洒落地上一片银辉，入夜的乡村格外静谧。

阿绯小声说："你放我下来，我自己走。"

傅清明把她抱在怀里，依稀有种错觉，仿佛怀中的人比以前更轻了些。月光下阿绯的小脸在胸前晃动，眼睛显得格外大，他想自己是没有看错……的确是比之前瘦了，眼睛更大，下巴也更尖了。

以为她过得很不好，可是却没有想到，她好像过得出人意料地好。

他不知此情此景他的心情究竟如何。

傅清明沉声道："地上凉，听话。"

阿绯斜眼看他："你到底是哪里来的？"

傅清明道："怎么了？"

阿绯沉思了会儿，极为认真地说："如果你疯得不那么厉害，我还是可以给你找个好姑娘的。"

傅清明沉了脸色："我说过，我有夫人了。"

"如果你说的那个人是我，那么我们是不可能的，因为我是个忠贞不贰的烈妇。"阿绯骄傲笃定地说。

傅清明在想她是不是真的懂什么叫"烈妇"。

傅清明淡淡一笑："阿绯，我说我是你的相公，你不信，那么就让他亲自对你说吧。"

阿绯很是不满他这种胸有成竹似的表情："相公一定会狠狠地揍你一顿的。"

傅清明看着她，忽然微笑："阿绯，你若是敢再叫他一声相公，我就杀了他。"

"你说什么？"

傅清明慢慢道："不信的话你就再叫一声。"

阿绯叹了口气："你果真是疯得不轻……我偏……"她张嘴正要再叫，但望见傅清明的双眸之时，一颗心居然不由自主地猛颤了一下。

冥冥之中阿绯似听到一个声音，在心底响起，像是刀锋的鸣叫，危险而寒冷。

阿绯同傅清明目光相对片刻，忽地哼道："我偏不听你的，我不叫……等以后我慢慢地再叫……"

傅清明道："那也好，以后你慢慢地叫我。"

"呸。"阿绯啐了口后，月光把他的眉眼描绘得很生动，甚至有几分动人，阿绯忽地痴痴笑，"你这人长得还行，就是疯得太厉害了，恐怕是没有好姑娘要嫁给你啦。"

傅清明心想：我本就没要什么好姑娘，我有的是一个……

胡三跟唐西以为他们的声音已经够低了，可是他们仍旧低估了傅清明的功力，就算是声如蚊蚋又如何？该听到的，他一丝也没有错过。

傅清明无声一笑。

傅清明脚下不停，顺着院墙往东，东边是一片竹林，风吹过有飒飒的声响，竹林在夜晚的月光下显得格外静谧，竹叶摇晃，地上明明灭灭。

阿绯有些怕："相……哼，他真的在里头吗？"

傅清明微笑："嘘，别做声。"

阿绯便闭了嘴，傅清明抱着她往里走，脚步落地无声。阿绯竖起耳朵细听，发现这个异状后，不由得在心中想：难道他真的是狐狸精？还是什么妖怪？

他的袖子很大，身形也极为高大魁梧。身影投落在地上，阿绯目光便追逐着。他的影子跟竹叶影子不时重合，重重叠叠，忽忽闪闪地光影变幻，让阿绯竟有几分困倦，眼皮直打架。

蓦地傅清明停住脚，阿绯觉得异样，扭头一看，顿时喜形于色："相公？！"

这一声还未喊出来，却被傅清明伸出手指，堵住了嘴。

阿绯蓦地想到那条没吃成的鱼，一时气闷，很想让他把手拿开，然而却顾不上这些，就看向前头。

竹林中央，几株翠竹静静地，一棵竹子旁斜倚着一人，正是不见的宋守。

阿绯不知宋守为何会出现在这儿，来做什么。她想招呼，傅清明却不让，阿绯心中一阵紧张，感觉好像有不好的事将发生。

果真，阿绯听到一声轻笑，有人道："怎么不过来？"声音媚媚然，令人……难以形容。

阿绯大惊，这才发现在场的另外还有一人，还是个女人。

这女人口音有些怪，似不是当地人。傅清明不动声色地换了个角度，阿绯才发现原先被一棵竹子挡住了视线，此刻看得清楚，在宋守对面的确另有一个女子，而且是个打扮得极为妖媚的女子。

阿绯一看，浑身火大，因为那女子身上穿着的衣物实在有限，露出了大片洁白的胸脯跟修长的大腿，如此胸脯高耸大腿微裸，以一种相当勾人的姿态斜靠在竹子上。

月光大概是故意的，越发亮堂，让阿绯连她的容颜都看得一清二楚，媚眼、红唇，挑逗的表情以及暴露的衣着——那是个典型狐狸精长相狐狸精气质的女人。

阿绯等着宋守目不斜视地忽略狐狸精，可意外的是宋守居然真的走了过去。

阿绯难以置信，清清楚楚地看着宋守的身体慢慢地贴上狐狸精的，两人似乎黏在了一块儿似的。那狐狸精仰着头，露出洁白如玉的脖子，娇喘个不停，抱着宋守的脖子喃喃地说了句什么。

阿绯听不清她说什么，傅清明却听得极明白。

"来吧，取悦我，只要你能……"

那样诱惑的声调，任凭宋守亲吻也亲吻着宋守。

阿绯气得恨不得大叫，傅清明手却更快，极快地点中她的穴道。

阿绯觉得自己俨然变成一个哑巴，便气愤地回头瞪傅清明。

傅清明深看她一眼，继而凑过来，在阿绯耳畔低声道："看到了吗？他本就不是什么好人。"他探究地打量她的神情，却分不清自己的心意究竟如何，滋味究竟是如何的。只是她身上那似陌生似熟悉的气息在鼻端萦绕，有的钻入心里，缠绵而暧昧。

阿绯却没心思留心这个，只是又惊又气，忍不住浑身发抖，心跳加速，想反驳却无法开口。

可是眼前，就好像是为了验证傅清明所说，阿绯清楚地看到宋守的手毫不客气地按在了狐狸精上，似是爱上了般无法放手。

阿绯目瞪口呆，一阵窒息。

第二章

将军威武

阿绯又恨又怒，面红耳赤，心里一千万声地叫骂：贱人！狐狸精！狐狸精！淫妇！滚滚滚滚……

傅清明在她脸颊上亲了口："阿绯，看清楚了吗？你自以为是的相公……"

声音里三分亲昵，三分挑拨，还有的是莫名的滋味，不过不可否认，他很会抓住时机火上浇油。

阿绯的眼睛里像是能喷火，瞪向傅清明。

傅清明同她心有灵犀："别急……"他在她唇上亲了口，手指在她的身上缓缓摸过，微微一拂，便点开阿绯的穴道。

阿绯忽略了被他非礼的过程，双手握拳，大声叫道："坏蛋……"她忽然听到自己的声音，这才发现能说话了，嘴巴张了张，冒出一句，"你半夜不睡出来找狐狸精鬼混？！宋守你这该死的你到底在干什么？"

宋守跟半裸的女人早在阿绯叫坏蛋的时候就已经停了动作。狐狸精皱着眉，脸上刚起的红潮未退，眼波水汪汪地扫向阿绯，虽然未曾餍足自己之欲，但脸上却极快地掠过一丝笑的淡影。她看阿绯，又看宋守。

宋守身子微微一颤，大手用力，捏得她肩头隐隐作痛，肩骨都似要碎裂般，她反而越发觉得快意。

此刻阿绯提着双拳拔腿跑出去要跟宋守和狐狸精拼命，那种急急跑过去的姿势像是要一头把宋守或者狐狸精撞死。

傅清明姿态优雅不疾不徐地跟在后面，他的身影出现在月光下的时候，对面两个人的脸色变得更难堪了。

宋守的目光于是从傅清明身上转到阿绯身上，脸色很是古怪。若是阿绯仔细看，就能看出宋守双眼中流露出来的悲哀之意。

眼看阿绯要跑到两人跟前去，傅清明及时出手，将她拉住。

阿绯跳起来："放手！"

傅清明索性伸手将她拦腰抱了回去，背对着自己拥在怀中，他的眼睛看着宋守，却低头在阿绯耳畔低低说道："你过去了是会吃亏的……"

除去暴跳如雷的阿绯，这一幕看起来，好生的缠绵旖旎，郎情妾意。

宋守双眸一闭：梦终究要醒了吗……

阿绯被傅清明阻挡着无法靠前，又挣不动，只好拼命大叫："宋守你为什么会半夜出来见狐狸精？快点给我打死她！"

她愤怒地望着那放浪的女人，恨不得把她咬死。

狐狸精听到阿绯叫，脸上却露出一丝耐人寻味的笑，笑容仍旧很媚，那勾魂的眼睛扫过阿绯，又看阿绯身旁的傅清明。

"阿绯……"宋守声音喑哑。

旁边的女人抬手轻轻拉上滑下肩头的衣襟，用性感的声音哼道："哟，小丫头发火了呢……"

她的语气软软绵绵地尽是诱惑，但手底却毫不含糊，动作远比说话更快，手腕一抖，一道凌厉的气劲冲着阿绯袭来。

阿绯全不知发生了什么，隐隐约约见有一条黑乎乎很长的东西劈头盖脸落下来。她呆站着不能动，发丝都被震得飞扬而起，就好像是冬天的寒风扑面。

耳畔听宋守焦急喝道："住手！"

与此同时却是傅清明哼了声："红绫女，你打错主意了吧？"

傅清明本是垂着双手，大袖如蝶翼般飘在身侧，此刻忽地一张手，把那从天而降的鞭梢接住，手腕一抖，内力自鞭上传了回去，刹那间，长长的鞭子断做数截。持鞭的红绫女大喝一声，松开手往后跌了出去。

原来红绫女诡计多端，见傅清明同阿绯一块儿出现便知道事情无法善了。她知道傅清明才是劲敌，却偏对阿绯出手，因为若是伤了她，自会扰乱他心神；若是没伤，却也能引得他失措，没想到一招不成，反受其害。她跌在地上，真气涣散。

傅清明一招得手，并未追击，反而把阿绯一把抱入怀中，细看她全身："没受伤吗？"

阿绯全不知道自己在鬼门关转了一遭，只是定定地看着宋守："相公……"

宋守在旁边眼看惊变，脸色已经惨白，不知是月光的原因还是什么，脸上毫无血色似的，显得一双眼若寒星。

蓦地，地上的红绫女咳嗽了声，竟看向宋守："迦生，事到如今……走吧！"

宋守置若罔闻，只是看着阿绯。

傅清明一掌重创红绫女，缓缓地又抬手掌："混账……"

红绫女在地上挣扎了下，双眉皱起，抬头瞪向傅清明，气喘着道："傅清明，你这魔鬼！南溟遗民是绝不会放过你的！"话音未落，伏身便吐了一口血。

傅清明寒声道："你也是……其心可诛啊……"

红绫女一双眸子死死盯着傅清明，红唇带血，显得格外妖魅，她呵呵地笑："朱子迦生！你听到了吗？莫非你真的想我们都死在这儿？"

阿绯听到这里，用力将傅清明推开，握拳叫道："相公你到底在干什么，什么朱子迦生，这个狐狸精是谁？"

这是什么状况，明明是她的相公不轨，这帮人又在胡扯什么乱七八糟？

阿绯不明白，黑白分明的眸子里像是能射出火来。

宋守双眼发红，尚未开口，红绫女嘿嘿笑着："朱子迦生就是宋守，宋守就是朱子迦生啊……可怜的丫头……看到他跟我亲热的样子不好受吧……"

虽然受了重伤，红绫女还是不遗余力地把狐狸精的本色发挥得淋漓尽致，十分尽职。

阿绯望着她狐媚的双眼，深吸一口气，看向宋守："相公，我不听狐狸精的，你、你说句话……我们仍旧回去好不好。"

天不怕地不怕没心没肺似的人，忽然说话也抖起来。

夜风吹拂,月光清冷,方才因为红绫女的鞭子气劲太盛,削落许多竹叶从天而降,纷纷扬扬,如雪一般。

宋守看着阿绯,又看看傅清明,蓦地抬手,竟然准准地握住一片竹叶。

可只有他自己知道,他的手指在发抖。

"我不想杀你,"傅清明目光一变,锐利而冷,望着他的动作,"起码在她面前不想,所以你不要逼我出手。"

阿绯听到这句,便伸手捶向傅清明:"你又说什么!不要添乱好不好!"却被傅清明捉住双手。

宋守嘴角一扯,露出一个比哭还难看的笑来:"是吗?"

阿绯听着这轻轻的一声,莫名地竟安静下来。

宋守看着傅清明,一字一顿清晰说道:"你当初是怎么对她的,难道你都忘了?我虽然有愧,却也愧不过你……"

阿绯身子细细发抖,忽然不知要说什么。

傅清明眼尾的光扫过阿绯,好整以暇道:"朱子迦生,挑拨离间没有用。"

宋守道:"当初若非是我,她早就……"

红绫女厉声道:"朱子……不要再跟他们啰唆!"

宋守果真停了下来。

阿绯浑身发冷:"相公?"她看红绫女,又看傅清明,心中忽地有极大的惶恐,便大声叫道:"你们闭嘴!都不要蛊惑我相公!"

宋守闻言双目一闭,眼角有一丝沁亮若隐若现,却只有地上的红绫女能看见。红绫女望着他,忽然有点恐惧:"朱子……"

宋守不理她,只是看着阿绯:"娘子……"

在那一瞬间,阿绯有一种错觉,似乎宋守很快就要向她说出真相,那一定是她愿意且能接受的真相。她瞪大眼睛看着他。

却听到宋守说道:"娘子,对不住。"宋守说完,慢慢地将手中的竹叶举起,他把叶片放在嘴边上,轻轻吹动,发出尖细轻柔的哨声。"对不住"之后,就是很轻柔的哨子声。声音钻入阿绯的耳中,然后就好像有一只小手顺着钻了进去,捏住她的心,用力一扯……

阿绯"啊"地大叫一声,伸手捂住胸口,整个人弯下腰去。

傅清明色变，抬手揽着阿绯："朱子迦生！"双眉一扬，杀机四溢。

朱子迦生略微抬头，原本英俊的脸上竟带着几分淡漠的魅色："傅清明，我知道你武功厉害，可是你信不信，只要我再吹一下，她就会立刻死在你的面前。"

傅清明身子一震："你对她做了什么？"

"南溟遗民最擅长什么，你是最清楚的，"朱子迦生无情似的冷笑着，又补充了一句，"所以就算你真的能立刻杀死我，还有别人，任凭你手眼通天，你无法保证她一辈子听不到哨声吧。"

阿绯正痛得死去活来，却也听到了这句话，顿时抬头看向宋守，几分茫然，眼中似乎有东西要夺眶而出。

阿绯忍着："相公，你说什么？我这里好疼，你过来……给我揉揉啊？"泪扑啦啦落下来。

宋守紧闭的双唇颤抖，目光却转开看向别处。

阿绯只觉得眼中一片酸涩，眼前光景模糊。

傅清明捏着拳，望着宋守冷冷道："你很……好啊。"

宋守咧嘴一笑，笑得几分难看。

红绫女踉跄爬起来，一把拉住宋守衣袖："朱子，还等什么，走啊。"

两人身形腾空，跃向竹林之外，动作敏捷。

阿绯心痛不已，冷汗涔涔而下，眼中也湿淋淋的，用尽全身力气大叫一声："宋守……你要敢走以后就别再回来了！我、我不会原谅……"

她咬牙望向他们离开的方向，与其说是决绝的话，倒不如说是一种渺茫的盼望，盼着宋守能及时转头回来。

银白的月光下，阿绯依稀看见宋守临去回眸，他的嘴唇微微地动了动，可惜风太大或者他的声音又太小，阿绯听不清。或许听不到，也未尝不是一件好事。

傅清明一直望着阿绯，见她没有拔腿要追的企图才安心，可见她紧紧盯着宋守离开的方向，又有些担忧。

傅清明问："你怎么样了？"

阿绯大大地喘了几口气，随着宋守的离去，心痛似乎轻了些。她眨了眨眼，喃喃说道："我简直……不敢相信。"

"什么？"

阿绯手捂着眼睛，脑中空白一片："现在我相公……是跟着狐狸精跑了吗？"

傅清明叹息："我说了他不是你相公，我才……"

"你才是吗？"阿绯身不由己后退一步，双脚发软，身子便往地上跌去。

傅清明手臂一探，便将她揽入怀中。

阿绯深吸了口气，声音乱抖地："要是我没记错的话，这一年来我都是跟这个叫宋守……还是猪肉夹生的在一起，你是我相公？你当我真的是傻子吗！"

傅清明哑然："阿绯……"

"你的骗术低劣连我都骗不了，你让我太失望了，"阿绯绝望得几乎想笑，"你该多向猪肉夹生学学！"

傅清明一怔，继而温声唤道："阿绯……"

阿绯用力将他推开，竭力站稳了便转过身去。她似乎想走，却怎么也迈不动双脚。

傅清明望着她的背影，看到她的身子有些发抖。

傅清明问："阿绯，你怎么样？"

阿绯抬手，抹去眼角的泪，看着一地落叶："我只是觉得很痛心。"

"为什么？"

阿绯竭力把泪咽回去，却仍旧忍不住有些哽咽，她就哼哼地怪笑，声音沙哑："我觉得……在这时我本来应该伤心痛苦得晕倒的，为什么没有？"

傅清明眉头微蹙。

阿绯深吸一口气，隐隐地觉得心口还是疼。她怔了会儿，便叹了口气："算了，一定是我的身体太好了的缘故，真没办法。"

"这倒不是件坏事……"耳畔是他低沉而温柔的回应，接着，傅清明从身后慢慢地把阿绯抱入怀中。

阿绯呆了呆，皱眉看傅清明："你干什么？"

傅清明在她额上亲了下："假相公走了，真相公带你回家。"

阿绯怒："你才是假的！"她用力挣扎，有点儿发疯似的，傅清明心里思忖，便放了手。阿绯兀自在原地跳了几下，发现他退后了才镇定下来，她拍拍衣裳，迈步就走。

傅清明问："你去哪儿？"

阿绯看看路:"当然是回家,虽然他走了,但我不能就这么快就改嫁吧,哼。"她横他一眼,气冲冲地选了个方向。

傅清明眉头一蹙,手指在袖中微微一探,身后树林里人影闪烁,便不见了踪迹。

阿绯走在前,傅清明就慢慢地跟在后面。阿绯起初想叫他滚开,可是宋守的忽然离去让她觉得整个人都呆了,便懒得应付傅清明。

阿绯在竹林中晃着往前走,月光如水,竹林里竹影摇曳,似有雾气如纱,朦朦胧胧,静谧而美。

阿绯神思恍惚走了一阵,听到自己的脚步声嚓嚓响。她缓缓闭上眼,感觉自己在梦游,心想:或许我真的在做梦……相公对我那么好,怎么会喜欢狐狸精呢……而且是那么恶心的狐狸精,相公不喜欢那种类型的啊。我一定是在做噩梦,我要回去好好地睡一觉,醒来后就好了,到时候我一定要跟相公说这个梦,然后告诉他不要去接近狐狸精,不然的话我就狠狠掐他。

阿绯跟宋守闹腾的时候,经常会掐宋守的手臂,也不知是真疼还是假疼,每次宋守都一脸痛楚地求饶。这是阿绯对他最大的惩罚了。

阿绯打定了主意,又想:对了,还得让他做些好吃的给我才行,梦见狐狸精真是太晦气了。阿绯只顾胡思乱想,没提防脚下。竹林里头地面凹凸不平,她几度差点绊倒,多亏了傅清明在身后及时拉住她。

傅清明就像是个极大的影子,不动声色而沉稳地跟在她的身后。

阿绯一心只想回家,似乎回去后噩梦就会醒。她越走越快,最后竟握着拳头铆足劲一口气往外跑,好不容易出了竹林,忽然之间怔住。

竹林离她的家不远,远远地,阿绯看到一片火光冲天,通红地燃烧着,正是她所住的屋子方向。

阿绯大吃一惊,浑身冰凉,这就算是最可怕的噩梦也不会出现的场景,难道真的发生了?

耳畔传来嘈杂的声响,有人叫喊:"救火啊救火啊!"

似乎还有人在叫宋守跟阿绯的名字。

阿绯不顾一切地往那边跑去,一路上看到很多被惊动了的村民,铜锣被敲响,村民们聚拢过来,在阿绯的家前面人最多。

26

有几个人看阿绯跑回来,纷纷惊道:"太好了,人不在里头,不然就完了!"

阿绯望着燃烧的屋子,又想哭又想叫:"这是怎么回事,为什么会着火!"

没有人回答,她跟宋守相依为命赖以生存的三间茅草屋正熊熊燃烧,火光冲天,站在数丈外都察觉到热浪扑面而来。有几个邻居取了水来试图把火泼灭,然而却只是杯水车薪,无法奏效。

邻家的一个胖大婶看阿绯忽然出现,扯着嗓子叫:"宋守娘子,你怎么在这里,你们家为什么着火了,你家宋守呢?跟你一块儿出来了吗?"

阿绯顾不上回答她,像无头苍蝇般跑到东边,又跑到西边,拎了水桶去打水往上浇,然而她力气有限,水到不了火头就跌在地上。

"不要烧了……"阿绯咬着牙掉泪,想再往前冲,身后却有人拉了她一把。

她往后一退,水桶跌在地上,骨碌碌滚开,一地的水乱流,覆水难收。

阿绯忽然就觉得心痛,眼泪都要流出来:"怎么办……怎么办……这样相公还怎么回来?"又叫,"我的东西……我的衣裳,吃的……都在里面,为什么会着火!"

围观村民震惊而同情,那胖大婶放低了音量:"宋守娘子,你家宋守呢?这是谁?"

阿绯含着泪转头,望见那绣金线的玄色衣袖。她想推开傅清明的手臂,他的手臂却如铁铸似的,纹丝不动。

大家伙儿看着阿绯,又看傅清明,他通身华贵非凡,气质不怒自威,容颜出尘俊美,他还紧紧地抱着阿绯。

大家伙的双眼就好像是被点着的房子,火光熊熊。

阿绯看着那烧得更猛烈的房子,扫了一眼目光如炬的村民。

她抬手把垂落额前的一缕头发拢到耳后,又恢复了昔日那种要死不活的神情:"放手。"声音有几分冷意,还有点儿不为人知的居高临下。

傅清明果真缓缓地放开她。

阿绯站稳了,手又在眼睛上揉了会儿,若无其事地把泪擦了去。

她看着眼前燃烧的房子,就好像看着昔日跟宋守那些片段,都在火焰里被烧灼,升腾,化为灰烬……消失无踪。

阿绯觉得自己索性也变成一根木头,跳入火中,同归于尽。

旁边的村民们遗憾地看着傅清明松手，尤其是胖大婶，望着他宽阔的胸膛，简直恨不得自己去代替了阿绯，正在咽口水，却听阿绯冷冷淡淡说道："宋守跟着狐狸精跑了。"

胖大婶一惊："啥？"

阿绯的声音很独特，对别人的时候，都毫无感情地一条直线，只有对宋守，才会各种高低起伏，撒娇甜蜜。此刻她就用一条直线般的声调说："宋守他跟着狐狸精跑了。"完全是很淡地陈述一个事实。

大家伙儿震惊，纷纷议论起来，胖大婶却盯紧傅清明，娇羞地问："那、那他是谁？"

阿绯继续直直地说道："宋守跟着女狐狸精跑了，他是男狐狸精。"

胖大婶跟旁边几个聚拢过来的村民目瞪口呆。

阿绯昂着下巴："所以现在我也要跟他跑了，哼。"她说完之后，把头一扬，转过身顺着路头也不回地往前走去。

傅清明挑了挑眉，一笑追去，火光中那乍现的笑容倾倒众生。

两人身后一堆议论纷纷的村民，望着那一前一后离去的身影，目瞪口呆之余，各自浮想联翩。

村民宋守跟他那个呆媳妇的奇遇，一直到数年后，还有人极为怀念地说起……当然，流传的版本早就跟原版离题万里大相径庭。

譬如其中的一个版本是阿绯其实不是凡人，是犯了错的仙子被罚下凡间历劫，却遇到了宋守，所以宋守才疼她疼得跟什么似的。

然而后来阿绯终于历劫完毕，上天就派了个极为俊美的神君下凡，把阿绯带走了……故事生动活泼，曲折离奇，感人肺腑。

阿绯在黑夜里走了很久，渐渐地出了村子。

月光下，还是可以看清楚面前的路的，只是更远处的景象却依旧无法看清。

乡村的夜晚格外地静谧，出了村子便尤其安静得令人害怕，只有原野里依稀传来种种古怪的声响。换在平时，阿绯是不敢出来的，但是现在不同了，没有了宋守的保护，她只能一个人独行。

阿绯本以为自己就会这样一直走下去，或许中途大概不知碰到什么意外，就再无知觉了……可是走着走着，就看到前头亮了几点光。阿绯望着那幽幽浮动的几点光芒，才有几分害怕："这是什么？难道是鬼火……"

阿绯闲着无事，就跟村子里一些老公公老婆婆一块儿晒太阳，听了许多乡间趣事，传说夜晚里会有鬼火四处溜达，经常会把人魇倒。

阿绯站住了脚，向后退，又不甘心，便自己催眠似的嘀咕："我不怕我不怕我不怕！鬼火又怎么样，我死了也一样会有鬼火！"

然而那光芒终究是极快地飘近了，耳畔传来的还有马蹄的声响。

阿绯本来紧闭双眼，渐渐就壮着胆子睁开一条缝，发现那些光就停在面前。

最令她意外的是，在她跟前停着一辆很是气派的马车，金碧辉煌，两匹高头大马牵引，前头还有两匹马儿引路。阿绯见到的几点光，原来是垂在马车四角边沿的灯笼光芒。阿绯张开嘴，不知是什么情况。

有两个人从马车的旁边跳下来，直直地往阿绯面前走来。

阿绯心头发紧，本来想装死的，可是却无法淡定下来，于是侧着身子盯着那两个人，心中想着是不是要立刻拔腿而逃，表面上却还色厉内荏地喊："你们是什么人？想干什么？别过来……不然的话我……"

那两个人绕过她身边，就在瞬间，阿绯似乎看到这两个一胖一瘦的人不约而同地瞪了自己一眼。

阿绯意外地转过身，却望见身后居然还跟着一个人——傅清明。

阿绯大惊："怎么是你！"

阿绯看到那两个人就在傅清明的跟前跪了下去，恭敬地行礼道："主上！属下等迎接来迟。"阿绯见情况似乎有些复杂，所幸这些人不是冲自己来的。阿绯见事不关己，便扫一眼傅清明，重新转过身往前面晃着走去，手臂却在瞬间被拉住。阿绯身子一顿，身不由己晃了晃，差点撞到他身上。与此同时听到身后那个已经有点熟悉的声音说道："起来吧。"

在他说完后，那两人便退了一边，做恭候状。

傅清明握着阿绯的手臂，缓步走上前："你要去哪儿？"

阿绯还是那副要死不活的表情，一转头不屑而干脆地："要你管。"

傅清明丝毫不恼："既然你没有想好，那么就上车慢慢想如何？"

他的声音很温和，提议也很有诱惑力。

阿绯摸摸鼻子，忽然问道："你真的是男狐狸精吗？"看这排场还真的只有妖精才能造出来的。

旁边的胖子胡三跟瘦子唐西一听，黑暗里两个人的脸白得能发光了。

傅清明却只微微一笑："如果我是……那你敢不敢跟我走呢？"

阿绯一仰头："我怕你？"宋守能做的，她为什么不能做！

傅清明在阿绯的腰间一扶，阿绯腾身上了车，推开车门爬了进去，却见里头真个儿别有洞天。像是个小型的宫殿，布置得极为华美。爬上去也软软的，原来是铺了厚厚的毯子，色彩斑斓，像是波斯的贡品。

阿绯"哇"了一声，然后轻车熟路似的找了个软软的靠垫爬过去，一把抱住后再也不肯撒手。

"睡觉睡觉……醒来后就好了……"阿绯喃喃地，身子扭动换了个舒服的姿势，她闭着眼睛，彻底无视慢慢进来的傅清明。

纵然在车内的灯光下，他那张脸越发地颠倒众生。大概是走累了，抑或今晚上经历的一切让她精疲力竭，阿绯很快地呼呼入睡。

傅清明无声无息地坐在阿绯身旁，眼看她睡着，便从旁边的箱子里取出一床轻软的毛毯，轻轻盖在阿绯身上。

阿绯似乎察觉，身子动了动，越发蜷缩了起来，纵然是睡着，眉头依旧微微皱着。

傅清明俯身看了一会儿，身子越压越低，却并未压到阿绯，只是低头过去，静静看了她的脸片刻，才在她的眉心轻轻地亲了口。

第二天阿绯醒来，发现自己人在马车中，对面端正坐着的是傅清明。

白天的傅清明跟晚上的傅清明有些不同，借着暗夜同月光之色，加之在阿绯眼中来历不明，他的样子就多少带些飘忽的邪气，但是白天，在光明之中，这人端坐着的样子，如一尊神。

云锦绣的袍服，黑色袍服外加了薄薄的紫云纱罩袍，脸极白，眉修长，双眼很亮，眼神似能让人无所遁形。

阿绯却无心欣赏面前的美色，并没有把昨晚那一场归结为噩梦而已……她的失望可想而知。

"原来宋守那个混蛋真的不要我了。"在思考了半个时辰之后，阿绯总算认清了这个事实。接下来的一刻钟，阿绯试图酝酿点泪水出来表示自己很痛心，很凄惨，结果眼睛眨得都酸了，泪还是没有成功地冒出来。悲戚怨妇演不成，于是她变了主意，决定走狠心复仇毒妇路线，咬牙切齿地自言自语："别让我逮到你们，不然的话我非要把你们……"

"你逮不到他们，"傅清明正是为了大煞风景而存在的，"以后就算见到他们，也要绕道走。"

"为什么？说得好像我才是亏心的那个！"阿绯愤怒。

傅清明道："不用朱子出手，红绫女一根指头就能杀了你。"

阿绯张口，心不服口更不服："她是狐狸精，我当然比不上狐狸精有手段了，你说什么猪子，为什么宋守叫……猪……"

阿绯迟疑着，她几乎不想提起那一段，更不想要记住那个完全陌生的奇怪名字，但是，有的事情发生了就是发生了，哪怕再心痛着不忍说不忍想。

傅清明迟疑了一下，似乎不知该不该说，却到底说道："他是南溟的朱子……南溟国以红色为尊，国主之子便尊称为朱子……"

"朱子，朱子……朱子迦生，"阿绯怔了怔，有些艰难地，"那么宋守是南溟的……可为什么他又说……遗民？"

傅清明的脸色有些冷峻，唇紧闭着。

阿绯本来以为他不会回答，却不料隔了一会儿后傅清明又开口了："看样子你真的全忘记了，因为南溟早在十三年前就灭国了，而且……是被我率兵灭了的。"他的声音淡淡地，有些漠然，阿绯却忽地打了个寒战。

她心里本来还有很多疑问，可是自从听了傅清明这一声之后，却忽然间什么也不想问了。

傅清明不动声色地望着她："阿绯，想了这么久，你饿不饿？"

阿绯听到自己的肚子很给面子地叫了声，但是想到方才知道的内情，却偏偏一点胃口也没有。

傅清明却似乎若无其事："过去的事，就让它过去吧。"

阿绯怔然，继而嗤地一笑。阿绯不记得自己是怎么跟了宋守的，只不过跟着时间长了，就好像再也不会变了，她甚至从来没有想过有朝一日宋守会离开她的可能。一直到现在。真的容易就那么过去吗？

阿绯无聊而悲酸，忍不住老生常谈地叹："唉，我变成弃妇了。"

还是个身体强健不会晕倒现在连泪也不会流的弃妇。

傅清明不动声色地打量她:"你还有我。"

阿绯上下扫了他一眼,看着他那副模样,觉得自己啃不下这块人物,又想到他方才说的那些话,心里还是极不舒服,于是干脆懒得搭理他。

车厢内摆设不得不令人说一声极好,可惜再华丽的摆设,只因有傅清明在面前,便都黯然失色。

阿绯的目光转来转去,发现除了闭上眼睛,否则她的目光还是会不免看见傅清明。阿绯穷极无聊,只好转头看窗外的风景,结果不幸看到了两个疑似是成双成对的男女路过。

阿绯盯着那女人同男人热络的样子,忍不住探头出去冷艳高贵地提醒:"喂,那个傻笑的!别看这男人长得丑一副呆头呆脑的模样,留神他转头就会跟狐狸精跑了。"

然后换来过路女人攻击力很强悍的一阵痛骂。

阿绯一路上攻击骚扰了好些路人,幸好有傅清明的侍卫挡驾,不然的话,会引发无数口舌之争跟肢体殴斗。

但是阿绯这一路上其实还是有点成效的,譬如在这么些经过的路人中,有一个骑在驴上的书生模样的人,可算是阿绯的知音。

此人骑在驴上,十几步过后听了个大概,便颇为诗情画意地出口成章安抚:"天涯何处无芳草,何必单恋一只鸟,——姑娘,你看在下如何?"

傅清明冷哼了声,微微一弹指,那人从驴上直直地跌下去,惨叫数声。

阿绯见勇敢的追求者跌在地上,急忙探身出去:"你长得虽然一般,不过也还凑合,以后有缘我们再试着相处相处吧。"

那人从地上爬起来,帽子虽然歪了,神情却还是依稀淡定的:"我看姑娘貌美如花,那抛弃你的人定然奇丑无比且有眼无珠,青山不改,绿水长流,姑娘……在下年方双十,乃是沧州……"阿绯还没听到那人姓甚名谁家住何处有什么癖好,就被傅清明一把拉了回去。

阿绯皱眉:"你干什么?"

傅清明恨恨地:"你又在干什么?"

阿绯说道:"我想看看我是不是没人要。"

"我不是人吗？"傅清明有些牙痒。

"你当然不是，"阿绯理所当然地翻了个白眼，"你是男狐狸精。"

傅清明很是懊悔，当初不该默认这个不怎么好听的称呼。

而阿绯说完之后，又满意地笑："事实证明其实我还是很有发展潜力的，宋守一定是瞎了眼了，他一定会后悔现在抛弃我，不过，就算他回来哭着跪在我跟前求我，我都不会看他一眼。"

傅清明淡淡道："阿绯，你想多了。"

阿绯觉得他很是大煞风景，决定不理会他。傅清明啼笑皆非，只好使出杀手锏。半个时辰的工夫，胖子从外面送了几个雕工精致的大食盒进来。

临去时候胖子胡三还壮着胆子瞪了阿绯一眼。可惜阿绯的注意力全在散发着诱人香气的食盒上，没留心他散发着怨气的一瞪。傅清明不知在哪里按了一下，马车中央便多了个小桌子。

傅清明将食盒打开，亲自动手，一边摆放一边赞叹："这种葡萄酒是波斯来的贡品，只有当朝天子才能品尝……至于这鸡腿，用特制的香料腌制了两个时辰，烤好后又撒了玫瑰花的粉末，天上地下，也只有这一只了，简直是世间极品，我来把它吃掉吧。"

阿绯听得一愣一愣地，看他取了个绿幽幽的夜光杯出来放在桌上，把红色的液体倒进去，她的鼻端便嗅到一股微醺酒气。精致的瓷盘上搁着烤得金黄的鸡腿，更是浓香阵阵。阿绯忽然间有些口水涌涌。

阿绯眼睁睁看着傅清明要对那鸡腿下毒口，她当机立断机智过人地叫道："别吃，我看到鸡腿上有一根毛。"

"哪里？"

阿绯助人为乐地说："这里……你眼神不好，我来替你把它拔掉。"

傅清明很有诚意地把盛着鸡腿的银盘递过来，还不忘叮嘱："你拔掉后就给我啊……做这鸡腿的大厨师出身不凡品性高傲，一年只做有限的十二只，很多人排着队都吃不到呢。"

阿绯"哦"了声，然后把鸡腿放在嘴边上，她掀动鼻子嗅了嗅，近了闻，果真香气勾人得紧。

阿绯当机立断，伸出舌头一阵猛舔。

傅清明张口结舌："你干什么？"

"我用舌头把毛舔走……不过上面有我的口水了，你还要吗？"阿绯已经身不由己地咬了一口，含含糊糊地说。

傅清明听着这句，又望着她贪婪护食的样儿，心中没来由地荡了荡，喉头一动，竟咽了口口水。

傅清明咳嗽了声，慢悠悠地望着阿绯："要……是一定要的，不过，我这人心软，你就先吃吧……"

阿绯放了心，啃了几口鸡腿，举着薄薄的玉杯晃了晃，望着里头那红色的液体，笑一笑，仰头又喝一口。葡萄酒入喉，有点酸，有点涩，不怎么好喝，奇怪的是阿绯知道不怎么好喝，可是仍旧不排斥，反而觉得这种苦涩感刚刚好。

阿绯同样没意识到的是，她很会喝葡萄酒，从拿酒杯的手势到喝酒的姿势以及品酒……无可挑剔。

傅清明看着阿绯吃东西的样子，始终面带微笑。看她喝酒，他也不来拦阻。

傅清明自己吃得很慢，基本上吃一口，双眼就会望着阿绯，慢悠悠地咀嚼着那一口，慢悠悠地咽下去。也不知是吃的食物，还是吃的对面那人。

阿绯本来正心无旁骛地大吃一场，偶尔间停顿，察觉傅清明的异样，就稍微觉得不自在。

傅清明觉得自己已经很是内敛了，但是阿绯仍旧觉得他的目光隐约有几分露骨。

阿绯脸颊有些红，因为喝葡萄酒喝得太过。又被傅清明看得心里发毛，忽然有种荒谬的联想，觉得自己之于傅清明，就是那只烤好的鸡腿之于自己。

阿绯吃东西的动作一慢，想得就格外多些，想来想去，忽然又想到宋守曾也用类似这样的眼神看着她吃，一时之间胃口再度受挫："你看着我干什么？"

傅清明说道："你吃东西的样子很好看。"

阿绯把手中啃得差不多只剩下骨头的鸡腿直接扔出去："骗人！"

傅清明手指一动，准确地将鸡骨头暗器夹住，不慌不忙地放在餐桌上："不要乱扔东西……吃饭的时候也不能发怒，不然会不舒服的。"

阿绯吃饱了，又听了傅清明一句"不舒服"，不由得又想到她吃撑了的时候宋守替她按摩的事，那样的温柔怎么可以是装出来的？

阿绯把东西一推："不吃了。"

傅清明看她神情有几分伤感，便问："怎么了？"

阿绯摇摇头，忍了会儿，终于问道："他当时离开，是不是因为你的原因？"

傅清明说道："大概。"

阿绯一下又气起来："你为什么要威胁他？还说那些话，害得我都没有机会跟他好好说……"

"有什么好说的，"傅清明望着她，"你该看的不是已经看到了吗，他为了护着红绫女不惜伤你。"

"我……"阿绯皱眉，可是却不知怎么反驳，于是问，"红绫女又是谁？"

傅清明道："南溟虽然灭国，但还有许多逃亡的国民，他们自称是南溟遗民，南溟是以教立国，红绫女算是教中地位颇高的女子。"

阿绯眼前又冒出宋守跟红绫女缠绵的模样："那么宋守跟她……"

真真难以启齿，向一个男人问自己的相公跟别的女人的事。

傅清明淡淡道："阿绯，你死了心吧，是他把你从我身边偷走的，现在你不过是完璧归赵。"说到最后一个词的时候，声音有些奇怪。

阿绯显然也不是很赞同："可是我不记得你，我也不相信你，我只喜欢他。"

傅清明神色有些勉强："你……"

阿绯有些惆怅："什么朱子，什么南溟……我统统都不记得，我只记得他，可是为什么他就那么走啦，话也不多说，真的不要我了吗？"忽然又有些伤感。

傅清明双眉一扬，冷冷淡淡说："他根本就要不起。"

阿绯神思恍惚，喃喃自语："要不起？难道是因为我吃得太多吗？那我可以少吃点……偶尔饿一饿也没关系的。"

"不是……"傅清明怔了怔，瞧出她的恍惚，便皱了眉，沉声说道，"不是你的原因，是他……他配不上你。"

阿绯心头一痛，情不自禁地大声叫："可是我觉得他可以的！"

傅清明面上也有些怒意："不许这么说。"

"你又要说你是我相公吗？"阿绯歪头看他，白日的阳光下，他的脸看起来更加好看，斜飞入鬓的双眉，引人入胜的丹凤眼，鼻子英挺，朱唇勾魂，且着锦衣华服，束发金冠，腰间环佩，装扮处处透着高贵不凡。这个人，英伟，俊美，威严……还有些贵不可言似的……但看着怎么如此陌生呢。

阿绯能想到的不错的词儿都可以加在他身上，但阿绯不觉得自己认得他，更不觉得自己消受得起他。就是那种极陌生的感觉，当看着他的时候……隐隐约约，还让她觉得不舒服，似有些怕……

"你不要也骗我，我不认得你，也不记得曾见过你，"阿绯慢慢地说，"而且，相公那么老实都靠不住，你这么……奇怪，来历不明，叫我怎么相信？"

傅清明道："他老实？他从一开始就骗你，甚至连他的名字都不是真的。"

阿绯张了张嘴，发现自己没办法反驳。

傅清明的眼尾有些微红："你记得我叫什么吗？"

阿绯呆了呆，还没有想起他叫什么，眼前却条件反射般地出现一大堆被她藏好的鸡蛋。她记忆深刻，真真难忘。清明节那天，宋守都会早早地把准备好的鸡蛋煮熟，阿绯一般能领到十枚左右的鸡蛋，并且大慈大悲地给宋守一个，然后用自己的鸡蛋部队跟宋守的那一只对撞，胜利的总是她，失败的那只——被撞碎，宋守就会小心翼翼地剥开，喂给她吃。

然后，守财奴一样的阿绯会把剩下的鸡蛋据为己有，因为一时吃不了，就跟母鸡一样的藏起来，慢慢消灭。

可是现在那些都不会有了。

"阿绯！"傅清明看出她的走神，沉声唤道。

阿绯回过神来："鸡蛋……"傅清明呆住。

阿绯张了张口："不对，是清明。"

傅清明眼神疑惑，继而有些了然似的看她，又问道："那我姓什么？"

阿绯张口，居然忘记了他姓什么，她没有再虚与委蛇的心思，就说："我忘了。"

傅清明的眼神，骤然之间有些冷。

"你忘了？"傅清明慢慢地重复。

阿绯喝了点酒，整个人有些晕乎乎的，加上心里委屈，竟也不怕他，抬手一拍桌子豪气干云地顶嘴："我就是忘了，你想怎么样？"

"我想……"傅清明乍然起身。

傅清明本是盘膝坐着的，他骤然而起，单膝跪地，一条腿屈起，手往旁边一扯，便抓住阿绯的肩。

阿绯尖叫了声，整个人便被他抓了起来，身子飞起又落下，正好跌入他的怀抱，继而被牢牢禁锢。

阿绯眼前发花，还没来得及分辨发生了什么，傅清明便吻落下来。他的唇强势地压住她的，阿绯无法出声，只能呜呜地叫，双腿拼命乱踢，却什么也踢不到。

傅清明按着她的腰，令她的身子紧贴在他的胸口，他吮住她的双唇，缠住她的舌尖，舌头像是在她嘴里横行扫荡一般，令阿绯几乎窒息。

阿绯的脸憋得通红，试图挣扎却又浑身无力，双臂却被他抱得牢牢地，只有腿仍旧踢来踢去，却也越来越慢了。

傅清明一手抱她，一手往下，便撩起她的裙子，阿绯察觉双腿间多了阻隔，腰肢扭来扭去试图躲闪，却无法阻挡他长驱直入。起初她还扭动挣扎，然而越是动，同他之间的摩擦便更狠。渐渐地阿绯便不能动了，酒力上涌，她的脸儿通红，就连因为挣扎而露出的胸前白皙肌肤也微微泛着诱人的粉红色。

她的手无力地抓着傅清明的肩膀，手腕一荡，就好像攀岩的人捉不住岩石，便坠落下来。

傅清明握住她的手腕，温柔地唤："阿绯……"

阿绯模模糊糊地刚要答应。

"怎么了？"傅清明仍旧低低地，在她耳畔如温柔的口吻相问，他知道该如何取悦她，令她沉迷，也知道如何做她会觉得痛，轻车熟路，他懂得很。

阿绯醉了，却还有一丝理智："别……"

她几乎连睁开眼睛的力气都没有了，双眸似睁似闭，如带露花瓣般的嘴唇开合，模模糊糊地："别这样……傅……"

傅清明一怔："你说什么？"

阿绯嘴唇动了动，却无法出声，傅清明双眉一蹙，阿绯尖叫一声，睁开眼睛，黑白分明的眼睛里透出明显的畏惧惊恐，张口哑声说道："傅清明……别……"

她的眼睛里极快地涌出水光，呐呐道："我错了，你别……会疼……"

傅清明凝视着她的脸："什么会疼？"

阿绯无力而迟缓地摇了摇头："别那样……对我……错……"她似乎只会重复

这两句。

"阿绯,我叫什么?"他逼近了去,又问,"你想起什么来了?"

"傅……"她低低地,声音却越来越小,"我……"

"阿绯!"傅清明用力晃了一下她。阿绯受惊似地睁开眼睛,怔怔看了他一会儿,却又缓缓地闭了双眸,把头一歪,居然睡了过去。

傅清明无奈,扭头看一眼桌上空着的酒杯,不由得略有悔意:"唉,忘了她好久没喝……不该喝这么多的……"

傅清明抱着双臂,望着睡在膝边的阿绯。

相比较之前的光锦公主,眼前的女子,可用一个"不修边幅"来形容,不施粉黛的一张脸,素净得可爱,长睫毛静静掩着,尾端微微翘起……这一切的寡静素淡,几乎叫他觉得陌生起来,似乎面前睡着的,乃是完全不认得的一个女子。

傅清明肩头一动,松开双臂,手抬起,袖子跌落,袖面挡断光影,袖底两侧便一面光明,一面阴暗。

袖口处的长指探出,略有些迟疑地探向阿绯脸上,当将要碰到那吹弹可破的脸颊之时,却又停下。就好像会碰到什么了不得的东西一样,傅清明细看着,自己的手指缓慢地重新伸直,落在阿绯的脸颊上,指腹触到那娇嫩的触感,忽然就用了力,情不自禁地从摸转做捏了一把。纵然是酒醉加睡着,阿绯还是皱了眉。

傅清明望着她长睫毛轻轻抖动,然后毫无预兆地,阿绯嘴唇一动:"贱民!"声调似冷冷地,因为是睡着,声音却带一丝倦懒之意。

傅清明眸色暗沉,手捏住她的下巴,便俯身下去,狠狠地吻住她的唇,纵然知道她现在神志不清。

一直到令她的双唇微微肿起,他才停下,手抚过底下抬头的欲望,心痒难耐之余衍生出一些恨恼交加,望着她一脸天真懵懂睡着的模样,目光在那肿胀的樱唇上扫过。

傅清明看着阿绯,意犹未尽地在她耳垂边上亲了口,又舔一舔,缠绵入骨地低叹:"这回且先饶了你。"

阿绯醒来之后,只觉得头疼欲裂。

她痛苦地伸手揉揉额头,脑中零星想起之前的片段。阿绯抬头看对面的傅清明,却见他衣冠楚楚而整齐,衣带上连个褶皱都无,整个人端庄得像是一尊神,随时可以放在庙里供乡民们拜的那种。

阿绯一手摸头，皱着眉看傅清明："你……我……"她迟疑地，不知该怎么表达。

傅清明无辜而正气凛然地望着她："何事？"

阿绯看他一眼，便被他那种正人君子的气场刺得双眼无法直视，阿绯心虚地低头，想：难道是我喝醉了酒搞错了？可是怎么会想到跟他……她偷偷地从眼尾扫视傅清明，虽然他长得还行，但我不至于就扑上去吧……

阿绯想得坐立不安："傅清明。"

傅清明双手抱在胸前："嗯？"

阿绯决定把那件事淡忘："我忽然记起来，那天晚上，你跟宋守说什么……他说你对我做了什么？"

傅清明垂眸，长睫遮住变幻的眼神："他不过……是想离间你我之间的感情而已。"

"呵呵……"阿绯忽然笑了起来。

傅清明抬头："你笑什么？"

阿绯停了停："没什么……我只是觉得有点好笑，我们之间的感情？……我怎么一点儿也不记得。"

傅清明神色淡然："因为你中了他的毒。"

"毒？"阿绯没来由地心头一疼。

"不错，还记得那天晚上他吹叶子，发出哨音的时候你的反应吗？"傅清明望着她，不动声色地说，"他下毒令你失去对我的记忆。"

阿绯茫然失措："哦，那他为什么这么做？"

傅清明道："因为他想要把你从我身边带走。"

阿绯眨了眨眼："他为什么想要把我从你身边带走？"

傅清明皱了皱眉，阿绯问："他是不是很喜欢我才这么做的？"

傅清明本来已经想好了一个极不错而且很合情的理由，却没想到阿绯并不是真心想要他回答。

傅清明眼神暗沉，明白了一些："你想说什么？"

阿绯耸耸肩膀："没什么……不过，我真的一点也不记得你，我也不相信你，傅清明，我要下车啦。"

傅清明淡淡道："不成，你是我的……娘子。"

阿绯扑哧又一笑，傅清明便蹙起眉头，阿绯道："对不住，只不过你每次这么说的时候，我都好像是听到了一个笑话一样……总觉得很好笑，忍不住。"

"不好笑，"傅清明神色淡漠地，"这只是一个事实，就算你觉得好笑，那他就是个好笑的事实。"

阿绯果真慢慢地不笑了，她看出傅清明不是开玩笑的，狐狸精的刺激慢慢远去，村庄也离得很远，现在她不想跟一个来历不明的男人厮混在一起。

阿绯咽了口唾沫："说真的，我真的要下车啦。"

"不能下，"傅清明声音平静，又看她，"你下车想做什么？"

阿绯道："我……我四处走走。"

傅清明冷笑："你是不是想去找宋守？"

阿绯心虚，却仍昂起头来："我可没那么说，我是很有骨气的，宋守跟狐狸精跑了，我就恨他一辈子，见到他就打断他的腿，哪能自己跑去找他呢。"

"当真？"

"真得不能再真了，你看我诚恳的眼神……"阿绯探头过去，眨巴着大眼睛望傅清明。

傅清明忍着笑，慢慢把头转开一边去，压着那份心猿意马，她根本不知道她到底在做什么……

"你孤身一人，不宜四处乱走，很容易吃亏的。"

阿绯坐回去，斜着眼睛看他："你……以前很喜欢我？"

傅清明眉头一挑，终于又重新看她："怎么？"

"不然你怎么……"阿绯欲言又止，握着自己的膝头，盯着傅清明道，"你只要回答我就是了……是不是很喜欢我？"

傅清明望着她的眼神："你觉得呢？"

阿绯望了望天："应该是吧……"

傅清明一笑，阿绯装模作样叹了口气，傅清明道："又怎么了？"

阿绯伸手在地毯上描绘那些华丽繁杂的花纹："可是没用啊，因为我不喜欢你。"

傅清明重新沉默，阿绯道："我真的要走啦，如果真像你说的我是你的娘子，我一定会记得的，可是我完全都没有感觉……所以你就不要再枉费心机了。"

阿绯说完，便提了提裙子，利落地往车厢门口爬去，傅清明一抬手，便将她的裙摆扯住，阿绯只差一步就够到车门，便用力想将那裙摆拉回来，然而她的力气哪里能够比得过傅清明，拉拉扯扯之下，裙子渐渐松开。

阿绯几乎挣出汗来，见状才吓一跳，大叫道："你放手啊！"

傅清明不动声色地一用力，阿绯生怕裙子脱落，死死地拽着不放，当下便被他拉入怀中。

阿绯惊魂未定："你，你干什么？"惊慌失措地仰头看他，望着他俊美的侧面，忽然一阵恍惚，先前酒醉时候的一些场面忽然又在眼前浮现。

傅清明垂眸："是你自己扑到我怀里来的，该是我问你干什么才对。"

阿绯道："胡说，你拉着我的裙子。"

"是啊，开了，"傅清明淡淡地。

"什么？"阿绯疑惑，旋即低头，却望见自己的裙子果真滑到了腰下，露出底下亵裤，她的脸飞快地红起来，"都怪你！"

阿绯低头手忙脚乱地要把裙子系起来，腰上却多了一双手，是傅清明的大手，轻而易举地掐住她的腰，这么一抬，便将她放在自己的腿上。

阿绯越发吃惊，傅清明看着她淡粉色的绢丝亵裤，道："他对你真个儿不错。"

阿绯听他忽然提及宋守，心中一阵难过，却偏昂头道："他对狐狸精也很不错啊！"

想到宋守抱着狐狸精的那些动作，不由得咬牙恨恨道："从来都没有对我那样做过……"

"什么？"傅清明问。

阿绯反应过来："什么什么？对了，你抱着我做什么？我要下车！"

傅清明的手在她腰间游走："上来就下不去了。"

阿绯忽地有些毛骨悚然："你想干什么？"

傅清明看着她粉色的脸颊，樱唇晶莹，诱人亲吻般，偏偏神情还带着戒备，却更引得他想坏掉她这份剑拔弩张的倔强……

往事瞬间在脑海中浮现，他的欲望一发不可收拾。

傅清明喉头动了动，喃喃道："殿下……"

阿绯惊恐地看着他脸上多了一丝类似欲望的东西："你、你别乱来……我是有相公的人……"

他心头一阵烦乱："休要乱说。"

傅清明将她双手捉了，轻易合在腰后，一手束之，便去吻她的唇。

阿绯竭力转头躲避："你这混蛋，色狼……滚开……"

傅清明的唇落在她的脸颊上，顺着脸颊往下，阿绯听到嗤啦一声，竟是衣裳撕裂的声音，却是他吻在自己的胸前，阿绯大为惊恐，一时又怒又气，叫道："你这道貌岸然的伪君子，禽兽不如的家伙……放开我……"

傅清明的动作僵了僵，俯首在阿绯胸前，忽地轻笑了两声，喃喃地若自语般道："还说不记得么？这些话……怎么都记得呢……"

阿绯一呆，傅清明望着她又羞又怒又带着惶惑的脸色，声音里忽然有种不怀好意的温柔诱惑："殿下，让末将来伺候你吧……"

阿绯只是怔了一会儿，旋即便又叫道："你这失心疯的混蛋，我的相公是宋守，不是你这来历不明的混蛋……不要……"

傅清明恨她乱叫，一手捏了她下巴，便吻住她的唇，他发狠似的咬了咬她香软的唇瓣，舌头又卷入内里，强行缠着她的。

阿绯心惊胆战，脑中忽然泛出一些古怪的场景来，似是在幽暗的室内，灯光若隐若现，有人在浅浅呻吟，道："不……停下……"

而那人俯身其上，笑道："殿下不喜欢么……可是这里……不是这么说的！"

阿绯蓦地瞪大双眸，听到自己的心"咚"地大跳了一声。

然后，是另一声，就像是极为缓慢的擂鼓似的，只不过，铜锤擂下来，打的却是阿绯的心，阿绯只觉得那极重的锤子一下又一下，缓慢地捣落在她心上，整颗心要被砸碎，砸成扁扁的肉饼。

她忽然清楚地知道了一件事：或许她快要死了。

阿绯闭上双眸那瞬间，似乎身子在往下坠，在虚空里飘动，而下面的归处，则是那张红罗帐昏沉的大床，那床上的人兀自在辗转低吟，听起来几分熟悉，就好像在唤她回去似的。

第三章

第一美男

阿绯孤零零地站在一片稀疏的树林前。

抬手摸了摸头,头发乱糟糟的,她不太明白现在是什么状况。

阿绯清楚地记得,那个狐狸精傅清明分明一副想要强她的样子,可是后来……她莫名地就晕了过去。

醒来后阿绯觉得自己可能失身了,那她只好像所有失贞的烈妇一样自杀,但是莫名其妙的是,傅清明竟似没有动她。

他不仅没有动她,而且对她极为客气。

"你不是要下车吗?"傅清明又恢复了那副正气凛然到让人不敢直视的姿态。

不过现在阿绯却不会被他唬住,因为阿绯见识了他禽兽不如的一面,自也知道现在他这副惺惺作态不过只是道貌岸然而已。阿绯拉拉自己的衣裙,发现衣裙竟系得十分安全、完好,比她自己穿衣裳还整齐几分。

她不敢放松警惕,却仍昂着下巴,色厉内荏地望着傅清明:"你、你想做什么?"

傅清明望着她那副虚张声势的样子,淡淡道:"不做什么,就是顺从你的意思而已,你想下车,就下去吧。"

"你说真的？"阿绯不敢相信，前一会儿他还像是饿虎扑食一样地对她，现在说放就放，定然有什么图谋。

　　傅清明道："你要是不下去也行，那么以后就心甘情愿地留在我身边。"说着，双眸极为锐利地看向她。

　　阿绯赶紧道："我当然要下车下车下车！"一迭声地宣告，留下来？傻子才肯留在他身边，被他那样轻薄地一阵乱摸乱啃。

　　傅清明眼底掠过一丝失望之色，却仍道："好吧。"

　　随着他一声令下，马车果真停了下来，阿绯瞪大眼睛，斗鸡似的看了他一会儿，终于爬向车厢门口，将要出去的时候，傅清明唤道："阿绯。"

　　阿绯身子一哆嗦，先冲过去打开车门，才回头看他："干什么？你、不会是想反悔吧？"

　　"不会，"傅清明神色淡然地，"我只是想说……"

　　阿绯往车厢外蹭："说什么？你说……我听着……"

　　傅清明竟没有伸手把她拽回来，双眸望着她，半晌道："……你的头发有点乱了。"

　　"哦……"阿绯一呆，旋即哼了声，毫不犹豫地爬出车子。

　　傅清明望着她小小的身影消失在车门边上，神情几分黯淡。

　　忽然间，旁边的车厢响起一阵拍打之声。

　　傅清明将车厢窗户打开，往外一看，惊喜地看到阿绯站在下面。

　　"是不是改变主意了？"他的心忽然一阵狂跳。

　　阿绯望着他，摇头："我只是想问，你没有对我……对我……那个吧？"

　　"哪个？"他本能地问。阿绯斜眼看他。

　　傅清明沉默片刻，终于明白她问的是什么，脸色便沉下来："那个么……我不想说。"

　　阿绯盯着他看了会儿，便翻了个白眼："哼，不说算了……就当我没问。"一扬头便转过身去，也不停下来看看路，迈步就往前走。

　　傅清明盯着她的背影远去，车帘子遮着半边俊美容颜，他的眼神漠漠然地。

　　车外，胡三跟唐西目送阿绯离开，唐西鼓足勇气："主子，前头是荒头岭，听说有劫道的土匪出没，就这样让她走了……"

傅清明淡淡道："她自己愿意去，那就去吧。"

阿绯走了阵儿，发觉这是个上坡的山路，周围都是稀稀疏疏的树林，幸好可以看出脚下有路。

阿绯四处张望，却没看到人，不由得怨念："这是什么地方？"

如此走了一阵，正想坐下来休息，才看到前头有块平坦的大石，看似很适合当座椅，阿绯握拳，几分高兴地走过去。

人还没到大石之前，就见前头哗啦啦一阵响动，忽然之间闪出几个衣着奇异的人来。

阿绯惊了一惊，却见那几个人衣着各异，手中还握着木头长刀之类，有一个人叫道："此路是我开，此树是我栽，若想从此过，留下买路财。"

阿绯皱着眉打量那一字排开的四人，起初疑惑，继而一脸鄙夷："穿成这个德性，还念诗，你们是卖艺的吗？"

她从鼻孔里哼了声，白眼看天道："我没钱，有也不给。"

几个劫道的山匪面面相觑，其中一个道："大大大哥……你说得好像不清楚……"

那领头的一拍胸膛："此山是我开，此树是我栽，若想从此过……"

"够了！"阿绯满脸不屑地往前一步，嫌弃地盯着这几个打扮很是古怪的家伙，冷笑了声抬起下巴，"这山这么大，怎么会是你开的，你有这个本事吗？这些树，有的比你的年纪都大了，你从什么时候开始栽的？嗞，一帮信口开河的骗子。"

山匪们被她咄咄逼人震到，旁边那个结结巴巴又道："大大大哥……他说你是信信信、信口开河的……骗子……"

"得得，耳朵没聋呢，我听见了！"领头的山匪不耐烦地一挥手，"我说你这女人，没看清我们是在劫道吗？"

阿绯愣了愣："劫道？"

山匪道："打劫！抢劫！劫财……"看看阿绯的脸，色眯眯地一摸下巴，"劫色！懂不懂？"

"你说什么？"阿绯总算明白过来，脸上露出一点惶恐的表情，手捏住衣领，

"劫色？"几个山匪见她露出害怕之色，才欢畅地笑了起来。

阿绯往后退了一步，望着几个逼近的山匪："别过来！"

山匪们一边往前，一边七嘴八舌："大哥，这妞儿长得真好看，能不能给我？"

一个喽啰道："什么？哪有你的份儿，当然是大哥的！"

"大哥用完了，可以给你们用。"不愧是当老大的，极为慷慨。

众山匪齐齐地阿谀奉承。

阿绯气怒交加，又有些害怕："你们这帮贱民，光天化日之下居然敢……"

山匪老大望着阿绯吹弹得破的脸蛋，抹了抹一嘴的口水："小美人，今天就在这里跟你做对野鸳鸯……"

阿绯心里怕，嘴却仍旧是硬的，气愤地鄙视："不要侮辱野鸳鸯，你这副德性，只配当野猪……"

"老老老大……她……骂你！"

"我听见了！"山匪老大大叫一声，淫笑着抬手就要抓阿绯，"小美人乖乖地过来吧！我是公野猪，你当母野猪……"

阿绯本能地叫："我才不要！"

"嗖……"

电光石火间，不知哪里传来一声极轻的响动。

阿绯本来尖叫一声就闭住了双眼，谁知意料之中落在身上的手却并不见，耳畔反而听到几声"扑通"响动。

阿绯半信半疑地睁开眼睛，却猛地惊了一跳，只见几个山匪横七竖八倒在地上，也不知是死了还是如何。

阿绯瞪大眼睛，脸上的恐惧之色渐渐消失，走到最前头的山匪老大跟前，伸出脚来踢了一脚，然后戒备地后退一步："你……怎么了？死了吗？"

山匪老大卧在地上，眼睛瞪得大大地，这回换了他一脸惊恐。

阿绯看他明明怕极，却一动不动，只觉得好笑至极，又踢了一脚："你在装死吗？"

山匪老大张口："你、你这娘们……用的什么妖法？快……快把我们兄弟放开……"

阿绯本来不知道发生何事，听他这么一说却全然明白，不由得大笑："哈哈哈……原来你们都不能动了。"

阿绯大笑过后，绕着地上的劫匪们转了一圈，目光转动间扫见旁边有些细细的枯草，那黑白分明的眼睛一转，脸上露出狡黠的笑容，转头看向山匪老大。

山匪头子望见那个类似于邪恶的笑意，虽然不能动，却预感到什么似的，依稀抖了一下。

阿绯伸手，把那根枯草拔出来，握在手中慢慢蹲下去。山匪头子见她越靠越近，心里竟然害怕起来，发出类似女人的叫声："你干什么？"

"说我是母野猪？我这么美你竟敢这么说，你去死吧……"阿绯咬牙说完，将草探往山匪头子的鼻孔里。

山匪头子觉得鼻孔里发痒，虽然不疼："你、你这妖女……想干什么？"

阿绯不做声，只是眼睛发亮，手上的枯草在山匪老大的鼻孔下轻轻地滑来滑去。山匪老大耸耸鼻子，然后感觉到一股发自心底的痒痒之意，想打喷嚏，却偏又打不出来，眼泪却被憋出来了："住手，住手！"渐渐地浑身都酸软了，杀猪般地惨叫起来，浑身都痒起来。

阿绯玩了一会儿，觉得无趣，便将枯草插在山匪头子的鼻孔里："看你还敢不敢出来劫道。"

山匪头子鼻涕眼泪横流，阿绯站起身来，拍拍身上的尘土自言自语道："往前走应该就能出去吧。"

她看了一下前路，抬脚在山匪头子胸前一踩，旁若无人地走了过去。

山匪头子发出一声惨叫，紧接着他身后的山匪们也发出此起彼伏的惨叫声，阿绯挨个踩着走了过去，才回头看向一地尸体般的山匪们，轻蔑道："哼！一群贱民！"一甩头，扬长而去。

山匪们见女魔头终于走了，纷纷慰问头子："老大，那妖女用什么酷刑对你了？"

"老大你受苦了……不过我们这是怎么了？"

"那妖女当真会法术吗？"

山匪头子目光望下，看着鼻孔里插着的那根枯草，哭笑不得，正想说两句冠冕堂皇的话，忽然之间彻底僵住。就在他们的身旁，不知何时居然多了一个魁伟高大的身影，一身玄衣，俊美得宛如天神，虽然面无表情，但一双眸子却冷锐得似能杀人。他不动声色地站在那里，也不知从什么时候出现的，只不过就在看到他的那瞬间，就连阳光也好像被凝住了一样。那是经历千军万马才会有的威势煞气。

阿绯拦住一个路人："见过宋守吗？"

路人奇怪地看她一眼，摇头走掉。

阿绯走了会儿，又挡住另外一个路人，居高临下地问："知道妙村怎么走吗？"

那人皱眉看她，低低嘀咕了声就快步离开。

阿绯哼了声，如此一路问过去，始终也没有得到令人满意的回答。来来往往的都是陌生人，一张跟宋守相似的脸孔都没有，也没知道他音信的人。

好不容易挨到这个镇子，却不免又令人失望，阿绯不耐烦地抬手抓抓脖子，那里有些痒。发丝散乱下来，窝在肩颈处，阿绯想到傅清明所说的，不由得伸出手叉开五指，在头发上梳理了两下。

阿绯不会梳头，在妙村的时候，都是宋守替她梳头的，阿绯想到这里，忍不住就吸了吸鼻子。

此刻已经将近傍晚，阿绯在夕照下站了会儿，忽然觉得肚子饿了。

在妙村，能让阿绯不开心的大约只有两件事：吃不饱跟吃不好。

现在又多了一件事。

阿绯左顾右盼，总算找到一个像样的饭馆，她从门口晃了进去，拣了一张没人的桌子坐下。

饭馆里的人不知为何，纷纷都看她。阿绯不以为意，只是坐得端直，似乎等人来伺候。

顷刻，果真一个店小二跑来："这位……姑娘，你是要打尖儿，还是住店？"

"住店我知道，什么叫打尖儿。"阿绯面无表情地问道。

店小二一怔，旋即笑道："就是吃饭，吃东西。"

"哦……"阿绯这才明白过来，"吃东西，你们这有什么好吃的。"

店小二看看她的打扮，心里几分疑惑，却仍赔着笑说道："我们小店有各色吃食，招牌面食有油炸果子，其他的有面条馒头窝窝头，招牌菜是白菜炖肉和红烧肉……"

阿绯皱了皱眉:"不要啰唆,有鱼吗?"

店小二正说的嘴溜,忽然被打断了一愣:"鱼?姑娘您要吃鱼?这个点儿新鲜的鱼是没有了,不过倒是有咸鱼,用白菜蒸一蒸也是极好的。"

阿绯很不高兴:"我相公每天这个时候回家都会带着新鲜的鱼,你怎么会没有?"

店小二愕然,看着她一脸不悦,犹豫着:"姑娘……这……"

阿绯想到宋守不在,自己连新鲜的鱼都吃不上,更为不高兴,冷冷地说道:"算了,这个地方也不怎么样,做出来的菜肯定也不好吃!"她横眉竖眼地站起身来,往外就走。

店小二被训得愣了,一直等阿绯走出店门才反应过来:"噫?这、这人真是的……有病吧!"

阿绯站在饭馆门口,抬手挠挠脑袋,恼道:"连条新鲜的鱼都找不到,还差一点被劫色……可恶,傅清明把我扔到了什么破地方!"

阿绯摸摸肚子,有点饿,回头不满地瞪一眼饭馆,觉得不能在这里委屈自己的肚子,于是重新迈步顺着大街往前走。

阿绯走了一会儿,正饿得腿软,后悔没有在那饭馆里"凑合"一顿,忽然间便听到前头一阵吵嚷声,好似极为热闹。

阿绯顺着往前走,看了会儿,只觉得莫名其妙,前头一大堆人围在一起不知道在干什么。阿绯觉得好奇,便把人拨开挤了进去。却见面前有个老人跪在地上,正在捧着双手求饶,有三个身强力壮的男人围在他的中央,其中一个站在他跟前,骂道:"老不死的,走路不长眼睛看不到你孙大爷?"说话间一巴掌便打下来,打得那老头歪倒在地。

老头滚在地上,兀自哀告着求饶,周围的行人不敢靠前,只看热闹的居多。

那恶少骂了一顿,似不尽兴:"把本少新换的一件衣裳都给弄脏了,这老不死的,给我打!"几个恶奴冲上去,一阵拳打脚踢。

阿绯本来瞪着眼睛看,看到这里,只觉得匪夷所思。

有几个路人小声道:"别打了,会出人命的!"却换来恶奴们的一阵咆哮。

围观的人越来越多,拔刀相助的却没有一个。

阿绯转头，看那恶少正兴致高昂地在旁观，阿绯皱着眉，便把挡在身旁的两个路人推开一边。两个路人见状不高兴："做什么呢！"

阿绯不理，只是径直走到那恶少身前去，恶少正在兴高采烈，扫了一眼阿绯，并未在意。

众目睽睽之下，阿绯挥掌，"啪"地一巴掌毫不留情地打在那恶少脸上。

刹那间，好像整条街都静了下来。不远处的茶档上，正在观看的某人噗地喷了一口茶出来。而相反的方向，高楼上，亦有人扶在栏杆边看着这一幕，瞧见阿绯干净利落一个巴掌打了过去，惊讶之余忍不住一笑："不是都……忘记了吗？可这做派……倒是一点没变。"

两个恶奴正打得兴起，察觉周遭没了声音才回过头来，看着自家主子捂着脸瞪着眼的样儿，费了好大劲儿才反应过来主子竟是被打了。而且是被一个矮小瘦弱的女子！

围观人群都屏息静气。在所有的寂静之中，只有一个声音极为清晰地响起，字字入耳。

阿绯挥了一掌后骂道："贱民！"

两个恶奴魂飞魄散，急忙跑回来："哪来……"

话还没说完，阿绯一转头，狠狠瞪着两人道："给我闭嘴！"

两个恶奴吃了一惊，只觉得这少女的眼神狠辣之极，再加上她极为美貌，这狠辣便更显得气势惊人，两个恶奴竟被阿绯慑住。

旁边那恶少手捂着脸，本正欲发作，却被阿绯一句喝骂给骂得愣住。

阿绯转过头来，盯着那恶奴，咬牙骂道："一帮贱民！岂不闻《大启律例》，殴打年过半百老人者，轻者杖四十，罚银五两，重者罚银十两，服苦役三月！光天化日之下你们竟敢如此肆无忌惮地当街作恶，眼中还有王法吗？"

在场之人皆呆若木鸡，只有阿绯的声音清楚无漏地传了开去。

在人群之外，有几个衙差本正远远躲着看热闹，这恶少乃本地一霸，他们哪里敢得罪，就只笑哈哈地假装没看见，此刻情况忽然逆转，两人却也都怔住了。

一人捅捅另一个："这女子是谁，什么来头？好大的口气啊……"

另一个目瞪口呆道："不知道……难道是哪家大人的千金……微服私访？"

"这年头千金也流行微服私访了？"

"谁知道……算了，不关我们的事，我们还是……"

那个"赶紧开溜"还没说出口，就见阿绯蓦地转过头来。

在一片寂静中，这两位仁兄的声音被耳力过人的阿绯听了去。

阿绯一抬手，毫不客气地指着两人："你们两个，过来！"

两个衙差对上她的眼神，又见她"凶神恶煞"似的样子，各自发抖："怎么办，她看到我们了……"只好硬着头皮走了进来。

阿绯目光如炬，盛气凌人："你们是本地衙役？"

两人握着腰刀行礼："正是。"

阿绯看他们一眼，又看向那恶少，咬牙说道："他！当街殴打年过半百的老人，你们把他抓起来！"完全是一副不容分说颐指气使的口吻。

恶少吓得胆战，两个衙差也好不了多少，衙差甲鼓足勇气说道："这、姑娘……小的能不能问一声……您是……什么人？"

阿绯皱眉："他犯了法，你问我是什么人做什么？快点把他抓起来！"声音已经有些不耐烦。

衙差乙愁眉苦脸，不想得罪这位虽然不知道什么来头但看起来来头极大的女子，正要示弱，那恶少道："对了，你是什么人？我爹是孙钦！"

阿绯嗤之以鼻："我就是我，我相公是宋守！"她说着又转头瞪着两个衙差，"你们还愣着干什么，还不快点把他抓起来？！"

恶少恶奴，两个衙差，一干围观百姓全部愣住。

有人窃窃私语：

"宋守是谁？"

"听起来几分耳熟，是哪个新晋的大官儿吗？"

"看起来她底气很足……不好得罪的样子……"

恶少愣愣问道："宋守是什么人？"

阿绯怒道："我相公是谁需要跟你说？王子犯法与民同罪，何况是你这肥猪！你们……"

两个衙差此刻镇定下来，看阿绯的打扮极为普通，不似是个富贵官太太的模样，便试探着直接问道："宋守……是哪位大人吗？"

阿绯道："不是又怎么样？"

两个衙差互相使了个眼色,连那恶少也挺起了胸膛,望着阿绯笑。

阿绯皱眉:"你那是什么表情?——你们为什么还不动手抓他?"

衙差搓搓手道:"这个我们怕是爱莫能助了……"

恶少则道:"跟她啰唆什么,一个疯婆娘,给我打……不要打脸,长得还可以,等会儿带回家里去……让老子享受享受……"

阿绯斜视他,简直不敢相信自己的耳朵:"什么?"一句话还没说完,旁边忽地跳出一个人来,准确地握住阿绯的手腕。

阿绯只听到耳畔有个声音道:"走啊!"那人往前就跑。

阿绯还来不及说话,整个人就被他拉住,身不由己地跟着跑向前去。

身后那恶少恶奴连同两个衙役气势汹汹地追过来。

高楼上观看的那人见状,霍地起身:"不好……"说话间,袖子轻轻一挥,人已经自楼头消失不见。

阿绯起初是被拽着身不由己地,后来听到身后的脚步声跟吆喝声,忍不住也紧张起来,撒腿跟着狂奔。两人像是脱缰的野马,在巷落里东拐西拐一口气奔出数里,阿绯喘得上气不接下气。

阿绯弯腰喘了几口气,扭头瞪着旁边那人:"你带着我跑什么?"

身边的人笑嘻嘻地,却是个年轻的男人,看来几分面善:"因为后面有很多追兵想要抓我们,当然要逃了。"

阿绯叉腰:"你是说那些官差?他们为什么要抓我们?该抓的明明是那个肥猪。"

男人笑得像是一只猫,嘴角上扬,两只眼睛却往下弯弯地:"因为那只肥猪的老爹是本地一霸,而你跟我却什么都不是。"

阿绯倒也不笨:"你说官差跟他们都勾结起来了?"

男人笑眯眯道:"孺子可教。"

阿绯皱着眉,总觉得哪里有点不对,可是却想不到,忽然望见男人笑嘻嘻的模样,便说:"你……怎么看起来有点眼熟。"

男人笑道:"姑娘你先前还说要跟我相处相处,这么快就忘了吗?"

阿绯大吃一惊:"原来是你!是那只驴……"眼前便想起那男人从驴上掉下去的英姿。

"那只驴是我的坐骑，"男人望着阿绯，一本正经地要自我介绍，"其实我是有名字的，我叫做步轻侯。"

阿绯上下打量他，见他穿一身土白色的布衣，头上没戴帽子，露出光光的脑门，一张脸长得倒是不难看，只是笑得太过了些，看得阿绯眼花。

"你是特意来找我的？"阿绯瞪大眼睛，有些不能相信。

"这个情况，说偶遇你会不会相信？"他笑吟吟地。

阿绯瞧着他一脸灿烂，终于又板起脸来："不管是不是，不用白费心机了，你不是我喜欢的类型。"

步轻侯一怔，笑容总算收敛了几分，叹道："姑娘你总是如此毫不留情吗？"

"哼，"阿绯道，"还有，我已经成亲了，所以你没有任何机会。"她说完后，一扬头，"我走了，不要跟来。"

步轻侯望着她的背影，面上仍旧是笑吟吟地，双眸中却全无笑意："姑娘，你要去哪？"

"跟你没关系。"阿绯头也不回地说。

步轻侯抓了抓头，仿佛自言自语般说："那好吧，我就自己先去找个地方吃点好吃的。"

阿绯脚步一顿，立刻转过身来。步轻侯转头的瞬间，却发现身边已经多了一个人，他吃惊地看着阿绯："你怎么又回来了？"

阿绯眼珠一转看着别的地方："我觉得你总算也还用了心，知道回来找我……所以我决定陪你吃顿饭再走，不用谢我，走吧。"

本地最大的酒楼上，店小二抱着托盘，愁眉不展地站在一张桌子边上。

"肉丸子太多油了，吃一个恶心半天，"阿绯满脸嫌恶，冷冷地说，"青菜完全没有味道，活活地煮成了干柴嚼也嚼不动，至于这条鱼，咸得简直要命，而且我看它起码在昨天已经死了，这也敢拿出来？"

店小二弱弱地："客官……这是我们酒楼最好的菜了……"

阿绯道："所以这儿才这么几个客人，过几天连一个客人也不会有，因为都被你们的菜吓跑了。"

店小二的眉毛成了一个八字：这娘们儿真是……

步轻侯笑哈哈地："你吃也吃了，总要赏个脸，难道就没有一道好吃的？"

"没有！我都不喜欢！"阿绯果断地说，最后又看他，"还有你笑得太厉害了，让我的不喜欢更厉害了些。"

小二在旁边看着，忍不住愁眉苦脸：这两个客人一个总是一副笑模样，看来很好相处似的，一个却总是板着脸，看来很不好惹……极为奇异的一对组合。

男的很英俊，笑的样子也好看，女人也生了张俏丽面孔，只可惜凶了点。

难得不管她如何凶，男人都一点都不生气，总是笑眯眯地。

小二心里猜测这两人不知是不是一对，是的话这男人可真倒霉，又忐忑地掂量是不是遇到了吃霸王餐的客人，却不敢问。

因为这个男人虽然总是在笑，但是身上却有种气息……

步轻侯转头看他："小兄弟，你在想什么？"

店小二望着他弯弯的眼睛，忍不住咽了口唾沫："没……没没没……小人不敢！"

那双笑眯眯笑得很好看的眼睛里，似乎隐藏有锐利的锋芒。

步轻侯却没有为难他，反而笑道："别担心，菜色虽然一般，银子还是会照样给你的，我们不是吃霸王餐的人。"

小二喜出望外，松了一口气，千恩万谢。

阿绯哼了声，起身往外走，站在门口有些惆怅。

夜色降临，路上的行人都少了，只有头顶蓝黑色的天幕上，挂着一弯残月。

步轻侯走出来，笑着说道："你的心情好像不佳，故而吃什么都觉得不喜欢。"

阿绯回头看他一眼："我的心情虽然不好，不过菜做得的确不好吃。"

步轻侯笑道："就算不好吃，也不用当着人家的面儿说出来，你看店小二的脸色……"

阿绯皱眉，哼道："明明是他们的厨子厨艺不够，难道还不许别人说？这样下去，这家店迟早要关门。"

步轻侯望着她，忽地又轻轻一笑："这家店做的菜虽然一般，人却还成，总要给人家留三分颜面。倘若遇到黑店，你这般当面指责，有一番口角还是小事，……你一个人是会吃亏的。"有点语重心长的意思，可惜阿绯完全没留心。

阿绯不以为意："是吗？我才不要说违心的话。"懒懒地就往旁边走了开去。

步轻侯望着她的背影，略一站便又跟了上去："天色已晚，你现在要去哪？一个人乱走很容易出事。"

阿绯抬头看着那弯月，想起在月亮初升的时候，她跟宋守在院子里吃饭，他会把最好吃的鱼背肉夹给她，哪里需要她现在跟个陌生的男人吃那些难吃的酒楼菜色。

阿绯喃喃道："我要回妙村。"

步轻侯比她高很多，清楚地看到她晶莹的眸子里若隐若现地晃动着两弯弦月，他顿了顿，又问道："妙村是什么地方？"

"是我跟相公住的地方。"阿绯抬手撩撩头发，"你问得太多了。"

"相公……"步轻侯脸上的笑缓缓地消失，过了会儿却又依然如故，笑微微道："那既然一定要回去，倒也不急于一时，现在天已经黑了，你这般乱闯怕是也回不去的，不如先找个地方借宿一宿吧？"

阿绯转头，警惕地看着他："你是不是还在打我的主意？"

步轻侯仰头，哈哈地笑了三声，才又问道："你看我哪里像个坏人吗？"

阿绯正要回答，他却又一脸认真地说道："何况阿绯姑娘你这么聪明，我就算是想打什么主意，也瞒不过你的双眼。"

阿绯看着他"蠢笑蠢笑"的模样，点点头说道："这倒是。"

步轻侯见她答应，便又哈哈地笑了两声，往前一步站在她身边："吃饭吃得不如意，住宿一定要让阿绯姑娘满意。"

阿绯觉得他的态度很好，就说："刚刚吃饭你给他的银子，等我找回相公后让他还你。"

步轻侯笑道："我别的不敢说，银子倒是还够用的，阿绯姑娘不必同我客气。何况我这人天生的热心肠，能帮到人，自己心里头也快活，阿绯姑娘肯给我这个机会让我帮，我是十万分快活的，俗话说'千金难买心头好'，算起来还是我占便宜多些。"

阿绯听他说得头头是道，便道："你这个人倒是挺有趣的。"

步轻侯走在她身侧，低头看着她，凌乱的头发也遮不住她出众的容颜，且更从那份凌乱里显出几分别样的清丽跟动人来，只是这样好看的脸上却透着极明显的冷意，让这份美显得有几分令人望而生畏。

两个人缓缓地在路上而行,影子便拖在地上,两道模糊的影子时而撞在一起,时而分开,步轻侯低头看着,忍不住笑出了声。

阿绯问道:"你笑什么?"

步轻侯笑道:"哦……我看到前面客栈到了,希望这间客栈不会让我们失望。"

阿绯抬头,果真看到前头灯火阑珊处有一座高楼。

两人几乎是肩并肩一前一后地晃入客栈里,里头的掌柜拨着算盘,一抬头看见两人,笑容满面:"客官您……二位要住店?"

步轻侯自来熟地把手搭在柜台边上,笑道:"劳烦老板了,两间上房。"

老板见他气度不凡,又如此平易近人,乐得脸上笑开花:"不敢当不敢当……"

阿绯信手挠挠头,回头看,却见有几个客人,正坐着吃饭,有人看到她的脸,顿时连饭也忘了吃,直勾勾地盯着看。

阿绯却没留心,转过头来打了个哈欠:"弄好了吗?"

步轻侯笑道:"马上就好。"

掌柜的已经唤了小二来,领着两人上楼。

房间倒是颇大,步轻侯的就在隔壁,阿绯觉得有些累,果真便没再挑剔,又叫小二打了热水来,把手脚头脸都洗过了,还想沐浴,只可惜不方便。

阿绯爬到床上,客栈的床比较大,完全可以容得下两个人,阿绯在上头翻来覆去,不知不觉便睡着了。睡到半夜,忽然间听到异样声响。

阿绯睁开眼睛,正对上步轻侯笑眯眯的双眼,阿绯吃了一惊,步轻侯却"嘘"地冲她比了个手势,阿绯压低嗓子问:"你干什么?"

步轻侯不回答,只是指指上头,阿绯仰头看屋顶,却看不出什么来:"不要故弄玄虚。"

步轻侯冲她一笑:"知道什么叫采花吗?"

阿绯嗤了声:"什么了不起的,我也经常干这事儿。不单是采,采了后还会插在头上。"

步轻侯的嘴角抽了抽:"跟你那个不一样……"

阿绯刚要问有什么不一样,步轻侯侧耳倾听了会儿,忽然道:"糟了,居然这么快追来了……"他虽然说着"糟了",脸上却仍旧带着笑,似乎反而像遇到了什么有趣的事。正说到这里,只听得外头隐隐地有数声惨叫传来,步轻侯一笑:"得罪啦!"探臂将阿绯抱住。

阿绯大怒:"你干什么?"

步轻侯笑道:"那个对头追来了,我们趁机赶紧跑吧,不跑就来不及了。"

阿绯不屑道:"什么对头我才不……"那个"怕"还没说完,就听到外头有个极冷的声音道:"有一对年轻的男女……住在哪里?"

阿绯听到这个声音,头皮一紧,伸手抱住步轻侯的腰:"我不想见他,我们快点跑。"

外头黑漆漆的,也不知道究竟是什么时辰了,阿绯心头紧张,因为那个声音正是傅清明的!

步轻侯抱着她,纵身从窗口跳出去,他的身子竟不坠落,反而一跃上了屋顶。

阿绯在他怀中瞪着双眼,正好看到迎面有一道人影直起身子,阿绯魂不附体,还以为是傅清明,却不料步轻侯道:"抱住我的脖子。"阿绯照做,步轻侯一手抱她,一手将那人擒过来,嗖地便往下扔过去,黑咕隆咚地,也不知道被丢到哪里。

阿绯低低惊叫了声,步轻侯低声笑道:"采花的……贼。"

阿绯觉得这个贼居然跑到屋顶上采花,实在是脑子有病,然而她来不及管这个:"你认得那个狐狸精?"

"狐狸精?"步轻侯狐疑地问。

阿绯道:"他说他叫傅清明。"

步轻侯脚下一个踉跄,差点儿抱着阿绯从屋顶上滚下去,阿绯慌乱中揪住他的头发:"仔细些!"

步轻侯哭笑不得:"遵命,轻着些扯。"

阿绯松了手,步轻侯几个起落,便从客栈的屋顶直接跃到旁边的屋顶上去,阿绯叹道:"你好厉害。"

步轻侯低笑:"一般一般。"

正在这时,后面有个声音喝道:"轻罗剑客,把人留下!"

阿绯趴在步轻侯肩头,偷偷地往后看,隐隐约约瞧到一个熟悉影子,当下尖叫道:"是他来了!"

步轻侯笑道:"没事没事,他的功夫虽然一流,轻功却不及我。"

还有一句话没说,——他的轻功虽然一流,但怀里还抱着个人呢,如此一来,倒是跟傅清明不相上下难分轩轾了。

阿绯稍微放心:"你说的对头就是他?"

步轻侯含笑道:"是啊,老相识了。"

阿绯瞪大眼睛:"为什么你们是对头?"

步轻侯大笑道:"因为他嫉妒我长得玉树临风比他帅,所以他一直想除掉我,好当天下第一美男子……"

阿绯露出恶心的表情:"不是吧……"

步轻侯哈哈长笑,扬声道:"傅清明,我说的是不是真的?"

他的声音在黑暗中遥遥传了开去,身后傅清明的声音也冷冷地传来:"小心你的舌头!"

两人一前一后追出数里,渐渐地竟出了镇子,步轻侯虽然逃跑,意态仍旧悠然,只不防身后傅清明追得太急,无声无息中一掌拍出来。

步轻侯被他雄浑掌力拍到,身形往前一抢,浑身巨震手臂发麻,差点把阿绯扔出去。

阿绯赶紧抱住他的脖子:"你怎么了?"

步轻侯胸口血气翻涌,却仍旧哈哈笑了几声,只不过笑声里带点沙哑:"没事没事,他在后面挠了我一下。"

这一会儿的工夫,眼前人影一晃,却是傅清明已经闪身出现,大袖一挥往身后一背:"轻罗剑客,你想找死吗?"

阿绯从步轻侯身上挣扎下来:"傅清明,你阴魂不散地追着我们想如何?你不是说放我走了吗?出尔反尔真是无耻!"

步轻侯笑道:"骂得好啊!"

傅清明沉声喝道:"轻罗剑客,此事跟你无干,速速离开!"

阿绯一听,赶紧把步轻侯的手挽住:"你不许走。"

步轻侯看看她紧紧挽着自己的手,笑对傅清明道:"你可看到了,不是我不愿意走,是阿绯姑娘不愿意我走。"

阿绯扭头："傅清明走，你不许走！"

暗夜中，也看不出傅清明的脸色如何，只是那声音越发冷："饶了你是看在步老公爷的面上，你若不及早离开，就别怪我手下无情。"

步轻侯笑道："我跟你之间的交情没那么深厚，也不用看在谁的面上，何况我这人最见不得美人落难了，堂堂的大将军夜晚追一名弱女子，传出去恐怕不大好听吧。"

阿绯觉得步轻侯说的话动听极了，便越发狠狠地瞪着傅清明，步轻侯转头看她一眼，见状笑道："阿绯姑娘，你可是弱女子，不要那么瞪人。"

阿绯哼了声："好吧，我也不爱看他！"便把头转开去。

傅清明见两人一唱一和，竟十分利索，他心里不高兴，皱眉说："那我就成全你。"

步轻侯见他身形一动："阿绯姑娘，你暂且退后。"

阿绯抽身往后跑开几步，动作十分敏捷。

傅清明见阿绯退后，便要将她捉过来，步轻侯却更快，闪身挡在他的身前："大将军，几年不见，不知你身手是不是退步了？"

傅清明有几分怒意："步轻侯！"

步轻侯哈哈一笑，从腰间抽出一柄软剑来："大将军留神！"

傅清明闪身避开，凭着一双肉掌对上步轻侯的软剑，泰然自若毫不慌张。

两人在电光石火间过了几招，阿绯在后面看得眼花缭乱，只瞧见暗影里两人身影不停闪动，究竟如何却看不懂。

阿绯起初还有些紧张，暗暗希望步轻侯打败傅清明，看着看着，便忍不住打了个哈欠。正看得无聊，耳畔忽地听到一阵极细微的尖锐声响，若隐若现地传入耳中。阿绯一怔，转头四看，周围却并没有人。

步轻侯同傅清明仍在交手，阿绯眨了眨眼，以为自己听错了，谁知过了片刻，那种奇异的声响又响了起来，听起来还有几分耳熟！

步轻侯同傅清明两人斗了片刻，两人都是高手，刚一交手便动了真招，傅清明起初还留心阿绯，见她乖乖站在旁边便稍微放心。

高手过招讲究心无旁骛，不然的话一线便能见高低，傅清明看步轻侯总是不退，渐渐地动了真气，凝神同步轻侯又过了十数招，才将他一掌拍开。

步轻侯吃了亏，捂着胸口倒退两步，却仍哈哈笑道："果真你的武功比之前进步了。"

傅清明刚要说"你也不遑多让"，忽然间心头莫名地一阵慌张，他浑身一震，急忙看向步轻侯身后，目光所及，却不见了阿绯的影子。

傅清明陡然大惊，失声道："人呢？"

步轻侯此刻也才发现，回头扫了几眼，笑道："噫，阿绯姑娘莫非是先跑了？"

傅清明浑身绷紧，散发着淡淡寒意："步轻侯……倘若她有个三长两短……"

"你这话好笑，"步轻侯笑着，"她分明都不想见你，见到你才有个三长两短呢，何况她说是你故意放了她的，何必又这么穷追不舍苦苦纠缠呢。"

"你懂个屁！"傅清明似是真急了，竟有些口不择言，咬牙道，"我知道朱子迦生的人一直跟着，怕他们对她不利，所以故意放了她好引蛇出洞，但是偏偏你从中作梗……"

步轻侯一怔，笑声哽在喉咙里："朱子的人？朱子……"

傅清明来不及同他多说："朱子对我恨之入骨，不能让她再落入他们手里。"

步轻侯没了笑容："我们分头去找。"

且说阿绯听着那哨声，在耳畔若隐若现，她听着听着，忍不住心神恍惚，循着那哨声传来的方向走去。

阿绯走了一阵，渐渐地耳畔傅清明跟步轻侯过招的声响淡去，那哨音却越来越清晰，也越来越熟悉。

黑暗里，阿绯看到眼前有一点淡色的火焰，忽忽地跳动，她心里本来该觉得害怕的，此刻却只觉得莫名地亲切喜欢。

阿绯迫不及待地追过去。旷野的无边黑暗中，只有一点光在跟前指引，那点光飘着，最后停了下来，落在一个人的肩头。

阿绯望着那站在眼前的人，他虽然背对着她站着，她却一眼就能认出来。

阿绯缓缓站住脚步："相……公？"

淡光之中那人转过身来，轻轻唤道："娘子。"跳跃的光影中，他的容颜依旧，神情却有几分异样。

阿绯不顾一切地跑过去："相公！"张开双手将他紧紧抱住。

第四章

恐别倾城

那就像是一个诡异而美的梦,令人向往身不由己地靠近。

阿绯在没有见到朱子迦生之前,心中还惦记着他的那些背叛行径,想着会问个清楚……然后最好的结局是两个人仍然在一起。但自欣喜地听了那若隐若现的哨声,就好像暗夜里有一只无形的手,拉着她往前走,且一步一步地迷失心神似的,渐渐地什么都忘了,只有一个念头最为清晰:到相公身边去。

她被哨声引着,被那跳跃的火焰指点,义无反顾地往前,用力地将她眼前所见之人抱住。模模糊糊的神智中,阿绯觉得满足而欣喜。

高大俊美的男子,衣着有些奇怪,头上戴着精致的银饰,火焰蜻蜓一般似停非停地落在他肩头,焰光一跳一跳地,那些银坠饰也微微闪动,上面雕着的精细花纹也如琳琅跳动,令人炫目,极致之美。他的双眸凝视怀中的阿绯,几分温柔,几分沉默,还有几分竭力显出的冷漠。

"娘子……"他轻轻唤了声,手在阿绯的细腰上围住,"娘子……"

阿绯并没有看到他换了衣着,换了古怪的打扮,恨不得钻到他怀中去,听了他的声音,便带着哭腔道:"你为什么不要我了,我找了你好久。"

那银白色的额饰之下,一双眸子暗影闪烁:"你为什么要找我?"

"因为你是我相公，"阿绯贪恋他身上的味道，手在他的背上划来划去，"相公……"他想说什么，却又忍住了。

然后旁边有个人冷冷地说道："朱子，那两个人很快就会追到……时间不多了。"声音有几分熟悉，却正是先前带着朱子离开的红绫女。

阿绯茫然抬头："谁在说话？"

朱子的身子震了一震，手抬起，当空一挥做了个手势。

红绫女淡淡说道："朱子，不要功亏一篑。"红影一闪，便消失不见。

而在朱子的另一侧，也轻轻地响起一声笛声，有一道人影亦慢慢地隐没，看那身形，隐约可辨是先前曾出现在妙村的那个不会说话的吹笛人。

阿绯听到那笛声，皱着眉喃喃道："说什么？去拦……战……"

朱子心头一惊，抬手在她的额头上一盖："娘子……"

阿绯双眼闭了闭，再睁开的时候已经重归一片茫然，望着朱子的时候，却满是依赖欢喜之色："相公！"

朱子凝视着她："娘子，你想跟我在一起吗？"

阿绯用力点头："当然。"

朱子道："可是有个人，不想我们在一起。"

阿绯瞪大眼睛，怒道："是谁？"

朱子的声音很慢，带着诱惑的味道："他叫傅清明。"

阿绯皱着眉回想："我认得他……这个人我不喜欢。"

朱子笑了笑："我也不喜欢……娘子，他不愿意我们在一起，那么……我们就杀了他好不好？"

"杀……了他？"阿绯愣住，"杀……人？"她迟疑地，皱着眉，像是分辨什么，极艰难似地重复。

朱子的手在她背上抚过："娘子……杀了他，我们就可以在一起了。"

"杀……杀人……"阿绯的眉头越发皱紧，似乎本能地觉得这件事不对，"可……可是……"

朱子望着她，脸色渐渐地有几分寒意，他抬手轻轻捏住阿绯的下巴，在她的唇上轻轻一吻："娘子……不愿意为了我杀他吗？只要他死了，我们就可以在一起了……仍旧回去妙村……过没有人打扰的日子……"

阿绯眼前繁花盛开，朵朵之中闪现的都是妙村的好日子的镜头，而朱子的脸也在其中，温柔而令人渴慕地引诱着。

阿绯只觉得心头有什么蠢蠢欲动要冒出来似的："我……我想跟相公在一起……"

朱子的唇擦过她的唇，一直滑到她耳畔："那就答应我，杀了他……杀了……傅清明……"

这个声音极清晰而准确地钻到心底，阿绯只觉得心头猛地一痛，像是被什么刺破了似的，她挣扎着，却无能为力，眼神渐渐涣散，低不可闻地说道："杀、杀了……傅清明……"

朱子轻轻地呼出一口气，将脸贴在阿绯脸上："阿绯……你永远是我……"

步轻侯手中捏着一根树枝，树枝上挑着一条墨色小蛇，笑道："真有趣，没想到朱子还有这么有趣的手下，幸好我不是色鬼，不然的话恐怕就要被美女蛇吸干了。"

"我也觉得很遗憾，"旁边的傅清明说道，"遇上南溟的护教法使之一红绫女，那样魅惑人心的美人……你居然毫发无损。"

步轻侯笑道："听你的口吻似乎很嫉妒我？……你总不会什么也没遇上吧。"

傅清明哼了声："我遇到的是小南音。"

步轻侯略怔："我听说过'小南音'的名头，听说听了他笛声的人都会被摄魂……你呢？不过你这人本就没什么心魂似的，多半是无恙。"

傅清明道："是啊，很令人遗憾，我居然无恙……你是不是也这么觉得呢，朱子？"

就在两人的前方数丈开外，蓝色的火焰照得地上如一片蔚蓝色的暗海，朱子迦生便坐在中央，他的怀中紧紧地抱着的正是阿绯。

步轻侯道："你问他做什么？还不快过去看看阿绯姑娘如何了。"

傅清明道："你仔细看脚下是什么。"

步轻侯皱了皱眉，低头去瞧，刹那间毛骨悚然："这些……是活的？是蛊虫吗？"原来他以为地上那些微微而动的不过是火焰照出来的幻影而已，仔细看才察觉不对。

傅清明双手负在身后，手紧紧地捏成拳："朱子迦生，你究竟想要如何？"

蓝色的光焰之中，朱子的脸在俊美之中带几分邪惑："你自己清楚吧，傅大将军。"

步轻侯望着那些蛊虫，任凭他天不怕地不怕，此刻却仍旧浑身发毛，闻言勉强笑道："男人之间的事，冤有头债有主……何必把阿绯姑娘掺和进来呢？朱子……你能不能把阿绯姑娘放了，至于这个男人，你爱把他如何都成，我没有意见，甚至还可以助拳。"

傅清明淡淡看他一眼："你真是慷慨大方，甘为人两肋插刀。"

"插你两刀而已，我会轻点。"步轻侯笑。

朱子也低低地笑了起来，步轻侯只觉得浑身的鸡皮疙瘩都冒出来了。暗夜无边，蓝色如海的蛊虫，南溟神秘的朱子，还有在他怀中似乎沉睡着的美貌少女……这一切都是如此的不真实，偏又如此真实地就在眼前。

"我一放开她，锦地们就会把她吃掉，"朱子慢慢地说，"既然你们都这么想要她，那么……就来带她走吧。"

傅清明同步轻侯不约而同心头发紧。

朱子的双眉上挑，嘴角竟带着一丝淡淡恶意的笑："傅清明，你敢吗？"

步轻侯虽然不知道这些"锦地们"到底是什么来头的，可是看它们蓝蓝地挨在一起，就已经不寒而栗，当下道："这……这不是要他的命吗？"

"他那一双手，沾着我南溟数千万子民的血，"朱子的声音忽地有些淡漠，双眸也泛出微微的红色，"要他一条命，委实是太便宜了他。"

"何况……他本来早就该死……"他说着，看了傅清明一眼，便低下头，轻轻地吻住阿绯的唇。

步轻侯皱眉喝道："你干什么？"朱子却置若罔闻，含住阿绯的唇，抵死深吻，阿绯低低地呻吟出声，却丝毫都不反抗。

朱子低笑："我同她做了两年夫妻，这么做……不是理所应当的吗？又有……什么可奇怪的呢？"

步轻侯忍无可忍："卑鄙！"手中软剑一抖，便要出招，傅清明忽地抬手将他挡住。步轻侯被他大力一震，竟往后退了一步。

与此同时傅清明竟纵身而起，人居然是跃向蛊虫堆中，步轻侯一见，心神巨震，大叫道："傅清明！"

却见傅清明人在空中，抬掌往蛊虫堆中一拍，掌风所至之处，竟将蛊虫击飞，空出一方空地来，傅清明一脚踩落，脚下用力，便又腾空而起，就在脚尖离地瞬间，蛊虫们又如潮水般将那空地填满。

步轻侯见状，心头才略微放心，傅清明起落三次，人已经逼近了朱子和阿绯，朱子瞧着他来到，摇头笑道："傅清明，给你！"

他站起身来，猛地将阿绯扔了出去，傅清明大惊，却见他竟把阿绯扔向身侧不远的方向，虽然不远，但他人在空中无处借力，却无论如何也是过不去的。

傅清明见状，一咬牙，深提一口气，双掌一拍，竟生生地转了个弯，人往阿绯那畔掠去，身形却不断下沉。

傅清明冲到阿绯一侧，抬臂将她搂入怀中，整个人却已经要跌入蛊虫堆中了，他心里寒彻，却临危不乱，大袖重叠把阿绯抱得严严密密，正在生死一瞬，却听到步轻侯道："接着！"

傅清明心头一动，只觉得有一物迅猛袭来，却是冲着他的双腿下方。

傅清明脚尖往下一点，就在蛊虫蓝海之上一寸，一道雪亮的剑锋闪烁，却是步轻侯的佩剑，被步轻侯用尽全力扔来，足够傅清明借力。

傅清明在上面一踏，整个人便重新腾空而起，步轻侯的佩剑落地，被虫儿们抱了个无影无踪。

两人耳畔听到一声笑，却是朱子的声音，渐渐远去，而锦地们也如潮水一般"刷"地后退，竟极快地消失无踪。

步轻侯一身冷汗，瞧见自己那柄剑，本来雪亮的剑锋仿佛是被啃噬的一样，锈迹斑斑，显然不能用了。

步轻侯道："这……难怪当初高皇帝那么忌惮南溟，非要灭他们而后快，如此诡秘的招数，实在令人发指。"

傅清明不言语，只是低头看阿绯，却见她脸颊绯红，仿佛睡着了般，呼吸倒是平稳的。

步轻侯探头过来："阿绯姑娘如何？这厮还真是狠毒，都是从小认得的，竟能忍心把她往蛊虫堆里扔。"

傅清明沉默了会儿，忽地说道："他是想我死而已……就算阿绯掉下去也无妨，因为……"

"啊？"步轻侯一怔，继而略微俯身，果真嗅到阿绯身上有股淡淡的香气，似是酒醉的味道般。

联想到方才傅清明抱着阿绯回来，还差一步之遥要落地的时候，那些蛊虫都纷纷避开了，他忍不住骇然而笑："原来他给阿绯姑娘吃了避蛊虫的药？这个人的心思……"

傅清明面沉似水，不知为何，虽然把阿绯救回来了，他的心里却仍旧毫无轻松之意。

步轻侯摇头笑道："以后可万万别再让我遇到这些人……"

闹腾了这一番，东方已经泛白，黎明降临，一道曙光极快地掠过平原，映出两道茕茕而立的身影，两人不约而同地都看向阿绯，却见她的长睫毛抖了抖，嘴唇也动了动，竟正慢慢醒来。

曙光照彻整个平原，阿绯睁开眼睛的瞬间，眼前便是黎明的光芒中傅清明的脸。

清澈的晨光中他的容颜染着一抹温柔的旭日暖色，令人迷醉。

阿绯眨了眨眼，终于看清："……怎么是你？"

阿绯抬手打向傅清明："放我下来！"

傅清明手一松，阿绯挣扎着跳到地上。

步轻侯见她身形不稳，忙伸手去扶，阿绯顺势将他紧紧抓住，怒道："为什么他抱着我？"

步轻侯张了张嘴，看着阿绯怒气冲冲的脸，决定善意地说一个谎："因为就在刚刚他把你从我怀中抢走了。"

"我就知道是这样！"阿绯毫无障碍地接受了这个谎言，转头怒视傅清明，"你……"

她还没说完，就拽着步轻侯先后退了几步，看着傅清明的眼神像是看着什么洪水猛兽。

傅清明叹息，不知道自己从什么时候开始在她眼中居然成了坚定不移的反派，或许……是最初的一开始便是如此？

步轻侯在旁边忍着笑，阿绯扭头看他，紧张地问："现在是怎么回事，我们是不是要继续逃？"

步轻侯咳嗽了声:"阿绯姑娘,你不记得昨晚的事了吗?"

阿绯呆了呆:"昨晚什么事?你不是跟他打起来了吗?然后……"

"然后发生了什么?"

阿绯皱着眉想了会儿,然后她面无表情地翻着眼看天:"我不记得了。"

太阳升了起来,阿绯甩着手走在前面,她的身后是步轻侯,再往后,则是傅清明。阿绯起初还回头怒视傅清明,后来见他似乎没什么敌意,就暂时放松戒备,不再理他。

步轻侯道:"阿绯姑娘,你累不累,要不要歇会儿?"

阿绯斜视他:"已经走了半个时辰了,简直又累又饿,这到底是什么地方,这样下去我什么时候才能回去?"

步轻侯往前张望了会儿:"我看前头好像就是一座城了。"

"那还得走多久?"

"半个时辰也差不多了。"步轻侯笑着回答。

他的笑容并没让阿绯的心情变好,若不是因为傅清明跟着,一定不肯干休。

想到傅清明,阿绯拉拉步轻侯:"他怎么一直都跟着我们?"

步轻侯回头看一眼傅清明:"大概……他要走的路跟我们一样吧。"

阿绯啐了口:"这里又没有路,我看他多半是不怀好意。"

步轻侯道:"你真的很不喜欢他呢。"

阿绯像是看怪物一样看他:"难道你喜欢上了他?"

步轻侯眨了眨眼看天:"我不是很喜欢他……也不是很喜欢上他。"

阿绯顿了顿,然后哈哈大笑,傅清明距离他们只有十几步远,以他的功力自然也听得清清楚楚,当下脸都黑了。

阿绯探头往后看了一眼,望见傅清明的脸色后整个人愉快了好些,便抬手拍拍步轻侯的肩膀:"虽然你没有把他赶跑,但我宽宏大度善解人意,不会因此怪罪你的。"

步轻侯道:"多谢阿绯姑娘。"阿绯望着他明朗的笑容,心情更加好了。

步轻侯看着她的脸,停了会儿,又开口问道:"阿绯姑娘,我有个问题不知道该不该问。"

"什么?"阿绯不以为意地。

步轻侯咳嗽了声，笑着问道："你真的……完全不记得以前的事了吗？"

"以前？什么事？"阿绯皱起眉头。

步轻侯道："比如……我？"

阿绯转头看他："我该记得你吗？"

步轻侯望着她有些漠然又有些茫然的表情，心缓缓地抽了抽："这个……"

阿绯上下打量了他一会儿："如果我们以前认识，那我现在真的一点也不记得了。"

大概是步轻侯的神情有些不对，阿绯居然觉得于心不忍，莫名地又道："对不住。"

步轻侯沉默了会儿，身后傅清明忽地开口："不必难过，她不记得了也未尝不是一件好事……至少，她肯对你说一声'对不住'。"

步轻侯张口想大笑，却只是发出无声的笑。

阿绯本来并没有将这件事放在心上，听了傅清明的话才皱起眉来："你说什么？"

傅清明望着她："毕竟你连我都不记得了，还能记得别人的话……"

"住口，"阿绯不等他说完，就打断他的话，她上下扫了眼傅清明，又扫了一眼旁边的步轻侯，以一种肯定的语气说道，"虽然我不记得他了，也不记得你，不过我觉得，……如果以前我认识你们，那么我也是喜欢他的，讨厌你的。"

傅清明呆住，步轻侯双眉一蹙，本来是笑不出声来的，此刻却竟哈地笑了出来。

傅清明怔了会儿后，便慢慢地道："这……倒不见得吧……"

阿绯用一种看着卑微虫豸般的眼神扫过他："不要啰唆，我说是就是。"

她不容分说地下了结论，才又看向步轻侯，稍微用一种问询的口吻问道："你说，我说得对不对？"

步轻侯哈哈笑了两声："阿绯姑娘说得对极了，先前你当真十分地喜欢我……而且对我非常之好。"

傅清明有些意外，然后便用一种鄙视的眼神看着步轻侯。

阿绯的脸上却露出满意的表情，自信满满道："你看，我就说吧，虽然我都不记得了，不过我的感觉是不会骗我的。"

步轻侯挑了挑眉，望着阿绯，笑容里略多了几分苦涩之意。

傅清明本来一脸的不以为然，听了这话，神情不由得变了变。

阿绯走在前头，傅清明跟步轻侯两人便在后面，两个人不约而同地望着前面晃悠的阿绯，头顶的日头越来越高，有些热气蒸腾。

步轻侯道："天黑之前恐怕到不了小桃源了。"

傅清明默默说道："了凡师太的闭关之日是在明日，我们只需在明日子时之前赶到就可。"

"就算到了，你又怎么肯定了凡师太会见她？"步轻侯的眉宇中带着一丝忧虑，"方圆百里前去求见师太的……恐怕不计其数，了凡师太百岁闭关，师太闭关前最后一个有缘人……恐怕也是她仙逝前最后一个有缘人，此刻小桃源外必定是人山人海，要当师太的有缘人谈何容易。"

傅清明的脸色有些古怪："不试一试又怎么知道？"

步轻侯早就觉得他有些奇怪，此刻不由得多看了几眼，忽然身子一震："你怎么了？"

傅清明见他察觉，便苦苦一笑："如你所料。"

步轻侯震惊之极："是什么时候的事？"

傅清明道："昨晚……"

"不可能，"步轻侯脱口道，"你没有沾地，也没有被朱子碰到……难道是中了小南音的招？但以你的武功绝不会吃亏的……又怎么可能……中蛊？"

傅清明轻轻一笑，脸色苍白如纸："你忘了，他抱过……她，而我又……"

步轻侯后退一步："你说他把蛊毒下在阿绯姑娘身上，然后你抱了她……所以才……"

"防不胜防，便是这个意思，"傅清明说话的声音渐渐慢下来，"不过区区蛊毒，我还不放在眼里……此事无须让她知道。"

步轻侯皱着眉，望着傅清明的模样，心中不知是何滋味。

两人说着，前头的阿绯回过头来，见步轻侯同傅清明并肩而行，便喝道："步轻侯，你在干什么？快过来！"

步轻侯看向傅清明，傅清明看一眼阿绯，垂眸低声道："去吧……且记得……不管怎么……都要哄她去小桃源。"

步轻侯看了傅清明片刻，忽地笑着一摇头："我当真不懂你们之间究竟……"他长长地叹了口气，"罢了，我当然乐得当好人，何况……她说她是喜欢我的，哈……哈哈……"他大声笑着，迈步追上阿绯。

阿绯瞪着步轻侯，看他靠近，便道："笑得这么奇怪干什么？"

步轻侯道："因为有开心的事，当然要笑了。"

阿绯哼道："是吗，不过我看你不像是开心的样。"

步轻侯笑道："何以见得？"

"不知道，"阿绯干净利落地说，"总之这个笑我不喜欢。不许在我面前这样笑。"

步轻侯苦笑："这也是你的感觉吗？"

"是吧。"阿绯随口应道，又问，"你跟他在一起干什么？他是坏人，不要那样，我也不喜欢。"

步轻侯叹道："这个我是可以遵命的。"

三人又走了会儿，眼看日头从头顶转开，渐渐地从正午到了午后，阿绯听到肚子骨碌碌叫，抬手擦擦额头，恨道："你说往这边走半个时辰就行，为什么没看到城镇？我都快饿死了。"

步轻侯点火烧了一把灰，把几个从地里刨出来的红薯扔进底下埋着烧，道："阿绯姑娘，稍微等会儿就可以吃烤红薯了。"

"是吗？"阿绯皱着眉，以怀疑跟鄙夷的眼神看着他身边那几个怪模怪样的红薯，"这种东西能吃吗？不好吃的东西不要给我吃。"

步轻侯哈哈笑了几声，过了会儿，火堆里传出香味来，步轻侯用树枝把几个烧好的红薯拨拉出来，拍去浮灰，先给了阿绯一个，又扔给傅清明一个，自己留了一个。

阿绯望着手里那个黑乎乎的东西："看起来好像石头一样，步轻侯，你不会是想毒死我吧……"

步轻侯掰开自己那个："哈哈，别看卖相难看，吃起来却是极好的。"

阿绯仍很怀疑："那你先吃。"

步轻侯咬了一口热腾腾的烤红薯，赞不绝口，阿绯见状，半信半疑地也剥开吃了口，一尝之下，顿时双眼放光："好吃！"

傅清明在旁边望着她兴高采烈的模样，淡淡道："朱子没有给你做过吗？"

阿绯正吃得高兴，闻言便瞪向他，见他也握着一个红薯，便怒道："步轻侯，你怎么会给他吃的！"

步轻侯道："没关系，还有几个吃不完的。"

"都是我的！"阿绯不由分说地，看着步轻侯身边果真还有几个没烤的，便拎起裙子跑到他身边，把那几个红薯尽数拨拉到自己跟前，用手臂搂住，"都是我的，不许给他！"

要不是怕打不过傅清明，早就冲去把他那个也夺回来。

步轻侯看她警惕地护着红薯的模样，忍着笑道："好好，大不了我再去地里刨。"

"刨回来的也是我的。"阿绯压着那些红薯，嚷嚷。

步轻侯哈哈大笑："好好，都是你的。"

阿绯这才放心，小心地分出一个红薯给步轻侯，催促："快点，再给我烤一个！"

步轻侯笑道："是是，遵命殿下。"

傅清明在旁边坐着，望着对面火光中映出的那张脸，她的双眼放光，单纯欢喜地盯着那枚红薯，似乎迫不及待地，不时地转头望着步轻侯，催促着，指点着……发自内心地笑着。

傅清明捏着手中那枚烤好的红薯，双眸半垂，眼底一片酸涩。

步轻侯以他蹩脚的烤红薯技能轻而易举地获得了阿绯的欢心，阿绯意犹未尽地又吃了一个烤好的红薯，才抱着一堆红薯靠在火堆边睡了过去。

睡到半夜，便觉得有些冷，阿绯换了个姿势，忽然感觉身边暖暖的，便往那边蹭了蹭，朦胧中似乎有人张开手臂将她搂入怀中，这种感觉让阿绯很是怀念，像是回到妙村而身边的人是宋守。

清晨再度降临，阿绯在晨曦里爬起身来，先检查一番身边的红薯，然后就催促步轻侯带着她一块儿再去刨一些回来。

步轻侯起初只是无意中发现一块被遗忘的红薯地，试着刨出几个果腹，没想到阿绯竟兴致盎然，催着他带路。

然后阿绯就像是个闯入羊群的恶狼一样在红薯地里纵横，每当挖出一个来之后都像是挖出了金子，捧着那沾着泥巴的红薯双眼放光得意地笑。

"步轻侯步轻侯……你看这个，是不是最大的？"她献宝似的捧着一个足有两个巴掌大小的红薯，乐颠颠地望着他。

"是啊，"步轻侯看着那个不幸落入魔掌的红薯，"不过这么大个的不好烤熟。"

"是吗？"阿绯半信半疑，可到底不舍得把这么大的战利品放掉，便道，"还是先留着。"

他们两个在红薯地里肆意践踏，阿绯挖得双手一片泥黑，脸上也沾着泥，头发上带着草，却一脸的毫不在意。

傅清明在旁边抱着手淡淡地看，只觉得这幅场景委实有说不出的可笑……但，也有说不出的……

清晨清澈的晨光，暖暖的阳光下，看着她像个地老鼠似的在那片红薯地里四处乱刨，忙得心无旁骛，四脚朝天。随着她的动作，那窈窕身侧的光影随之起了变化，明明灭灭，幽暗光亮交替，——她不停地四处乱跑，有时候跌倒了再费力爬起来或者叫步轻侯拉她起身。

她居然没有发脾气，就算不高兴也是转眼即逝的，握着步轻侯的手哈哈地笑。他做梦都想象不到此生会见到这么多光怪陆离却偏生如此真实的场景。

最后上路的时候，阿绯用步轻侯的衣裳抱住了十几个红薯，她像是所有固执的守财奴一样，坚持要把这份家产自己带着，结果走了几十步后，便被压得东倒西歪，不得已退而求其次，恋恋不舍地把红薯们交给步轻侯带着。

傅清明望着步轻侯背着一袋子红薯的样儿，叹道："若是给京中少女知道，风流不羁的轻罗剑客满面尘灰地背着几个偷来的红薯……这副尊容，恐怕会有不少春心欲碎。"

步轻侯笑道："我知道你是在嫉妒我，这袋子红薯虽然一文不值，可是在她眼里却是最珍贵之物，她肯给我带着而不给你，名闻天下的大将军傅清明，是不是也为了这袋子红薯而有一颗心欲碎？"

傅清明轻轻哼了声："在你眼中，我是如此轻狂幼稚之人？"是的，如果可以，他想把那一袋子夺过来。

步轻侯道："我只知道女人如果爱上一个人就会变得不可理喻，至于男人……

傅大将军，就是不知道你是不是真的爱上了一个人？"

傅清明道："放心，我是不会爱上你的。"

步轻侯哈哈大笑："那我可真是松了口气，被你爱上可不是一件轻松的事，我反而同情那个被你爱上的人。"他说着，便转头看向前面的阿绯，却不料正好对上阿绯回头怒视的目光。

步轻侯一怔，急忙笑道："来了来了……"

从傅清明的角度看去，这家伙就像是个摇着尾巴的小狗儿般、谄媚地飞奔向阿绯。

阿绯恨恨地看着步轻侯，恨不得扯他的耳朵，碍于傅清明在后面，就只凑过来，暗暗用手拧他的胳膊："不是说不许你跟他那么亲热吗？"

步轻侯在她面前已经说谎成习惯了，很流利地说道："是他故意跟我说话的。"

阿绯回头瞪了傅清明一眼："这个人很坏，你离他远点。"

步轻侯饶有兴趣地看着阿绯："为什么你总说他坏？"

阿绯道："因为他……"瞬间想到在妙村家中以及马车上的幕幕场景，只不过倒是不好出口。

步轻侯道："怎么了？"

阿绯心烦意乱："总之我讨厌他。"

功夫不负有心人，眼前渐渐出现一条大路，路上的行人也都多起来，又走了一段，前面路边居然出现了一座茶摊。

三个人前前后后地坐了，阿绯急忙先喝了一盏茶，这才觉得那股口干舌燥的感觉好了些。

步轻侯掰开一个馒头，分给阿绯一半，阿绯回头看了一眼身后不远处的傅清明，低低地对步轻侯说道："不要给他吃的。"

步轻侯笑着答应，阿绯觉得满意，因为饿了，所以也不再挑剔吃食，津津有味地吃了起来。

正在吃着，路上拐进来两人，看似爷孙，乡下人打扮，背着个破旧包袱，放在桌上，年长的那人要了两杯茶，从包袱里掏出两个干瘪红薯，递了一个给小孩儿，两人便就着茶水慢慢开始吃。

阿绯坐在旁边，不停地打量，那小孩儿察觉了，便将手摊开露出半块红薯，问道："你想要吗？"

阿绯看一眼他，终于忍不住起身，走到小孩身旁，低低道："小孩，不要震惊，我有个秘密要告诉你……"

小孩跟老头一块儿看她："什么？"

阿绯看着他们手中的红薯，神秘道："这个东西，用火烤熟了才好吃……我昨晚上尝过了，非常好。"

两爷孙目瞪口呆，阿绯很满意他们震惊的表情，觉得自己做了件大好事，便又道："不要不信，也不要告诉别人。"

步轻侯坐在桌子边上，看着阿绯一举一动，笑得几乎要跌到桌子底下。

却听得傅清明道："可有好酒？"

小二道："本店自有的烈酒，客官可要尝尝？"

傅清明慢慢说道："要五斤。"

小二吓了一跳："客官，这酒极烈，寻常客官只喝一碗就晕了，您……"

傅清明抬手，放了一块银子在桌上。小二一看，忙道："客官既然要，那小人就给您准备了……但若是您喝醉了的话……"

傅清明淡淡道："与你无关。"

阿绯在前面听了，便对步轻侯道："他疯了。"

步轻侯回头望着傅清明，见他脸色比之前更白了些，正好傅清明也抬头看来，目光相对，他的眼底一片淡漠。

片刻小二将酒奉上，乃是极大的三个坛子："客官，这里有四斤多大概五斤，您先用着……"

傅清明道："够了。"抬手取过一个坛子，把泥封拍开，顿时之间酒香四溢，步轻侯在前面闻着，就知道那小二果真并没扯谎，真是烈酒。

傅清明举起酒坛子，仰头咕嘟咕嘟便喝，周围的路人尽数看呆了，阿绯回头，见傅清明正大口大口喝着酒，颈下的衣裳都被酒水打湿了，他一口气竟似喝了半坛子，才放下酒坛，双眸扫了阿绯一眼，那黑浸浸的眼睛里似乎多了层什么似的，阿绯急忙转回身来不去看他。

傅清明放下酒坛后，双手一沉至腰间，双眸微闭，凝神静气，气运丹田，掌心里渐渐地竟汪出一层淡淡的水来，似汗非汗，细看还隐隐泛黑。

傅清明运了会儿功，便又喝酒，如此反复几次，那三大坛子的酒水竟被他喝了个一干二净，而此刻他通身已经像是从酒里捞出来的一样，头发都尽数湿了，眉眼水淋淋的，脸色仍苍白，只有嘴唇极红。

阿绯起初忍着不看，后来又看了几番，虽不知他究竟是怎么了，却有些害怕，便拉扯步轻侯："他好像真疯了，我们趁机跑吧？"

这路上来来往往的，除了些普通百姓，还有颇为不少的武林人士，傅清明如此举动，外行人自是不懂，但内行却一眼便能看出来，傅清明正在运功逼毒。

他有一身非凡修为，又加烈酒之能，将体内的蛊毒缓缓逼出来，这会儿正是关键之时……这些来往的武林人士瞧出他能耐非凡，不敢贸然冒犯，但也不乏一些心狠手辣之辈，倘若在傅清明运功的当儿出手打扰，那么后果……

步轻侯见阿绯想走，便道："你看他浑身都湿透了，像是一只落汤鸡般，不如再看会儿……"

阿绯见他浑然不担心，便道："那万一他喝醉了发酒疯怎么办？"想到上回在马车内喝酒的后果，恨不得立刻拔腿就跑。

步轻侯笑道："没事，有我在呢。"

两人又坐了会儿，那边傅清明手势一变，蓦地起身，一言不发地竟往外走去，步轻侯心头一动，拉着阿绯道："我们走吧？"阿绯一犹豫，便被步轻侯拉起来，步轻侯笑道："店家，帮我个忙，方才那人坐过的桌椅板凳不要了，最好连地也要用水冲一冲。"

话音刚落，却听得"喀喇"一声，原先傅清明坐过的长凳竟碎成数片。

步轻侯长笑一声，同阿绯两人出了茶摊，见傅清明的身形已经在数丈开外。

阿绯见傅清明是要离开的架势，喜道："这个家伙终于走啦。"

步轻侯想了想，笑道："是吗，走得这么快，真是来去无情。"

此刻路上行人果然越来越多，阿绯走了会儿，看得蹊跷，便拦了一个人："你们都要去哪？"

那路人打量了她一会儿，道："当然是去小桃源啦，了凡师太闭关之前会接见一个有缘人，不管是求财求貌，前程指点，祛病救灾……只要是师太的有缘人，便必不会让你失望。"

阿绯皱着眉道:"真的那么厉害吗?"

"那是当然了,师太可是活菩萨。"

那路人离开之后,阿绯回头看步轻侯:"我们这是去哪?"

步轻侯笑道:"我听刚才那人说师太是活菩萨,既然我们都走到这儿了,不如也顺便去见见。"阿绯用怀疑的眼神看他,步轻侯道:"你不是想找朱子吗?如果你成了师太的有缘人,师太略一指点,就算是给你一个让朱子回心转意的法子也是有可能的。"

阿绯一听这个,喜道:"步轻侯,你可真聪明。"

步轻侯道:"好说好说。"

阿绯心怀希望,走得兴冲冲地,如此一口气走过了半个时辰,步轻侯正想叫她歇会儿,却见阿绯停了步子。

步轻侯笑道:"怎么啦?"便赶上来,顺着阿绯目光看过去,顿时怔住,……原来前方路边一棵树下站着一人,背后是一道长河滔滔,那人黑衣锦服,负手独立,器宇轩昂,居然正是傅清明。

阿绯气冲冲地走在最前头,装作没见到傅清明的样儿。

傅清明不紧不慢地跟在后面,步轻侯略微放慢脚步,转头看他的面色,不再似先前那样苍白中笼着一层淡灰色,可见已经恢复正常,只是发尾还有一丝微微的湿润,他的身上也没有先前那样浓烈的酒气,反带一股新鲜之气,步轻侯看一眼旁边不远处的长河,便道:"蛊毒被你逼出了?"

"已经不碍事了。"傅清明淡淡然道。

步轻侯望着他:"了凡师太真有那么大的本事,你要不要给自己也求一求?"

傅清明道:"我别无所求。"

"那唯一所求的是?"

傅清明扫他一眼,并不回答。

步轻侯便也不追问,只望着前面阿绯的身影,叹道:"我骗她说见了了凡师太就能找到朱子了,所以现在反倒是她迫不及待地想见师太……可是,师太能不能见她,我可真没底儿,毕竟你看……这来来往往的可都想当师太的有缘人呢。"

此刻已经近了小桃源,人更多了,竟有些像是赶集的势头,耳畔尽是人声。

"无妨,"傅清明亦看着前头的阿绯,不知不觉加快了步子,"不管师太的有缘人究竟是谁，最后有缘的也只能是她。"

"你……这是什么意思？"步轻侯心头有点发冷。

傅清明轻描淡写地说道："我不过是一介武夫，也只有一种法子。"半掩在袖子里的手轻轻一握，发出细微声响。

步轻侯干笑道："佛门净地，你可不要乱来。"

旁边之人轻声道："那就看天给不给我乱来的机会了。"

小桃源越来越近，人也越来越多，步轻侯不敢放阿绯一人乱跑，生怕一转眼的工夫人就不见了。已经能清楚地看到小桃源山上的八宝亭了，鼻端嗅到淡淡的香火气。

步轻侯跟傅清明两个人，一个忧心忡忡，一个虎视眈眈，但让步轻侯觉得意外的是，明明是该最忧虑的当事人阿绯，自始至终却都是一副兴冲冲的势头，似乎丝毫没有担心过"万一有缘人不是我该怎么办"。

步轻侯忍不住，便试着旁敲侧击地："阿绯姑娘，你看人这么多……万一，了凡师太选了他们其中的任何一个，其他人可都会失望不已。"

阿绯的反应是一个不屑一顾的"嗞"，这个表情让步轻侯感觉自己问了一个极其愚蠢值得鄙视的问题，果真，阿绯道："其他人都会失望是不错。"

步轻侯看着她："那……"

阿绯抓了抓自己越发凌乱的头发，傲然道："不过那什么师父不会选别人，只会选我。"

果然是属于阿绯殿下式的回答，步轻侯不敢相信自己竟然猜中了，只不过她连了凡师太的名字都记不住，居然还如此自信……步轻侯怀疑她这份自信是从何而来。

阿绯却回头："这里人这么多，红薯没丢吧？"

步轻侯嘴角抽了两下："保证一根红薯须子都丢不了。"

阿绯满意，往后又看了两眼，一眼就看到傅清明"忠心耿耿"地跟在身后，阿绯从鼻孔里哼了声，咬牙道："我第一个愿望就是让他离我远远的。"

步轻侯想到傅清明的心愿……只觉得这个世界简直太过奇妙了。

来自五湖四海的人们有条不紊地进山门上香，人群静默，并没有人敢高声喧哗，据说将香火插在大殿外的铜鼎内之时，若是有缘人，便会有接引人出来迎

接，因此每个人都小心谨慎，大气也不敢出一声。

阿绯排在队伍当中，手中撑着一片摘来的绿叶子挡着太阳，一边左顾右盼。

傅清明同步轻侯两个却站在山门外，一个双手负在身后，一个双臂抱在怀中，步轻侯想到阿绯方才的话，忍不住笑了声。

傅清明扫他一眼："你笑得那么鬼祟，是何意思？"

"没有……"步轻侯掩了掩嘴，"我只是觉得……肯让她那么听话地排队，也不是件容易的事儿。"

"那是因为她想见朱子。"傅清明淡淡地。

步轻侯诧异他居然很有自知之明，想要再说，傅清明却闭了眸子，一副凝神静气之态。步轻侯探头往山门内看："你打算怎么做？如果有缘的是别人，你就把人家杀了换上阿绯不成？"

傅清明道："那也不是不能的。"

步轻侯假惺惺道："了凡师太一身修为不容小觑，你要是在此惹事，怕是讨不了好。"

"不是还有你在吗，怕什么。"傅清明扫一眼正踮着脚的阿绯，又缓缓垂着眼皮儿。

"哈哈，"步轻侯笑道，"对了，这件事我本来想问你，一直没找到机会，按你的性子，本不会如此……"

"你指什么？"

"这一切，你任由她四处乱跑，又特意来小桃源一试……"

傅清明不语。

步轻侯望着他："你一再退让，可真不是你的本性。我想来想去，想不到更好的理由，难道……是因为……"

"因为什么？""因为……"步轻侯想了想，"她真的'病'得很重……连你也束手无策？"

傅清明神情如水，看不出什么波动，半响才道："我不知道。"

步轻侯想要大笑，却又笑不出来，这简单的四个字，能容纳的变数实在太多。两人正说话间，从山门内迈步出来一位黑衣的尼僧，站在门口扫了一眼，顿时让院中众人都屏息紧张起来，有人悄声道："是接引僧……"

步轻侯闻言抬头张望，却见那尼僧目光平静地在院中扫了一圈，双眸便定定地看向此处。

步轻侯一挑眉："噫……有些古怪……"

而那尼僧目光一顿，便迈步直直地往这边过来，步轻侯一拉傅清明的袖子："你看……难道你的企图被发现了……"

傅清明抬眸，那尼僧已经走到跟前，抬掌行了礼，道："请问这位施主，可是姓傅？"

步轻侯心惊，傅清明却仍不动声色："正是。"

尼僧双眸微垂："师太有命，请施主随贫僧入内。"

步轻侯倒吸一口冷气："等等，这位师太，你的意思是……傅清明是了凡师太的有缘人？"

尼僧淡然不惊道："凡是在小桃源的众生，皆同师太有缘。"

步轻侯张着嘴，不知道是该笑还是如何，傅清明在此处剑拔弩张准备用各种见不得光的手段让阿绯成为了凡师太的有缘人，却没想到他真正要对付的人竟是他自己。

傅清明皱了皱眉，显然是算来算去也没有算到这一点："师太……"

尼僧垂着眸子，道："师太有言，若是施主还有同行之人，可一并入内。"

步轻侯心中暗惊：这究竟是善解人意还是早知天机？

傅清明终于开口："那真是再好不过了。"

阿绯还不知发生了何事，就被步轻侯拉扯着进了法门。

小桃源地方不大，这山寺也只是小巧而已，但越是往内，越觉得纤尘不染，隐隐地带些世外之气，阿绯转头四看："为什么我们来到这个地方？"

一片寂静之中，她的声音尤为响亮，步轻侯低低道："大概是师太觉得你跟她有缘。"

阿绯喜道："真的吗？"忽地又一仰头，"我就说了。"

忽然她又发现有件事不对，便看向傅清明："可是为什么他也在？"

步轻侯张口就来："因为他脸皮比较厚，哭着喊着要跟着我们。"

"哈哈哈……"阿绯高兴起来，"算了，以后就甩开他了，所以也不必跟他计较这个。"

接引尼僧引着三人进了静室:"师太,人带来了。"

"知道了,你出去安置众生吧。"柔和的声音传来,有种奇特的令人心安的意味。那尼僧答应了声,缓缓退出。刹那间偌大的庵堂内静得一根针落在地上都能听到。

"请傅施主先进吧。"那声音又响起来。

傅清明脚步一顿,回头看了阿绯跟步轻侯一眼,终于迈步入内。

进了内殿,却见观音佛像下,蒲团上盘膝坐着一人,单看一张脸竟瞧不出是多大年纪,只有她睁开眼睛的时候才让人恍然察觉,她的年纪已经不小了,双眸里头有种穿透世事的睿智。

阿绯轻轻地掐步轻侯的胳膊:"为什么他先进去?"

步轻侯说谎的功力与日俱增,随口道:"估计是师太觉得他脾气不好,所以想先应付应付他。"

这个说辞阿绯比较能接受,步轻侯转头,看到旁边桌子上放着几盘素点心,喜道:"阿绯姑娘,这儿有好吃的。"

阿绯正有些气闷,听到有好吃的,即刻便跑过来,抓着点心尝了尝,觉得还能入口,便吃起来。

步轻侯低低一笑,暗中凝神想要听听里头说些什么,奇怪的是却什么都听不到,里面竟跟死寂一般。

大约是一刻钟的工夫傅清明才从内室出来,阿绯正在喂步轻侯吃个果子:"你尝尝,真的好吃,尝尝看嘛。"

步轻侯闭着嘴不从,含混道:"我吃这个会浑身痒……"摇头不肯吃。

傅清明一出来正好撞见这幕,便皱眉道:"师太让你进去。"

"啊?"步轻侯惊诧。

阿绯看步轻侯张着嘴,便趁机把果子塞进去。

步轻侯被噎得咳嗽了声,呸呸吐了几口吐词不清道:"我也有份?"

傅清明一点头,阿绯不想跟傅清明同居一室,便拉住他:"我跟你一块儿吧。"

傅清明将她的手腕握住:"不可。"

步轻侯趁机入内,阿绯转头瞪向傅清明:"放手!"

傅清明望着她气愤愤的样子,不知为何一言不发地搂住她的腰,硬将她抱入怀中，简直令她无法动弹分毫。

阿绯刚要大叫，傅清明却在她耳畔道："我现在有些后悔……带你来这里了。"

阿绯惊道："谁说是你带我来的？我自己要来的！"

傅清明却问道："倘若师太问你想要什么，你会怎么答？"

阿绯抬头看他："我说什么就会有什么吗？"

"如果……是呢。"

阿绯眼珠骨碌碌转了一圈："我不告诉你。"忍住了不说却忍不住笑意。

傅清明望着她，慢慢地俯身，在她唇上亲了口："我知道。"

阿绯疑惑又厌烦地看着他，忽然心头一动："师太跟你说什么了？"

傅清明闻言才微微一笑："怎么，关心我了吗？"

阿绯顿时浑身恶寒，决定什么也不问。

幸好步轻侯一会儿的工夫就出来了，阿绯急忙挣脱傅清明的束缚跑过去，目光闪闪地："师太跟你说什么了？"

步轻侯眨了眨眼，笑道："师太说我天生福相，命中注定大富大贵，名满天下，桃花多得数不完，简直是人见人爱……"

"师太会这么说？"阿绯表示怀疑。

步轻侯笑道："你进去试试看就知道啦。"

阿绯狐疑地入内，步轻侯含笑见她进内，才迈步走到桌子边上，看着桌子上的点心渣，伸手抓了一下手背，上头有些红红的，一片一片，像是桃花，微微地痒着：都跟她说了还不听，非要亲眼看到才信吗。

可是起初那种滋味……却令人甘之若饴啊。

傅清明转身看他："师太对你说了什么？或者……你问了她什么？"

"你们怎么喜欢问相同的问题，"步轻侯哈哈笑了声，手指间无声捏碎了一块点心，转过身道，"我还没问你呢，你又问了她什么？"

傅清明望着他的眼："那……要不要把彼此的秘密交换看看？"

两人目光相对，室内沉寂，旁侧的观世音慈眉善目，唇角含笑，似能洞察这世间所有。

——一个是"求之不得"，一个是"失而复得"，那么……里面那个呢？

第五章

万千宠爱

　　步轻侯听了傅清明的提议，带笑问道："你这人变得十分古怪，按照你先前的脾气，是绝不会把秘密跟人分享的……如今却想来换我的，是不是你猜到了什么？还是说你的秘密给我听了也无妨？"

　　傅清明道："她有句话是说对了，那就是你真啰唆。"

　　步轻侯道："谁让我面对的都是些难缠的人呢……哈哈。"

　　且说阿绯进了内殿，瞧着了凡师太坐在观音像前，她左右张望了会儿，见这殿内十分的空旷，一面是佛像，一面是墙，进门那面却是一排窗户，显得干净简单。阿绯见了凡师太对面有个蒲团，便过去坐了，望着对面之人问道："你就是能帮人实现心愿的师太？"

　　了凡师太似在垂眸沉思，闻言便慢慢抬眸看向阿绯，阿绯望着她宁静的眸子，心中竟有种异样的安宁。

　　了凡师太道："那不知你的心愿是什么呢？"

　　阿绯见她问，忍不住一阵笑，想了想，道："我想跟我相公回到妙村，仍旧过以前的生活……"

　　了凡师太点了点头，面色平静，又问："那么……发生的那些事，可以当做没有发生么？"

阿绯一怔："你、你怎么知道……"

了凡师太望着她，并不说话。

阿绯顿了顿又道："你是说他跟那个狐狸精的事吗？我……大不了我打他一顿……就当什么也没发生，只要以后他不再跟那狐狸精来往就好了。"

了凡师太的脸上露出一丝笑意："痴儿啊……"语气带着爱宠之意，那是一种了然所有后的宽和慈爱。

阿绯却不懂，只焦急地探身："师太，这样可以吗？"

了凡师太凝视着她："对你来说，这就是发生的全部了么？"

阿绯眨了眨眼："当然……不然还有什么？难道是说傅清明？我跟他没有什么……他是个疯子，相公不会介意的。"

了凡师太轻轻地叹了口气，手中捏着的佛珠缓缓地捻动，她闭了眸子，似乎在念经。

阿绯有些着急："师太……"悄悄蹲起身子蹭到了凡师太旁边，伸手抓住她的手腕轻轻摇动，"师太你怎么不说话，到底行不行？"

了凡师太手势一停，重新睁开眼睛："殿下，你为什么一心一意地想跟他在一起？"

她的声音如此温和，因此阿绯竟没有觉得哪里有什么不妥，对上她似乎能洞察所有的眼睛，说道："因为、因为他对我好。"

了凡师太道："真的很好吗？除了他之外……没有别人也对你这么好了？"

阿绯摇摇头："我只记得他……"

她回忆了会儿，当时她醒过来的时候，人就在妙村，宋守说他是她的相公，她起初不知所措，渐渐地却被他的好俘获，他对她实在是太好太好，阿绯觉得十分的知足。

"只有他对我那么好。"她肯定地对了凡师太说。

师太的脸上浮现一丝淡淡的悲悯："殿下，倘若还有一个人对你这么好，那么你……会不会也喜欢跟那个人在一起？"

阿绯瞪圆了眼睛："什么？不可能……"

师太道："如果贫尼说，真的有这个人呢。"

阿绯张开口："不可能，我……我一点也不记得……"

师太望着她清澈的眼睛："殿下，有些事情你不记得，不代表没有发生过，也不代表没有存在过，确然是有那样一个人，比宋守更加地疼爱着你。"

她的声音如此温和，就像是一只极为温柔的手，在阿绯的脸上，身上，心头上抚摸过，阿绯跪在她的身旁，身子忽然一晃，脑中模模糊糊地竟涌现出好些影像。

"小阿绯，慢点跑……"那个声音明朗地在呼唤，带着丝丝暖意。

那个蹒跚的身影不负众望地跌倒在地，发出哎呀叫声，继而开始哭。

"都说让你慢点了，哪里疼？"声音里带了一丝焦急，他抬手将一个极小的人儿扶起来，揽入怀中，"让……看看……别哭，揉一揉就好了……"

阿绯忽然觉得头疼如裂，她抬手抱住头，眼泪没来由地自眼眶中跌落。

阿绯不记得那个人的样貌，也不记得他究竟是谁，可是那种来自于他的温暖无私发自内心的疼爱直直地击中了她："谁……好疼……"

阿绯疼得泪跟汗同时流下来，她弓起身子，几乎想把头缩进胸腹里去，又几乎想把头抵在地上，好控制住那股呼啸而来的痛，痛得她几乎失去神志，就像是几千万个声音同时在脑海中狂叫起来，饱含着种种令人难以承受的情绪。

一只手轻轻地覆在她的额头上，几乎同记忆的光影重叠起来，阿绯渐渐地镇静下来，对上了凡师太的眼睛。

阿绯几乎是急切地抓住了了凡师太的衣袖，眼神茫然而悲伤："他是谁？真的……有'他'吗？"

回答她的是另一声轻叹："殿下……"她淡淡地笑了笑，眼神里含着悲悯，"你的病，比我想象的要重一些。"

"啊？"

了凡师太的手滑下，握住阿绯的手："殿下，你可有任何恨之入骨的事或者人？"

阿绯皱眉想了想："没有。"

师太温和地看着她："为什么？"

这本是个奇怪的问题，阿绯却道："我遇到的人，虽然有的很古怪，但……多半都会对我好，我为什么要'恨之入骨'？"

"殿下，"师太微笑着道，"如果你能做到不恨……顺其自然，那一切便能水到渠成。"

"我不明白，"阿绯有些惶然，"师太，我相公呢……还有……真的还有人对我那么好吗？如果有，那又是谁……"说到那个人，声音都忍不住有些发抖。

好奇的种子种下，就会生长出来，那是一种"因"。

师太微笑："你很快就会知道的。"

阿绯忽然觉得一股暖流从掌心里慢慢地涌起来，暖洋洋地蔓延开来，耳畔似乎听到低低的诵经的声音，奇怪的是听起来也很舒服。

阿绯有些发昏，跪坐在了凡师太身边，慢慢地倒向她肩头，竟睡了过去。

傅清明跟步轻侯入内的时候，看到的便是这样一幕，了凡师太盘膝垂眸，低低地诵着经文，周身散发着静谧圣洁的光芒，在她旁边，阿绯蜷缩着身子，睡得像是初生的婴儿般恬静。

傅清明落了座："不知师太觉得如何？"

了凡师太道："心病无药医。"

傅清明一顿："连师太也无能为力吗？"

了凡师太的声音依旧平静而缓慢："她现在的情形，就好像是筑起了一道堤坝挡住洪水，倘若强行要医，就好像把那道堤坝毁了，所有的洪水一涌而出，后果是她所无法承受的。"

傅清明垂眸无言。

步轻侯道："师太，这道堤坝，是她自己所设，还是另有他人？"

了凡师太微笑看他一眼，道："起初是出自他手，后来，也有她的有意为之……虽然她自己并不知情，但是潜意识里，已经不愿意旧日的洪水涌出了。"

步轻侯皱眉道："可是因为那些洪水对她而言是不愿碰触的……不好的记忆？"

"正是，"师太道，"只不过挡住了的洪水里头，却仍有她眷恋的东西……将来若是能度过此劫，便仰仗那些她眷恋的……"

步轻侯苦笑："这个，在下却不懂了。"

师太道："就像是洪水里头有些种子，漂浮其中，但若是这些种子可以落地生根，长成参天大树或者绿荫，那么洪水，便会化作绿洲，所谓的'病'，便也不药而愈。"

步轻侯豁然开朗，又道："可是听起来……好生艰难。"

师太道："她体内的那一道蛊落得极为巧妙，若是贫尼所料不错，当是南溟遗民的手笔，才有如此精妙的手法。只要蛊主不引动，那么这蛊便是看守堤坝的巡使，若是蛊主发难，这蛊，便可能是毁去堤坝的元凶，是生是死，皆在他一念间。"

傅清明同步轻侯两人同时沉了面色，师太转头看了一眼熟睡的阿绯，又道："除此之外，有件事……"

正说到这里，傅清明忽地一甩手，只听得"咔"的一声，旁侧的窗棂被打断，外头一人闷哼了声，喝道："放！"旋即无数的冷箭自窗外飞了进来。

傅清明同步轻侯两个双双起身，将乱箭挡下，了凡师太却仍是一脸平静，垂眸自顾自地开始念经，只是有些许被傅步两人挡下的断箭跌落她跟阿绯的身遭，却好像撞上什么无形的阻隔一般重又跌向别的地方。

顷刻间乱箭如雨，傅清明几乎按捺不住就跃出去，幸好那波人来得快去得也快，只留了一室的断箭。

步轻侯本想追，却被傅清明拦下，步轻侯有些气恼，道："是朱子的人？怎可如此！"

傅清明看看地上的箭头，冷道："不是朱子，是些冲我来的杂碎。"

两人回身，便向了凡师太行礼告罪，师太淡淡道："今日天晚了，两位暂时歇在此处，明日再行吧。"

傅清明道："师太方才所说还有件事……"

师太目光在他面上一停："过了今夜，明日再说。"

面对了凡师太，傅清明竟无法再问下去，她的身上似有种令人无法违抗的气质。

阿绯到了傍晚便醒了过来，正在迷迷糊糊回想发生了什么，庵内的尼僧准备了水请她沐浴，阿绯极为高兴，痛痛快快地洗了澡。

尼僧们准备了干净的僧衣僧袍给她，阿绯也都乖乖穿了，只不过她不会梳理头发，擦干了头发便只让满头青丝披散着。

"现在做什么？"阿绯问道，"是不是要去吃饭？步轻侯呢？"

伺候的僧人道："因是尼庵，两位施主居住不便，在庵外的别院住着。"

"倒也好，"阿绯挠挠头，"正好不用见傅清明那个讨厌鬼了。"

简单吃了饭，尼僧便引她去见了凡师太，阿绯正也还有一肚子的谜题，便极为高兴地跟着去了。

了凡师太望着面前坐着的阿绯，她的头发乱糟糟的，还有些湿湿地胡乱搭在肩头，又着素色衣袍，神情懵懂地，像是初生孩儿般干净。

室内沉默片刻，了凡师太道："我自三岁出家，修行百年，这五年来，自料着该是涅槃之期，怎奈一直都未成……有一日我静坐之间，忽地心血来潮，大概是佛祖觉我在尘世间仍有夙缘未了，故而才想出'有缘人'的想法，想把那一点牵念去除。"

阿绯仰着头，半张着嘴，不知道该说什么："那师太都找到了吗？"

了凡师太望着她，眼神中带着几分怜惜宠溺似的："本来以为没找到……可是……"昨日她静坐殿中，忽然心神不宁，才命人去请傅清明。

那人身上的杀气戾气，令向来清净修行的她都觉得无法忍受，本来请他入内是窥破他的居心，免得在这清净佛门之地起血雨腥风，却没有想到……

阴差阳错地找到了真正的她。

了凡师太的脸上有种异样的光华，轻声道："过了今夜，我大概就可以涅槃了。"

阿绯觉得这声音格外温柔："师太，你听起来很高兴。"

"是啊……"了凡师太的手在她的额头上抚摸过，"殿下，我只能尽力，将你身上的污孽化除，剩下的……便靠你自己了。"

"师太，我不懂呢。"阿绯望着她，几分依赖似的，除了宋守，只有了凡师太身上有种令她安心而舒服的气息。

了凡师太爱顾地看着她，这个本该被万千宠爱捧在掌心的女娃儿，全然不知自己的存在干系到什么，她似乎能看到她背后牵连的所有，但将那些沉重的东西都加在她身上，却更连了凡师太也都不舍得。但是……或许还有一种法子。

师太默默地看了阿绯一会儿，眼前却出现白日那人坚毅的容颜，如山的身影……是了，或许……所有的一切，不必要都压在她的身上。

因为……有人会守护着她……

师太微微一笑，心头那不知不觉中生出的一丝牵念，仿佛在瞬间化成了轻羽，然后消失于天地之间。

师太轻声道："殿下，你必将找回自己的身份，要切记，维护你需维护的子民，便等同维护你天生的荣耀……静静等候，所有的一切终将会有了局……"

阿绯不是很懂，但师太的声音让她安心，于是她乖乖答应了声："喔，好的。"师太点头，将手按在阿绯额头，阿绯只觉得她的掌心温暖，令她极为瞌睡，她闭了闭眼，竟真个"睡"了过去。

不知多久，阿绯耳畔似乎传来细微的诵经声响："愿我来世得菩提时，自身光明，炽然照耀无量无数世界，以三十二大丈夫相，八十随形好，庄严其身；令一切有情，如我无异。愿我来世得菩提时，身如琉璃，内外明澈，净无瑕秽……"

阿绯做了个梦，在那个梦里，她又一次跌倒，而那个人一千万次地把她扶起来，温柔地问道：小阿绯没事吗？阿绯仰头看着，阳光中他的脸模糊不清，她却痴痴瞧着，嘻嘻地笑出了声。

天不亮，就有僧人踏着清冷的晨色敲响桃源别院的门，傅清明跟步轻侯两人起身，黎明的薄曦中僧人合十行礼："打扰两位施主，只是师太有命，在卯时将至之时请两位。"

步轻侯踏前一步，瞧见那僧人身后是顶软轿，阿绯卧在上头，半昏半睡。

傅清明望着那僧人："了凡师太呢？"

僧人的面上无悲无喜，应道："阿弥陀佛，师太方才已经圆寂了。"

傅清明心中一震，想问什么，可是在这个时候问那些事，却显得极不敬。

僧人却又道："师太圆寂之前曾言，她只能尽人事，听天命，至于以后如何，便端看这位女施主自行造化了。"

原来如此，傅清明轻声一叹。

天明时分，了凡师太圆寂的消息便四散开来，小桃源外的镇子不大，方圆不过四五里开外，消息传开后，许多镇民便自发悼念了凡师太。

这么多年来了凡师太在小桃源，亦行了不少善事，山下的百姓多是受过师太恩惠的。虽然对于了凡师太来说圆寂便意味着成佛，乃是好事，但对镇民来说，却仍旧有一种自然而然的悲恸，就好像失去了亲人一般，因此多半的镇民都自发地着素衣，吃素斋。

阿绯坐在墙角，看着门口人来人往，满目雪色，她兀自有些不信，如在梦中似的："师太真的圆寂了？"

步轻侯道："是啊。"

阿绯是最后一个见过师太的人了，步轻侯心里有许多疑问，又不知该怎么去问。

阿绯想到了凡师太慈爱的脸，不由得觉得一阵伤心，道："昨晚上师太说她要涅槃了……我听她很高兴似的，还没有在意，原来是真的。"

步轻侯道："师太早就算到她会涅槃吗？"

阿绯点点头："是啊……还对我说了好些话。"眼底有些湿润，"步轻侯，我心里有点难受……以后都见不到师太了。"

步轻侯抬手在她肩头轻轻一按："涅槃对佛门中人来说是无上荣耀，师太已经成佛了，代表着她已经功德圆满了，所以该为她高兴。"

阿绯道："你说得有理。"听到"荣耀"二字，心底又想起了凡师太曾说过的话，不由得问道，"步轻侯，师太说，要我维护我的子民……就像是维护我的荣耀，我不明白，你懂吗？"

步轻侯身子一震，这本是他想问的，没想到阿绯竟自己说出来："师太这么对你说的？还……说了什么吗？"

"还有……"阿绯伸手抓了抓乱蓬蓬的头发，皱着眉想着，"对了……还说，让我静静地等候，会有结局……你说那是什么意思？"

步轻侯凝眸想了想："师太很喜欢你……我瞧，这是好话，说你以后会好的。"

"怎么好呢？"阿绯越发茫然，"师太说我病了，可是我觉得我好好的，难道是说以后我会再跟相公在一起，'会好'是这个意思吗？"

步轻侯心头发紧，阿绯喃喃几句，忽然眼睛一亮，又道："对了，我还想起来，师太说还有个人对我好……比相公对我更好……是谁呢？"

步轻侯脸色一变，阿绯却将目光转到他脸上："步轻侯，你说你认得我……那你知不知道是谁对我这么好？真的有这么一个人吗？"

步轻侯嘴角抽了抽，勉强露出一丝笑意："我虽然认识你……不过……我很长一段时间不在帝京了，因此有些事情……我也不甚明了。"

"那……如果真的有那个人，那就是在帝京了？"阿绯的眼睛越发烁烁，紧紧地盯着步轻侯，看得他有些心惊肉跳。

步轻侯不回答，阿绯却自言自语地又说："好吧，不管那个人在不在，我总要找找看，师太总不会骗我的……"她复又自信地点了点头。

步轻侯垂了眸子："阿绯姑娘，你……"那句话还没有问出来，就听到有个声音说道："真扫兴，好不容易赶了来，了凡师太居然圆寂了！"

步轻侯一听这个声音，略觉耳熟，转头一看，却见从酒馆门口进来两个人。一男一女，男的英俊，是典型的少侠打扮，腰间佩剑，风度翩翩，女的俏丽，衣着入时，看样子不过是十四五岁，手中也握着一柄剑，剑柄装饰得极为华丽，方才说话的正是这少女。

步轻侯极快扫了他们一眼，便又默不作声地转回头来。

他们这个位子正是靠着墙壁，步轻侯又背对着门口坐着，因此两人竟没看到他的样貌，倒是把背对墙壁的阿绯看了个清楚。

那少男少女瞧店内没几个食客，阿绯又一头乱发，身着素衣，便不以为意转开头去。

两人就在门口的一张桌子上坐了，少男便道："店家，两斤牛肉，再炒两个菜，四个馒头，快点上。"

店小二道："两位客官，因为了凡师太圆寂，本店这两天只供应素菜。"

少女闻言便一拍桌子："说什么？人见不到就算了，连饭也吃不成？"

店小二赔笑道："两位对不住，就炒两个素菜如何，本店的素菜也是很好吃的。"

"闭嘴！"少女转头怒目相视，"不信你们偌大的店就没有牛肉，你们自己都不吃的？暗地里大概吃得比谁都欢，只做样子哄我们外地人是不是？"

店小二叫屈："我们都是诚心悼念了凡师太的，哪里会暗地里吃……姑娘还是莫要乱说……"

少女起身，一掌掴在店小二脸上："敢说我乱说，你知道我是什么人？"

店小二被她打得往旁边趔趄出去，店里的食客顿时也惊动了，看两人气势汹汹，却不敢出声。

店掌柜慌忙过来："二位有话好好说，这的确是我们桃源镇各个小店自发的规矩，并不是哄骗……"

"不要说这些没用的！今天非要在这儿吃上饭不可，"少女不依不饶地，转头看少年，"师兄，你说呢？"

那少年望着她，十分纵容："师妹说得很对。"

少女嫣然一笑，又冷看店掌柜："今儿端不出来我们想吃的，就把你这店给拆了。"

店小二跟掌柜的挨在一起，面面相觑愁眉苦脸，知道遇到了两个小煞星，正在不知所措，却见旁边一人直直地走过来。

那少女道："你干什么？"

那走过来的正是阿绯，少女见她衣着简陋，妆容不整，只有脸孔却明丽秀美，便在心中想她究竟是何来头，有何企图。

谁知阿绯一言不发抬手便打过去，那少女反应极快，一把就握住了阿绯的手腕，喝问道："你干什么！"

阿绯挣了一下没有挣开，果断挥动左手又打过去，少女发怒："哪里来的疯女人！"她是习武之人，一动手就知道对方有没有武功，见阿绯如此姿势，就知道她是个外行人，当下手腕一振，就要将阿绯扔出去。

却在这瞬间，少女的手腕发麻，竟用不上丝毫力气，她本来自信能把阿绯扔出去摔个重伤，自然就未曾躲避，全没想到竟会如此。

刹那间，阿绯一巴掌便掴在她的脸上，顿时间那吹弹得破的脸上便浮起几道指痕。少女震惊无比，她自小到大都被疼爱非常，就算是爹娘都不曾动过一指头，当下只觉得脸上火辣辣地痛，少女缩手捂住脸，不敢相信："你竟然敢……"

那少年本在旁边看热闹，见状便跳过来："师妹你如何了？"

少女反应过来，羞怒交加，指着阿绯："师兄，快把这个疯女人杀了！"

少年目视阿绯，却见她着一袭素衣，头发散乱，素面朝天，然而容颜却极为秀丽，一时竟无法动手，他的江湖阅历比那少女要多些，本来也觉得阿绯毫无武功，没想到师妹竟然失手。

他的师妹年纪虽小，却是师娘一手调教出来的，身手极佳，怎会轻易失手？他又见阿绯如此打扮，真应了一个"深不可测"，这少年生怕阿绯是武林高手故意深藏不露的，便暂不轻举妄动，如临大敌般道："不知阁下尊姓大名，出自何门

何派？我们是西华山弟子！"

阿绯全不知道方才情形之凶险，她狠狠打了那少女一巴掌，很是得意，闻言冷笑了声："管你们是哪里的弟子，好没教养！这儿的镇民一片虔诚悼念了凡师太，你们入乡了便随俗就是，真那么想吃肉就回你们西华山去，不许在这胡搅蛮缠仗势欺人，亵渎清净地方，快点滚出去。"

她说话乃是高高在上的语气，更加一脸鄙视，双眸扫着两名少年，像是在训斥两只狗儿。

少女跺脚："师兄，你听她说的……你跟她啰唆什么，还不快去教训她！"

阿绯道："有帮手了不起吗？我也有……步轻侯，快来揍他们！"阿绯大叫了声，回头就看身后那张桌子，谁知那桌子边竟空空如也。

那对少男少女一听，忽然静了下来，少女扭头道："步轻侯？"

少男也惊了一跳："是轻罗剑客……吗？"伸手握住少女的手腕轻轻一转，便见她腕上有一点红痕，若隐若现，心想怪不得师妹方才会失手，原来是暗中着了别人的道。

少男了悟，少女却不屑一顾地看着阿绯的样儿："大概是同名同姓的，师兄，你看她的样子，哪里像是认识轻罗剑客……让我教训她！"

她将少男推开，便拔出剑来："疯女人……"

阿绯见她居然亮了兵器，吓了一跳，尖叫了声便抱住头蹲了下去。

少女正自得，忽然之间双手腕巨震不休，而那柄刚出鞘的长剑竟从中而断。刹那间，两人面白如纸，几乎不能相信自己的眼睛。

少男望着那断成两截的宝剑，心头发寒："师妹，我们、我们走吧！"

少女呆了呆，握着剑柄不知所措，少男看一眼阿绯，竟不顾少女抗议，拽着人冲出店外。

少男默不作声，拉着少女冲出店外百丈，见无人赶来才放慢了步子，少女不依不饶地把手抽出来："师兄，你干什么，白白让人打了我？"

少男道："师妹，这不是任性的时候，你没听那个女人叫步轻侯吗？……她分明是个不通武功的，你怎么会被她打了？必然是真的轻罗剑客在场！你忘了轻罗剑客的手段了吗？"

少女面露恐惧之色，却又仰头道："就算他……那又怎么样，我没做什么啊！"

少男沉声："那个女人不懂武功，你还要用重手法把她甩开，还要杀了她……所以轻罗剑客才出手的……轻罗剑客的性子喜怒无常，万一他跟那个女子关系匪浅，他一心护短的话……"

少女浑身发毛："不、不会吧……"

"不管真假，此地不宜久留。"

少女竟不敢再反驳，两人加快身形，极快地离开了桃源镇。

阿绯听见没动静，便放下手，探头看看，见店内没了那两个人的身影才松了口气，想了想，又弯腰看向桌子底下："步轻侯！"正叫着，却听身后一声咳嗽，阿绯转身，望见步轻侯一脸无辜地站在面前。

阿绯冲上去揪住他的衣领，又是气愤又是委屈地："你去哪里了！刚才我要被欺负了！他们还拿着凶器！"

步轻侯笑道："是吗？方才我看外面有卖油糕的，格外的香，就去给你买了两个。"说着便将手一抬，手中果然提着个油纸包。

阿绯喜出望外："油糕！好久没吃过了……"伸手接过来，闻着那香甜的气息，一时便把方才的事给忘了。

阿绯吃了几口油糕，只觉得又香又甜，十分满意，那店主跟小二本要上前道谢，却被步轻侯一个眼神重又吓得退后三尺。

阿绯嘴里有油糕，吃得心无旁骛，步轻侯望着她道："吃饱了的话我们便走吧？"

两人出了门口，阿绯瞧着街上并没那一对少男少女的身影，便道："刚才那两个小鬼似乎认得你，他们说是什么西华山的弟子，你可认得他们？"她的记性倒也不错。

步轻侯道："从没听说过。"

阿绯尝出这油糕的馅儿里有花生、芝麻，还有糖，混在一起可口得很，便含含糊糊哼道："最好是这样，不然的话，认得这两个没有教养的小鬼也不是什么得意的事儿。"

两人顺着街道往前而行，边走边看，一直出了镇子，阿绯吃了两个油糕，觉得有点腻，便把剩下的又包起来："等会儿再吃。"

步轻侯将油糕接过来塞进包袱里，手擦过胸前的时候顿了顿，在里头摸了摸，摸出一根发钗。

阿绯正在东张西望，路上三三两两有行人经过，路边的树发着细嫩的芽儿，田野间一片绿茵茵，远处却有一片绯红，像是桃花盛开，如绯色轻雾。阿绯看了会儿，不经意间一转头，望见步轻侯正在看手中一物，神情有几分犹豫。

阿绯眼睛瞪圆了一下："你拿着的是什么？"

步轻侯见她凑过来，才摊开手掌："你要不要？"

"发钗吗？"阿绯眨着眼看了会儿，"哪里来的，给我？"

步轻侯笑道："路边上看到有卖的，觉得还不错，就买了来……给你。"

阿绯看他一眼，又看那发钗，似看不上："一般般……不算很好看嘛……"

步轻侯咳嗽了声："那算了，还是给别人吧。"

阿绯很是意外，即刻兴师问罪："什么！给我就给我，为什么又给别人？！"

"你不是说不好看吗？"

"虽然不好看，但也是你的一片心意，买都买了，"阿绯哼了声，又白了步轻侯一眼，"我就勉强收下了，拿来。"

步轻侯忍不住笑了数声："行行行，殿下您肯收可真是小的之荣幸。"将那根钗子双手奉上，放在阿绯掌心里。

阿绯轻轻一哼，道："不用谢我，平身吧。"用眼尾扫了步轻侯一眼，急忙握住那根钗子，慢慢地转过身去。

阿绯避开步轻侯的目光，这才面露喜色，低头翻来覆去地细看那发钗，像是得了什么宝贝一样。

平心而论，那钗子做得极为不错，乃是一支银钗，钗尾做了个小凤头的模样，凤眼处镶嵌着小小的红宝石，雅致大方而不失华美。

阿绯喜出望外地看了会儿，抬手撩撩一直披散着的头发，然后就把头发攥住，胡乱地在头顶堆了个发髻，然后就把那钗子插了进去。

等她弄好了，才转过头来，撩撩鬓边的乱发，仍旧恢复了那种平静神情，下巴微扬问道："怎么样？"

步轻侯忍着笑："你这样，倒像是个小道姑。"

阿绯皱眉："不好看？"

步轻侯道:"不过却是极好看的,无人能及。"

阿绯偷笑,抬手在鬓角略微整理了一下,又做不在意的模样说:"虽然很好看,但你也不要一直盯着看,很没有礼貌,而且会让我觉得不舒服……走吧。"

步轻侯伸手在额头一扶,笑着摇了摇头,迈步跟上阿绯。

两人又走了一会儿,步轻侯看着阿绯一脸闲适自在的表情,问道:"阿绯,你是想要去哪?"

阿绯道:"师太说有个人对我好,我要去找找看到底是谁。"

步轻侯道:"那你就是要回帝京啦?"

阿绯一脸无所谓:"是吧,先去帝京找一找,虽然我都不记得了。"

步轻侯便不再做声,阿绯回头看他:"为什么你总问这个……你……是不是知道什么?"

"我跟你说过我不在帝京,又怎会知道?"

"对了,那个对我很好的人,不会就是你吧?"阿绯忽然惊问。

步轻侯也有些惊讶,阿绯却又摇头:"不会……如果是,我不会一点感觉都没有。"

步轻侯脸上的笑僵了僵,隔了一会儿,才道:"阿绯,其实,若是像这样,是不是也很好?"

"什么……哪里好?"

"比如就这样走在这条路上……没什么烦心事,也没有人打扰,蓝天碧草,绿树红花……"美人如玉……风景如画。

阿绯听着步轻侯的话,抬手抓了抓脸:"听起来少点什么……"

步轻侯十分善解人意:"还有油糕,晚上我们烤红薯吃。"

阿绯顿时便笑了:"这还差不多。"

步轻侯道:"你觉得这样如何?是不是比去帝京有趣得多?"

阿绯开始想念红薯的味道,不知不觉点了点头,忽然间又想到一个问题:"帝京没有红薯吗?"

步轻侯被噎住,阿绯留心他的表情:"有是不是?"

步轻侯叹了口气:"帝京有红薯,不过你去了帝京就再也吃不到红薯了,而且帝京除了红薯,还有很多东西,你不会喜欢的东西。"

"为什么吃不到,"步轻侯后面一句话阿绯有些似懂非懂,便道:"但师太说还有对我很好的人……如果他真的在那里,那么……其他我不喜欢的东西,我可以当看不见。"最后一句话,颇有些果断的味道。

步轻侯停了步子,阿绯浑然没有察觉,自顾自往前走,思忖着说道:"不过你对我也很好,对了,你总是问我这个,你也会跟我一起去帝京吧?"

她不经意地转头一看,身边却没了步轻侯的影子。阿绯一怔,回头转身,却见步轻侯站在身后不远处。

"怎么不走了?"她略觉奇怪地看着他问。

步轻侯望着她微微歪着头打量自己的样子,脸上的表情如此奇怪,难过,失落,最终却拧出一个笑来。阿绯望着他的笑容,一眨眼,迈步便往步轻侯身边走来,一直走到他的跟前:"你怎么了?"

步轻侯垂眸:"嗯?"

阿绯道:"怎么……好像很难过的表情,是我……说错什么了?"

步轻侯蓦地笑出来,笑得极大声:"谁说我难过啦。"

阿绯皱着眉细看他的双眼,像是要从他脸上看出一朵花来。

步轻侯仰头一笑,伸手在她头上用力一按,把她的头压得歪了过去:"虽然我天生风流倜傥,但你也不用一直盯着看,很没礼貌而且我会兽性大发。"

这话却是学阿绯方才说他的,阿绯忙着抬手护住头,不满地抗议:"不要重复我说过的话,更不要弄乱我的头发……好不容易才弄好的。"

步轻侯看着她令人叹为观止的鸟窝发型,叹道:"丐帮的发型的确难弄,像你这么有天分的非常难得了。"

"是吗,"纤纤手指一撩鬓发,她神情倨傲地说,"我也这么觉得。"

她转身走了几步,又歪头看步轻侯:"不过丐帮是什么?"

步轻侯眨了眨眼,抬手在她头上一摸,宠溺似的:"是个非常有势力而且庞大强悍的组织。"

阿绯抬头看天,凭空想象了会儿,表示欣赏:"听起来还不错。"

两个人边说边谈走了会儿,步轻侯望着前路,感觉这条路就像是永远走不完一样,只需要不时地听着阿绯说话,看看她的脸,他就觉得心里莫名地安稳。

虽然阿绯现在的模样跟他记忆中那个形象大相径庭。

在步轻侯的想象里，这条路及这种感觉的终止会是因各种各样的意外，然而他却没想到是因这样令他意外的"意外"——就在他神思恍惚之际，有个声音叫道："轻罗剑客！"步轻侯听了这个声音，整个人便绷紧起来。

阿绯转头看向声音来的方向，却见前头的树底下，俏生生地立着一个黄衫的女子，身边还有一匹马，正在甩着尾巴吃草。

那少女生得极美，望着步轻侯的眼神又惊又喜，像是全世界在面前她却只看到他："西华山那两个小鬼没骗我，果然是你！"

阿绯回头道："你……认识？"

步轻侯抬手握住她的胳膊："阿绯，在这儿等我一会儿。"

阿绯才说了声"啊"，眼前一花，就没了步轻侯的人影。

阿绯目瞪口呆，正要说话，却听得那黄衫女子叫道："给我站住！步轻侯！"眼前黄影闪烁，极快地不见了踪影。

阿绯刚要合上的嘴再度张开，眼睁睁地看两个人消失不见，几乎回不过神来。

"跑哪里去了，哼。"阿绯站在原地，抬脚踢了踢路边的草，百无聊赖。

刚等了一会儿，阿绯听到些声响，本以为是步轻侯回来了，谁知一转头便看到迎面而来的一辆马车。那马车极为华丽气派，两匹马膘肥体壮，极快地向这边奔来。

阿绯还没从步轻侯消失的震惊中反应过来，本能地啐道："什么了不起的，一辆破车……"然后便觉得那辆马车似乎有一丝眼熟。

马蹄的声响中，阿绯瞪着那马车看了会儿，脸色陡然大变，几乎不敢相信地："混账！"

阿绯后退数步，惊慌失措地看了一眼，仍旧没有步轻侯的影子，她一咬牙，当机立断地把袍摆一提，跳下路边的小草沟，拔腿发疯似的往田野里跑去。

身后大路上，那马车缓缓停下，赶车的道："主子……"

车内的人轻声一叹："等在这儿。"人影一晃，便自车上轻轻跃下地。

阿绯像是中箭的兔子一样在原野上飞窜，一边飞奔一边碎碎念地骂，一会儿骂步轻侯，一会儿骂傅清明。

那辆马车之所以看着眼熟，正因为先前阿绯是从那上面下来的。

一看到那车，阿绯便想到傅清明，一想到傅清明，就又想到在这车上的不堪相处，先前步轻侯在的时候还有挡箭牌，如今步轻侯偏偏不在，阿绯觉得自己势单力薄，简直要气晕过去。正跑得上气不接下气，忽然觉得头上一松，阿绯惊了惊，抬手往头上一摸，摸来摸去，发现簪子不见了。

步轻侯给的这簪子，阿绯虽然表面上说一般般，实际上却是一见就喜欢上。簪子不见，她的心也凉了半截，身后有傅清明，她是死也不愿回头的，可是却到底舍不得那亮晶晶的小东西，咬牙切齿犹豫了会儿，终于把心一横，还是转过身来。令她欢喜的是，身后并没有傅清明的身影，阿绯心头一宽，急忙低头去寻那簪子。

一连走了几步，阿绯起初弯着腰，渐渐地便伏低身子，几乎是蹲趴在地上："掉到哪里去了……"生怕找不到，极为心疼，担心傅清明追来，又心焦。

功夫不负有心人，终于在那绿色的草丛里看到那银白色若隐若现，阿绯欣喜万分地扑过去，将那簪子抓起来，哈哈哈笑了数声，爱惜地擦去泥，仓促里也不敢再戴，握紧了簪子转身又要逃。

谁知一转身，眼前却似多了一堵墙，阿绯一回头，正好撞在那突然出现的人胸前，额头被撞得生疼，抬头一看，吓得跟跄后退数步。

傅清明淡淡地站在跟前，居高临下似的垂着眼皮扫视着她："跑够了吗？"

阿绯无意识地握紧簪子将手贴在胸口，又气又怕："你……你想怎么样？"

傅清明站着不动："跟我回帝京。"

阿绯一听，叫道："帝京我自己会去，不用跟着你。"

傅清明抬眸望向她，言简意赅地："不行。"

"混账……"阿绯咬了咬唇，气愤地望着傅清明。

傅清明对上她的眼睛，便往前走了一步，阿绯忙叫道："你别过来！"

傅清明脚步一顿，阿绯道："站住！你之前是不是说我是公主？！"

傅清明有些意外："不错。"

阿绯道："那……我是公主，你是不是就得听我的话？"

傅清明眼睛眯起，掩住一丝笑意："正是。"

阿绯稍微松了口气，道："那我现在就要你做一件事。"

傅清明道:"请殿下吩咐。"

阿绯大声道:"我要你立刻从我眼前消失,不要再来烦我!"

傅清明唇边的笑意越来越盛,嘴里慢慢说道:"请恕我不能从命。"

"我就知道,"阿绯并没多失望,只是更加气愤,"表面上装得好像能听我的,实际上却根本不把我放在眼里,假惺惺地,只不过是想要趁机欺负我……"

傅清明略微觉得意外,目光相对,他若有所思地说道:"殿下,那不叫欺负……那是……我跟殿下正常的夫妻之事。"

"闭嘴闭嘴!"阿绯觉得自己的耳朵都被玷污了,伸手捂住耳朵,叫道,"我说过你不是我相公。"

傅清明暗中叹了声,上前握住她的手腕:"殿下,跟我回帝京吧。"

"我说过不愿意跟你一起!"阿绯一挥手,打向傅清明脸上,傅清明大概是没有料到如此,又或许是不愿闪避,竟被她打了个正着,阿绯忘了自己手中还握着那支钗子,银钗的凤嘴在他的脸上滑过,留下一道伤痕,极快地便沁出血来。

阿绯有些震惊,缩回手来看看银钗,又看看傅清明的脸,果不其然在他眼中看到一丝怒意。阿绯想说自己不是故意的,可是傅清明似乎并没有期望她会这么说,只是用力将她拽过来,像是鹰擒燕雀般地捉入怀中。

阿绯只觉得浑身都被恐惧笼罩:"不要,放开我!"

傅清明看着她发丝散乱惊慌失措的模样,深吸一口气压抑住怒火:"跟我回去。"拽着她的手便往回走。

阿绯身不由己地被他拖着,竭力地挣扎着:"傅清明,你这混账!伪君子!你不过是想欺负我……你算什么男人!不管我是不是病了我都不会承认你是我相公的,以前不是现在不是,以后也不会是!"

她气急了也怕极了,几乎语无伦次,然而说的却全是心里话。

傅清明身子一震,便停下脚步。阿绯声嘶力竭叫了一阵挣扎了一阵,浑身的力气都几乎消失殆尽,便只呼呼喘气,喘了会后忽然觉得不对。

傅清明静静地站着,身上散发着一股淡淡的气息,阿绯有些熟悉……在妙村那晚上他拉着自己去见宋守,威胁她不许叫宋守相公说会杀了宋守的时候,就是这种气息。很冷……令人战栗的气息。

"你、你想干什么……"阿绯有些发抖,却还死死忍住。

傅清明望着她，看着她明明很害怕却假装不在乎的样子："你以前是，现在是，以后也都会是……只能是我的……"他抬手在阿绯的脑后一握，低头便吻向她的唇。

阿绯一呆，旋即大力挣扎，却抵不过他的巨力，挣扎里只听得"嗤啦"一声，竟是衣裳被撕破了，阿绯哭叫了声，声音却只自嘴角溢出，几近呻吟。

傅清明强抱着阿绯，如疯狂般地吸吮她的唇舌，阿绯又怕又气，泪不停地落下来，他却视而不见似的。阿绯觉得他的手已经开始在身上肆虐，先前勉强抑制的恐惧忍不住一涌而出，浑身不可遏制地抖了起来。

傅清明不再肆虐于她的唇，手在阿绯腰间一握，低头吻上她的颈间，像是要将她一口一口吃了似的，在她雪白的脖子上又咬又吮，弄出一个个红红的印记。

阿绯浑身颤抖，几乎连哭喊也发不出来，手无助地垂在傅清明肩头，渐渐地才感觉到手心还紧紧地握着那股钗子。

阿绯擎起那股钗子，用尽全身力气刺向傅清明的肩上。她也不知是不是会有用，只是本能地想要如此。

傅清明手一松："你……"

阿绯跌坐地上，往后几步，望着他震怒交加的神情，手按在地上，不知被什么刺到，有种刺刺的痛感，阿绯手一抓，望着傅清明的眼睛，颤声说道："你想如何？你要以为我好欺负就打错主意了！不然你就杀了我，不然的话……我……"

她深吸一口气，双手握拳用力攥紧，像是要拥有什么力量，缓缓说道："我一直……都记得我是他娘子，你忽然出现，说不是，说一切都是假的，说他是坏人骗我，我又怎么知道……你不是骗我的？"

傅清明眸色沉沉地："随我去帝京。"

阿绯摇头，看着傅清明清楚地说道："你不懂，我对他……是有感情的，感情不是一件东西，说掏出来就掏出来放在一边了，我喜欢他……是得培养出来的，那么多日日夜夜，他对我多好你知不知道？宠着我疼着我，做好吃的给我，我吃撑了还会替我揉肚子，我打他他也不反抗，他们说……我又懒又笨什么也不会，可是他说我是最好的……"

阿绯心里痛极，泪从眼睛里一颗一颗涌出来："我觉得他就是世上对我最好的人了，除了他不会再有第二个人对我这么好，你说他是假的，我还能再去相信什么？相信谁？你？你觉得这可能吗？"从极小声到声音慢慢地变大，颤抖也不见了，剩下的只有极端的愤怒跟极端的伤心，阿绯一口气说完，泪也不知掉了多少，她全不在意，心中反而有种空旷的……放松的感觉。

阿绯站稳身子望着傅清明，他站在那里，没什么动作，她不知道他心中在想什么也不知他会做什么，只是觉得出了一口恶气，她抬手指着傅清明，斩钉截铁道："不要再跟着我！"

阿绯转过身，毫无意识地往前走，不知走了多久，回头一看，却见在身后不远处，傅清明赫然正也跟着。

阿绯俯身捡起几个土块，便向他身上扔去："不要跟着我！滚开！"

傅清明并不闪躲，土块撞在他身上又跌落，他一动不动地，只是默然地忍受。

阿绯咬牙切齿，还要再扔，谁知脚下一空，她"啊"地惊叫了声，连滚带爬地掉进一个土沟里。幸好土质松软，并没有弄伤她，阿绯在沟底躺了一会儿，望着头顶的天空笑了笑，又慢慢地起身，手脚并用地从沟底爬出来。

不深的土沟，像是一道界限。

阿绯站在这边，看到那边的傅清明，她手中本来还握着几个土坷垃，本要扔过去的，但是望着他沉默无言的样子，不知为何竟松了手。

阿绯转身，依旧一步一步往前走去，眼前是无边无际的原野，前头隐隐地有一片绯红，像是桃林到了，阿绯记得方才在路上跟步轻侯似乎看见过，那时候距离还远，没想到现在竟然这么近了。

阿绯看见极美的桃花，心头竟欢喜起来，加快步子往那片林子跑去，桃花越来越清晰，一朵一朵盛放得自在而绝美，阿绯转来转去，流连忘返，桃林极大，桃树掩映，看不到除她之外的任何人，阿绯极为高兴，笑出了声。

她转得累了，便坐下来，地上是厚厚的树枝，还有一层飘落的花瓣，阿绯索性摊开手脚躺了下去。

花枝人面难常见，青子小丛丛。

韶华长在，明年依旧，相与笑春风。

风吹过,眼前桃花乱飞,阿绯眯起眼睛看,阳光从桃花瓣的缝隙中若隐若现地闪烁,花瓣飘飞之中,阿绯看到有个人影俯身道:"小阿绯,跌疼了吗?"声音极暖,眼睛极美。

阿绯张口,无声地说道:"不疼,我很好啊。"眉眼弯弯开怀地笑。

第六章

春水桃花

傅清明负着手站在桃树之后，此处地势空旷地脚又北，山气偏冷，花开得晚，这片晚放的桃花横在眼前，烂漫正盛，就如他眼中的那人。

他瞧见她蹦蹦跳跳地跑进桃林，他不忍束缚那样自在的身影。——虽然先前入耳的那些话如刀子凌迟般，他奇怪自己会有这样的感觉，也奇怪这种感觉会如此真切，真切而痛苦地，让他甚至一时无法反应。该以何种面貌面对她？愤怒，冷漠，愧疚，后悔？种种都不是。傅清明觉得自己置身于迷雾之中，心里空寂至极。他本来是追逐她而来，是捕猎者，但此刻，阿绯在前头的身影却像是指引，变成他往前而行的目标。

傅清明跟着她进了这片林子，在一片艳丽到令人迷醉的绯红之中，看到了又一番不同的风景。他看着阿绯躺在地上，自在地摊开手脚，花瓣覆面罩身，她一动不动，像是睡着了。

傅清明目不转睛地看着如斯一幅画，眼底波澜涌动。

大启盛元六年，傅清明自虢北凯旋而归，帝京大开宣武门迎接得胜回朝的大将，黄沙铺地，禁卫清道，当时还是王爷的慕容祯雪亲自出城十六里迎接，排场一时无二。

慕容祯雪跟傅清明同年，也是傅清明在京内最好的朋友。傅清明于虢北平定动乱，于那个苦寒之地足足待了近五年时光，此番回京，着实声势浩大，帝京百姓闻风尽数出迎，立在街边上肃然静候大将军，无不以端望到傅大将军英姿为荣。

慕容祯雪迎了傅清明入京，稍事休息便面谒启帝慕容霄，慕容霄对傅清明这位功臣大将亦青眼有加，赏赐金银无数，并美色宫女十人，且定在晚上于皇宫的九重阁设宴为傅大将军接风洗尘，百官同席作陪。

傅清明之威名权势可见一斑。只是他却怎么也想不到，本以为一世无羁风流不暇的此心此人，会在回京的这一日，同另一人死死地纠缠在一块儿，就如那相拧而生的藤葛，相互纠缠，劈开其中一株便不成活。

慕容祯雪很是高兴，退出勤政殿后便陪着傅清明于宫中慢慢而行，皇家的亲情散漫，身为皇族他又要谨言慎行，因此冠盖满京华，知己有几人？傅清明是他从小一块儿长大的至交好友，好不容易盼了回来，且又立了大功，慕容祯雪的欢喜可想而知。

"虢北的族王们向来傲慢强悍，你竟能将他们一一收服，真真是我不拜服都不行。"慕容祯雪打量着好友，五年的虢北苦寒，把个翩然贵公子似的人物磨炼得更多了几分孤傲，原本就不怎么喜形于色的性子，此刻越见深沉。

幸好他们交的是心，慕容祯雪也相信，不管时光再如何变幻，傅清明是他认得的那个傅清明，他一辈子的知己。

傅清明的面上浮现淡淡的暖色："我瞧着你是嫉妒……若是给你机会出京，你必然会做得比我好，如今这功劳被我抢了来，看你是百般无奈吧。"

慕容祯雪笑："留神把我捧得太高，有朝一日会掉下来摔得厉害，我自己有多少分量自己明白，是万万比不上你的，天底下也只有你，能把那些藩王们收服得妥妥帖帖，真乃我大启的福将战神。"

傅清明扫他一眼："说我捧得你太高，我看明明是掉了个儿。"说罢便故作冷淡，负了手转身。

慕容祯雪哈地一笑："你那是客套话，我可是真心话……对了，这番回来，可就安定了吧？皇兄赏赐你那么多宫女……"

傅清明淡淡道："王爷若是喜欢，尽数送你无妨。"

"哈哈,知道你眼光甚高,那些庸脂俗粉怕是入不了大将军的眼的。"

"哼……"

慕容祯雪心头畅快,正要再说,却听得有人叫道:"王叔,王叔!"饱含喜悦的声音,清脆娇美,引得傅清明转头看去。宫廷宽阔的廊间,有一个娇小的身影如风般地往这边狂奔而来,却只盯着慕容祯雪。

傅清明本是无心地看一眼,忽然移不开目光。

慕容祯雪眉头一蹙,眼底却尽是宠溺爱意,顾不得跟傅清明说话,往前走了几步道:"阿绯,不许乱跑,留神又摔跤啦。"

那女孩子却已经跑到了他的跟前:"王叔!你回来啦!"

"我只是出城一夜而已,又不是出什么远门。"慕容祯雪无奈。

慕容绯哼道:"王叔,我从来没有出城过啊,若是你带着我,我也不用担心了。"她这才一歪头看向慕容祯雪身后的傅清明,"他……"就在这一瞬间,她脸上的表情,从满面笑容变成了高深莫测。

明明才是个十几岁的少女,却露出一种傲慢的神情来,明明比他低一个头不止,那种眼神,却像是在居高临下地俯视他。

傅清明不动声色地看着对方,慕容绯觉得他的眼神有些令人……讨厌。

正当慕容祯雪想要介绍的时候,傅清明已经微微地抬臂拱手行礼:"末将傅清明,见过公主殿下。"

慕容绯昂着下巴,淡淡说道:"哦……免礼,平身吧。"

慕容祯雪在旁看着两个人,慕容绯对外人通常便是这副面目,又高傲又冷淡,傅清明面对这样的慕容绯,却难得地显得有几分恭顺,一个傲然地昂头,眼神不知飘到哪里去,一个却低着头,双眸的光落在她的脸上。

不知为何,慕容祯雪的心一跳:当时他以为这幕场景很是有趣,后来才知道,原来并非只是"有趣"那么简单。

然而对阿绯来说,其他的都不要紧,她所为的只是慕容祯雪,忽略了傅清明后,阿绯便凑向慕容祯雪:"王叔……去我宫里吧,我调了好茶给你喝。"声音有些悄悄地,生怕人听见般。

慕容祯雪笑道:"不成,我得陪着傅将军,待会儿要出宫了。"

阿绯想了想:"那你回来后就去好么?"

慕容祯雪同傅清明数年不见，想要好好地叙旧一番，便有些踌躇："这……"

阿绯见他面露难色，便握住他的胳膊，低低地求："王叔……王叔去吧……"

慕容祯雪越发为难，不防旁边的傅清明说道："王爷，若是于礼数无违的话，就让末将陪王爷前往公主宫中一坐如何？"

慕容祯雪大为意外，阿绯更是，闻言便很不悦地转头瞪他："本宫有同你说话吗？"这人的耳朵可真是灵光！

慕容祯雪一听阿绯这个傲慢的腔调，本来想推诿傅清明的话便反而说不出口："阿绯……"

阿绯停口，慕容祯雪看傅清明面上并无异色，便道："难得你有此兴趣，那么我们便一块儿去吧。"他说完后，便一拉傅清明的袖子，含笑低低道，"不要怪我没提醒你，公主泡的那些茶，你最好不要喝。"

"哦……"傅清明淡淡答应了声，转头看阿绯，却见她正斜着眼睛瞪他，黑的瞳仁银的眼白，长睫轻闪，她的眉心描绘着曼妙妩媚的花瓣妆，细细的花纹在明净的额间舒展，像是撩拨着谁的心。

阿绯以为，那是他们的初次相见。

阿绯当然知道傅大将军是谁，深宫寂寥，那些宫女太监私底下说些八卦，胡扯到匪夷所思的地步。但一涉及"傅大将军"的时候，不管先前谈论着什么离谱的话题涉及什么淫邪的腔调，就在"傅清明"登场的时候，气氛总是会变得异乎寻常的莫测高深，就好像在一片无稽之谈里头忽然冒出了一声庄严肃穆的"阿弥陀佛"，无限敬畏。

阿绯知道傅清明是个名将，或者战神，可这又如何？学得文武艺，货与帝王家。他是绝世名将，也是大启的名将，大启是慕容家的，她是大启的公主，他便是她的家奴。然而这个人却偏生跟慕容祯雪交好，眼睁睁地望着他恬不知耻地跟着慕容祯雪进了自己的宫殿，阿绯没法子当着慕容祯雪的面将他赶走，于是便竭力视而不见。

慕容祯雪对她奉上的茶表示苦笑，茶汤色泽倒是极好，赤红透亮，但味道就不敢恭维。前车之鉴，慕容祯雪谨慎地问阿绯这里头又用了些什么材料。

阿绯正要献宝，旁边那人很不识相地开口说道："这不过是御供的滇南红茶，里头大概有些玫瑰花的粉。"

阿绯见他居然猜出来，也不以为然："是又如何？有本事再猜猜看。"这茶里头她加了一味中土没有的香料，不信这个人能猜出来。

慕容祯雪却极为感兴趣，将手中茶杯一摇，笑道："难得你在虢北那种地方待了五年，竟还记得滇南的红茶，对了……你又怎么知道是滇红，不是祁门……云峰之类的地方所产？"

阿绯呆了呆，她也知道红茶有许多种类，但如何区分却一窍不通。

傅清明竟喝了一口茶，慕容祯雪期待他一口喷出来，他的面色却极淡然地，甚至缓缓而平静地把那口茶咽了下去。

祯雪好奇：莫非阿绯这次调的味道不同？于是便也尝了口，谁知道才一入口，只觉得一股恶香直蹿入内，登时便一口茶喷了出来。

阿绯急忙拿帕子："王叔你怎么啦？"

慕容祯雪咳嗽着，瞪傅清明："你、你……"本是想问他究竟是舌头失效还是故意骗他也喝，却瞧见对方唇边一丝笑意，即刻了然，是上了当。

傅清明淡淡道："公主一片美意，王爷你怎么能一口也不喝呢？"

慕容祯雪觉得舌尖儿都有些麻，只能笑道："好好，我好心嘱咐你留神，你却要拖我下水，我这真是误交损友……"

傅清明却又转了正题："滇红性猛一些，味道更重，色泽也更红，故而我瞧得出。"

阿绯撇嘴："够了，不是让你炫耀，你只管再猜里面还有什么？"

傅清明微笑看她："这里头大概还有异邦传入的一味香料，若是末将猜得不错，这种闻着清淡尝起来猛恶的味道，应该是薰衣草。"

阿绯目瞪口呆，想不到他竟知道这种奇僻之物。

傅清明目视着她："其实公主若是想尝鲜奇，只放一丝就是了，不过公主放了太多，味道就反而有些……这便是'过犹不及'。"

慕容祯雪越发钦佩，阿绯却很想把傅清明扫地出门。

晚间的接风宴上，不仅百官陪同，皇亲国戚一概在座，顶上是帝后，下列是皇子皇女们，阿绯自也在列，她自作主张坐在慕容祯雪旁边，祯雪旁边却是傅清明。

酒过三巡，百官说了无数好听的话，启帝慕容霄也对傅清明的功绩大加赞赏，只不知有谁先提议的，说是："傅将军武功盖世，但在京中，武功最好的莫过于祯王爷了，偏生傅将军同王爷自小交好，可谓是大启双骄了。"

又有人道："此言极是，不过……却不知道傅将军同祯王爷之间，谁技高一筹？"

慕容霄闻言，意兴勃发："祯雪，今日群臣聚会，贺傅将军凯旋而归，不如就当着文武百官的面儿，你同傅将军比试一遭？让众人和朕开开眼界。"

慕容祯雪忙道："皇兄，如此良辰，臣弟觉得不该舞刀弄剑，何况若是不慎有所损伤便不好了。"

慕容霄大笑道："朕的皇弟，莫非你是未战先认输了吗？傅将军威名至此？"

慕容祯雪正要再说，傅清明道："末将低微，怎么能跟皇亲动手？"

慕容霄看向他："傅将军不必过谦，何况朕不是想让你们性命相拼，只不过是舞一舞剑，算作是助兴而已。"

慕容祯雪同傅清明目光相对，却察觉身边有人拉扯自己的袍摆，他低头，对上阿绯的双眸："祯王叔，不可不可！"阿绯觉得她的王叔是尊贵之人，怎可跟那武将相拼。

慕容祯雪还未出言，傅清明道："既然如此……陛下有命，那末将只能遵从了。"

阿绯大惊，几乎跳起来反对，慕容祯雪侧身在她肩头一拍："无事。"缓缓起身。当下有内侍送了两柄剑上来，傅清明同慕容祯雪各持一柄，对行了礼，便当庭"舞"了起来。两人自小便为好友，闲来也常对上几招，彼此之间默契十足，当下整个殿内一片刀光剑影，耳畔叮叮当当，响个不停。两人同为英伟男子，又是高手，身形翩然腾挪，果真是又惊险，又好看，满殿文武看得如痴如醉，鸦雀无声。

阿绯在旁边跪坐，死死地只盯着慕容祯雪的身影，却见两人起初对招得还慢，渐渐地便加快了速度，你来我往，竟似是殊死搏斗一般，缠斗之间，几乎看不清哪个是傅清明，哪个是慕容祯雪，阿绯听到自己的心怦怦乱跳，眼前也有些发花，正在紧张地要晕过去，却听得"当啷"一声，有人的剑落在地上。

阿绯吃了一惊，擦擦眼睛去看，却见慕容祯雪手中持剑，剑搭在傅清明肩头，而傅清明手中却空空如也，剑落在慕容祯雪脚边上。

阿绯用力眨了眨眼，才反应过来，当下跳起来，高兴叫道："祯王叔赢了！"傅清明望着她神采飞扬的笑脸，默不作声。

然后便是启帝慕容霄的笑声："果真是祯雪更技高一筹啊。"

慕容祯雪望着傅清明，摇头一笑，把剑扔在地上。慕容祯雪退回来后，阿绯十分开怀："王叔，喝杯酒歇一歇。"亲自倒了酒端过去。

旁边傅清明正落座，闻言便转头看过来。

阿绯因慕容祯雪赢了，格外高兴，疑心傅清明是心有不甘，便冲他做了个鬼脸。傅清明嘴角一挑，便低了头。

这刻慕容祯雪端酒小饮了口，额角边上亮晶晶地，阿绯仔细一看，原来是汗，便急忙从怀中掏出一方帕子："王叔，你出汗啦！"

她抬手便要去替慕容祯雪擦汗，却被祯雪拦下："我自己来便是了。"将那方帕子接了过去。

却不妨旁边傅清明忽然也冒出一句："末将也出汗了，不知殿下可不可以也赠一方帕子给末将？"

他的声音不高不低，祯雪听得明白，祯雪旁边不远处的慕容霄也听见一二。

阿绯目瞪口呆：这个人的脸皮可真厚！正要刺傅清明一句，祯雪却宽和一笑："这个我未用，你用吧。"便把阿绯的那方帕子递了过去。

两人一照面间，彼此将对方都看得极清楚，祯雪的面上隐约可见汗意，但是傅清明却依旧如旧，一星儿的汗都不见。

傅清明却无事人般将帕子接了过去："多谢王爷。"

阿绯吃了一惊，看傅清明竟坦然地把自己的手帕握在手中，有些不敢相信："王叔？"

祯雪冲她一笑，阿绯无法对他发脾气，便看向傅清明，咬牙道："那是本官的帕子，还给我！"

傅清明看向阿绯，缓缓道："殿下，这帕子给末将用过了。"他居然抬手，装模作样地将帕子在嘴角擦了擦。

"混……你还给我！"阿绯大怒，探身将帕子从傅清明手中夺回来。

傅清明也不反抗，只看着她，眼神莫测高深。

阿绯对上他的眼神，想到手中所握被傅清明用过，便咬牙将帕子扔在地上：

"既然是你用过的，我也不要了！"站起身来，在那帕子上用力踩了几脚。

傅清明不动，祯雪正欲阻止，却听慕容霄沉声喝道："阿绯！"

阿绯住脚，转头便看皇帝。慕容霄道："你怎可对傅将军无礼！速速向他赔礼！"

阿绯一呆："父皇……"

祯雪看傅清明一眼，便打圆场："皇兄，阿绯不过是小孩子脾气，宽恕她这次吧？"

慕容霄道："你不必纵容她，就算是公主未免也太任性了些，敢对辟疆护壤的大将如此，还不赔礼？"

祯雪皱眉，便看傅清明，本以为他会出声，没想到他竟然端坐不言。

阿绯看看慕容霄，又看看"装模作样"的傅清明，心中恨他至极，大叫道："我才不要向他赔礼！"这一句话的代价，是被慕容霄禁足宫中半月，一直到光锦公主要下嫁傅将军的婚讯传来。

傅清明在桃树后转过，一棵一棵的桃树遮着视线，他每换一个位置，眼前的风景都也变得不同。绚烂的景象里，桃花的布景中，他像是看到了阿绯的千面，尽管她自始至终都静静地没有动一下。

傅清明看得入神而不自知，良久之后，他依旧负着双手，自株株桃树后转出来。他脚步极轻，缓缓走到阿绯身边。

阿绯依旧摊开手脚躺在那里，闭着双眸，脸色恬然，沐浴着闪烁的阳光，身上头脸各处落着自天而降的桃花瓣。

傅清明凝视她片刻，微风吹拂，像是桃花的雨漫天飘落。有一片花瓣，不偏不倚地竟然落在了阿绯的唇瓣上，像是轻吻般地覆在上头。

傅清明的双眸骤然缩紧。他缓缓地俯身，而后单膝着地，半跪之姿。

傅清明伸手，将那片桃花瓣小心拈起，捏在指间。那么轻薄的花瓣，略微用力便会揉碎，他看了会儿，便放在唇间。轻轻咬开，桃花瓣有种涩涩的滋味，在齿间散开。

傅清明望着阿绯的脸，眼底波澜云起。

冷不防地，阿绯竟睁开眼睛，一瓣桃花缀在她的眉角，挡住她的视线，于是她的眼前便有了一个朦胧不清的人影。

阿绯吸了吸鼻子，抬手把那碍眼的花瓣拂开，才看清了傅清明："噫……"说不出是失望还是不耐。只是并没有就张口赶他走。

四目相对，阿绯叹了口气："我前辈子肯定欠了你很多钱。"

傅清明微微一笑，阿绯道："现在我的心情很好，不要跟你吵，你也不要吵我。"

"嗯。"他竟然无条件答应。

阿绯斜睨他一眼，见他没什么动作才放心，本来想起身的，然而这个姿势实在是太舒服了，阳光暖暖地照下来……桃树上似乎有蜂蝶飞舞，一切都极合意，除了傅清明。

阿绯又瞅他一眼，却看到他脸上结痂的一道伤痕，是她用簪子留下的。

傅清明就半跪着，也不动，阿绯看一眼那伤，他生得俊，那道伤却极狰狞，不知道是不是会从此破相。阿绯心里不自在起来。

阿绯装作不耐烦的样子瞥了傅清明一眼，仍旧就着平躺的姿势，努力往旁边挪开了一点："你也歇会儿吧，这样很舒服。"

傅清明看她给自己让出来的那一小块地方，心头一动，双眸之中约有春水荡漾，温柔地要泛滥出来。

阿绯却并没有看到，她只是略微觉得愧疚而已，虽然讨厌他，但并没有就想到要伤到他，何况还是伤到了脸……原本还想说对不住的。

傅清明唇角微挑着，果真翻身坐在了阿绯的身旁。

阿绯见他只是坐着，便哼了声，不再理他，自顾自地享受自己的和风阳光，舒服的呼吸也绵长欢喜。

傅清明一条腿长长地伸出去，另一条竖起，手搭在上面。

他听到蜂蝶的嗡嗡声，身边人儿的平稳呼吸声，风从林间枝头穿过，花瓣擦过发梢，轻轻跌落……所有尘世外似的细微的声响，带着安好而静谧的欢喜。

一刻钟的工夫，那呼吸声忽然有些奇异。

傅清明忍不住转头看旁边的阿绯，却忽然发现她好像在偷偷地打量自己。

那双眸子似闭非闭，长睫毛鬼鬼祟祟地抖动，分明就是在偷看。

一看到他转过头来，便紧紧地闭了起来。

傅清明假装没有看到的样子，若无其事地将头转开去，喃喃自语般道："没想到还有这片世外桃源……"

阿绯听到他叹，果真又把眼睛眯起来，睁开一条缝瞧他。

傅清明不看她，只是抬头看花，惊讶似的："好大一只蝴蝶……"

阿绯蓦地便瞪圆了眼睛："哪里？"

傅清明嘴角的笑意更深："殿下想要吗？"

阿绯也不傻，望见他笑微微的样子，又看并无蝴蝶的影子，便知道上当，悻悻地转过头去："骗子。"

傅清明看一眼她，搭在膝头的手指轻轻一弹，一道无形气劲往上直冲而出，所到之处桃花乱飞，就在繁花丛中，一只斑斓的蝴蝶被弹了个正着，随着花瓣一并忽忽悠悠自空中落下来。

傅清明一拂袖子，那蝴蝶便往他手上坠来，傅清明探出一根手指，大蝶竟落在他的手指上，居然没有死，只是紧紧地抓着傅清明的手指，翅膀微微抖动。

"殿下……你看……"他莞尔。

阿绯没好气道："不要再骗我……"眼睛却又睁开一条缝，蓦地看到如此漂亮的蝴蝶，整个人便从地上爬起来，"哪里来的？"

傅清明道："我没有骗殿下吧？"

阿绯用力点了点头，双目放光看着那只蝶："它怎么不飞？"

傅清明道："殿下想让它飞吗？我以为你想要它。"

阿绯道："它不能飞就会死，死了就一点儿也不好看了……而且它原本是丑陋的虫子，好不容易变成蝴蝶当然要好好地飞了，不然多可怜，还能飞吗？"有些担忧地望着那敛着翅膀的蝴蝶。

傅清明望着她："殿下想让它飞，它自然能飞。"轻轻说罢，手指一抬，往上一送。

他掌上的气劲一退，那蝴蝶失去禁制，翅膀扇动了两下，果真地就翩然飞了起来。

阿绯大喜，仰头目送那蝴蝶翩翩然地飞走，悠然神往，忍不住说："唉，我要是有翅膀就好了，就可以到处飞了。"

傅清明不动声色地看着她，阿绯道："你这一招还真厉害，要不是认得你，还真以为你是狐狸精啦。"

傅清明咳嗽了声："殿下……"

阿绯却不再说话，低头自顾自地把鞋子脱下来，鞋子里灌进许多泥土，阿绯握着鞋子倒了倒，把鞋子放在一边，又捏捏脚。

这两天走了好些路，在妙村的时候虽然也经常东跑西串地，但玩累了便会歇着，极少这样无休止地赶路，脚都有些疼。

阿绯拍拍袜子上的土，握着脚的时候不由得又想到宋守，只不过这会儿不似刚离开宋守的时候，就算是想，也不肯随便说出来了。

却不妨旁边一只手伸过来，便将她的脚握了过去，阿绯一惊："你干什么？"

傅清明看一眼她，方才她面上那一阵阴影掠过，他心中明白那是什么："疼吗？"手轻轻地替她揉捏着。

阿绯吃惊地望着他，脚上不怎么疼，他并没有用大力，但是……

阿绯缩了缩脚，却又挣不回来，她皱了眉："你……"冲口道，"你不用这样！"

傅清明抬眸："什么？"

阿绯咬了咬唇："我知道你不习惯做这些，你不用这么对我。"

傅清明微笑："你怎么知道我不习惯？"

阿绯要将腿缩回来："我就是知道，你又不是……"

他又不是宋守，或者……朱子。

阿绯没有说出来，傅清明却极明白："我自然不是他。"

阿绯看着他平静的面色，有些垂头丧气：怎么她心里想什么他会知道？

傅清明静静地替她捏了会儿脚，阿绯觉得脚心暖洋洋的，有种别样的舒服，却不知傅清明用了几分内力。

他将她的鞋子弄干净，又小心替她穿上："跟我回帝京吧……"是商量的、和缓的口吻。

阿绯眨了眨眼："你真的想我跟你一块儿回去吗？"

"是。"

"那么……"阿绯看着他，"你要是答应我一件事，我就跟你回去。"

"请讲。"他淡淡然地说。

阿绯几乎疑心他又猜到了自己的心事，眼珠转了会儿，才道："你不许……对我动手动脚，我就答应你！"

"动手动脚……就像是方才那样吗？"他的唇角多了一丝笑意，却并无意外神色。

阿绯有些脸红："不要耍赖，就是先前……先前你把我带出来的时候，在马车里对我做的事！"太无耻了，非要她这么说出来，想想都觉得浑身发热。

"殿下怎么知道我对你做了什么，不会是喝醉了产生的幻觉吧……"没想到他越发地无耻，还一脸无辜。

阿绯气急："算啦，就知道跟你说不通！当我什么也没说！"她一扭头，就要起身。

傅清明抬手，及时地握住她的胳膊："我若是答应你，你就乖乖跟我回去？"

阿绯身子一歪，在他肩头一撞，又急急地坐正了："啊，怎么啦？"

傅清明望着她的脸，目光游过他熟悉的每一寸："那我答应你。"

阿绯怀疑他会不会守信，傅清明靠近了她，几乎凑在她耳畔，低低说道："决不食言。"若是远远看去，他微笑低语双眸含笑，她略有些无措懵懂无邪，真真是一幅郎情妾意的旖旎场景。

傅清明近距离望着阿绯的脸，望着那一丝薄红，正有些心神不宁的时候，林间"嗖"的一声响，不知从哪里飞来一枚"暗器"，直奔两人而来。

傅清明身形不变，甚至姿势也没变，只是一抬手臂，竟极为准确地将那直冲他面门而来的暗器捏了个正着。

阿绯见他陡然出手才跟着转过头去，却见傅清明手指尖捏着一朵桃花，显然是新掐下来的。

"牡丹含露真珠颗，美人折向庭前过，含笑问檀郎，花强妾貌强？檀郎故相恼，须道花枝好。一面发娇嗔，搦碎花打人……"傅清明念罢，望着那朵花，笑说，"一片美意，傅某可是受不起啊。"

"你居然还会念诗。"阿绯打了个哈欠。

林中有人道："他会的可多了，骗人，嫁祸，调虎离山，乘虚而入，强取豪夺……样样皆通。"

阿绯听到这个声音，顿时又精神起来："步轻侯？"

林中出现的人果真正是步轻侯，手中还捏着一株桃树枝，几朵桃花缀在上头，俊美少年配桃花，真真别有意趣。

阿绯跳起身来："你方才去哪啦？"

步轻侯道："这得问傅大将军了。"

傅清明道："人人皆知峨眉孙乔乔喜欢难缠的轻罗剑客步轻侯……问我又有何用？"

阿绯目瞪口呆："什么？谁是孙乔乔……"忽然间想到方才那个黄衫的美貌女子，当下"啊"地叫出来，指着步轻侯道："是那个女娃！你们……"

步轻侯恨不得把傅清明一脚踹到九霄云外："难缠的是她不是我，我见了她唯恐避之不及！"

"既然没做什么亏心事，为何要避开人家呢？"傅清明淡淡地说。

步轻侯像是被人戳了一刀似的："姓傅的，你这是什么意思？"

傅清明缓缓起身，拂落身上的花瓣泥尘，笑得狡黠："只是我的一点臆测。"

"你！"步轻侯愠怒，手抚上腰间软剑，正在此时，阿绯却跑了过来："你……你！"

步轻侯一怔，却见阿绯满面焦急地跑到跟前，围着他转了一圈儿，上上下下地打量他。步轻侯心头一暖，挺了挺胸道："阿绯姑娘放心，我没事……"

阿绯伸出手指指着他，痛心疾首地："我的……油饼呢？我的红薯呢？怎么都不见了……"

步轻侯呆若木鸡："啊？"原来不是担心他的安危吗？！

傅清明抬手拢着嘴角，笑得浑身轻抖。

阿绯显然是心痛之极，抓着步轻侯的衣裳，愤怒："说！你是不是给了跟你相好的那个什么……孙乔乔了？"

傅清明已经想找个地方躲起来大笑了，步轻侯愁眉苦脸，已经没了再跟傅清明相杀的心思："阿绯……就算是我想给她，人家也未必会要这些……"

"你……你还说！"阿绯挥动拳头，在他胸口擂鼓似的先打了七八下，"你赔我你赔我！我的油饼，我的红薯！"不依不饶，恨不得滚地乱哭。

一直上了马车，阿绯还是不肯理会步轻侯，就算他指天誓日地要再给她买一些红薯跟油饼，阿绯兀自不肯妥协："都不是先前的那些了！有什么用！"鼓着腮帮子扭过头去。

傅清明倒是悠闲自在得很，举起茶杯喝了口，大概是心情太愉悦了，他忍不住叹了声："好茶。"但是同车的两个人心情显然正是极差，傅清明话音未落，步轻侯跟阿绯已经齐齐地怒道："住口！"

　　傅清明看看两人，含笑转过头去。

　　车窗外，那片桃林越来越远，成了一抹绯色的轻雾。

　　傅清明望着那一道朦胧的轻红：终于要回帝京了……回去的话……

　　眼前仿佛出现帝京的天空，如此清晰的碧空，在祯王府中，慕容祯雪递一杯茶过来："尝尝看……没有放薰衣草。"

　　傅清明一笑，望着那一盏透亮的红："好茶……"可是祯雪请他来，绝不只是喝茶这么简单。

　　傅清明望着祯雪，等他开口。果真，祯雪笑了笑："其实阿绯那个孩子，就是太精灵古怪了些，她得了薰衣草，知道是好东西，便拼命多放了些，乃是为了我好……怎么知道放得太多反坏了味道？"

　　傅清明道："公主年纪还小……"心头忽然一动，便戛然而止。

　　祯雪却笑道："可不是吗？才十四岁，比我整整小一轮。"

　　傅清明对上他带笑的眼睛："是了，我跟王爷只差两岁，算起来，公主小我十岁。"

　　"是啊，"祯雪若无其事似地，微微苦笑，"先前她母妃去后，我怜她幼小，时常照料，是以如今她对我最好……我记得，在她五岁之前，都不叫我祯王叔，你猜，她叫我什么？"

　　傅清明微笑："公主五岁的时候，王爷十七岁，莫非是叫哥哥么？"

　　"哈哈，"祯雪笑着摇头，"你猜错了……"他忽然放低了声音，说了两个字。

　　傅清明双眉一挑，四目相对，傅清明明白了祯雪请他喝茶的真正用意："王爷，你想说什么？"

　　祯雪双眸微闭，轻轻叹了口气："清明，皇兄有意将阿绯许配给你，可是……阿绯还小……"傅清明垂了眸子，不言语。

　　宫里不乏他的耳目，早听说，公主不愿下嫁，在勤政殿外跪了半天求旨未遂，烈日之下晕了过去。

第七章

又见皇叔

红茶入喉,有些微苦,傅清明垂眸看着盏中白气氤氲,祯雪的声音还在耳畔:"阿绯又极娇惯任性,我觉得……清明你也不会喜欢她的性子吧……"

傅清明眼睫轻抖,沉默了片刻才说道:"王爷,我想知道一件事……这些话,是王爷自己想跟我说的,还是公主的意思?"

祯雪一惊,四目相对,他无奈地叹了声:"清明……"

阿绯的确是对着他哭过,她不想嫁给傅清明,跪在勤政殿外一直到昏厥过去,却仍旧未曾换来慕容霄的回心转意,祯雪听说这件事后飞快入宫,阿绯抱着他大哭一场,眼皮都红肿了。但是阿绯并没有让祯雪来劝傅清明什么。只是祯雪自己想要如此而已。

傅清明道:"王爷,其实你该明白,这是皇上的旨意,事实上,公主不管怎么闹都无妨,但是你跟我,却是谁也不能出声的,对吗?"

祯雪听着他平缓的声音,心中觉得极苦:"可是阿绯……"

"公主年纪小,"傅清明道,"故而有些任性不懂事,清明长她许多,会宽待她的。"

祯雪只觉得这话并没有让他欣慰多少,反而有种冷酷残忍在傅清明平和宁静的声音底下流淌。他竭力按捺，望着杯中茶色，耳畔响起阿绯的声音：王叔，是好东西，你快尝尝……那样欢快地。

祯雪想跟傅清明说，在此之前，他曾经想过一些，关于阿绯，在他的想象里，阿绯会嫁给一个她喜欢的夫君，依旧过着无忧无虑的欢乐生活，不管世人……不管其他人怎么说这位娇纵的小公主，在他慕容祯雪的心里，阿绯值得拥有这世上最好的。

而傅清明，不可否认他这位至交好友也是举世无双之人，甚至更是许多京中名门闺秀淑媛们梦寐以求的夫君，可是……祯雪心中却也明明白白地知晓，傅清明可以配得上这世上所有最好的女子，但他不适合阿绯。

祯雪默然："在你心中，这……只是一个交易吗？"

傅清明不言不语，祯雪望着他沉默的样子，终究忍不住："如果你真的觉得这只是个交易，是皇兄笼络你的手段……那你为何还要故意在接风宴上为难阿绯？若非如此……皇兄也不会留意到……"

傅清明抬眸："王爷是在怪我吗？"祯雪心中一窒。

傅清明道："可王爷该也明白吧，就算我不如此，皇上也自会留意到，公主也是待嫁年纪了，你以为……皇上真的会替她找一个可心可意的好人家？"

祯雪紧紧地捏着杯子，不知为何眼睛竟有些酸涩。

傅清明却仍残忍地继续说道："还有一件事……虢北的王族虽然暂时按兵不动，但对付他们，也不能只是武力镇压那么简单，王爷该明白，皇上更明白……这次回来，皇上已经有意愿……"

"你的意思是……"祯雪身子一震，忍不住脱口而出，"不！不行！我朝绝不要向番族和亲！"

杯子被胡乱放在桌上，茶水溅出，在桌上四散，绘出奇形怪状的图像。

傅清明看着那茶水游走，就像是金戈铁马，奔腾在版图之上，左冲右突，北战南征。

傅清明沉声说道："我倒是有意愿打，但是皇上不肯，先破了南溟，又压下虢北，南溟遗民尚在蠢蠢欲动，虢北民风强悍，不如暂时先用安抚手段……这个皇上早就想到了，而要令虢北皇族们安心，最好的法子就像是王爷所说的——和亲，但是要献出最大的诚意，那就无非是金枝玉叶，王爷觉得，谁是最好的人选呢？"

祯雪只觉得打心底泛起一股冷意，几乎绝望："阿绯……"

祯雪的神情，是一种发自心底的震惊跟不加掩饰的难过，傅清明扫了一眼便垂了眸子，或许是不忍，或又是伪善的不忍："王爷，我当然不是公主的良配，但是……这件事也只有我出面。"

祯雪明白。阿绯虽然在宫中不怎么受宠，但却是唯一的公主，身份尊贵，任何人匹配都是高攀，而任何人却也挡不住慕容霄想要和亲之意，除了傅清明。

祯雪看向傅清明，眼神极为复杂。傅清明喝了口茶，却一笑："王爷不必这么看我，其实我也不是为了公主……清明自有自己的私心……"

他顿了顿，说道："功高盖主，对皇上而言，虢北需要安抚，我需要笼络，而我……娶了公主，受了皇恩，皇上自然也会比较安心一些。"

傅清明的手很稳，把杯子放下，杯中水光纹丝不乱："是以我不能推辞皇恩，王爷更不能去，接风宴上皇上命你我二人当庭剑舞，王爷也该明白皇上在担忧什么吧？王爷身处这个位置，只该避嫌，否则，于事无益不说，反而容易让皇上对你越发猜忌，更有嫌隙……"

言尽于此。只是当时傅清明不知道的是，祯雪前日进宫安抚阿绯之后，直接便去见过了慕容霄。

"说啊，说啊！"耳畔传来一阵不依不饶的声音。

傅清明睁开双眸，却见阿绯正在推搡步轻侯，一边催着他："快点说！"

步轻侯笑哈哈地："真个没什么，你听他瞎说。"

傅清明依稀记起方才两人低低地在说些什么，当下道："是说我瞎说吗？如果是峨眉孙乔乔……"

步轻侯斜视他："你不说话没有人当你是哑巴。"

傅清明望着两人，据他所知，步轻侯比阿绯要大三四岁，两个人坐在一块儿，一个笑眯眯地陪说话，一个爱理不理地嘟着嘴，倒是极相衬似的。

傅清明有些不大高兴，于是慢慢道："我还听说，轻罗剑客天不怕地不怕，独怕峨眉孙乔乔，一见她就会望风而逃。"

这场景阿绯却是见过的，当下瞪起眼睛看步轻侯。

步轻侯想把傅清明掐死，可惜没有那个能耐，便道："我讨厌多嘴的男人，也最头疼那些胡搅蛮缠的女人，也不喜欢跟她们打交道，所以不如及早避开为妙，但是，论起对付女人的手段，我可真不如傅大将军那么如鱼得水，顺风顺水……哈哈……"阿绯一听这个，立刻表示赞同，头拼命乱点。

傅清明笑，屈起手指，在她额头上轻轻一敲："这就点头，你见过？"

阿绯歪头避开他的手指，皱眉道："我猜就是这样的，你这人一看就有点不安于室。"

傅清明脸色发黑，步轻侯却哈哈大笑："说得太好了！那我呢？"

阿绯道："你好一点……"

步轻侯很是满意："我这人，一看就是贤良淑德的，宜家宜室。"

傅清明用一种半阴沉半鄙视的死鱼眼神看步轻侯。

步轻侯感觉很是良好，纹丝不受影响，反而得意洋洋道："你嫉妒也是嫉妒不来的，阿绯姑娘你说是吧？"

阿绯道："如果你没有把我的红薯和油饼丢了的话，还可以这么说，现在不行，你没资格了。"

步轻侯见她兀自对那两样东西念念不忘，一时哭笑不得。

他被孙乔乔紧追不放，不免又交上了手，打斗之中背着的包袱也不知丢到哪里去了，仓促间也来不及去找，想想都是些随处可见的便宜东西也就没有特意去寻，谁知道后果竟这般严重。

到了晚间，马车停在一间客栈前，阿绯已经在车里睡了一觉，醒来后见天色已黑，当下便觉得肚子饿了，三人下了车，傅清明的家将自去照料车马，不同主子们一块儿行动。

步轻侯先进了店内，靠在柜台边上便同店家唧唧咕咕地笑着说话，他这人天生有种接近人的能力，笑嘻嘻的样子十分讨喜，店老板忍不住也被他的笑容感染，原本应付讨好的脸露出几分真诚的欢乐笑意。

阿绯先找了张桌子坐下，便等吃的，店小二奉了吃食上来，阿绯扫了一圈，过了这么多天，也知道出来比不得在妙村，也没有宋守下厨，便只好收了挑剔，无怨无悔地吃起来。

步轻侯看她默默地吃着，那脸上也没什么高兴神色，他便笑道："阿绯，慢点吃，待会儿还有好吃的给你。"

"是吗，"阿绯面无表情地说，"你还有什么好吃的，哼，把我的油饼跟红薯都丢了的家伙。"

傅清明却斜睨向步轻侯，方才步轻侯跟店家低声地交谈，但以他的耳力却也听到了几分，当下便慢慢道："值得这般用心良苦么？"

步轻侯"嘘"了声："你这人，有点大将军的矜持样子好么？不要多嘴坏我的好事。"

"好事？……哼。"傅清明不以为然。

阿绯吃了半个馒头又喝了一碗汤，还想吃菜，步轻侯便按住她的手道："行啦。"

阿绯道："小气鬼，是你付钱又有什么了不起的。"

傅清明倒是颇为大方，恨不得她多吃："是啊，继续吃……我给钱。"

阿绯转头看他："你有多少钱？拿出来给我，我自己付。"

步轻侯正在怒视傅清明，听到这句话却忍不住笑出来，傅清明大概也想到不能给阿绯钱，于是说道："你粗心大意，不宜带着金银。"

"小气就说小气啰，总是找些借口。"阿绯嗤之以鼻。

正在拌嘴，阿绯忽然嗅到一股熟悉的味道，她掀动鼻子，正在回想是什么，却见小二颠颠儿地跑上来："客官，您要的东西……也不知合不合意，请了。"

步轻侯笑道："有劳小二哥了。"

阿绯震惊地望着桌子上的几个烤好的红薯，红薯放在小竹篮里，散发着甜香。

步轻侯拣了一个："尝尝看好吃吗？"

阿绯简直不敢相信，抬手接过去，喜出望外："从哪里弄来的？"

步轻侯道："方才我吩咐老板让厨下特意弄的。"说着，便自取了一个握在手中，"不知比不比得过我的手艺。"

阿绯握着那个红薯，又看步轻侯的动作，忽然喝道："别动！"

步轻侯一怔："怎么了？"

阿绯道："我先尝尝看！你别动……"

步轻侯恍然大悟："对了，我忘记了该先试试看有没有毒……阿绯，你居然这么细心我好感动，不过这种危险的活儿就让我来做吧……"

阿绯奇怪地看他一眼，然后道："我尝尝看好不好吃，如果好吃的话，那你的那个也是我的，如果不好吃，那我的这个也给你。"

步轻侯目瞪口呆，傅清明在旁边看着听着，一直到此才"哈"地一笑：为什么他对这个答案一点儿也不感觉意外？

阿绯低头，小心翼翼地吃了口，然后叫道："好吃！"伸手把步轻侯手中的那个红薯取了过来，连同篮子一块儿拢到自己跟前："都是我的……别忘了你还丢了那么多，这些勉强当赔我的好了。"

步轻侯望着她满意地吃着，忍不住叹了声，转头看向傅清明："我怀疑你是不是找错了人。"

傅清明悠悠然道："有时候我也有同样的怀疑。"

阿绯吃着红薯，看看步轻侯，又看看傅清明，冷笑："你们两个这么心有灵犀，干吗不去成亲。"

傅清明还算镇定，步轻侯差点喷了茶，而后笑道："他那副不安于室又凶悍的样儿，我可是消受不起，再说他一把年纪了，我这么年少有为，风流倜傥……"

傅清明淡定地截过话头："也只有峨眉孙乔乔才能配得上，对吗？"

步轻侯没吃红薯，却有种被噎到的感觉："你怎么老提她，你爱上她了不成？"

傅清明道："我没爱上她，她也没爱上我，但我知道她爱上了你。"

阿绯一会儿看这个，一会儿看那个，听得饶有兴趣，正在这时，便听到有个声音笑嘻嘻道："是啊，我爱上了他，他很快也要爱上我啦。"

步轻侯一听这个声音，脸色顿时如中毒一样。

阿绯把嘴里的红薯咽下去，又喝了口水，才转头看去，却见门口出现的果真正是白天那黄衫女子，大概就是傅清明所说的峨眉孙乔乔。

阿绯擦擦嘴，又看步轻侯，这回步轻侯却没施展他的绝世轻功，让阿绯略觉失望："你怎么不跑了？"

步轻侯咬牙切齿，上回走是因为傅清明不在，这会儿傅清明就在旁边，还一脸看好戏的表情……真真不甘心就走。

孙乔乔笑嘻嘻地跑进来，很是自来熟地坐在步轻侯身边："你跑啊跑啊，还不是给我追上了？"步轻侯板着脸，用看着怪物的眼神瞪她。

孙乔乔仿佛没看到对面的阿绯跟傅清明，忽然嗅到红薯的香气，垂眸一看，惊道："咦，你怎么吃这种东西？这不是乡下人用来喂猪的吗？"

阿绯见忽然多了一个人，正想要把这篮子红薯保护起来，忽然听了这句忍不住发愣。傅清明咳嗽了声，手在阿绯的腕上一搭："我们回房吧，不要打扰他们两人。"

阿绯还没答应，步轻侯一把攥住阿绯的手腕："不许走，不然改天就不给你烤红薯了。"

傅清明道："这些不是用来喂猪的吗？"

阿绯瞪他："什么？"

孙乔乔则怒道："步轻侯！你当着我的面就敢跟别的女人勾勾搭搭？"

步轻侯道："闭嘴，什么勾勾搭搭？"

傅清明淡淡道："她是我的娘子，容不得步轻侯勾搭。"

阿绯急忙插嘴："我不是你娘子，我不记得！"

步轻侯得意："哈哈，你看！"

孙乔乔"啊"了声，看着傅清明握着阿绯的手，又看看步轻侯也握着阿绯的手，惊道："难道你们三个……"

步轻侯的脸刷地红了："你给我闭嘴！"

傅清明的脸也有点发黑："……"

旁边围观的店小二跟店主等人个个张大了嘴，看着这四个人，浮想联翩，——三人行？四人行？这个世界真是无奇不有，精彩纷呈。

难得的一刻静默中，阿绯打了个哈欠："你们继续，我困啦，我去睡。"还不忘拎着自己的红薯篮子。

傅清明淡定地跟上，步轻侯也要跟，却被孙乔乔灵活地拦住，她摆出一个老鹰捉小鸡的姿势，宣布："说清楚之前你别想走！"

店小二恋恋不舍地离开那对欢喜冤家，在前头为阿绯跟傅清明引路。

阿绯听着身后两人争执，用爱惜而怀疑的眼神看着篮子里的红薯，问道："为什么那个女人说这是喂猪的？"

傅清明道："因为她目光短浅毫无见识……看她缠着步轻侯的品位就知道了。"

阿绯回头看一眼，孙乔乔似乎正在滔滔不绝，而步轻侯的眉头正微微抽搐，似在竭力忍耐，阿绯道："是吗，可是我觉得步轻侯还不错啊……"

傅清明"哼"了声，忍着不做声。

两人上了楼，傅清明陪着她进了房，店小二便退了出去。

阿绯看到床，很是喜欢，把红薯放在桌上便跑过去，摊开四肢躺下去，长长地出了口气："我感觉好累。"

傅清明道："那就睡吧。"

阿绯转头看他，忽然警惕地瞪眼："你不会是也在这里睡吧？"

傅清明道："不是，我的房间在隔壁……不过你若是想要我留下我可以留下。"

"哦，那不用了……"阿绯放下心来，重新躺下，过了会儿，才又说道，"傅清明，方才你在下面跟步轻侯说……认错人了……会不会是你们真的认错人了？你们要找的公主，跟我只是长得一模一样的两个人而已？"

傅清明坐在桌边上，看着她微笑："怎么，你是在担心什么吗？"

阿绯道："我只是觉得，如果是错了的话，及早发现比较好，免得……以后你们会失望的。"

烛光摇曳里，傅清明的面上浮现一丝笑意："是吗？"这算是一种关心吗？

阿绯翻了个身，做趴在床上的姿势，又动了动："当初……你为什么会丢了她？"

"谁？"

"公主啊……"阿绯因是趴着，声音有些闷闷地，脸压在褥子上，看桌边的傅清明，他一身玄衣，在幽暗的光影里，仿佛一个华丽而深沉的幻影。

阿绯想：这真像是一个梦。

傅清明没想到她会问出这个问题来："你真的想要知道吗？"

"嗯……是啊。"阿绯眨了眨眼，心想：他生得真好看……可是……

傅清明看着趴在床上毫无防备的阿绯，对上她眨巴着的亮晶晶的双眸："因为当时……京内出了一件大事，我忙着处理事情，却没有防备，被朱子偷偷地将……你带走了。"

阿绯说："真的是'我'的话，我怎么会不知道？"

傅清明淡淡说道："因为南溟的朱子很擅长迷惑人心，……也擅长用蛊，他若有意，会有一千万个法子迷惑你的神志。"

"甚至……让我把以前的事都忘了吗？"阿绯喃喃地。

傅清明点头："甚至可以让你把你自己是谁……尽数都忘了。"

"迷惑人心……是那种迷惑吗？"阿绯回想往事，眼泪无声无息地滑下来，心中却起了一点异样的波动，有个熟悉的声音掠过脑中，他说："想要跟相公在一起吗？那就……"

"那就如何？"

"那就……杀了……"

阿绯抬手抓了抓胸口，感觉有些燥热，还有些喘不过气来，她起初以为是自己心浮气躁的缘故，谁知身体的热度却越来越厉害。

"好热……"阿绯摸摸头，似乎出了汗，她难耐地扯了扯衣领，忍不住张开嘴，大口大口地开始喘气。

傅清明正在垂眸沉思，忽然听到阿绯的呼吸声有些急促，便转过头来，看到阿绯之时他蓦地便跳起身来，身形一闪到了床边，将阿绯一把拉起抱入怀中。

"你跟我回去……"

"傅清明……"

孙乔乔叫完，步轻侯吼着将门推开，声音却戛然而止，他站在门口，几乎不相信自己的眼睛。

"怎么了？"站在他身后的孙乔乔探头一看，顿时脸红心跳，原来就在房间里的床上，傅清明正抱着几乎浑身赤裸的阿绯——她在他怀中，极尽缠绵地扭动，幽暗的光芒里头，那热切的喘息呻吟声争先恐后地涌入耳中。

傅清明拥着阿绯，将被子扯起来裹住她的身形，喝道："出去！"

步轻侯太过震惊，只瞧见阿绯光洁的肩头在眼前一花，便被裹入暗影之中。

孙乔乔跺跺脚，红着脸叫道："有什么好看的……这两个人也忒无耻……步轻侯我们走！"

步轻侯被她一拉，这才反应过来，当下用力一挣，一只脚踏入门槛："傅清明你做了什么？阿绯……"

步轻侯是知道的，以阿绯的性子，绝对不会就主动跟傅清明如此亲热，因此他疑心是傅清明强迫了阿绯，然而他瞧见阿绯没着衣衫的半身，因此又有些忌惮，无法就这么靠前将阿绯"救"出来。

这一犹豫，只觉得面前一道掌风袭来，步轻侯抬掌相对，刹那间却也被逼得后退了一步，只听"砰"的一声，两扇门已经在面前被关上。

"傅清明！"步轻侯怒气冲天，抬脚刚要再踢门，却被孙乔乔用力拉扯住："不要去理啦！他也说是他娘子了，这一伙儿的事你管他做什么？轻侯，我们说会儿话去？"

步轻侯心里很是不舒服："走开！"

孙乔乔见他丝毫不假以颜色，也有些恼了："步轻侯，你敢这么对我！"

步轻侯道："你听好了，当初的婚约，不过是年少不懂事而已……根本不算数，我已经说了好多遍，麻烦你不要再来缠着我好吗？"

孙乔乔瞪着他："什么年少不懂事，说过的话怎么能不算数，我看你就是想赖账！"

"我赖账？"步轻侯被气得失去理智，"那时候我不过是四岁，是大小姐你非要拉着我拜天地，你有没有廉耻之心？如今居然还要继续当真？"

"不管如何都是做过的事！怎么可以不当真？"孙乔乔丝毫不退缩，"再说我怎么不知廉耻了，我又没有像是他们、他们一样……"说到最后，她居然有些脸红，眼睛瞟着紧闭的门扇。

步轻侯见她又提起这件事，气得大吼一声，冲上去推门："傅清明！"

谁知道步轻侯还未碰到门扇，那门竟自动打开，傅清明挺着一张冷脸站在门口："你们两个要吵，滚到别的地方去吵。"

步轻侯一怔，上下打量他一眼，却见他衣衫虽然稍见凌乱，可是却并没有脱掉的迹象。步轻侯的理智回归了几分，便往他身旁张望，只可惜烛光暗淡，再加上傅清明挡着，便有些看不清楚："阿绯姑娘呢？"

傅清明用眼尾斜视他："你若是再在这里吵得大声些，就别指望见到她了。"

步轻侯望着他淡然的脸色，心头一凛："难道……"

傅清明哼了声："不管你用什么法子都好，把她弄走。"看也不看孙乔乔，转身回了房间，顺手又把房门砰地关上。

孙乔乔看房门在面前关上，一怔问道："咦，是在说我吗？"

步轻侯默然站了会儿，终于转身顺着走廊往前而行，孙乔乔见他挪步，便也立刻跟上："你去哪？……你怎么啦，垂头丧气的？"

傅清明听得两人离开，才松了口气。望着裹在被子里的阿绯，她只露出了头脸，脸上还略微汗津津地，傅清明抬手，在怀里摸了摸，摸出一方帕子来。

烛光下，这帕子似乎有些旧，傅清明举着帕子停了会儿，还是轻轻地贴过去，替她将脸上的汗一点一点擦干净了。

阿绯好像感觉到他的动作，低低地叫了两声，傅清明听着那呢喃模糊的低语，渐渐地听清了她叫的是什么。

清晨，客栈里人极少。

阿绯独自坐在一张大桌子前，打了个哈欠，掰开一个红薯。

隔了夜，红薯变得有些硬，阿绯魂不守舍地咬着吃了一个，有些意兴阑珊，忽然看到步轻侯同孙乔乔两人下楼，便急忙招呼步轻侯："快来快来！"

孙乔乔立刻拉住步轻侯："不许去！"

步轻侯身形一闪，便到了桌边上，孙乔乔大为生气，却也没有法子，只好跟了过来。阿绯笑眯眯地给了步轻侯一个红薯："我今天心情好，赐你吃一个。"

步轻侯捧着那个红薯，打量阿绯的脸，却见她神色如常。

旁边孙乔乔道："谁愿意吃这个？都是乡下人喂猪用的，轻侯你别吃，哼。"

阿绯瞥她一眼："步轻侯，她是谁？"

步轻侯道："一个过路的，不认识。"

阿绯哼道："那她为什么坐在这里？"

孙乔乔正在瞪步轻侯，见状便拍案叫道："喂！你们说什么，不要欺人太甚！"

阿绯道："闭嘴！大呼小叫的，成何体统？"

孙乔乔一怔："你……"

步轻侯笑嘻嘻地，抬头东张西望了会儿，没看到傅清明的影子："那人呢？"

阿绯道："谁？不知道啊。"

步轻侯道："就是……"

孙乔乔忙道："不知道？昨天晚上还跟人家那么亲热呢……装模作样的……"

阿绯的手一颤，继而若无其事地说道："步轻侯，我不喜欢她，把她弄走。"

步轻侯很忧郁：这句话跟昨晚上傅清明那句差不多。

孙乔乔竖起眼睛："喂！你知道我是谁吗？"

阿绯眯起眼睛看了她一会儿："你不是过路的吗？"

孙乔乔道："我跟步轻侯……"她伸手就想去挽住步轻侯的胳膊，却被他闪了开去，孙乔乔咬牙，"总之他是我的人，你不许碰。"

步轻侯正在慢慢吞咽红薯，闻言差点儿噎死。

阿绯扭头看他，疑惑："你是她的人了吗？"

步轻侯用力摇头，孙乔乔跳过来便要逼供，两个人即刻就要动手。

阿绯没好气地翻了个白眼："不要在我旁边转，会头晕……步轻侯，如果真的做了什么，要对人家负责。"

孙乔乔几分高兴："这还像句话！"

吃了早饭，一行人便要上路，刚出客栈就看到马车在门口上，孙乔乔道："步轻侯，你跟我一块儿骑马。"

步轻侯道："我不跟你同路，你自己走吧。"

孙乔乔道："你们要回京不是？正好我也要回去，自然是同路的。"

阿绯爬到马车上，看看傅清明并不在里头，便道："你们两个太吵了，你们去同路吧。"步轻侯很受打击，孙乔乔却极高兴。只是车边上的一个瘦子露出一脸如丧考妣来，阿绯本来并不在意，大概是瘦子身上散发的怨念气场太强大了，阿绯将进马车的时候，转头看他："你干吗哭丧着脸？"

瘦子唐西道："有吗？"

阿绯盯着他："你看起来……有点……"盯着他脸上那几个麻点左看右看。

唐西心头一阵发抖，望着她的脸，以及那熟悉的眼神，昔日的记忆涌上来，恨不得掩面狂奔，颤抖着说道："你、你在看什么？"

阿绯扫他一眼，见他脸上瘦肉乱蹿，十分可怕，她便道："没什么……算了。"

唐西没来由地松了口气："哦……那、那请上车吧。"

阿绯进了车厢，见里头空空的，便拉了一床毯子出来，轻车熟路地把自己裹在里头，倒头睡了起来。

马车开始往前行驶，车厢里略觉得有几分颠簸，阿绯闭着双眸，隐约听到外头步轻侯跟孙乔乔的声音，多半是孙乔乔在说话，时而发怒时而娇嗔的，让阿绯觉得心头有几分奇怪。她不是很喜欢孙乔乔，可是，却觉得这个女娃儿的身上……有几分让她觉得眼熟的地方，那么嚣张，任性，不顾一切的模样，阿绯冷眼旁观，心里隐隐地有几分不舒服，似乎看到一个熟悉的影子，若隐若现的。

马车微微摇动，阿绯昏昏沉沉地睡了过去，半梦半醒间，她做了几个杂乱无章的梦，都是些凌乱的片段，以至于在醒来之后，阿绯觉得脑中一片混乱，眼睛却有几分不舒服。阿绯抬手，在眼角一抹，手上居然有几分湿润。

将到正午的时候马车进了一个挺大的镇子，阿绯下车的时候四处张望，陌生的地方，陌生的人群，妙村是越来越远了吧，远得几乎……回不去了？

阿绯的心里忽然空落落的，隐隐地还有几分恐惧。

瘦子唐西站在车边上，恭敬地说："殿下……"本来不想这么叫的，忽然脱口而出，自己把自己也吓了一跳。

阿绯下车："你也认得我？"

唐西差点儿咬到自己的舌头："是、是……"却不敢否认。

阿绯望着他："你是傅清明的人……以前认得我？"

唐西恨不得挖个坑把自己埋了，硬着头皮说道："是的，殿下。"

阿绯看着他死死低着头的样子，回想先前上车的时候他那种仿佛受惊的恐惧模样，若有所思地说道："我很可怕吗？"

唐西愁眉苦脸，一张脸几乎拧成苦瓜："殿下……"他可不可以不回答这个问题。

阿绯眨了眨眼，看着他瘦弱的身板似乎随时都要倒下，便问："傅清明呢？"

唐西松了口气："主子大概也要到了……"

阿绯不再为难他，此刻步轻侯同孙乔乔一前一后也到了，见阿绯站在原地，步轻侯便先一步过来。

却不料阿绯面无表情地踏过来一步，低低地说道："替我把他们拦住……"

步轻侯不明白："啊？这是何意？"

阿绯道："意思就是，我不要跟他们一块儿……我要跑了。"

她居然说走就走，说完之后，拔腿就往人群中跑去。

步轻侯吓了一跳："阿绯姑娘？"唐西见状，急忙闪身追来，步轻侯记起阿绯的话，急忙道："孙乔乔，替我拦下他！"

孙乔乔正翻身下马，闻言道："这会儿倒是想起我来了！"不甘不愿地说着，却仍旧把唐西拦下，别看唐西其貌不扬，动作却极为敏捷，孙乔乔没想到他竟是高手，急忙打起精神应付，街头众人看一个美貌女子跟一个瘦干猥琐男人斗在一块儿，哗啦啦围了一堆看热闹的。

步轻侯瞅着阿绯的身影，怕她有什么意外，便纵身去追，却见她跑得极快，身形灵活得像是一尾鱼一样，极快地穿过人群，往镇子外跑去。

步轻侯不明白她为何变了主意，但却是本能地跟上，一直到将要跑出了镇子，阿绯回头看了看无人追来，这才停了步子，大口大口地喘起来。

步轻侯刚要跃过去，却忽然停了下来。

阿绯也察觉异样，回头一看，吓得倒退一步："你什么时候……"

傅清明皱着眉："不是已经答应我了吗？你又想做什么？"

阿绯直起腰来，望着他的眼睛："我反悔啦，我不想跟你回帝京了……我……我要回妙村。"

傅清明问："为什么忽然改变主意？"

阿绯眼神闪烁，她无法形容那些凌乱的梦境，也不想回忆，但是有种感觉……莫名地恐惧，似乎有个声音在劝她：不要回去。

阿绯摇摇头道："反正我不想回去啦。"

傅清明看着她躲闪的眼神，沉默片刻后说道："既然这样……也好……只不过，你可不可以见过一个人后再走？"

阿绯很是意外："啊？"

傅清明慢慢说道："你见过他后，想走想留，凭你愿意。"

不远处步轻侯垂了眸子：他知道傅清明说的那个人是谁。

步轻侯知道那人是谁，却不知道阿绯会不会因此而改变主意。

大概傅清明也是在赌，两人不约而同盯着阿绯，却见她呆站了片刻，忽道："我不要去见谁！"说完之后，果断地转身撒腿就跑。

阿绯跑得极快，然而傅清明却比她更快，身形一闪便挡在了她跟前，阿绯一头撞过去，就仿佛自投罗网，被傅清明捉了个正着。

130

"我说了不想见人，也不要回去！"阿绯跳脚。

傅清明垂眸看她："为什么改变了主意？"

阿绯叫道："我觉得我现在很好，不需要再改变啦。"

傅清明道："你对以前的事什么也不记得，被人骗也不知道……你这样叫做很好？"

阿绯瞪着他："我觉得好就好，用你多事？"

傅清明肩头一沉："很好……这可是你逼我的。"

阿绯警惕地望着他："你又想干什么？"还没嚷完，便觉得身上一麻，整个人不能动弹。

傅清明将阿绯抱入怀中，迈步往回走，却见步轻侯缓步出来，道："我还以为你有什么好法子，结果还是用这种招数。"

傅清明哼道："但你不得不承认，这法子最有效。"

步轻侯摇头："这种法子是最直接的，这会儿也的确有效，只不过以她的性子，以后恐怕不肯罢休，对你的印象只会越来越坏，只怕你这会儿轻松了，秋后却是一笔烂账。"

傅清明听了这话，垂眸一笑，轻声叹道："是啊……只不过，如今做与不做，我身后都是有一笔烂账，倒也不差这点儿了。"

孙乔乔望着那渐渐远去的马车，问道："那是谁？一副很了不得的拽模样，还有那个女人……"

步轻侯道："孙大小姐，你好歹也是镇南将军的女儿，居然连名满天下的傅大将军都没见过？"

孙乔乔张大了嘴，步轻侯扫她一眼："这儿很多飞虫，嘴巴张得这么大很容易祸害到它们。"

孙乔乔咳咳地咳嗽起来，抬手擦擦嘴："原来真是那个'傅清明'啊！我还以为同名同姓的！我又没去过京师，怎么会认得他？没想到他那么年轻，我还以为是个长满大胡子的大叔呢。"

步轻侯哼道："他年纪虽然不小了，却天生一副祸水样儿，想想也挺不爽的。"

孙乔乔笑道："你是不是嫉妒他啊……还是在担心我移情别恋？"

步轻侯道:"我巴不得你赶紧移情别恋,说起来你年纪也不小了,你老爹就没给你张罗婚事?"

孙乔乔往他身边靠了靠:"我爹爹早知道我喜欢的人是你了,就等我拉你回去好拜堂成亲,所以他一点儿也不担心。"

步轻侯如同见了鬼:"我真是多谢你了啊,孙大小姐,麻烦你不要到处张扬我跟你之间有什么关系好吗?"

"就是有嘛,"孙乔乔笑着,"我当时一眼就看上你了,绝不会再喜欢上别人。"

步轻侯黑着脸:"听到这话我感动死了,现在我要回京,你不回家或者回峨眉吗?"

孙乔乔道:"当然是你去哪里我就跟着去哪里,我已经拜别师父。至于家里……上回碰见西华山两个小鬼后,我就给家里去了信,说我要来找你了,我爹爹知道你会好好照顾我,也许他很快会多一个得意的女婿,肯定会很高兴。"她冲着步轻侯笑得两只眼睛都眯了起来。

步轻侯道:"能养出你这样的女儿,镇南将军也真是一个奇葩。"

"什么叫奇葩?"

"就是很珍奇稀有的人或者东西。"

孙乔乔笑嘻嘻地:"哦,那我爹爹是大奇葩,我是小奇葩。"

步轻侯叹了口气,有种欺凌弱小的无力感:"你说得对极了。"

车厢里,傅清明抬手,准确抓住一只鸡腿:"说过不要把吃的东西随便乱扔。"

阿绯张开手,扑过来掐他的脖子,傅清明将她制住:"好啦好啦,再忍一会儿,最多一天就能回京啦。"

阿绯手动不了,便伸出腿去踢他:"你这个骗子,我说过不要去帝京!"

傅清明由着她挣扎,笑道:"别闹,你要不要喝点酒?"

阿绯警惕道:"不喝,不要以为我不知道你打什么主意。"

傅清明叹道:"又被你看穿了……"

阿绯哼了声,傅清明见她不再挣扎,便松开手:"不过这酒是不会醉人的,喝了还会变得更好看。"

阿绯道："这话你前天说过了！"

傅清明在她脸上亲了口："我说的是真的，就是你喝得太多了才会醉。"

阿绯抬手在傅清明亲过的地方用力擦过："恶心死了！"

傅清明望着她皱眉瞪着自己的样子，忍不住笑："嗯，是我错了，你已经很好看了，不用再更好看……不然的话要是很多人喜欢你跟我抢怎么办？"

阿绯打了个哆嗦，露出嫌恶的表情，往旁边爬开，和衣躺了下去："不要吵我，我要睡了。"

下午的时候阿绯醒了来，很是无聊，傅清明便下了车，抱着她骑了会儿马，阿绯不会骑马，在傅清明怀中摇摇晃晃地，觉得很是刺激，又看了些沿途风景，只觉得比马车里有趣得多。

晚上便仍旧投了客栈，阿绯吃了东西后，打着哈欠道："我要去睡了，你不许去我房间。"

傅清明道："阿绯，晚上风大，外头可能有野兽，记得不要乱跑。"

"啰唆，我很困，才不会乱跑。"阿绯摆摆手，上楼去了。

先前住店的时候，阿绯特意要分开住，然后晚上便打着主意逃跑，谁知道傅清明格外狡猾，阿绯才一动就会被他察觉然后捉回来……后来阿绯便不再跑了。

阿绯回到房间后，把门关上，想着白天傅清明说的话，心道：还有一天就回去了，这怎么可以……想到傅清明那副笃定的模样，一时之间心急如焚。

阿绯在屋里转来转去想了会儿，隐约听到有上楼的脚步声，她急忙回到床上躺好，把被子拉起来盖着身子假装睡着的模样。

房门被轻轻地敲了两下，傅清明推门进来，阿绯能察觉他走到床前，甚至能感觉他正在打量自己，只不过阿绯已经练习过很多次，所以假装得毫无压力。

傅清明看了她一会儿，抬手替她将被子拉了拉，以前有过一次，傅清明替她拉好被子，还用手指轻触她的嘴唇，阿绯被他突如其来的动作吓得叫了起来，全然不承认自己装睡的行径，反而狠狠地把傅清明大骂了一顿。

这回有经验了，便仍旧一动不动。

傅清明似乎看了会儿，却仍旧没有离开的样子，阿绯心里暗暗着急，又不能怎么样，一直到她假装得快要真睡着的时候，才听到傅清明的脚步声又响起，这回是真的出门去了。

133

阿绯并不急着动,仍旧闭着眼睛躺了会儿,一直听外头毫无动静了才高兴地爬起来。阿绯跑到门口,耳朵贴在门扇上听了会儿,又轻手轻脚地回来,把窗户打开,往下张望了会儿。先前她从来没做这种很有难度的事儿,一般都是从门口偷跑,现在被逼得没有法子,决定冒险试一试。

住店的时候阿绯特意打量过,觉得这客栈的二楼并不算太高,跌下去应该也不会出人命。

阿绯小心翼翼地从窗口翻出去,胆战心惊地站在屋檐边上,顺着边角往旁边移开两步,望着黑洞洞的底下,有些不敢动弹。

"不会有事的,不会有事……"阿绯默默地念了几声,又往后缩了缩,有些害怕,"可是看起来这么高……"

阿绯犹豫了会儿,脚下有些站不稳当,"啊"地低呼了一声滑了下去,她本能地想要抓住什么却什么也没抓住,于是便跌往地上。

阿绯本来以为会狠狠地跌一跤,谁知双脚却落在一堆软绵绵的东西上。

阿绯惊魂未定地爬起来,手中抓着许多稻草,惊怕之余不由得笑起来:"原来这有一堆稻草,真是老天爷保佑我,哈哈。"

阿绯跳起来,拍拍身上的稻草往外跑去,这会儿夜深了,自然没什么住店的客人,屋里头掌柜的跟小二都在打瞌睡,阿绯慢慢地转到前院,鬼鬼祟祟地跑出门去。漫无目的地在街头上走阵,阿绯借着路边店铺的灯笼光望见自己的影子被映在地上,身形细长,头发乱蓬蓬的。

阿绯歪着头看了一会儿,头有些痒便伸手挠挠,摸到一根稻草。阿绯正盯着那根稻草看,无意中竟看到地上多了一个影子,然而几乎来不及惊怕,阿绯就认出那个影子是傅清明。阿绯大叫一声,感觉见了傅清明比见鬼还可怕,把稻草一扔拔腿就跑。身后那人果真是傅清明,傅清明叹了口气,正欲把她捉回来,忽地发现前方居然来了一辆马车。阿绯显然也看到了那辆车,当下便叫道:"来人啊,救命啊,有骗子……色狼!"

傅清明愕然,心里略觉不妙,眼见那辆马车缓缓停在跟前。

赶车的人一动不动,马车里却有个声音轻轻地传出来:"外面说话的,是……傅将军和小阿绯吗?"

阿绯本来正在暴跳,听了这个声音,却奇异地安静下来。那声音有些轻,在这样的夜晚从一辆陌生的马车里传出来，凭空多了几分诡秘气息，奇怪的是阿绯丝毫也不觉得奇怪，反而下意识地想多听上几句。

只可惜里头的人只说了这句，而后就轻轻地咳嗽起来。

那咳嗽也是极轻微的，似乎还是竭力按捺着，一声一声，若隐若现，却引得阿绯的心也揪起来。

阿绯握了握拳，盯着那马车关着的门扇，大声叫道："你是谁？"

车里的人还不曾开口，旁边傅清明已经走了过来，有意无意地站在阿绯身侧，拱手冲着车厢行礼，道："正是末将，跟公主殿下……不知道皇叔为何竟忽然驾临？有失远迎……"

阿绯听到"皇叔"两个字，这两个字从她耳朵中钻进去，胸口一阵阵地疼。

马车内的声音重又响起："傅将军……不必多礼，我只是担心阿绯，想早一点见到她才……咳……"

阿绯听到这里，心潮翻涌，伸手便往马车上爬去。

傅清明在旁边站着，眼底全是忧虑，从方才马车里面的人出声开始，阿绯的注意力就一直都在马车中的人身上，她甚至没有再看过他一眼，仿佛他完全不存在似的。

傅清明见她手脚并用往那辆马车上爬得着实凶猛，隐隐透出一副绝不回头的架势，他心里忽地升起一股奇异的感觉，想要一把将阿绯拉回来，然而看着她吊在车辕上竭力往上挣扎的模样，伸出手去，反而成了托她一把的姿势。

阿绯只觉得有人在腰间一扶，她便轻快地爬了上去，她果真并没有回头看傅清明，甚至不在乎究竟是谁助了自己一臂之力。

傅清明站在原地，眼睁睁地看见阿绯毫不犹豫地把车扇门推开，她已经进了车厢。车厢里的微光从开了的门扇间照出来，但没了阿绯的身影，傅清明却只觉得眼前一片黑暗。

他微微抬手，看着扶她上车的那只手，忽然很想把他斩下来：心里想的是一回事，做出来的又是另一回事，什么时候他傅清明变得这么优柔寡断了？

车厢的壁角处都嵌着夜明珠，但比起傅清明的那辆马车来，这辆却简朴得多，车厢里铺着厚厚的毯子，靠着车壁，坐着一个人。

昏黄温润的光芒里阿绯依稀看清楚他的模样，心里有个古怪的声音叫了起来，阿绯眨了眨眼，望着那双眼睛，二话不说地便爬过去，张手将人紧紧拥住。

那人呆了一呆，珠光下的面容露出个模糊的笑，缓缓地将手抽出来，在阿绯背上一拍，却并没有说话。

阿绯扑在他的怀里，生怕人会飞了似的抱得紧紧的："是你吗？"

"嗯……"他应了声，声音极为温柔，"还记得……皇叔吗？"

阿绯往前靠了靠："皇叔，皇叔……"她眨了眨眼，皱着眉，又唤了声，"祯……"心里有几个字，在急躁地跳着，似乎想要找机会跃出来，可是又太急了，反而显得越发杂乱。

阿绯仔细地望着面前之人，却见他冲自己微微一笑，喃喃道："可怜的孩子……"他抬起手，在阿绯的脸上背上轻轻抚摸过，阿绯挣扎了一会儿，又渐渐地安静下来，最后竟趴在他的胸前安稳地睡了过去。

马车调转车头，往镇外而去。车中，傅清明望着对面的慕容祯雪："王爷怎么忽然出京？如此连夜赶路，王爷的身体，此举实在是大大地不妥……"

慕容祯雪却只是垂眸看着身边静静睡着的阿绯："我总觉得自己有些时日无多，生怕连她最后一面都见不到了，所以才……"

傅清明皱眉将他的话打断："王爷何必说这些丧气的话。"

祯雪淡淡微笑："你也知道我的身子状况，就不必安慰我了，见了她，知道她无恙，我也放心些。"

傅清明默然无语。祯雪打量着他："你的脸？"

傅清明脸颊上被阿绯划下的那道伤仍在，伤口并未愈合，显得触目惊心，如美玉微瑕。

傅清明却并不在意："小伤而已。"

祯雪便不再追问，他抬手将阿绯头上的枯草摘下，扔在旁边："阿绯似是瘦了……大概是吃了很多苦。"

傅清明也看向阿绯："她……这两年是跟朱子迦生在一起。"声音哑哑地，有些苦涩。

祯雪似乎吃了一惊："是南溟的那位质子？为何你信中没有说过？"

傅清明道："我不想王爷为此忧心。"

祯雪的手有些发抖，他看看傅清明，又看看阿绯："居然是他……居然是……

那么……"

祯雪忽地想到一件事，脸上显出几分犹豫不决的神情，双眉微蹙："清明……"

傅清明道："在。"

祯雪的手落在阿绯的脸颊上，指腹轻轻滑过："清明……你若是心中另有所想，我也明白，你不必……委屈自己。"

傅清明抬头，愕然道："王爷这是何意？"

祯雪静静地看着他："阿绯同朱子在一起两年，不管当初的原因是什么，但毕竟……她同你虽然曾是夫妇，可是你若是……"

祯雪还没有说完，傅清明便道："王爷这可是在考验我吗？"

祯雪眉一挑："并非如此，只不过这是哪个男人都无法忍受的，我怕你碍于颜面不肯出口而已。"

"末将看起来是那种虚伪之人吗？"傅清明望着阿绯，缓缓地又道，"据我所知，朱子并未跟她……大抵还是以礼相待的，因此王爷大可放心。"

祯雪有些不以为然：阿绯生得极美，朱子冒着性命危险将她拐走，难不成两年之内都如柳下惠一般？若说朱子对她无心也罢了，但……

傅清明大概也明白祯雪不会相信他这一句话，便不再纠缠于斯，只道："殿下虽然忘记了过去之事，可喜的是，她好像还记得王爷。"

祯雪的脸上却并无喜色，隔了会儿才道："她记得不记得我都无妨，只要她开心些，我怎么都是可以的。"

阿绯做了个极好的梦，因此醒来的时候也格外地心满意足，睁开眼睛的时候，面前是一张陌生的脸，正闭着双眼在睡。阿绯本来想尖叫，却神奇地遏住了，她瞪大眼睛看面前的男子，他生得俊雅，是一种令人心折的清雅俊美，且跟傅清明不同，傅清明也好看，但好看得令阿绯心生畏惧，可是这个人不同。

阿绯觉得他就像是一朵开得半颓的花，让她喜欢且心生怜惜。

马车微微地晃动，阿绯转头四看，才反应过来原来自己在马车里，而身边的男子还在沉睡，他的脸色有些苍白，显得不太正常，睡着的时候双眉也微微皱起来，很脆弱的模样。阿绯歪头看了会儿，忍不住伸出手指，在他微微皱起的眉心轻轻地戳下去，似乎是想将他眉心的那道褶皱抚平。

手指碰到他的时候，心底起了一阵熟悉的涟漪，却并不难过。

然后他便睁开眼睛，阿绯保持着那个伸出手指的动作，僵住了："啊、啊……你醒了……"

她悻悻地，想要将手指缩回来。

祯雪起身，盖在身上的狐裘斜斜滑落，阿绯急忙帮他扯住："你很冷吗？"狐裘落在手心很暖，但现在已经是三四月的天气。

阿绯讪讪地替他把狐裘扯起来，堆在肩头。

祯雪望着她："不冷……"手握着狐裘，"阿绯呢？"

阿绯心里有些不安，酸酸地，又忍住："我很好啊……"

她莫名地应了这句，忽然怔住：好熟悉……的话。

祯雪望着她，晶莹的双眸中露出笑意，然后他伸手，在阿绯的头上揉了揉："可怜的小阿绯。"

阿绯的脸忽地就红了，想躲开，却没有动，只是呆呆盯着他，嘟着嘴："你、你……"

"还记得我是谁吗？"他坐起身子，靠在车壁上，只是一个简单的动作，却忍不住微微地喘息，"清明说……你把所有的事跟人都忘记了。"

阿绯便是想叫他，可是却又有些惶恐，就只盯着他看。

祯雪将头抵在车壁上，下巴微挑，笑看着她，阿绯叫不出来，手抓着身下的毯子蹭过来，一直到握住他的手，才低着头小声道："你是……皇、皇叔……"

"记得我了？"祯雪轻声问，忽然又一摇头，笑道，"不对，定然是记得昨晚上的事。"

阿绯见他猜中，就不好意思地挠头："我不相信傅清明的话，我真的是公主吗？"

祯雪"嗯"了声："是啊，如假包换的皇家公主。"

阿绯道："那你……真的是我叔叔吗？"

祯雪怔了怔，继而微笑："当然是啊。"

阿绯心安了好些，觉得手心里他的手凉凉的，阿绯双手攥着："你的手很冷，脸色也不对，你病了吗？"

祯雪将身子坐直了些："是一点小毛病而已。"手一动，反握住阿绯的手，阿绯素来不喜欢跟人亲近，但却不讨厌他的这个动作。

阿绯小声嘀咕："你可别骗我，我不喜欢骗子。"

"嗯……真的，"祯雪忍不住又笑，"怎么啦，难道有很多人骗过你？"

阿绯眨了眨眼："也不算很多，只不过我就认识那么两个人，结果他们都是骗子……嘿嘿。"她说着，也觉得好笑似的，便笑起来。

祯雪的手在她肩头轻轻一拍，若有所思地，想说什么又没有说。

傅清明暂时没有出现，阿绯心中那股不安之意就也渐渐淡去。马车行了一日，在翌日午后终于到达帝京。

阿绯正在昏昏欲睡，耳畔却听到有个声音道："王爷，让末将带公主回府吧。"阿绯听到这个声音，陡然精神起来，正想要说话，忽地多了个心眼，便不做声。

耳畔听到祯雪道："阿绯，你想去哪里？"

阿绯本意装睡，正在眯起眼睛打量车内的人，闻言便不由自主地睁开眼："啊，我？"

祯雪温柔道："你是想回公主府，还是将军府？"

"有什么差别吗？"

"公主府就是你的府邸，将军府……就是驸马的府上啊。"祯雪极为耐心地解释。

旁边的傅清明眸色沉沉地，并不做声。阿绯看向他，瞧出他有几分不快，她忽然得意起来："那我当然去公主府……对了皇叔，你呢？"

"我有点事，"祯雪咳嗽了声，"稍后就去看你。"

傅清明默默地开口："殿下刚回京，有好些事怕是不熟悉，不如回将军府吧。"

阿绯见他终于忍不住冒出这句，哈哈笑道："用你多嘴？我偏不回去。"

祯雪轻轻一笑："阿绯，你不可对将军无礼的，他是你的驸马，有什么事，你要同他好生商量。"

阿绯想反驳，张口却只"哦"了声，虽然答应，却仍旧是一脸的不以为然。

祯雪望着她，轻笑道："还是跟先前一般的任性。"却毫无责怪之意，反而一片宠溺。

傅清明在旁边淡淡地说道："王爷也是如先前一样地娇惯公主啊。"

阿绯觉得傅清明这句话里有淡淡的无奈之意，而且这句话没来由地让她觉得顺耳，于是她便笑道："傅清明，你是在吃醋吗？"

傅清明淡定地看着她："我只是怕王爷把殿下惯坏了，最后还得我来收拾……"

马车忽然顿住，前头有人道："请问车内是祯王爷殿下吗？"

祯雪脸色一沉，道："这么快，竟赶不及我入宫吗……"

阿绯问道："是谁啊？"转身就要掀起帘子往外看，却被傅清明拉住："王爷，要不要我下去跟他们说……"

"不用了，本来也想立刻去的，免得再生枝节。"祯雪一摇头，"那就有劳你把阿绯送回去了。"

傅清明道："这个王爷只管放心。"

阿绯抓住祯雪的衣襟："你要去哪，我也跟着去。"

祯雪叹了声："阿绯乖，先跟清明回府。"

阿绯本来不肯听，但看着祯雪面色苍白的样子，却不敢多话，只道："哦……那你不管去哪，要尽快来看我。"

祯雪才露出笑容，傅清明抱着她，向祯雪道别，便跳下马车，阿绯只见眼前人影晃动，祯雪的马车往前而去，自己却被傅清明带着上了另一辆车。

这会儿却没有耽搁太久，马车便停在了公主府前，阿绯下地，见府门大开，门口若干仆人恭候。傅清明握着她的手，迈步往内而行，所到之处，尽是一片"恭迎公主殿下回府"。

第八章

强行侍寝

里里外外的人接二连三地跪地迎接，这阵仗的确不同凡响，然而阿绯却丝毫不为所动，仍旧是那副懒懒冷冷的模样，微抬的下巴，垂着眼皮儿觑人的模样，看得傅清明心头一跳一跳地：这神气跟昔日的那人如出一辙。

阿绯边走边问道："以前我就是住在这里吗？"东张西望，很是怀疑。

"觉得哪里有些熟悉吗？"

"没有，"阿绯摇头，脸上露出几分不耐烦的神情，"这个地方也是一般，想来我以前的品位也不怎么样。"

傅清明忍着笑："其实殿下住在这里的日子尚短，先前是在宫内，后来要下嫁……才出宫建了府，再后来，就一直都在将军府。"

阿绯回头瞪他："皇叔说我可以住在这里，为什么会去你的将军府？"

傅清明装模作样道："这个末将也不知道，大概是公主特别喜欢那个地方吧。"

阿绯嗤之以鼻："你这骗子，当我不知道……你又在骗我，虽然我不记得你的将军府是什么样儿了，不过肯定比这里更糟。"

傅清明手在额角一扶，又抬手往里一让："公主，入内沐浴更衣，歇息会儿吧。"

阿绯迈步进了厅内："对啦，皇叔去哪里了？入宫？"

傅清明点头："大概是皇上要召见王爷吧……改天估计也会见殿下的。"

阿绯不耐烦地："都不记得了，听起来就让人心烦。"

厅内也跪了几个宫女，见两人入内，齐齐地跪倒在地："恭迎公主回府……"

阿绯皱眉："不要吵……一路进来都在吵个不停。"

几个宫女吓了一跳，面面相觑不敢做声。

阿绯自顾自上前坐了："好累，我困了……"

傅清明道："先沐浴吧……"便吩咐那些宫女，"好生伺候殿下沐浴更衣，不得有差池。"

阿绯在椅子上扭了扭，换了个舒服的姿势，道："我不去，要睡觉。"整个人跟没有骨头似的瘫在椅子上，差点儿就要滑下来。

傅清明上前一步："若是殿下愿意，末将可以抱你去沐浴……"

阿绯腾地跳起来，她飞快地站直了身子，上上下下扫视傅清明："谁要你抱！你不回将军府，杵在这里干什么？你可以退下了。"

傅清明道："王爷说要我照顾好公主，我自然要遵命了。"

阿绯露出匪夷所思的神情："你可真烦，比外头所有人都啰唆……行了，要去哪里洗？"

两个宫女慌忙上前，躬身引路："殿下，这边儿……"阿绯迈步往前走，走了几步又回头瞪傅清明："你别跟来！"

傅清明垂眸："遵命。"

阿绯这才趾高气扬地跟着宫女离开，傅清明望着她身影消失，轻轻地叹了口气，回头又叫了个人来："厨房的汤熬得如何了？"

那宫女毕恭毕敬道："回驸马爷，方才来回报，已经都熬好了……要不要送来？"

傅清明道："待会儿殿下沐浴完毕后便送来吧，仔细留意她的口味。"

宫女道："是，不敢有违。"

阿绯洗了半个多时辰才出来，本以为傅清明已经走了，谁知道他居然还在，只不过似乎换了衣裳，又好像也洗了脸，那道伤显得新鲜了几分。

阿绯一看他就很不高兴，本来想斥责两句，望见他面上那伤的时候，却又停下来，走到傅清明身边问道："这里……看过大夫了吗？"

傅清明摇头。阿绯皱眉："为什么没看，会不会留下疤痕？"

傅清明高大，阿绯便凑上前去仰头仔细打量。

她的眼睛瞪得大大的，就在他眼前晃动。

傅清明微微一笑，那伤痕也变得生动了几分。

阿绯心里过意不去："不要傻笑，你本来就这张脸生得好看些，这样连唯一的好处都没有了，赶紧找大夫看看，不许留下疤痕。"

傅清明这才行礼："多谢公主体恤，末将遵命就是。"

阿绯打了个哈欠："更困了，好想睡，我要睡了，你去看大夫吧。"

傅清明见她神情懒懒的，因刚沐浴过，脸色白里泛红，格外娇嫩，乌发雪肤，说不出的好看，他心头一动，便低头不敢再看："那末将先行回府了。"

傅清明这回竟没再缠，说走就走，阿绯见他高大的身影出了门去，心头一阵欢喜，像是送走了对头一般。

傅清明前脚出门，阿绯旁边伺候的宫女便急忙道："殿下，因知道殿下回府，厨房里早熬好了汤，殿下一定饿了，还请喝了汤再休息吧。"

阿绯惊奇地看她一眼："是吗？是什么……"那宫女机灵，便将汤碗的盖子揭开，一股鲜香扑鼻而来，阿绯忍不住咽了口口水，"闻起来还不错，那我尝尝。"

那宫女急忙将汤碗端着，双手奉上，阿绯接过来，小小地喝了口，只觉得入口甘甜，倒是不错，便三口两口喝光了："还有吗？"

宫女道："回殿下，还有，另外厨房还准备了鸡丝汤面，公主要不要吃一点？"

阿绯被一碗汤勾起饥饿之意，便道："都拿来。"

身后的宫女们早就等候多时，当下便上前来，把汤煲放下，宫女小心地又盛了一碗，又盛了小半碗鸡汤细面，阿绯连喝了三碗，吃了两碗面，整个人舒坦许多，摸摸肚子道："我吃饱了。"

一波宫女退后，另一波上前，跪地奉上茶盅，阿绯接过来，漱了漱口，奉盅的宫女退后，上来的才又是喝的茶。

阿绯也没在意，自顾自喝了口："噫，好久没喝了。"垂眸一看，见杯中红色茶汤盈盈的，自然正是红茶。

阿绯吃饱喝足，也未多想便去睡了，高床软枕，十分舒服，阿绯摊手摊脚，睡得极沉，不知不觉做了好些梦，熟悉的、陌生的……模模糊糊里，便有人细声道："将军对公主可真是细心，特意吩咐我们准备好了饭食，要公主吃了再睡……"

"是啊……已经两年了，当初多少人谣传公主已经没了，将军却还是那么痴心，居然真的把公主找回来了。"

"你们说，公主是去哪里了？怎么整个人……"

"嘘……"

阿绯听到这里，便闭了眼，察觉有人掀开帘子看了一眼，又放下，那声音变得更低了："幸好公主没醒，大家不要在这里说了，都谨慎些，若是有什么差池，当年伺候公主的旧人就是我们的榜样。"这一句说完之后，外头果真鸦雀无声。

阿绯听不明白，在床上翻滚了一会儿才爬起来，几个宫女听了动静，便进来伺候，阿绯认得那个大眼睛的就是劝自己吃饭的，便问道："你叫什么？"

那宫女吓了一跳，却还是镇定的："回殿下，奴婢唤作芳语。"

阿绯道："先前你也在我身边吗？"

芳语神情微变："回殿下，奴婢是最近才给提拔上来的。"

阿绯道："最近是什么时候？"

芳语垂头："奴婢说得不清楚，殿下恕罪，是在一年前。"

阿绯穿好了衣裳，这些衣衫比她在妙村时候穿的繁琐得多，阿绯怀疑靠自己的话连衣裳也穿不好，全靠这些宫女们手巧。

衣裳弄好了，又去弄头发，芳语小心地把花油润开，替阿绯滋养头发，又用细齿的梳篦梳理好了，替阿绯挽了个发髻。

阿绯任凭她们摆布去，只是恍惚看着镜子里的人，心中却想起在妙村的时候宋守替自己梳头的样子，那时候他就站在旁边笑看着她，赞她是整个村子最美的人。

"殿下真是帝京最美的女子。"耳畔忽然传来一声赞叹。

阿绯眼神一变，看向芳语。

芳语急忙跪地："殿下，奴婢一时嘴快，请责罚。"

阿绯哼道:"不要动不动就跪,起来吧,我要出去走走。"

阿绯起身往外就走,身后芳语跟一干宫女面面相觑,急忙起身跟上。

阿绯出了居所的殿阁,迎面就望见一棵开得半谢的玉兰:"花期好像都过了。"阿绯歪头看了会儿,喃喃自语。

芳语大着胆子道:"殿下要看花吗?百卉院的桃花开得正好……"

"是吗?"

芳语见她并无责怪之意,便又宽心道:"是的殿下,殿下若是嫌远,前面就是翡湖,湖畔也还有一棵桃树的,殿下先前曾说那桃树生得好。"

阿绯望着天色:"那去看看吧。"

一行人沿着回廊往前而行,走了几步,阿绯忽地扭头,看向旁侧,却见在院中有个身影极快地一闪,像是在躲开什么。

阿绯皱眉:"谁在那里?"

芳语急忙挡在阿绯身前,末尾跟着的两个小太监便出了走廊去看,那人情知躲不过,无可奈何地现了身:"殿下,是小人。"细瘦伶仃地站在原地。

那两个小太监走到他身边,并不为难,显然是认得的,阿绯却也认得,便道:"是你呀,你不去跟着傅清明,在这儿鬼鬼祟祟的干什么?"

原来这躲藏的人居然正是唐西,唐西是最怕阿绯的,乍然被暴露身形,十分局促,便竭力垂着头,恨不得把自己埋进土里:"主子……主子吩咐我留在公主府上,若是殿下有什么吩咐……也方便些。"天知道,他宁肯主子狠狠地揍他一顿也不愿意留在这里。

阿绯歪着头看他:"是吗……你过来。"

唐西吓了一跳,反而往后退了一步,阿绯看得可疑,凝视着唐西道:"你怕什么,难道你以前做过什么对不起我的事?"

唐西头脑发昏,身边的小太监低声道:"大人,您就快些过去吧……"

唐西磨磨蹭蹭地果真走过来。

阿绯道:"你抬起头来。"

唐西身不由己地抬头,太阳光照在他的脸上,几个麻点十分清晰,脸皮略有些皱皱的,加上他人生得瘦,打扮得朴素,便显得有几分可笑。

阿绯身边几个宫女是认得他的,当下便有人低笑出声。

唐西觉得脸上的麻点都在热腾腾地冒着热气,很是难堪。阿绯皱眉看了他一会儿:"谁在笑?"

身后的宫女魂不附体,有两个便跪了下来:"殿下,饶命!"

阿绯瞪了一眼又回过头来,望着唐西,思忖着说道:"上回看了你……就觉得很眼熟,现在想起来了。"

唐西呆呆地看她,阿绯道:"你像是我在村子里的一个朋友……"

唐西跟宫女们莫名而又有些惊悚地望着她,阿绯摸着下巴道:"现在想想,当初不该就那么走的,应该找找他,或许他也愿意跟我一起走,离开那个地方。"

唐西鼓足勇气:"殿下,您说的是……"

阿绯叹了口气,显得十分惆怅:"是芝麻糕,我相公……不对,是那个人说该叫他芝麻糕的。"

唐西恍惚:"芝麻糕?"

阿绯道:"是啊,他的脸长得有点奇怪,眼睛的地方是黑的,嘴跟鼻子周围都是白的,不过鼻子的旁边还有几个地方有黑点,所以那个人说该叫他芝麻糕。"

世上哪里会有这么古怪长相的人?唐西心中有点不祥的感觉:"殿下,芝麻糕是……"

阿绯的眼中透出几分伤感:"我常常大方地把那个人给我的好吃的分给芝麻糕,现在我不在了,也不知道他会不会饿死……他的眼睛总是亮晶晶的,像是能看懂你心里在想什么,每次见了我都很亲热地扑上来,还会不停地摇尾巴,真是只聪明的小狗。"旁边一堆宫女太监连同唐西在内尽数呆若木鸡。

阿绯回忆了会儿,又看向唐西,目光里多了种类似温柔的东西:"芝麻糕只会对我摇尾巴,你会像芝麻糕一样对我忠心耿耿吗?"

唐西不知道自己该怎么回答,或者他根本不需要回答,只需要"汪"上一声,面前这位主子会更高兴。

正在唐西左右为难的时候,却听得前方有个稚嫩的声音叫道:"为什么要拦着我,难道你们不知道我是谁吗?信不信我让爹爹把你们都砍了!"

阿绯意外道:"谁在这里吵?"

唐西面色大变,几个宫女都不敢做声。阿绯便要去看,谁知唐西抢先一步将她拦住:"殿下,大概是不相干的人……让我去打发了便是。"

唐西说走就走，但他身形再快，也比不过那声音快："公主有什么了不起的！躲起来不敢见人吗？她害死我娘亲……我……"

阿绯心头一沉，见唐西已经掠了出去，便喝道："你给我站住！"

后来想了想，阿绯觉得自己果真又英明又聪慧，她虽然不知道其中到底发生了什么，却本能地猜到有些不可告人的内幕，反应当真快速得很。

阿绯把唐西撇在旁边，提着裙子气冲冲往前走，她这个公主的名头才顶上，还不怎么娴熟，自己都觉得大概是傅清明弄错了……忽然被人不清不楚骂一通，简直是雪上加霜。

阿绯转过弯，就看到被侍卫拦住的南乡，小家伙正在跳脚，不依不饶地嚷嚷着，很有几分阿绯暴躁时候的风范。

阿绯眯起眼睛看南乡，不过是个小小孩子，三四岁的光景，却养得派头十足，打扮得粉装玉琢，只不过神情有些不讨喜，嘟嘴瞪眼皱眉。

小家伙一眼看到阿绯，才安静下来，然而却也只安静了片刻，便又指着阿绯叫道："是她吗？"

一副如临大敌、剑拔弩张的模样。

阿绯瞥着小南乡："他是谁，哪里来的？"

宫女芳语低着头："回殿下，这……这是……"

南乡却自己往前两步，他年纪小，跑得不甚利落，却一股子往前冲的劲头，好不容易才站住脚："你就是那个坏公主，我爹是傅大将军！"

阿绯震惊了一下："你说什么？"

南乡双手叉腰："我爹是傅清明，不要假装没听见，哼！"

周围一片静默。

阿绯倒吸一口冷气，目瞪口呆："傅清明有个儿子？我怎么不知道……"不过想想也是，起初连傅清明是谁都不记得，怎么会知道他还有个儿子？

一大一小两个你瞪着我，我看着你，唐西鼓足勇气移过来："殿下……小公子……"

阿绯回头看他："这个小东西真是傅清明的儿子？"

唐西叹了口气，从喉咙里冒出一声咕噜。阿绯认为那就是答应了，便又回过头来瞪南乡:"小鬼,你刚才说什么,说我害死你娘?"

南乡道:"不要以为你是公主我就不能拿你怎么样了,我爹爹不喜欢你,我长大了后也会给我娘报仇的。"

唐西喝道:"小公子,不要乱说,若是给将军知道了的话……"

南乡叫道:"我才不怕她!"

阿绯看着小家伙气焰嚣张的样子,沉思着道:"报仇……你的意思是你要来行刺我吗?"

南乡想了想,做凶恶状:"我要杀死你。"

阿绯点点头,道:"你们还愣着干什么,快把这个刺客给我拿下!"

唐西惊道:"殿下?"

阿绯挥手道:"快点捉住他。"

两个侍卫迟疑着上前,把南乡抓住,各自脸上却露出啼笑皆非的表情,阿绯道:"抓紧了吗,这个家伙年纪虽然不大,但是看起来很凶悍的样子。"

两个侍卫垂头道:"是的殿下。"

南乡挣扎着:"放开我,你们竟敢动我!"

阿绯见他果然动弹不得,便走上前来,伸手掐住他的脸:"敢来刺杀我?傅清明的儿子,你知道我多讨厌你那个爹吗,你居然还敢自己送上门来,我要把新仇旧恨都报了……"

唐西见她手上用力,把南乡的脸都给捏得发红,可是小家伙倔强,咬牙叫道:"你、你果然狠毒!"

阿绯道:"这才开始呢,你完全不知道什么叫做狠毒……"

南乡啊啊大叫,却不求饶,阿绯用力蹂躏了会儿他的脸:"我要把你吊起来打呢,还是捆起来……"

"我爹爹不会饶过你的!"

阿绯道:"好啊,那让他来找我算账啊,就算你是傅清明的儿子,顶多也不过是个妾室生的……"

芳语在旁边低声道:"殿下,将军从未纳妾。"

阿绯一愣,又道:"听见了吗,连妾生的都不是,一定、一定是……那个什么!你还敢跑到本宫面前耀武扬威!"

忽然之间阿绯愣了愣，却见南乡大眼睛眨了眨，居然冒出两滴泪来。

阿绯疑心自己太用力了，嘴上却仍道："到底是小孩子，这样就受不了，又不是女孩儿，这么弱还敢说要报仇！"

南乡抽噎着："你这个恶毒的坏女人……我不会放过你。"

阿绯不屑一顾："做不到的事情就不要先说出来，只会发狠有什么了不起的，傅清明居然教出这样不成器的孩子，哼……"

南乡大叫："不许你说我爹爹！"

阿绯斜眼看天："我就说，怎么了，你咬我啊。"

南乡气得浑身发抖，一时大概不知说什么，阿绯看他小脸通红，带着泪痕，心里就觉得不忍，嘴上却还哼道："算了，我大人有大量……唐西，把这小东西带回去给你们主子，告诉他好好地看着，别把他放出来，这回我懒得跟他计较，下一次就没这么容易了，知道吗？"

唐西松了口气，躬身："小人遵命。"

侍卫松手，阿绯瞥了南乡一眼，转身要走，谁知南乡觑空便扑上来，猛地从后面踢了阿绯一脚，正好踢在阿绯的小腿上。到底是小孩儿，力气有限，虽然不疼，却在裙上留下一点灰痕。阿绯震惊之极，回过身看着气咻咻的南乡，咬牙切齿道："我改变主意了，傅清明不会教孩子，我替他教，——给我把这个小鬼捉起来，先打三十下给我出气！"

南乡跳起来："你打我试试！"

阿绯道："这小鬼是不见棺材不掉泪。"

南乡骂道："恶女人，坏公主！"

阿绯怒道："臭小鬼，你竟然敢这么骂我！"把裙子一提，张手捉住南乡。

南乡奋力挣扎："放开我！唐西，快来把这个疯公主拉开！"

阿绯道："谁敢过来我就砍了谁！"

旁边的宫女，太监，侍卫都不敢动，阿绯用力揪着南乡，挥手用力在他身上打了数下："臭小鬼，敢踢我！"

南乡自出世也没被人欺负过，起初还骂了几声，渐渐地有些害怕，正要哭，却听得有人道："阿绯……"

阿绯一听这个声音，动作一僵便松了手，顺势还把南乡用力一推。

南乡人小，又正慌张，顿时被她推得歪倒在地上。

阿绯斜眼看他一眼，脚下一动走到他跟前，把他挡在身后，冲着来人露出笑容："皇……皇叔……"一边伸手把额前略有些垂落的乱发撩了撩。

慕容祯雪也不知是什么时候来的，面上带着苦笑望着阿绯："你在……做什么？"

阿绯道："什么也没做！"

身后南乡爬起来，吸吸鼻子："王爷，她打我！"

阿绯嗤了声，斜睨着他："你就会告状啊？"

南乡道："你欺负我年纪小。"

阿绯不以为意道："知道你年纪小打不过我，就别来讨打，你自己送上门来，关我什么事。"

南乡眼泪扑啦啦掉下来，祯雪叹了口气，听着两人斗嘴，却不出声。

阿绯见南乡落泪，便低低喝道："不要仗着年纪小就在这里妄图博取同情，告诉你，我也会哭的，我要是哭起来，没有人会同情你，皇叔只会同情我。"

南乡有些被她吓到，果真不敢再掉泪，只是愤愤地望着她。

阿绯这才又转头看向祯雪："皇叔，你回来啦？"便轻快地迎了上去。

唐西把小主子扶起来，南乡这会儿也不嚣张了，任凭唐西把脸上的泪擦去。转头看阿绯，一副若无其事的模样跟祯雪在说话。

南乡喃喃道："我要回去告诉爹爹。"

唐西忍不住又叹了口气："小公子，这件事还是不要说的好。"

南乡叫道："为什么？"

唐西还没来得及回答，那边阿绯回头，恶狠狠地瞪着南乡："大人在说话，小孩子不要高声吵。"

南乡撇了撇嘴本能地想哭，却又忍住。

祯雪看看南乡，又看看阿绯："怎么会跟小南乡吵起来？"

阿绯立刻告状："皇叔，他说我害死了他娘，还要来找我报仇，我本来已经放过他了，谁知他在背后袭击我。"唐西听到"袭击"二字，又看泪痕狼藉满脸通红的南乡，觉得自己的头数倍大。

祯雪温声道："他年纪小，有些听来的不三不四的话……也不懂得分辨，不要同他计较……"说着，便冲着南乡招了招手。

南乡擦了擦泪，便走上前："见过王爷。"小小年纪，却也懂些礼数。

阿绯很不高兴："你见了王爷还知道行礼，见了我却那么嚣张……可恶的小家伙。"

南乡白了她一眼，阿绯便握住祯雪的手臂摇动："皇叔你看，他瞪我。"

祯雪把南乡拉到身边，略微俯身："小南乡，傅将军知道你来这里吗？"

小家伙摇了摇头："爹不知道。"

祯雪望着他的眼睛："傅将军曾说过你娘亲的死……跟公主殿下有关吗？"

南乡迟疑地看着他，却摇了摇头："没有说。"

祯雪道："那你可问过？"

南乡低头，支支吾吾道："问过……爹呵斥了我一顿。"

祯雪摸摸他的头："为什么连至亲的人所说的话也不听，反而去听别人的闲言碎语？好啦，你乖一些，以后不要再找公主的麻烦了，好吗？"

南乡耷拉着头，过了会儿，才道："嗯……"

祯雪微微一笑，掏出一方帕子，亲自把南乡脸上的泪擦干了："让唐西带你回家吧。"祯雪的举止十分温柔，南乡看着他，乖乖地点了点头。

唐西见大事化小小事化了，便急忙上前，带着南乡行了礼，两人便离开了公主府。阿绯想到方才那一声"小南乡"，心里略觉得别扭，便问道："皇叔……你为什么对那个小家伙那么好？"

祯雪望着她："我对阿绯不好吗？"

阿绯心头一暖，有些不自在地看向别处："好……好吧，我不知道。"

祯雪轻笑一声，道："对了，我还带来一个你的朋友……"

阿绯有些惊奇，正想问什么朋友，就听到一个熟悉的声音道："步轻侯真的不在这里吗？"

阿绯歪头一看，便望见孙乔乔探头探脑地进来，不由得心头一紧。

祯雪道："方才我在门口看她似乎想要进来，一问之下才知道，原来她是来找人的，还是你认识之人。"

阿绯不喜欢孙乔乔的聒噪，正想澄清自己跟她没关系，孙乔乔却瞧见了她，顿时欢喜雀跃地跳了过来，道："你在这儿就好了，轻侯一定会来。"

阿绯奇道："什么？"

孙乔乔笑道："我知道步轻侯一定会来找你的。"说着，便又冲祯雪行了个礼，"王爷大叔，多谢你了。"

阿绯道："不要乱认亲戚，叫王爷就叫王爷，什么大叔不大叔的。"

孙乔乔嘻嘻笑，也不生气："那你答应我留在这里了？"

阿绯吃了一惊："我什么时候答应你了？"

孙乔乔笑眯眯地："这样吧，我无以为报，就给你当亲随好吗，我的武功好极了……寻常的江湖人士都不是我的对手。"

阿绯本来嗤之以鼻，转念一想，道："傅清明你能打得过吗？"

孙乔乔道："你说的是'那个'傅清明？"

"什么这个那个，还有哪个傅清明？"

孙乔乔思忖了一下："如果是大将军的话，我觉得我可能有点打不过他……根据我师父的说法，傅将军的武功深不可测，等闲之辈若是敢挑衅，无异于送死……"

"够了够了……我不是要你来夸奖他的，"阿绯打断她的话，"那我要你干什么？"

孙乔乔瞪大眼睛："你是公主，跟傅将军是夫妻，做什么要我防备傅将军？"

阿绯道："很快就不是了！"

孙乔乔震惊："啊？"

祯雪在旁边看着，此刻忍不住笑："阿绯，不要乱说话。"

阿绯看了两人一眼，也不解释，只道："那你说，谁能打得过他？"

孙乔乔兴高采烈道："我觉得我的轻侯一定能。"

阿绯打了个哆嗦："你的轻侯？"

孙乔乔天真道："而且他若是打不过的话，我可以帮手，那就一定不会输。"

阿绯露出一副被打败的表情："我懒得跟你说……"

孙乔乔道："那我是不是可以留下了？我真的找了好久都找不到他……"

阿绯看着她执著的模样，心道：这个人实在是太笨了，看起来真可怜。便暗暗有些同情孙乔乔。

阿绯心便一软，嘴上哼道："不要怪我没提醒你，自古都是痴心女儿负心郎，你这么追着他，他不喜欢你的话会很伤心的。"

孙乔乔却一脸陶醉："他怎么会不喜欢我呢？他不过是害羞不肯承认罢了。"

阿绯觉得实在受不了此人，便道："好了好了，芳语，你带孙小姐去住下吧。"

孙乔乔拉住阿绯的手，真诚地说道："公主殿下，多谢你，等我跟轻侯成亲的时候，一定会请你喝杯喜酒！"

阿绯翻了个白眼，等孙乔乔跟着芳语离开，才对祯雪道："皇叔，你瞧她……疯疯癫癫的，成何体统。"

祯雪笑道："她只是江湖历练少些，又痴心一片，功夫倒是好的，有她陪着你，你也不至于太孤单。"

阿绯心头一动："皇叔……"

祯雪却不回答，两人默然无语往前而行，阿绯心里乱乱的，不经间抬眼，却见前头湖水碧绿如玉，而在湖畔的太湖石旁，一株红梅斜探出去，绯红的梅花如同展开的扇面，烁烁地盛放在碧玉色的湖水之上，美得触目惊心。

阿绯呆呆地看着，却听到耳畔祯雪轻声道："皇叔……一直都没得空问你，阿绯这两年……过得还好吗？"

阿绯怔怔地看着那株湖上迟放的梅树，浓烈的绯红同湖水的碧色交织成一种极为分明的艳丽景致，这自然造化，美到极致。忽地听到耳畔祯雪轻轻一声，阿绯眼睛眨了下，却不知道要说什么好，嘴唇动了动，才转头看向祯雪。大概是因为看梅树看得入神，她的眸子里流露出一种怅惘的神色，祯雪同她目光相对，心中骤然刺痛了一下。

"我……"阿绯望着祯雪的脸，总算找到自己的声音，"皇叔，我……还好……"

春日的和风自两人之间徐徐吹过，祯雪微微一笑，目光柔和地望着阿绯："真的？不可对皇叔说谎，你自小到大都不会骗皇叔的。"

或许是他的笑太过温暖，阿绯忽然觉得自己的眼睛都有些跟着发热，她张了张嘴，心中却另有一种东西在涌动，几乎在她反应过来之前，她已经张开手，将祯雪紧紧抱住："皇叔……"

祯雪怔了怔，身子有瞬间的僵硬，片刻后却又抬手，在阿绯的头上轻轻抚过:"傻瓜,必然是受了什么委屈,皇叔只想要你好而已,若是连皇叔面前也不肯说真话,我可怜的小阿绯,还能去相信谁?"他的声音喃喃地,春风化雨似的钻到阿绯的心里去。阿绯双眸闭着,长睫闪闪烁烁,点点地沾着细碎的泪,泪影翩飞,映出许多旧日光景来。或模糊,或清晰,或欢喜,或心酸。

"我当然相信皇叔,"阿绯轻声说,"我……最喜欢皇叔了。"

没什么比这句更真了,眼泪一涌而出。

祯雪愣了愣,手指在阿绯的额前轻轻掠过,目光望着她光洁的额头,很想在上面亲一口。然而却始终并未如此。

宫女们都不敢靠前,祯雪携着阿绯的手,两人在湖畔的太湖石旁站住,祯雪吩咐近身的宫女将御寒的坐垫披风等备齐了送来,石凳上又多了一壶热茶。

所有人都退后三尺。祯雪从旁边的天青小盖盅里夹了拇指大小的一块晶莹冰糖放进茶杯里,他亲自提了茶壶沏茶,茶盅里冰糖遇热,发出类似冰脆裂开的声响,像是音乐一样悦耳动人。阿绯定神听着,恍然如昨。

祯雪将那杯茶放在她跟前:"你以前最爱喝的,记得吗?……把冰糖放进热茶里头,会发出奏乐般的响声,——你第一次发现的时候,也是献宝一般拉着我来听的。"

阿绯忍不住开心:"真的吗?可真好听,原来我以前就那么聪明。"

祯雪哈哈地笑:"阿绯从来都是极聪明的。"

两人坐了会儿,阿绯到底就把在外头的事情同祯雪说了一遍,只说"宋守"对自己很好……最后傅清明出现那段,她犹豫了会儿,终于还是把"宋守"的真实身份也如实交代了。只不过说到宋守离开,还是有些心酸酸要哭,却幸好忍得住。

祯雪一直都静静地听着,等阿绯说完后,祯雪垂眸片刻:"那朱子……我有些印象,他被带来帝京的时候大概只有四五岁,是被清明作为南溟的战俘身份押进京的,对外只说是'质子',用以安抚那些南溟遗民……"

阿绯茫然地看着他:"皇叔,你认得他?"

祯雪道:"他跟你的年纪差不多,因此我看到他的时候……就想到你……"

阿绯顿了顿,问道:"皇叔,我也认得他吗?"

祯雪想了想:"这个皇叔也不是很清楚,作为南溟的质子,那个孩子过得不很好，基本上是被囚禁着……但是你以前很是顽皮，总喜欢四处玩，或许会跟他撞见也不一定，对了，我记得……"他脸色微变，欲言又止。

阿绯叹了口气，祯雪反复看她几次，终于问道："阿绯，你……喜欢他吗？"

阿绯眉头一动，继而用力摇头。

祯雪"哦"了声："也是，他将你拐走，骗你两年多……"

阿绯默默说道："皇叔，我并不在意这个。"

"那，是什么？"

阿绯眨了眨眼，起身走到那棵梅树旁边，梅树已经上了年纪，枝干粗壮，树皮苍老，阿绯的手按在上面，略微用力："我只是……恨他……为什么没有继续骗下去，骗我一辈子也好啊。"阿绯的声音不高，祯雪却听得十分清楚。

祯雪身子微微地发抖，目光闪烁。

阿绯叹了口气，又笑："算啦，不说那个坏蛋。"

祯雪仍不言语，似在沉思。

阿绯摸着老梅树沧桑的树皮，手指越来越用力，心底蠢蠢欲动地，有一股冲动萌发，她抬头看着面前老梅树，笑道："皇叔，不知道为什么，我很喜欢这棵树……我是不是……爬过它啊？"

她问得突然，身后祯雪也觉愕然，正要说话，谁知祯雪刚唤了声，阿绯已经手脚并用地开始往梅树上爬，一边说道："我感觉我曾经……"

祯雪正在想事情，本以为她不会造次，乍然一看她如此，顿时站起身来："阿绯，不可以！"

阿绯却不管不顾，奋力往上，双脚已经离地，那老梅树是斜探往上的，很适宜人从底下爬上去，阿绯像是条爬上树的虫子一般往前，祯雪跑到梅树边上，想伸手把她拉下来，手探出去，在她的脚踝跟裙摆间掠过，又觉得这举动十分不雅。

梅树的根部到树腰处在太湖石这边，但再往上，却已经探出了太湖石，底下就是碧莹莹的湖水，阿绯望着夕照之下波光粼粼的湖水，忽然兴奋起来："皇叔，我感觉我真的爬过这棵树，是不是？"

祯雪在树下简直不知如何是好："阿绯，快下来，留神些，跌下来不是好玩的！"

阿绯嘿嘿笑着："我有数的，皇叔。"

她趴在树干上，低头往下看，正对上祯雪仰望的脸，清雅的容貌带着担忧神色，双眉蹙起，眼睛一眨不眨地凝视着她。

阿绯双臂紧抱着树身，在极短的瞬间，从摇晃的花树枝子之中，眼前的慕容祯雪跟记忆里那一幕的慕容祯雪的脸重叠在一起。

记忆里的祯雪，探手过来，皱着眉说："阿绯，听王叔的，有什么事儿好好商量，快下来，快下来，王叔接着你。"

阿绯趴在上面，脸贴在树身上，耳畔听到那个声音脆生生道："我不下去，谁也别指望把我弄下去，除非……让傅清明……"

一阵风吹过，梅树枝摇晃，阿绯正在出神，乍然晃动起来不免受惊，尖叫了声便趴不稳，顿时就从树身上滑下来。

阿绯拼死挣扎，双臂还试图抱着树，却听底下祯雪道："阿绯小心！"

祯雪拔腿迎过来，冲着阿绯张开双臂。阿绯的臂力有限，粗粝的树干又磨伤了她的胳膊，吃痛之下便松了手，身子往下直坠。

阿绯定定地望着被梅花跟树枝点缀的天空，摔在地上应该会极痛的，奇怪阿绯心底却并不害怕，仿佛如此的事情先前已经有过一样……

当身体真的被用力抱住，阿绯直直地看着面前祯雪的脸，觉得很开心。

祯雪用力抱着阿绯，脚下却似站不稳，往后一倒，便重重地靠在太湖石上，被太湖石一阻才没摔倒。

阿绯被带着顺势往前一撞，手搂住祯雪的脖子，笑道："看吧，我就知道会这样……"

祯雪的脸色极白，望着阿绯的双眼，脸上是一种无奈的苦笑："没事就好……你这顽皮……"话还没说完，便将阿绯一推，急促地转头往旁边。

阿绯一惊："皇叔？"

祯雪手在嘴边一拢，此刻他的近身侍卫也已经过来，将祯雪接了过去，阿绯围着转："皇叔你怎么了？"

祯雪将那侍卫用力推开，回头望着阿绯温声道："别怕，皇叔没事，只不过……最近有些小病缠身……方才又站了半晌，累了。"

阿绯看到他嘴角似乎有一抹可疑的淡红，还要细看，却有个让阿绯觉得很不舒服的声音响起来："王爷，原来您在这里。"

阿绯一听这个声音心中便警铃大作，扭头看去，果真是傅清明不请自来。

阿绯见了傅清明，便自动变成好斗的公鸡："你来干什么？"想到先前南乡那一闹，又指着傅清明叫，"啊，我知道了，你是来找你儿子的吗？"

傅清明本来正看着祯雪，闻言脸色就有些奇异。

阿绯见他不言语，便冷笑："好个英勇的驸马爷，居然连私生子都有了，始乱终弃，无耻之尤，呸呸！"

阿绯自然不记得南乡的生母是谁，但听芳语说傅清明没有纳妾，那南乡一定就是"野生的"了，当着南乡的面，阿绯自然不会说这些，她虽然"凶悍任性"，但心底自有尺度，绝不会真伤到小孩儿的心，可是见了傅清明就毫无顾忌了。傅清明不言不语，倒是旁边祯雪道："阿绯，不可乱说。"

阿绯方才由着性子爬到树上去，也没来得及跟祯雪多聊，虽然不知事情的前因后果，却只听祯雪的话，闻言忙回头讨好："皇叔，你真的没事吗？"眨眼细看，却见祯雪唇边的淡红已经消失无踪了，阿绯心想：难道是我看错了？

祯雪说了一句后便连声咳嗽，双肩微微耸起，手拢在唇边，一声一声地轻咳，引得浑身也轻轻颤动。

阿绯见状大为难受，围着他团团转，不知该如何呵护才好："皇叔，大概是风太大，我们回屋好吗？"

祯雪略微摇头："没、没事……"

却不料傅清明冷眼旁观，此刻凉凉地开口说道："王爷身子本就不好，方才大概是被公主从树上坠下那一撞……引得内伤发作了吧？"他的声音有些轻描淡写的，说着，那双眼睛就瞟向阿绯。

阿绯吃了一惊："你胡说什么？"然而一时却又有些心虚，开始后悔自己方才的任性举止，小心地看着祯雪，"皇叔、皇叔是我撞的吗？"

祯雪扫了傅清明一眼，微笑道："清明是吓唬你……让你别那么顽皮是真，幸好没摔倒，咳，皇叔只是年纪大了，的确总有些小病不断。"

阿绯只觉得不可置信："皇叔年纪才不大……他不是跟皇叔差不多吗？为什么他还是那么……"说到这里，便瞪着傅清明磨了磨牙，老天可真是的，"居然还用皇叔来恐吓我……"

傅清明神情淡然，丝毫没有愧疚或者害羞之貌，反而淡淡道："王爷，你是太娇惯公主了……王爷今日奔波不停，恐怕于身体大为不妙，还是先行回府歇息吧？"

祯雪道："也好……可是阿绯……"仍旧不放心阿绯，转头便看她。

阿绯抓住祯雪的胳膊："皇叔，我送你回去吧！"

傅清明道："你想要王爷的身子更差点儿，就只管跟着聒噪烦扰他。"

阿绯大气："乌鸦嘴，你能不能消停些！"

祯雪笑道："罢了，我先行回府了，阿绯……"他唤着阿绯，却看傅清明。

傅清明跟他目光相对，就揣手低了头。

阿绯虽然痛恨傅清明所说，但是看着祯雪苍白的脸色，便依依不舍道："皇叔我知道了，你快回去吧，我……我不会顽皮的。"

傅清明也道："我也会照顾好殿下。"停了停，又加一句，"不会跟她斗嘴了。"阿绯本想说谁稀罕他照顾，碍于祯雪在，便不肯吵。祯雪见两人暂时"和谐"，才一点头，笑容温和，阿绯仔细看着他的笑颜，心里暖暖。

祯雪转身，在近身侍卫的扶持下缓步离开，阿绯一直盯着看，一直到祯雪的身影消失还不肯动。

傅清明在旁边冷冷道："站着看有什么意思，殿下怎么不追上去？"

阿绯扭头看他，见他一副冷硬的姿势，一时牙痒。

傅清明看她气咻咻的模样，却露出笑容："殿下这么看着末将是何意？"

阿绯蹲地，摸到一块石头，趁他不注意用力掷过去。

谁知傅清明不慌不忙一抬手，将石块握个正着，摇头道："力道不够，准头不行，速度不够快，完全无用。"

阿绯实在拿他没办法。有傅清明在，再好的景致也没了颜色。阿绯望着那棵安静的老梅树，忽然想到方才脑海中浮现的那一幕，她望着傅清明，有心想问他一些事情，但是却问不出口，这感觉就像是一对天敌，谁也不理谁才好。

阿绯便悻悻道："你还赖在这里干什么？你儿子已经被我打跑了，你也赶紧滚吧！"

傅清明挑了挑眉："殿下跟南乡打架了吗？"

阿绯道："是啊，有什么样的爹就有什么样的儿子，那小鬼看着就让人生厌，在这里胡搅蛮缠胡说八道，若不是看在皇叔的面子上，我才不会轻易放过他。"

傅清明笑了笑："有什么样的爹就有什么样的儿子啊……"

阿绯看着他刺眼的笑容，嗤之以鼻："我不是夸奖你，你笑什么！厚颜无耻。"她哼了声后，迈步便要离开。

傅清明身形一动，不偏不倚拦在阿绯身前，阿绯停了步子："好狗不挡道！"

傅清明冲她荡漾一笑："所以我才不是狗。"

阿绯皱眉："当然啦，你哪里有狗儿那么懂事可爱。"

傅清明叹了口气，双眸望着她的眼睛："殿下……"

不知为什么，从一开始阿绯就针对他，从没好气相对，然而傅清明却自始至终都没有动怒，此刻反而更有点温情的架势。

阿绯本来盛气凌人，忽然敏锐地察觉有点不对，便后退一步道："你想干什么？那是什么眼神……别用这种声调跟我说话……"

居然显得很温柔似的……这骗子。

傅清明抬手，准确地握住她的手："殿下……身体可好吗？"

阿绯起了一身鸡皮疙瘩，按着胸口道："原来挺好的，看见你后不知为什么就觉得有点反胃。"

傅清明道："不相干，以后多看看就习惯了……"

阿绯很是惊恐："你这个疯子，我才不要多看你。"说到这里，却忍不住仔细看了看他的脸，果真看他脸上那道痕迹似乎浅了许多。

傅清明见她目光游移，会心一笑："我听殿下的话，找太医看过了，太医说不碍事，假以时日这疤痕必会消失无踪的。因此殿下也不必心存愧疚。"

"什么……心存愧疚？"阿绯被他说中心事，却不肯承认，"是你自己撞上来……关我什么事！喂，你干什么？"

傅清明趁着她仰头说话的工夫，不动声色地将她抱入怀中，双手在她身上绕得结实，才微微舒了口气："很是怀念这种感觉啊……"

阿绯呆了呆，怒道："放开我，你怀念个鬼啊！"

傅清明身子一颤，低头在阿绯的额上亲了口："别乱说……我不喜欢听那个。"

"什么？"阿绯莫名其妙，忽然又反应过来，暴跳道，"不要碰我，混蛋！"

傅清明低低一笑:"殿下,今晚上让末将侍寝好吗?"

阿绯呆若木鸡:"侍……侍寝?"

"说是陪睡也可……"傅清明柔声道,"殿下同意就好。"

阿绯嘴里像是塞进了一把黄连子:"我什么时候同意了?"

傅清明道:"殿下是想去将军府吗?"

"闭嘴,不要自说自话!"

"那留在公主府也是好的……"

阿绯心慌意乱,被他抱着又无法动弹,便唤随从:"来人,把这个疯子给我打出去!"然而那些宫女太监连同侍卫在内,皆都认得傅清明,又怎么会听阿绯的,且又因为有"前车之鉴",生怕城门失火殃及池鱼,早在见两人纠缠之际一个个就跑得不知所踪。

阿绯叫了一会儿,只惊动了一只过路的鸟儿,啾啾叫了两声便飞得无影无踪。

"殿下,何必叫得这么大声?"傅清明把她牢牢地抱在怀里,低下头,轻吻她的脸颊,"这样好听的声音,我不想叫别人听到……"

阿绯又气又急,脸红耳赤,正欲大骂,却听到有个声音道:"公主殿下,你是在叫我吗?"

阿绯心头一喜,转头一看,居然是孙乔乔!阿绯看着她的圆脸,像是捉到一根救命稻草,忙叫道:"你来得正好,快点把他赶走!"

孙乔乔看看阿绯,又看看傅清明,莫名有点脸红:"你们怎么、怎么又……光天化日的,就不能到屋里么……"

傅清明面不改色道:"我正要带她回屋。"

阿绯用力打他的胸膛:"无耻,厚脸皮!快放开我!"

孙乔乔偷看傅清明紧抱着阿绯的姿势,心中便想道:什么时候轻侯也能够这样抱着我?

孙乔乔便道:"将军……可是殿下看起来好像很不情愿。"

傅清明道:"不必在意,她从来都是这么口是心非的。"

孙乔乔皱着眉,似乎在判断两人所说哪个是真的,阿绯道:"孙乔乔!你要是还想见到步轻侯那就听我的!"

孙乔乔一听，大受鼓舞，双眸发亮，纵身便跳过来："将军，请快些放开公主，不然的话我就跟你拼了！"孙乔乔已经把剑拔出来，当空一挥，霍霍有声。

阿绯喜道："干得好！"

然而傅清明却在这时候笑了，也许是他笑得太明朗，孙乔乔剑尖指着傅清明："你笑什么？"

阿绯眉头一皱，不知为何有种不妙的预感。

傅清明笑道："你想要找步轻侯，守株待兔是不行的，他知道你在此，又怎么会送上门来呢，你若是要见他，此刻去国子监外的醉八仙楼，他便在那里跟人斗酒。"

孙乔乔见他说得极为详细，惊喜交加："真的？"

阿绯着急："他是个骗子，最擅长骗人的，别信他！"

傅清明道："他现在喝了个半醉，你现在去或许会捉个正着，再晚些恐怕就不一定了。"

孙乔乔喜出望外："我立刻去……"她居然收了剑转身要走。

阿绯望着这个叛徒："喂！"

孙乔乔才想起她似的，回头道："哦……对不住了殿下，我先去找他，找到后我跟他一起回来……"简直满心欢喜，忘乎所以。

阿绯翻了个白眼。

孙乔乔如飞鸟一般，几个起落便消失了踪影，阿绯已经绝望了，索性扭头白眼看傅清明："怪不得步轻侯说你最擅长调虎离山，你是不是很喜欢骗这种无知的女孩子？"

"我没有骗她，"傅清明温柔道，"步轻侯真的在那，只不过能不能制住他……那就尚未可知。"

阿绯望着他环抱着自己的手："那你现在想干什么？"

傅清明道："其实我并无恶意，只不过是想跟你像普通夫妇般相对……望殿下体谅。"

阿绯嗤嗤地笑起来，很不屑道："普通夫妇！你在做梦吗？"

傅清明道："我就知道单靠说是不行的。"把人一抱，迈步往前。

阿绯叫道："你带我去哪？"

"嘘……"傅清明将她娇小的身子揽在怀中，迈步入了廊下，他对这公主府竟比阿绯还熟悉，几个转弯，便进了内堂。

宫女们见了他，都躬身行礼："驸马爷。"

傅清明道："我要跟公主单独相处，你们都退下吧。"

阿绯早被他捂住了嘴，只有干瞪眼。

果真那些宫女们都退了个一干二净，傅清明抱着阿绯来到床前，回身坐下，令阿绯坐在自己的大腿上。

阿绯的心忽然又跳起来："你、你又想干什么？告诉你……你不许……"

傅清明忽地捏着她的下巴，一低头便将她的嘴吻住，双唇如胶似漆地粘在一块儿，阿绯脑中一昏，不由自主地闭了眼睛。

傅清明的手在她的身上游移，将她腰间的系带解了，阿绯察觉，便竭力挣扎，然而两人相差太过悬殊，阿绯很快便气喘吁吁。

傅清明纹丝不乱，把她的外裳除了，才得空叹了声："一层层的，真是麻烦……"

阿绯察觉他的手隔着一层里衣握着自己的腰，顿时打了个寒战："傅清明，你敢！"

傅清明捏着她的下巴一抬，正视她的双眸，清明的眸子里带着几分不可动摇："殿下……你该知道，我已经等了够久了。"

阿绯心头一跳："不要！我不喜欢……"她抬手推向他胸口，却被他握住了小手。

傅清明躬身，在她耳畔轻轻一吻："你以前也这么说，每次还会哭……可是……你会喜欢的。"

傅清明把阿绯的衣衫除去大半，宽厚的手掌一点一点抚摸过她的肌肤。

阿绯又怕又气，又觉羞愧无地自容，眼泪也流下来，却奈何不得他。

傅清明本环抱着她，此刻便将她放在床上，阿绯还欲挣扎，傅清明将她双手压在头顶，俯身自她的颈间吻落下去。

阿绯又痛又羞，低低地啜泣，带着哭腔含糊不清地骂："我讨厌你！"

傅清明俯身下去，吻住那柔软香嫩的唇瓣："你只管讨厌我……只要我喜欢你就够了……"

傅清明只觉得身体里大概养着一头兽，锁在壁垒坚固守卫森严的地方，只有在走投无路至为绝望的时候才会发出令人战栗的咆哮，一直以来他都藏得好好的，同时也豢养得好好的，自从那只兽在他心中出现的那一刻起。

只有最为亲密的人才会发现，至今为止或许也只有一个人真正明白。

其他的人只会觉得傅大将军百战百胜，高高在上，权倾朝野，不容冒犯……，等等等等，如此尊贵威严的人物，是只能用来仰视或者膜拜，他们管那种令人望而生畏的煞气叫做"贵气"，或者其他。

傅清明把他的兽养得极好，只不过……他太饿了。

再怎么克制，尽量地温柔，还是在阿绯的身上留下许多印记。那娇嫩的一掐似能出水的肌肤上，痕迹触目惊心，然而当时傅清明并未察觉，他已经尽力放轻了动作。

因着以往的经验，要让他擒下的这身子听他所命并不算是难事，不管阿绯再否认也好，傅清明的手段极为娴熟，并且有效。

那是久违的滋味。

就宛如两人的初夜那样，她又痛了一次。

他抱着她，呢喃轻问："疼吗？"

阿绯拧着眉，身子摇摆如风中柳，坚持不懈地骂："混……"

傅清明在她艳红的唇上亲了口，喃喃唤道："殿下，殿下，阿绯，阿绯……阿绯！"

傅清明听到耳畔阿绯的声音，大约已经没了叫骂的气力，只是细细碎碎隐隐约约的哭泣跟呻吟声。宛如昔日一般。

傅清明觉得上天仍未曾彻底将他弃了，当初他以为彻底地失去了她，然而他还是把她找回来了。一切可以重新开始。此时此刻他喜欢得几乎流泪。

傅清明一次次地让自己深入进去，几乎不舍得暂离片刻。

"阿绯，"他的额角隐约有汗，在阿绯耳畔低语，"你看看我……看看我……"他缠着她，不肯罢休。声音也颤颤的。

阿绯泪眼蒙眬，半昏半醒，身不由己，更无法出声。

傅清明低低地哄着："喜欢我吧，嗯，喜欢我……"

他盯着她的脸，她的眼睛，滋味莫名地说。带着一丝乞求的意味。

阿绯双眸微闭，有意无意地将头转开一边，傅清明只觉得不够，索性将她抱起来，贴在怀中，复在她耳畔道："阿绯，喜欢我好不好？"

阿绯被抱在他胸前，心怦怦乱跳，口干舌燥。

傅清明放慢了动作："好吗？"

他的衣衫褪落下来，露出结实的胸口，阿绯的身子贴在上面，细嫩的手指无意中摸到一处。

阿绯竭力睁开眼睛，依稀看到是一道疤痕，紫红色的隆起，很长的一道，看得出昔日伤势很重。

阿绯摸着那道伤，含糊问："你是谁？"

傅清明动作停了停，道："你觉得我是谁？"

阿绯略微抬头，目光从他的胸前往上，在他的颈间略微停顿，目光缩紧，一个名字不由自主地脱口而出："傅清明。"

耳畔是男人欣慰的笑声，傅清明揽住她的细腰："真乖……这么乖，我该怎么奖励你呢？我的殿下……"

阿绯的手在他肩头一掐，肌肉极硬，纹丝不动。

阿绯觉得累，眼睛有些模糊，心里乱乱的，只有一个念头最为清晰，她摇了摇头道："我饿。"

耳畔是他带着炽热气息的声音："那就……让相公来喂饱你吧，我的……公主殿下。"

祯雪赶来公主府的时候，阿绯房间里的东西几乎都被摔得粉碎，而她的头也快要被她自己砸碎了。

祯雪急恼交加，握住阿绯抱着头的手："阿绯，你在做什么？"

阿绯的头发散乱，就宛如当初刚接回她来的那时候，两只眼睛哭得红红的，兔子似的望着祯雪，看清楚他的脸之后，便大哭着将他抱住。

祯雪眨了眨眼，轻轻叹了声，身后的侍卫便退了出去。

祯雪轻抚阿绯的背，柔声道："怎么了？小阿绯又哭什么？"目光垂落，爱溺地望着她，同时也看见她雪白的颈上那醒目的红痕。眼睛有些发直：其实他早就该预料到会发生什么。阿绯抱住祯雪，心里才觉得有点儿安稳，哽咽着道："皇叔，他、他欺负我……"

祯雪定定地望着那块很明显的痕迹，自然知道那是什么，也自然知道阿绯嘴里的"欺负"是怎么回事。其实早就知道，这样的哭诉，在以前，不止一次。

那时候的阿绯才刚嫁，任性天真，不知世事。

头朝回宫，阿绯进宫之后，便在皇帝慕容霄的跟前哭诉傅清明"虐待"她。

她当场挽起袖子，露出手臂上的淤痕，以及脖子上的痕迹，阿绯管那叫咬痕，——当时她说："那个禽兽他咬我，欺负我，想杀掉我。"

慕容霄哭笑不得，最后只好板着脸喝令她老老实实地回去。

阿绯很震惊，并且失望，幸好祯雪及时赶到，把她拉了开去。

祯雪不知道该怎么教导阿绯，有种行为叫做"床笫之事"，但是看到阿绯手腕上的淤痕之后，他却又有些怀疑是不是真的该那么叫。

阿绯的颈间还真的有个牙印，也不怪她把那个叫做"咬痕"。她从来都是娇生惯养在深宫里头，一身的肌肤欺霜赛雪，哪里吃过这样的苦头。

祯雪有心去跟傅清明说一说……可是人家夫妻间的事，就算是至交好友，似乎也是不该轻易置喙的。当时阿绯抱着祯雪哭得抽噎不止，就如同此刻。

这一瞬间，真真地宛如昨日重现。

阿绯哭得上气不接下气："皇叔，我、我不要留在这里，你、你带我走好不好？"她可怜巴巴地望着祯雪。

祯雪掏出帕子，轻轻地擦拭她脸上的泪："阿绯，你听我说……"

"不行是不是？那么就让我自己走吧。"阿绯一眨眼，泪扑啦啦涌出来。

祯雪沉默，看了阿绯一会儿，便道："乖乖坐着，不要动。"

阿绯也不想动，身子就像是被人用力扔在地上，还扔了好几次，每根骨头都在隐隐作痛，她摸摸腿，脑中回想到几个片段，又气又羞，眼泪便又掉下来。

祯雪走到门口，唤人打了干净的水来，他将帕子浸湿了，绞得半干，便来擦阿绯的脸。阿绯看他一眼，便乖乖地闭了眼睛。

祯雪小心翼翼地将阿绯的脸擦干："不许再掉泪了。"阿绯忍着泪，点点头。祯雪走到梳妆台前，捡了一把桃木梳，才回到床边上："疼了就跟皇叔说一声。"

阿绯茫茫然看着他，望见那柄梳子，就又点点头。

祯雪握住阿绯的乱发，轻轻地替她梳开了，简简单单地挽了个发髻，在发端上简单地别了一朵粉色的绢花。

阿绯一直静静地坐着，任凭他动作，祯雪做完了这些，抬起阿绯的下巴，端详了会儿，道："小阿绯真是越来越漂亮了。"没有任何的脂粉跟多余的装饰，虽然顶着红红的眼睛，却仍然美得让人怜惜。

阿绯望着他的眼睛："皇叔……"

祯雪的手指在她柔软娇嫩的脸颊上慢慢滑过，轻声说道："世间上有些事……是避免不了的，既然发生了，就要承受，要努力地熬过去，不管再苦再难都好。"

阿绯呆呆地，又想哭："皇叔。"

祯雪微微一笑，在她眉心轻轻一吻："但是，不管发生什么，皇叔都会在你身边的……所以，阿绯不要轻易地说离开好不好？"

阿绯仰望着他，眨了眨眼终于道："好。"

祯雪摸摸她的头："乖，那现在换换衣裳，随皇叔进宫好吗？"

傅清明从兵部赶回来的时候，祯雪已经带着阿绯进宫了。胡三道："主子，您也要进宫吗？现在去估计还赶得及。"

傅清明沉默片刻道："不必了，他们是自家人相聚。"

胡三道："那主子现在要回府吗？"

傅清明道："不，去侦缉司。"

胡三一怔，继而道："难道是跟南溟遗民同虢北王族接触的事？"话一出口，自知有些失言，便急忙低头。

幸好傅清明也并未责怪："北边大营传来的信息不甚全面，但绝不可轻视，所以我要亲自走这一趟，借一借侦缉司的精锐。"

胡三垂手："是，主子。"

傅清明迈步往外而行，心中却想：难不成朱子真的去了虢北？可是……本以为他会追着她来到帝京的，难道他当真舍得？或许也有可能，朱子复仇之心极烈，又恨极了我，若是真的让他跟虢北王族成功接洽，那后果当真……

傅清明弃车骑马，极快地到了侦缉司，门前的禁卫入内禀报，一边迎着人进门，刚过了那虎头的牌徽，就看到侦缉司的长官温翟急急迎出来。

而让傅清明意外的是，在温翟的身边，赫然跟着一人，依旧是那副笑微微满不在乎的潇洒自在模样，居然正是步轻侯。

第九章

宫里战争

两人相见了，傅清明先同温翟寒暄数句，便看步轻侯，打量着他换了新的官服，黑色缎服，肩头以金红两色线绣着一团火焰，头顶的帽子戴得歪歪的，掩不住那骨子里的不羁。

步轻侯看傅清明扫视自己，便一挺胸，气宇轩昂地笑道："傅将军不必太过惊讶，似我这般的英伟男儿，当然要加入侦缉司为国出力。"

傅清明用怀疑的眼神看他，步轻侯凑近了，低声道："其实是我家老头子听说我在外头喝酒交友不务正业，所以勒令我来的。"

傅清明一笑，步轻侯把他拉住："但是，是谁告诉孙乔乔说我在醉八仙楼的？"

傅清明淡定道："是我，不必客气，你们成亲的时候随便封个红包给我谢媒便可。"

步轻侯忍不住道："你就这么嫉妒我啊？怕我留在公主身边……"

傅清明道："我喜欢赶走苍蝇和蚊子，却不是因为我嫉妒它。"

步轻侯意味深长地笑："你就嘴硬吧。"

温翟在旁边咳嗽了数声，道："步检法，你速速去文书房里把那些送来的案宗再过目一遍吧！"

步轻侯这才一拱手："那属下便先去了，傅将军，你忙着，改天我再去探望。"他笑眯眯，转身大摇大摆地离开。

傅清明望着他离开，便对温翟说道："温大人，瞧着步检法极为清闲，他初来乍到正是历练的时候，该多多给他机会。"

温翟微微一笑："将军请放心，步检法年少有为，侦缉司是不会放过这样好的人才的，必然会加紧督促、操练。"两人相视一笑，各自心领神会。

且说阿绯随着祯雪进了宫，一路看不尽的宫阙殿宇。

阿绯觉得身子不适，便走得慢，也无心细看光景，只是轻描淡写扫了几眼，心想：这儿可真大，有好几个妙村大吧，不过没多少人，这么冷清我可不喜欢。

那些宫人们远远地看到阿绯靠近，均都低垂了头，仿佛泥胎木塑般，大气也不敢出一声。阿绯同祯雪进了内殿，迎面拐过来一个宫女，不知做什么，跑得极快，差点撞上阿绯，一抬头看到阿绯的脸，顿时吓得大叫一声："鬼呀！"后退一步竟跌在地上。

阿绯见她表情慌张地，又听她那么叫，就很是不喜，表情便更冷了。

旁边祯雪面色一沉，一改先前的温和，喝道："你是哪个殿的宫女，为何在此乱跑，见了公主还敢如此无礼！"

那宫女爬起身来跪定了，忙道："王爷！公、公主殿下……奴婢、奴婢是伺候六王爷的宫女花喜，因为六王爷又不见了，所以奴婢想来回禀管事嬷嬷，求人帮奴婢找找……"

"六王爷不见了？"祯雪一惊，"无缘无故怎会不见？"

花喜吞吞吐吐道："王爷经常会在宫里四处跑，奴婢一个没留神……王爷就……"

阿绯听得无趣，更不记得"六王爷"是谁，就只歪头看向别处，祯雪正要细问，却听到有个声音道："见过王爷。"

阿绯回头一看，却见是个面容有些苍老的中年女子，打扮得素净庄严，面无表情的，身后跟着四个宫女。

她见礼过后起身，猛地看到阿绯，脸上便也露出震惊的神情，只不过极快地便镇定下来，重新垂眸屈膝行礼道："不知道公主殿下也回宫来了，殿下万福，未曾见礼，请殿下恕罪。"

阿绯不以为意地看她一眼，祯雪道："宫嬷嬷，你来得正好，六王爷怎么会无缘无故消失了？"

宫嬷嬷波澜不惊地，回道："王爷不常进宫，故而不知道，六王爷经常会躲起来自行玩耍，等他玩够了就会出现……先前奴婢也不知情，派了好些人去找，后来反复几次，惊动了皇上，皇上下令不必约束他了。"

花喜跪在地上，急得想说话，看一眼宫嬷嬷，又不敢开口。

祯雪缓缓点了点头，他这次进宫是带阿绯面圣的，不想横生枝节，便欲告一段落，转头看向阿绯道："我们走吧？"

祯雪迈步往前，阿绯跟着走了两步，忽然回头。宫嬷嬷正在注视着她的背影，没提防阿绯猛然间回过头来，当下双眉一皱，又默默地低下头去。阿绯盯着宫嬷嬷看了会儿，又看向她脚下的花喜，开口道："既然他经常乱跑，那么你为什么还这么着急地跑来找人？"

宫女花喜过了会儿才反应过来这是对自己说话，当下转过身来，磕了个头，颤声道："殿下……因为，因为王爷从昨晚上开始就不见了。"

宫嬷嬷垂着头，静静地看不清是何表情。

祯雪倒是吃了一惊："你说什么？"

花喜哭道："昨晚上吃过晚饭，王爷就不见了，奴婢也以为王爷又起了顽性，就没去理会，然后将要亥时了，王爷还没回来，奴婢怕了，就去央求人前来通报，但当时太晚了，没有人愿意出去找……"

祯雪恼道："六王爷不见了，居然没有人去找？"

宫嬷嬷这才说道："王爷恕罪，宫内的规矩，过了亥时，任何宫人不得在宫内游荡，违者重罚，六王爷素来爱玩，恐怕也是明白这个才选在晚间离宫的，王爷勿惊，奴婢立刻派人去寻找便是了。"

祯雪见她说得头头是道，双眉深锁。

阿绯打了个哈欠，道："分明是在偷懒。"

宫嬷嬷转头看她，阿绯道："要是皇帝不见了，你们难道也不找吗？"

宫嬷嬷道："殿下说笑了。"

阿绯斜睨看着她低眉顺眼的样子，淡淡道："我可没有说笑，六王爷是皇上的兄弟，他不见了你们都推辞不去找，下一次皇帝若不见了，你们不找也是情理之中的。"

宫嬷嬷脸色有些难看，阿绯却又转头看祯雪："皇叔，你说我说得对不对？"

祯雪笑了笑，看在宫嬷嬷也是老嬷嬷的分上，便不欲再为难她，只道："行了，快些派人去找六王爷吧，以后要警醒些，吩咐那些宫人不得大意，万一六王爷真出了事，谁也承担不起。"

宫嬷嬷垂头答应了声："奴婢遵命，多谢王爷。"退后两步，才转过身，带着宫女们徐步离开了。

花喜惊喜地磕头道："多谢王爷，多谢公主殿下。"

阿绯斜视她几眼，道："你先前说我是鬼，是什么意思？"

花喜顿时变了脸色："殿下，奴婢是一时失言，是无心的……"

阿绯道："你怕什么，我又不是要打你，你以前认识我吗？"

花喜迟疑地看了祯雪一眼，才又低了头，轻声道："是的，殿下……奴婢跟着六王爷，曾见过殿下几回……"

"你看清楚了，真的是我吗？"阿绯走近一步，"会不会是别人，你认错了？"

花喜吓了一跳："殿下这是什么意思？"果真又看了她几眼，才道，"这世间，哪里还有像殿下一样美貌的女子？奴婢肯定就只有殿下。"

阿绯"嗤"的一声，不悦道："好了好了，去找你的主子吧。"

花喜一头雾水，不知道自己哪句话说错了，但她也隐约听说光锦公主脾气是一等的古怪，因此便应了声，忐忑地退下了。

祯雪见阿绯一脸失望，就知道她的意思：大概是她现在兀自不肯承认自己是公主，所以才那么问花喜的，不料却得到肯定的答案，自然不高兴。

祯雪明知如此，却不说破。两人正要再行，却听到遥遥的一个声音，叫道："皇妹，当真是你回来了吗？"

阿绯吃惊地循声看去，却见前头有一人，张开双臂，大袖在风里飞扬，像是两扇翅膀，而他大步流星地往这而行，满脸喜悦似的。

阿绯起初还呆呆看着，渐渐地看他来势凶猛，眼看要撞过来似的，不由得后退几步，张口道："你……你干什么？"那人却置若罔闻似的，盯着她双眼放光。

阿绯见状，急忙躲向祯雪身后。祯雪咳嗽了声，行礼道："参见皇上。"

第九章 宫里战争

原来这来人正是当今皇帝，天子慕容善，也是阿绯的二哥。

慕容善叫道："皇叔免礼，朕跟你说过了不要多礼！"一边说着，一边脚步不停地转过来，仍旧张开双手冲着阿绯："皇妹！阿绯，快让朕看看你……"

阿绯见他穷追不舍，便叫道："你别过来！"

她刚转到祯雪身边左侧，谁知慕容善动作迅速，已经快步过来，双手一合，把阿绯抱了个正着："皇妹！"

祯雪在一边咳嗽数声："皇上……公主刚回来……"

慕容善在阿绯身上闻了闻，又不住地看她，很是亲热。

阿绯叫道："你怎么像狗儿！"抬手推在慕容善脸上，竭力将他推向一边，慕容善被推得歪头，却仍不放手。

祯雪满头冷汗，幸好祯雪在旁相劝，慕容善才恋恋不舍地将她放开，又望着她道："皇妹，你长高了，但是瘦了好些，一定是吃了很多苦，朕心里觉得好生酸涩。"

阿绯抬起手臂嗅了嗅，嘀咕道："不要在那里胡思乱想……而且我没看出你哪里酸涩了，这是什么味儿，香得熏人。"

阿绯皱着眉，便细看慕容善，却见他生着一张清秀白皙的瓜子脸，长得并不难看，一身明黄，只不过有些太消瘦了些。

他们这厢热闹着，那些随着慕容善来的宫女太监便远远地站在远处，垂手恭候，似对这边发生的事视而不见听而不闻。

祯雪比慕容善高一些，又站得近些，便清楚地望见慕容善颈间有个朱红色的胭脂印儿，可以看出是个嘴唇的形状，大概不知是跟哪个妃嫔厮混留下的，那身香气的来源自然也不言而喻，祯雪一时哑然，便没阻止阿绯口没遮拦。

任凭阿绯嫌弃，慕容善却仍旧笑嘻嘻地，丝毫不以为忤，反而挽住阿绯的手臂："皇妹，看到你这么精神朕就放心了，亏得傅将军跟皇叔有心，唉，可把朕想坏了。"

阿绯用怀疑的眼神打量他："你真是皇帝吗？"

慕容善怔了怔，而后一把又抱住阿绯："可怜的皇妹，你果真把什么都忘了……不过不打紧，你不用当朕是皇帝，朕就只是你的二哥。"

阿绯被他抱得紧紧的，无奈之余转头看向祯雪："我可以打他吗？"

阿绯坐在桌子前，拣着那些可口的东西一样一样地吃，也不理会慕容善，倒是慕容善一直都笑眯眯地看着她。

祯雪坐在阿绯旁边，便打圆场："公主得了失忆之症，因此礼数上自然就欠缺了，皇上切勿见怪。"

阿绯吃着糕点，便看慕容善，却见他笑眯眯道："只要皇妹回来了，比什么都好，这宫内有数百医术超群的太医，假以时日自然会医好她的。"

祯雪道："皇上所言极是。"

慕容善便看阿绯："皇妹妹，这两年你过得如何？"

阿绯道："挺好的，有吃有喝，什么也不缺。"

慕容善道："是一个人吗？"

阿绯摇头，又点点头，最后翻着白眼看看头顶："不是，还有个人，是他一直照顾我的。"

慕容善惊奇："是谁？"

阿绯拣了块云片糕塞进嘴里，鼓起腮帮子："是我相公。"

慕容善震惊，祯雪忍不住一笑，却又抬手拢着嘴角，低声道："阿绯……休要乱说。"

阿绯哼了声，满不在乎地说道："我没说谎，先前我的确以为他是我相公。"她想了想，又补充了一句，"后来虽然知道他是假的，不过他以前对我可是真的好……大概没有其他人对我那么好了。"

阿绯如此毫不避讳堂而皇之地把这些说出来，像是所有的都是理所当然似的，慕容善被惊住了，一时说不出话来。祯雪看着阿绯，却也难得地沉默了。阿绯心里有些怅惘，加上殿内气氛沉闷，她便拍拍腿站起身来："我要出去透透气。"

慕容善反应过来，便道："那朕陪着你。"

阿绯嫌弃道："不要烦我，我自己去。"说着，也不等慕容善起身，拔腿就跑出殿外去。

大殿内，慕容善叹了口气，无奈地又坐回去："皇妹这个脾气倒是没改……皇叔，这究竟是怎么回事？傅将军只说找到了皇妹，又说她将过去之事都忘了，可是……其中到底发生了什么，皇叔可知情？怎么皇妹说有个相公？傅将军可知道这件事？"

祯雪沉声道："我是中途才接到阿绯的，至于究竟发生什么，还真的只有傅将军知道……以阿绯的脾气，恐怕也不会对他有所隐瞒。"

慕容善惊问："若真如此，那傅将军岂非会大怒吗？"

祯雪摇头。

慕容善摸着下巴，异想天开地："皇妹若是真的有个相公，啧啧，以傅将军的脾气……那男人一定死得很惨。"

祯雪微微一笑，低低道："这倒不见得……"

"什么？"

"没事……皇上，瞧着你最近精神不错，可曾听太医的话吗？"

慕容善听他问起这个，神色略见尴尬："朕当然听了，皇叔放心吧，朕会有分寸的。"

祯雪点点头，温声说道："皇上如此自律，臣心里很是欣慰。"

阿绯出了大殿，随意沿着廊下往前而行，边走边四处看光景，不知不觉已经离开大殿有段距离，正觉得无趣要往回返，耳畔却听到一阵笑声，顺风传来。

阿绯便向着那笑声传来的方向而行，走了一会儿，前头忽地奔来一名侍卫，喝道："什么人在此乱走？"

阿绯有点意外："你不认得我？"

那侍卫笑道："笑话，我为什么要认得你？你是何人？"

阿绯今日进宫，只随意穿了件常服，也并未就庄重地绾发妆点，那侍卫将阿绯一端详，道："莫非是刚进宫的小宫女吗？"

阿绯嗤了声，却不否认。

那侍卫道："看你生得好看，怎么不懂规矩？快些回去吧，休要在此乱闯，否则给皇后娘娘看到了，留神你刚进宫就小命不保。"

阿绯望见前头似是个院落入口，笑声依稀就是从那传来的，门口上还站着其他几个侍卫、太监之类的。

阿绯便道："皇后娘娘？难道……就在里面？"

侍卫说道："可不是吗？娘娘正在御花园赏花，你快走吧！"

阿绯见他一脸严肃，便嘀咕道："有什么了不起的。"

侍卫愕然，然而看她生得秀美绝伦，表情也是十分可爱，他便不生气，只是一笑，觉得这小宫女实在是不知天高地厚。

正在阿绯要转身离开之际，从那院门里头出来一人，是个上了年纪的老太监，不经意间望了阿绯一眼，顿时惊得魂不附体。

旁边的小太监见他变了脸色，忙问道："公公您怎么了？"

那太监呆呆地盯着阿绯，说不出话来。小太监是他的心腹，见状便顺着目光看去，一眼看到阿绯，便道："咦，那是哪里来的小宫女吗？"

老太监憋了半天，终于冒出一句来："殿……殿下……快把她拦住！"

小太监听前不听后，更何况他却不知道宫里哪里有这样一位"殿下"，只以为老太监是说到别人而已，急忙叫道："喂，那个小宫女，站住！"

阿绯正转身要走，听了这一嗓子，便皱眉回过头来，目光正好看向老太监脸上。

小太监趾高气扬地，尖着嗓子叫道："对，就是你！快点过来！"

老太监惊醒过来，浑身发抖，抬手在小太监头顶打了一把，哆嗦着道："混账东西！那是公主殿下！"

旁边那侍卫也听了个明白，瞬间急忙后退一步，跪地道："不知是公主殿下，多有冒犯！"

阿绯看着那老太监，一步一步地走过来，那老太监竭力镇定，把头垂得低低地："殿下……不知道殿下回宫来了，请殿下恕罪。"

阿绯道："你认得我？"

老太监怔住，身后却又有个宫女跑出来，叫道："皮公公，你怎么还在这儿呢，娘娘等得……"不经意间扫了阿绯一眼，顿时花容失色，放声惊呼。

阿绯见这宫女也似见了鬼般，不由得又冷笑了声："一个个一惊一咋的，喊。"

那宫女掩着口，看了阿绯一会儿，忽然踉踉跄跄又回身跑进院内去了。

阿绯觉得好没意思，便又望那老太监："皮公公？"

皮公公身子发抖："是、是殿下。"

阿绯无聊问道："你是伺候皇后的人啊？"

皮公公道："是、是年前才被提拔到娘娘身边儿的。"

阿绯正要问他先前是在谁身边的，就见到前头那御花园的门口，忽然浩浩荡荡地出现一堆人。都是些打扮得精致华丽的女子，一个个华服锦衣，描红戴翠，美不可言，当中一人，装扮得尤其华贵，发髻梳得极高，鬓发两边各嵌着四支明晃晃的金凤钗，看起来就其沉无比，云鬓正中戴着一朵大大的绢丝牡丹花，做工精巧，色泽亮丽，足以以假乱真。

阿绯本能地就知道这人必然是皇后了，看她长相也算上上，一张芙蓉脸，额心里贴着花瓣妆，三分长相七分打扮合起来便是个绝色佳人。

那佳人看着阿绯，原本是震惊表情，渐渐地却变成了傲然，阿绯打量着她明显的表情变化，嘴角不由得一抽。

"皇后娘娘……"原先的皮公公见这群人出来，慌忙也转了行礼对象。

原来果然是皇后，阿绯心想，只不过她那自以为了不起似的脸是什么意思？可笑。

皇后拖长声音道："皮公公，那真是公主殿下啊？"

皮公公匆忙看阿绯一眼："是的，娘娘。"

皇后似笑非笑地看向阿绯："真的吗，看起来还真不像，瞧穿的那是什么啊……还有那个头发……"

旁边的几个正是后宫的妃嫔，向来唯皇后马首是瞻，当下便明白皇后的意思，争前恐后地耻笑起来，虽然不敢大声议论，但那副表情及窃窃私语里头却流露无遗。阿绯皱了皱眉："你在说什么？"

皇后皮笑肉不笑地："本宫只是在想，可怜的皇妹，你一定在外面吃了很多苦吧？更……"她矜持地看了看自己的衣着打扮，似乎有几分自得，"更是做梦也想不到，本宫居然会成为皇后吧？"

阿绯看了她一会儿，不屑一顾道："疯子，不知道你在说什么。"

皇后见阿绯转身要走，忙道："站住！"

阿绯扭身瞪向她，皇后对上她恶狠狠凶巴巴的双眸，居然情不自禁地后退一步，旁边的宫女急忙扶住她。

皇后自己也发现了这个轻微的动作，心中更是气恼交加：事到如今，物是人非，她居然还是怕这个所谓的公主吗？

皇后便慢慢地重露出假惺惺的笑来，手却暗暗地把旁边宫女的胳膊给掐得一片青肿，那宫女不敢叫，只暗暗忍着，面露痛色。

阿绯不耐烦地看着皇后："你还有什么事。"

皇后笑道："殿下，你就算是再怎么不高兴，既然回宫了，就得常常见面，我是你的嫂子，于情于理你都要行礼的，你说对吧？"

阿绯道："让我对你行礼？"

皇后嘴角一扯，笑容有些僵硬："这自是规矩。"

阿绯看了她一会儿，把头一摆："我不愿意。"她干净利落扔下这句，转过身自顾自地便走了。

皇后大为恼怒："慕容绯！"

阿绯充耳不闻，只在心里想：这皇宫里的人都古里古怪的，还不如妙村好，起码在妙村有芝麻糕跟我玩，芝麻糕也不会这么胡搅蛮缠。

将近正午的炽热阳光洒落下来，阿绯边走边仰头看着，隐隐觉得那些日子怕是再也回不去了，她便又想：我回去看看皇叔，让他带我出宫罢。

阿绯这边想着，却听到身后皇后喝道："混账！"接着清脆一声，又有几声惊呼响起。阿绯疑惑地回头，却见在身后不远处，皇后的跟前，狼狈跌着一个身量不足的瘦弱孩子，大概有七八岁的样子，一手捂着脸一手撑着地，显然是被皇后打了一巴掌。

阿绯不认得这少年，也不愿跟这皇后扯上关系，正要离开，却听得皮公公道："六王爷……唉六王爷……您怎么跑到这里来了？冲撞了娘娘……"

阿绯一听，便看向那孩子，正好那孩子被皮公公拉着站起来，一双乌溜溜的眼睛看向她，又急忙低下头去，他的脸上隐隐有几道灰痕，又缩着肩膀，像是一只被捉住了的小老鼠，可怜兮兮的。

皮公公啰里啰嗦地说："王爷，快向娘娘道歉吧……"

六王爷任凭他催促，却始终垂着头，一声不吭。

皇后望着他，冷笑道："不成器的东西，整天鬼鬼祟祟的！这般不知礼数，改天本宫回禀皇上，好好地教训教训你……"

阿绯见她嘴里说着六王爷，眼睛却还看自己，挑了挑眉后便重走回去。

皇后骂了两声，却留神着阿绯，见她居然又走回来，便昂起头冷道："公主怎么又回来了？"

阿绯看看天,叹了口气道:"我发现我忘了一样东西。"

皇后有些疑惑:"什么东西?"

阿绯扬手,"啪"地给了皇后一个巴掌:"我忘了打你了。"

皇后娇贵的脸被打得往旁边歪了出去,头上的金钗乱晃,有两支摇摇欲坠。她以手捂住脸颊,无法相信发生了什么。

旁边的太监、侍卫、宫女跟妃嫔等都好像被雷劈过了一样,一个个眼睁睁地看着,却不敢轻举妄动。

阿绯拍拍手,神清气爽地说:"感觉好多了,我果然应该早点这么干。"

皇后从震惊之中反应过来,转头狠狠地瞪向她:"你竟然还……"她哪肯罢休,同样挥手打向阿绯脸上。

阿绯早有防备,用力握住了皇后的手腕,得意洋洋道:"你休想动我天生丽质的脸一下。"

皇后觉得如此拉拉扯扯似乎有失身份,正想唤人帮忙,却听有个声音道:"阿绯,你在做什么?"是有些无可奈何的语气。

阿绯一听这个声音,便吐了吐舌头:她回京来只"行凶"两次,偏每次都给他见到。当下急忙亡羊补牢。

阿绯松开皇后的手,一溜烟地跑回祯雪身边,恶人先告状地说:"皇叔你来得正好,她要打我呢!"

皇后一听,差点儿晕厥过去:"慕容绯,你敢颠倒是非?皇叔你来得正好,她……"

阿绯站在祯雪旁边回头看她,趁机做了个鬼脸,把她的话截断:"我怎么了?你怎么不看看自己的脸,好像被蜜蜂叮了,肿起来了!这般丑还出来吓人。"

皇后惊慌地抬手摸摸脸,一摸之下才反应过来阿绯的意思,顿时气道:"皇叔你看……"

事情并不复杂,祯雪也瞧明白了七八分,却不说破,只是轻轻咳嗽了声,趁着皇后不依不饶之前,便转头看向阿绯,轻声说道:"殿下,你是不是惹皇后生气了?皇上在殿里等了你半天,你却在这儿耽误,留神皇上不喜。"

阿绯"哦"了声,不反驳,也不再说其他。

皇后在旁边怒气不休,然而听到祯雪说皇帝,便果真不再继续说下去。

祯雪又看向皇后，仍旧恭敬温和地说："请皇后见谅，公主才回宫，或许有些地方见了生疏……咦，连昇，你怎么在此？伺候你的宫女在到处找你。"

祯雪一句话，众人都把目光投向一人，自然正是被掴了一掌的六王爷。

自从方才喧闹开始，他就一直沉默无声地，祯雪若是不说，几乎没有人留意到现场还有这么一个人。六王爷慕容连昇听到祯雪的话，便抬起头来看向他，那双眼睛极大，极快地看了祯雪跟阿绯一眼，就又低下头去。

阿绯皱眉道："喂，皇叔跟你说话，你怎么不回答？"

祯雪抬手在阿绯袖子上一握，在场的人却有些色变，都看向阿绯。

阿绯茫然："怎么啦？"

祯雪冲着她摇了摇头，却又道："连昇，你过来，先前皇上听闻你不见了也正着急，你跟公主一块儿随我去见皇上吧。"

慕容连昇抬手，当胸作了个揖，果真迈步走了过来。

阿绯疑惑地打量他，总觉得哪里有点不对。

祯雪便道："娘娘，我便带他们两个先去面圣了。"

皇后本来有一肚子的气要出，却被祯雪堵得一个字也吐不出来，总不能拦着他们去面圣吧，万一耽搁了时辰惹得皇上不喜，那可就有理也变作无理了，何况公主才回宫，就闹出不快来……想来想去，只好暂时先忍字为上。

祯雪轻而易举带了阿绯跟连昇离开，一直出了御花园范围，才道："阿绯，你方才又闯祸啦？"虽然是询问的口吻，却毫无责怪之意。

阿绯漫不经心道："皇叔，那真是皇后啊，我不喜欢她。"

祯雪微微一笑："就算不喜欢，也不能出手打人家啊。"

自从祯雪出现，阿绯跟皇后都没有提这件事，阿绯见祯雪居然知道了，不由得结巴："皇、皇叔，你怎么知道？"

"皇后脸上那么清楚的巴掌印，皇叔的眼睛又不是不好使，"祯雪说着，忍不住叹息，"你刚进宫就得罪了皇后……皇叔还以为，你不记得她是谁了后，会跟她关系好些呢。"

阿绯一听这个，顿时来了精神："皇叔，我以前果然认得她吗？"

他们两人说话间，连昇一直没有做声，只是默默地跟着，祯雪时不时地看一眼他，保证他没有落后。连昇却时不时地偷偷打量阿绯，奈何阿绯从没有留意过他。

阿绯问完后，祯雪道："有些话还真不想跟你说，不记得了最好……但是你跟皇后头次见面就弄成这样，反而该跟你说说，让你多个心眼儿。"

阿绯便撇嘴："皇叔，你是怕她欺负我啊，放心吧，我才不像是……"说到这里，就一转头，看向连昇，望见他瘦削瑟缩灰头土脸的样儿，有些可怜似的，后面那句话便没说出来，只是在心里想：我才不像他这么好欺负呢。

她虽然没说，祯雪却也明白。连昇正在偷看阿绯，忽然被她一瞧，顿时受惊般地一僵，连脚步都停了停，见阿绯没再看下去或者说什么，才又慌忙跟上。

祯雪道："原本你在京内的时候，皇后曾经……也算是你的朋友吧……"

"什么？"阿绯惊叫，露出像是被人踢了一脚的表情，"我会跟那种人做朋友？皇叔你是不是骗我？"

她叫嚷了两声，忽然间一揉头发："等等，皇叔，她是我的朋友，那现在又变成了皇后？你是说我的朋友嫁给了我……哥哥？"

祯雪笑："好像便是如此。"

阿绯嫌弃道："听起来有点恶心。"

连昇在旁边听到这里，脸上不由得露出一丝笑容。

皇后本名徐媛可，世家之女，外公曾是辟疆大将，父亲徐荣却是当朝左相。徐媛可从小亦是娇生惯养，在京内，出身高贵且又有三分姿色的女子往往很惹人喜爱，徐皇后更是如此，相貌虽然并非顶尖儿，但因家世之故便尤其显得炙手可热，许多有心仕途的青年新贵或者想要锦上添花的世家子争相逢迎。

徐媛可不论走到何处都被鲜花跟无数阿谀奉承包围，养得鼻孔朝天一身气焰嚣张，自觉京内唯我独尊，一直到遇上光锦公主慕容绯。

"那时候你也是如现在这般，打了徐皇后一个巴掌。"祯雪的口吻里头仍是三分无奈，忍着笑，"你啊，这脾气怎么也改不了。"

"为什么为什么？"阿绯抱着祯雪的手臂，用力摇晃，忽然间目光闪闪的，"等等！先让我猜猜看，一定是她又做了讨人厌的事，所以我才出手教训她的。"

祯雪笑道："是不是讨人厌皇叔不知道，但是这件事在当时闹得很是轰动……只不过奇怪的是，以后徐皇后却绝口不提此事，反而同你要好起来。"

"是吗？"阿绯有些失望。

"是啊,所以皇叔才说她算是你的朋友。"

阿绯不太满意这个说法:"可是不可能啊,我这么善良可爱,怎么会跟她做朋友,看来我以前的品位还真不怎么样。"

祯雪只是笑,却不防连昇在旁边抬手,极快地比了个手势。

祯雪怔道:"连昇,你说什么?"

阿绯也看到了那个手势,她心里一动,脱口说道:"他说'她不是你的朋友,她不配'……?"

连昇的手势僵在空中,姿势显得很是奇怪。

阿绯看看祯雪,又看向连昇,呆呆道:"我怎么会懂你在说什么?不对!你怎么不说话?"连昇被她的眼睛凝视,匆匆收了手势,不安似地转身向着栏杆外头,像是木桩子一般愣愣站着。

祯雪双手本来负在身后,此刻便悄悄一握,声音低低说道:"阿绯,连昇本来就……不会说话啊。"

阿绯本来该极为意外的,但真正听到祯雪这么说,她反而一点儿都没觉得,就好像心里已经知道了这件事。

祯雪叹了声,刚要去唤连昇,阿绯却已经转到连昇身旁。

小小的连昇后退一步,有些警觉似地看向阿绯。

阿绯歪头看了他一会儿,忽然抬手在他头顶摸了摸,笑道:"哦,这样也挺好,就像是芝麻糕一样,虽然不会说话只会汪汪叫,但我可喜欢他了。"

祯雪又惊又笑又无奈:"汪汪叫?芝麻糕是……"

但连昇的耳中,却仿佛只听到了最后一句,而那也才是最为重要的一句。

连昇抬头看向阿绯,大眼睛里慢慢地闪烁着惊喜交加的光芒,他抬起手,慢慢地比画了一个手势。阿绯看着,抬手也慢慢地比画了个手势。

连昇眼睛眨了一下,猛地扑进阿绯怀中,将她紧紧抱住。

祯雪在旁边看着,他不懂连昇的手势,也不懂阿绯的手势,但心里却似乎猜到他们在说什么。只不过祯雪猜到了开头,却没猜着继续。

回到殿内见过慕容善后,阿绯拉着连昇的手跟皇帝要人:"我要带他回公主府住!"好像还嫌不够破格似的,又补上一句,"你答应也得答应,不答应也得答应!"

180

慕容善目瞪口呆地，还未回答，却见徐皇后从殿外进来，边走边说道："公主刚回宫，若说要亲近家人也是情有可原，只不过哪里有刚回来就把六弟带走的道理？倒不如公主常常进宫来叙家常，或者干脆在宫内多住几日……这样皇上跟本宫也好同公主多亲近亲近，同享皇家天伦之乐，皇上您说对不对？"她得体地微笑着，却用一种只有阿绯才懂的阴险眼神看向她。

阿绯瞧见那个眼神，心里就知道皇后在想什么，她是不忿被自己打了一巴掌，想要找机会报仇。

徐皇后倒是不知道阿绯失忆之事，但毕竟今时不同往日，她是后宫之主，要摆弄一个公主……法子多的是。

徐皇后说完，慕容善便说道："皇妹，皇后说的有理，你才刚回来，合该在宫里多住上几日，跟家里人多亲近亲近。"

徐皇后走到慕容善旁边，款款坐下，端庄仁慈地笑："本宫跟皇上真是心有灵犀，皇妹，你就住下吧。"

阿绯瞧着她假惺惺的笑容，本来极为不屑，正要一口拒绝，转念间却想道：不对，我怎么忘了，若是在公主府，那个该死的傅清明总是要去找我麻烦的，又躲不开他，如果在宫里，或许会好些，难道我还怕她不成？

阿绯想到这里顿时就变了心意，正要答应下来，便听到外头有人道："大将军到。"

阿绯一听这声，顿时浑身不适，连昇察觉她握着自己的手越发用力了，不由得抬头担忧地看她。

慕容善却甚喜："傅将军来得正好。"

却见殿门口果真是傅清明走了进来，仍旧是那副深沉冷清的模样，目光扫过阿绯，便上前先见礼："参见陛下。"

慕容善一挥手："大将军快快免礼……如何得闲进宫？本来朕以为今日你会陪着皇妹一块儿进宫来的，倒是不见你，朕还好生失望了一番呢。"

傅清明道："先前有些事情要处理，未曾赶得及前来，还请皇上见谅。"

慕容善哈哈一笑："朕高兴还来不及呢，多亏了你才把皇妹找回来……傅将军，你说朕要如何奖赏你才是？皇叔，以你之见呢？"

阿绯一听奖赏，就很不屑地看着傅清明，心道：最好奖赏他五十大板，打得他屁股开花。

傅清明波澜不惊地，回话之前先看了阿绯一眼，阿绯正在腹诽，顺便斜睨他，乍然间目光相对不免吓了一跳，赶紧转开头去。

傅清明嘴角笑意乍现，却仍沉声道："这不过是臣分内之事，更也是皇家之福，才让微臣寻到公主，而对微臣来说，公主能够安然无恙地回转，便是最大的奖赏了。"

慕容善不由得鼓掌："说得好，说得好！"

阿绯嘀咕道："说的比唱的还好听，谁稀罕……"

祯雪在旁咳嗽了声，微笑着看傅清明："将军总是如此地'深明大义'，令人钦佩……"

徐皇后看到这里，不由得有些嫉妒，嘴角不服地一撇，却偏带笑道："将军对公主可是一往情深得很呢，对了，不知将军是从哪里将公主找回来的？这两年里，公主是有什么奇遇的吧？可愿意说来听听？"

她故作好奇地眨巴着眼睛，看向阿绯。慕容善一听，就想起阿绯说的那句"我相公"，心头一紧，有些发虚地看向傅清明。

阿绯才不愿意跟徐皇后多说，鼻孔朝天地哼了声："我懒得说。"

傅清明却道："流落民间……也无非是过些平常日子，又有什么奇遇，怕是要让皇后娘娘失望了。"

徐皇后眉头一皱，慕容善笑道："是是是，皇后怕是看多了那些唱词话本……就爱胡思乱想。"

阿绯听他们聒噪到这里，颇为不耐烦，见他们一空，便趁机道："皇兄，我要在宫内住一段时间。"

祯雪跟连昇都有些意外，只因前一刻阿绯还说要出宫的，没想到这么快就变了主意。只不过祯雪聪明，心里一合计便知道：这应该是因为他的缘故了。这个"他"，自然是傅清明。

慕容善正要一口应承，却听傅清明忽地说道："殿下还是不要住在宫内的好。"

慕容善一听，那应承的话就憋在了嘴角边上。阿绯瞧向傅清明："你管得真多，我要住在这里又怎么啦？"

182

傅清明对上她的眸子："殿下才刚回来，若是留在宫内，我要见你的话，恐怕多有不便。"

这好歹也是御前，当着这么多人的面，阿绯本来以为他会编排出什么堂而皇之的理由，没想到他居然用一本正经的面容说出这么上不了台面的话，一时大为烦心，呸呸地吐了两口口水："谁要你见了！你别恶心我啦！"

傅清明不理她，只又看向慕容善，行了一礼，面不改色地说道："还请皇上体恤微臣的心意……"

慕容善大开眼界，不得不拍掌称赞："傅将军对皇妹果然是一往情深……这番心意让朕也忍不住为之动容……"

徐皇后看着阿绯，左看右看都觉得刺眼，暗暗咬牙心道：傅清明到底看上这小狐狸哪一点，可恨！

傅清明一言既出，便无人异议。结果阿绯得以出宫，还顺利地带上了连昇。回去的路上，祯雪体弱，便乘马车，阿绯同连昇也在车厢里头。傅清明本是骑马前来的，此刻却也跟他们挤在车厢里。

这车厢并不算大，阿绯同连昇坐在一起，祯雪坐在对面，傅清明进来之后，便坐在了祯雪旁边，正好同阿绯面对面。

阿绯竭力无视他，便只能跟连昇"说话"，连昇举手比比画画，他似乎很怕傅清明，手势也小心翼翼的，动作有些僵硬。

阿绯没想到自己居然会懂手语，便同连昇连比带画，聊以打发时间。

连昇以手势问道："皇姐姐，你好像不喜欢回府？"

阿绯想了想，慢慢地比了个手势："是啊，我讨厌见到他。"打到"他"的时候，就用眼角余光瞥一眼傅清明。

连昇随着飞快看上一眼，迟疑地："为什么？"

阿绯摸摸腮："因为……他很坏吧。"

连昇瞪大眼睛，吃惊地比画道："爱？"

阿绯费了点劲儿才想起这个动作的意思，当下吓一跳，急忙摇头道："当然不是！"又赶紧捂住嘴，心想：到底还是不熟悉，居然会弄错。

幸好傅清明并不懂这些，他始终都是手揣在袖子里默不作声的姿势，倒是祯雪瞧了一眼比画得不亦乐乎的两姐弟，便咳嗽了声，转头看向清明，道："你有何要事进宫？"

傅清明淡淡道："有人不消停。"

祯雪略微动容："难道是朱……"

阿绯正在思考手势怎么打，忽然听到一个"朱"字，当下转过头来。

傅清明知道瞒不住，也不遮掩了，直接说道："听到这个，你的反应倒是很快啊。"

阿绯费力地咽了口唾沫，目光转向祯雪面上："皇叔，你们在说什么？"

祯雪怕她多虑，自然不会承认："没事，你跟连昇说话吧。"

阿绯被触动心事，也没了比画的心思，垂了手竖起耳朵听傅清明跟祯雪说话。却听祯雪道："严重吗？"

傅清明摇头："不过是烛火之光罢了。"

祯雪"哦"了声，见阿绯甚是留心这边，他便不再继续问。

车厢内一时又沉默下来。

阿绯看看祯雪，又看看傅清明，望着后者那似水平静的脸色，心想：他故意不露口风，定是想让我问他，我才不上当，可是……皇叔说的是不是朱子？他说"烛火之光"，难道也是说朱子？这可不是什么好话。

阿绯心里忐忑，马车在公主府前停了，阿绯同连昇刚下车，就见府门口一个人跳起来，唤道："公主殿下！"

阿绯抬眼一看，惊道："你这个叛徒，还敢回来？"

原来等在门口的竟然是孙乔乔，见了阿绯，便讪笑道："公主殿下，我回来啦，你别恼我。"

阿绯怒视她："你不是去什么楼找步轻侯了吗？回来干什么？"

孙乔乔搓着手："人是找到了，不过又给他跑掉了，我想来想去，还是回来跟着你。"

"什么？找不到人才想到要回来？可惜已经太迟了，自从你背叛我的那一刻起……"阿绯面色狰狞地看着孙乔乔。

连昇在一边静静地不做声，背后傅清明跟祯雪说了两句话，便跳下车来，却不曾靠前。

孙乔乔求道："公主殿下，我知道错啦，以后再也不会了。"

"还有以后？上回的事我没找你算账已经是很宽宏大量了，"阿绯义正词严地，"走开！不要出现在我面前！"

阿绯拉着连昇的手往里就走，不防孙乔乔握住连昇的手腕，道："公主殿下，再给我一次机会吧，不然我真的不知道要去哪，只能流落街头被人欺负了。"

连昇回头，看着她哀求的样子，不由得有几分同情，便拉了拉阿绯的袖子，阿绯哼道："胡说，你武功高强，怎么会被人欺负？只会去欺负别人，不要装模作样……"

说话间忽然看到傅清明，便又道："好吧，如果你想留下，那么就先把他赶走！"

连昇一阵紧张，慌忙比画了一下手势。

阿绯扫他一眼："哼，不要心软，心软会被骗的！"

孙乔乔回头看向傅清明，很是为难，傅清明咳嗽了声，正在考虑要不要把步轻侯的藏身之所再出卖一次，却不防当事人已经自动找上门来。

步轻侯那独特的声音飘过来："哟，这里可真热闹啊……"

孙乔乔一听这个声音，眼泪都要冒出来："轻侯……"急不可待地纵身跃过去。

阿绯看着，便同连昇冷笑："看到了吗？真是个无知的女人，为了个不喜欢自己的男人疯疯癫癫的……"

傅清明忽然冒出一句："哦，公主说得极为有理，末将深表赞同。"

阿绯道："用你多嘴？"正在得意，忽然心头一刺：她说的这句是指孙乔乔为了步轻侯，但傅清明说的这句话，明明在暗指她为了朱子吧？

阿绯想到这里，脸色就有些变化，但是看傅清明，他却仍旧一脸平静，阿绯咬了咬牙，心道：我不与他一般见识。

这会儿步轻侯已经迈步走了过来，一边把孙乔乔挡在旁边，一边道："见过傅将军，公主殿下，这位是……"他看向连昇。

连昇没大见过生人似的，便有些瑟缩。阿绯道："这是我的六弟。"

步轻侯道："呀，原来是六王爷，久仰久仰，幸会幸会！"

连昇垂下头，不看任何人。阿绯无奈："你总是这样，哪里久仰啦，你都好久没回京了，就跟我似的……对啦，你来这里干什么？"

孙乔乔道:"是不是来找我的?"

步轻侯盯着她:"是来找你的……"

孙乔乔满脸红晕,刚要说话,步轻侯又接着说道:"你觉得可能吗?"

阿绯忍不住抬手打了步轻侯一下:"你觉得这样好笑吗?"

步轻侯干笑两声,才看向傅清明,道:"是温大人让我来传个信儿给将军的。"

傅清明窥破他的用心,冷冷道:"传信儿还得步检法亲自来啊?不会是步检法自动请命的吧?"

步轻侯笑眯眯地:"都是差事,不分贵贱,谁干不一样啊?"

阿绯不喜跟他们掺和,便拉着连昇转身进了门。步轻侯看着她的身影消失,很是惆怅,傅清明笑道:"可惜落花有意流水无情啊。"

步轻侯回头看着他,也笑:"将军莫非是在自诩吗?"

两人对答之间,忽地听到公主府内传来一声惊呼,那声音却正是阿绯的。

傅清明同步轻侯心灵相通,当下顾不得多说,齐齐往府内掠去,只不过步轻侯身边有孙乔乔在拉扯着,因此到底晚了一步。傅清明急急进了府,面沉似水心中却七上八下,不知到底发生何事,按理说府中他都布下了暗卫,该不至于有事,但他关心情切仍忍不住担忧,生怕会出什么意外。

第十章

最爱的人

当傅清明看见面前发生的究竟是什么之时，有一滴汗从额角悄悄滑落。

他的儿子，南乡，此刻正趴在地上，像只要翻身的乌龟一样拼命挣扎着想要爬起来，只可惜在他的背上有一只脚踩着。行凶的自然正是阿绯。

南乡双手在地上乱划却起不了身，只好拼命大骂："混账，我要让我爹教训你……放开我！你这凶狠的女人……"

这场景有些可笑，也有些可怕，只不过傅清明听南乡中气十足，声音洪亮，叫嚷得十分起劲，就知道其实阿绯并没有怎么用力，也不会让他受伤，只是让他不能动而已。六王爷连昇在旁边试图拉开阿绯，阿绯双手抱在胸前："这个小子又擅自跑来，这回我坚决不能轻易放过他。连昇，你去找一条鞭子来，让我抽他十几二十下。"

南乡一听，叫得越发大声："我决不会放过你的！你这混蛋公主！"

这会儿步轻侯同孙乔乔也联袂而至，见阿绯踩着这般小的孩子都大吃一惊，孙乔乔叫道："你在做什么？住手！"步轻侯看傅清明不动，便及时将她拉住。

这会儿阿绯正狞笑着，就如女魔头似的，脚下略微用力："还骂！"

南乡"啊啊"大叫，却不肯屈服，仍旧凶悍地叫骂着，挣扎中忽然一抬头看到了傅清明，顿时双眼一亮："爹，爹！"

阿绯也瞧见了傅清明，便跳了开去。

南乡从地上爬起来，手脚灵活地往傅清明身边跑："爹，你可来了，这个女人差一点就杀了我！"

傅清明望着小家伙，看他脸上沾着灰，衣裳褶皱，除此之外果真并无其他不妥，便将他拉住："你怎么又来了？不是说让你在府里好生待着吗？"

南乡拉着他的袖子："爹，昨晚上你就没回去，我就出来找你啦，听说……听说你、你在这里……"

傅清明拇指一按，将南乡脸颊边的灰尘抹去："所以你就不听我的话，私自跑出来吗？"

南乡有些愧疚似地低了头："我、我错了……爹……"

软软的童音，叫得人心里都软了，只可惜傅清明仍是那样未曾动容的模样："既然知道错了，以后就不许再犯，回去吧。"

南乡眨巴着眼，胆怯似地伸手轻轻拉住他的衣袖一角："爹……我想跟你在一起……"

这回傅清明竟皱了皱眉，声音越发冷冰冰地："你又要不听话吗？"

南乡害怕地抖了抖，小手指在傅清明衣角上恋恋不舍地缓缓松开："爹……"

阿绯在旁看着，见傅清明神色始终有些冷冷淡淡的，纵然她见了南乡就会跟这小家伙吵，可见傅清明对他如此无情，不由得瞠目结舌，看南乡黯然松手的样子，便忍不住道："傅清明，那是你儿子，又不是捡来的，你用不用那副嫌弃模样？"

傅清明抬眸看她："公主觉得我的做法不妥吗？"

阿绯理直气壮道："难道你觉得你做得很对吗？他想见你才来找你，你怎么也该对自己的孩子好一点吧！"

南乡本来正要走，听到阿绯出声还有些不服气，但是没想到她竟然是替自己说话，当下转过身来呆呆看着她。

傅清明道："孩子自然要听大人的话，他连我的话都不听，我却还要纵容他吗？"

"这怎么叫纵容？"阿绯叫道，"当爹娘的对孩子好一点点不是天经地义的

188

吗？他才几岁，你那样要求他是不是太过分了！而且我也没看你自己好到哪里去……"最后这句话阿绯放低了音量，一边说一边想起傅清明的种种劣行，这会儿才有些回过味来：她怎么帮南乡说起话来了？他可是傅清明的儿子啊！

偏偏南乡也听到阿绯最后一句话，顿时又叫道："不许你说我爹！"

阿绯彻底地醒悟过来，抬手捂住嘴，看了看面前的一大一小，后悔地跺跺脚："我懒得理你们呢，连昇我们走！"握着连昇的手转身往内走得飞快。

步轻侯一看，急忙叫道："阿绯……"也跟着入内，孙乔乔紧追不放。

剩下父子两个站在原地，傅清明望着阿绯入内，垂眸便看南乡，南乡正也目送阿绯离开，这会儿一抬眼，对上傅清明的目光，又有些畏惧："爹……"

傅清明看着他，略微沉默片刻，道："你来这里，是真的为了找我吗？"

南乡呆了呆："爹？"

傅清明望着小家伙发愣的模样，轻轻叹了口气，道："算了，你喜欢的话……也无妨。"

南乡听了这句没头没脑的话，不是很懂，但傅清明显然并没有要耐心教导他的意思，说完之后，便转身往外而行。南乡犹豫了一会儿，终于迈动小短腿儿也跟了上去。

而在公主府里，步轻侯见阿绯十分嫌弃孙乔乔，但是孙乔乔不留在公主府，势必要死死地缠着他，步轻侯便道："殿下，你可千万别小看了她，不然的话，在小桃源外，那两个嚣张的西华山弟子也不会望风而逃了，峨眉派的剑法可是天下一流的，是不是？"说到最后，就看孙乔乔。

孙乔乔见他夸奖自己，心花怒放，便道："那是自然了。我的剑法还只有五六分火候，若是再假以时日，便会成为一代宗师，当日对付西华山那两个小鬼，我只用了三招，就把他们制服了！"

步轻侯匪夷所思地看着孙乔乔，心道：我不过是随便夸奖你一下而已，没想到你比我更能吹牛。

阿绯却啐道："我瞧你们两个一唱一和，不像宗师，却很像是骗子，别是一代骗子宗师吧。"

步轻侯忍不住大笑。

连昇在一边也看得笑眯眯的，显然觉得这几个人搅在一起十分有趣。

步轻侯见阿绯不肯配合，便往前一步，将她袖子一拉，低声说道："公主，帮个忙，你看我如今乃是朝廷命官了，总不能带着这个丫头四处乱跑，你把她留在府里头，当个苦力也好，保镖也好，闲来无事还可以欺负来解闷，何乐而不为？"

阿绯心里其实念着孙乔乔当初是祯雪放进来的，嘴上虽然仍硬，心里已经是答应了，见步轻侯如此说，便道："真的有这么多好处？"

步轻侯道："简直如假包换！"

连昇在一边看两人简直如两个奸商在倒卖无知少女，那笑便更是忍不住。

步轻侯见阿绯答应了，便又同孙乔乔说了，他的话对孙乔乔来说宛若圣旨，步轻侯又装模作样道："以后务必要听公主的话，要以公主的安危为己任。"

孙乔乔乖乖答应："是！"

步轻侯又道："那么我现在便为国效命去了。"孙乔乔望着他一身官服的威武模样，陶醉道："轻侯真是越来越英武不凡了。"人虽还在，心却已经跟着飞走了。

阿绯看孙乔乔神不守舍脸颊发红的模样，只觉陷在单相思里的女人当真不可理喻，便自顾自拉了连昇入内，叫人伺候着他洗了脸换了衣裳。

一番梳洗，连昇整个像是换了个人似的，面上虽然仍有几分羞怯内向之意，可却精神了许多。阿绯道："这样才像话，但你都封王了，怎么还住在宫内？"

连昇打着手势，道："虽然封王了，但是我母妃早亡，父皇又……没有人给我封地，皇上且说，留我在宫内便于照顾。"

阿绯忍不住道："是怎么照顾，被人掴巴掌吗？"歪头看看连昇的脸，"皇后是不是经常欺负你？"

连昇摇摇头，神色却是有些郁郁寡欢。

阿绯道："看你瘦成这样儿就知道，我还听一个小宫女说你经常会躲起来不见人，放心，以后不会有人敢欺负你了。"

连昇垂了眸子，犹豫着，便做了个手势。

阿绯有些意外："啊？你说你想要那个小宫女？"

连昇点点头，比道："她对我很好，她一个人在宫里，也会被人欺负。"

阿绯想了想："不怕，我叫人进宫去要就是了，难道会不给？"正说到这里，外头有宫女进来，道："殿下，宫内送来一个叫花喜的宫女，说是六王爷的贴身宫女。"

阿绯跟连昇都极为惊喜，阿绯笑道："都不用人去要了，皇兄居然这么心细。"

说话间，便叫花喜进了门，花喜见了连昇，很是欢喜，扑上来道："殿下，您没事就好了！"

连昇扶她起来，花喜又拜谢阿绯："多谢公主带殿下出宫。"

阿绯道："他是我弟弟，我当然要帮着他了，总不能让他在宫里给人吃了。"

花喜十分高兴："奴婢没想到也还有出宫的福分，还要多谢公主跟大将军。"

阿绯听到后面三个字，陡然色变："跟他有什么关系？"

花喜一怔，连昇比了个手势。花喜才说："公主是说将军吗？是了……是大将军交代要王爷的贴身侍女跟着的，管事嬷嬷才许我出来。"

阿绯拧了拧眉，没再说什么。连昇看她一眼，想说什么，双手却又垂下。花喜进宫的时候还不过是个小宫女，后来渐渐地长大，竟也经历了不少事情，阿绯得了她，便时不时地问问昔日的事，花喜不敢隐瞒，多半都一一如实相告。

说着说着，花喜忽然道："对了，方才奴婢从外头来，好像看到方大人了……不知道是不是也要来见公主的，但是看现在也没出现，那大概是路过了。"

阿绯问道："什么方大人？"

花喜道："就是方大人啊……方侍郎方大人，啊……先前公主没出嫁的时候，方大人就是侍郎，现在公主在宫外转了一圈儿又回来了，方大人还是侍郎，其他跟他同时出仕的那些人可都升的升迁。我听人家说啊，方大人这一辈子都当定了侍郎，所以有人说他是'铁打的侍郎'呢，对了，方大人还爱迷路……但先前跟公主的交情很好啊……"

阿绯听着花喜碎碎念，耳畔忽地听到哗啦啦的声，恍惚中有个人撑着一把伞从雨里缓缓地走到屋檐下，冲着那坐在屋檐底下缩着身子的少女道："殿下，你怎么一个人在这里？"

且说先前傅清明回身出府，到了府门口，无意中遥遥一看，隐隐地瞧见一人正缓步离开，傅清明看着那道端直清瘦的背影，心道：是他？

傅清明便让人先送南乡回府，自己却往那边徐步走去，拐过了弯，果然见那道人影正站在彼处，似乎在出神，动也不动。傅清明脚下无声，跟那人之间约略有四五步距离的时候，那人却忽地转过身来，不期然便跟傅清明打了个照面。

两下照面，那人显然没想到竟会撞见傅清明，当下双眸瞪圆，浑身略有些发僵，就像是见了天敌，骨子里透出几分毛骨悚然的警觉。

傅清明却似无事人般，只冲他略一点头，口称："方侍郎，久违了。"

傅清明口中的"方侍郎"，看似二十左右年纪，生得面容俊秀，一表人才，乌纱帽，着官服，玉带步云履，大红的袍子胸前绣着云雁逐日的四品图制，白色云雁翩翩向日而舞。

这一个人如斯地俊雅出尘，只是那脸上的表情有几分沉重。

方侍郎见傅清明同自己打招呼，渐渐恢复如常，也合拢了手作了个揖，道："大将军，久违了。"他的声音淡漠冷清，像是嘴里含着冰块在说话。

傅清明微微一笑："方侍郎在此处，有事？"

方侍郎双眸望着傅清明，隔了一会儿，终于慢慢道："无事，只是路过。"

傅清明"哦"了声，却见有个小厮打扮的人从方侍郎身后跑过来，见他在，急忙行礼。

傅清明一拂手示意免礼，那人才望着方侍郎，低低道："大人，怎么走到这里来了？小人找不见大人，吓了一跳。"

方侍郎垂了眸子，神情冷冷淡淡地道："慌什么，只是又迷路罢了。"便又同傅清明道："傅将军，下官先行告辞。"

傅清明点头："请。"

方侍郎面无表情地随着那人离去，身后傅清明看着他的背影："迷路了……哼。"

次日，阿绯醒来后，闲着无聊，便在府里头转来转去的玩，近四月了，天气转暖，今儿无风，却有一把好日头，晒得人暖洋洋的，整个公主府里都似透着闲适。

那湖畔的红梅已经凋谢大半，前天跟祯雪来看的时候，大概正是他的好光景，就像是这树也有情，瞅准了那个时机怒放了一番，让祯雪同阿绯得了那个美妙的机缘一饱眼福，自此之后，便是凋谢的颓美时光。

阿绯呆看了会儿，只觉得心里头有许多感慨，就像是这一树的红花纷扰繁杂,阿绯想来想去,找不出个头绪来,最终只是摸摸肚子,颇为惆怅地叹道:"皇叔在的话,定会给我准备很多好吃的……"

如果有好吃的,大概就不会有那么多奇奇怪怪的想法。

阿绯手脚并用爬上湖畔的大青石,石头被太阳晒得暖暖的,阿绯躺在上面,觉得很舒服,又感觉自己这样就像是烙饼,浑身上下都散发着热气儿。

阿绯眯起眼睛笑起来,天空中那刺眼的日头被她的睫毛遮着,散发着淡黄色的光,的确有点像是宋守曾经在锅里烙的那张饼的形状。

阿绯定定地看了会儿,浑身发热,觉得是时候该翻个身了,于是又挣扎着翻了个身,把背露出来给日头晒。

连昇来找的时候,就看到阿绯手脚摊开像是个"大"字,贴在那块大青石上。

连昇见她一动不动,吓了一跳,刚要冲上前去救人,却见阿绯的手动了动,摸到脸上,似乎是挠了挠。

连昇松了口气,却听得旁边有人问道:"公主在干什么?"

连昇回头,却见是那个叫孙乔乔的峨眉女侠,连昇知道孙乔乔一心想追求那个叫步轻侯的男子。他对步轻侯倒是不陌生的,记得那是本朝国公爷的后代,在步轻侯还是个少年的时候连昇也曾见过他一面,只可惜步轻侯大概早就不记得了。

但在连昇记忆里的步轻侯,却跟现在的有点不同,因此当看到那一身官家袍服、不说话的时候看起来有几分成熟稳重的男人的时候,连昇甚至起了点儿恍惚。

连昇本能地冲孙乔乔比了个手势,却又讪讪地停了,他知道孙乔乔看不懂。

结果孙乔乔果真呆呆地说:"你在跟我说话吗?"连昇只好点点头。

孙乔乔面露喜色:"我瞧你跟公主比画得挺有趣,你可不可以教我?"

连昇为难,这个东西不好教,也很少有"正常人"愿意学,除了他的那个皇姐姐阿绯,她学得很快而且乐在其中。

连昇望望青石上正在翻身的阿绯,摇摇头,手动了动,孙乔乔几分失望:"你不愿教我啊?"

连昇把头摇得更厉害,眼睛盯着阿绯,一脸紧张,孙乔乔皱着眉:"但是这样我就听不懂你们说话，也不能插嘴，何其无趣。"

连昇张大嘴巴，使劲比画了个动作，孙乔乔兴致勃勃地："这是什么意思？"

连昇几乎出汗，用力抓住孙乔乔指指前边。

这个手势却简单明了，孙乔乔一转头，顿时吃了一惊："殿下！"

阿绯大概是被晒糊涂了，一翻身就到了青石边上，旁边就是幽幽碧水，她整个人还保持着那个舒服的姿态，却明显地正顺着石头往下滑，很快就要"扑通"一声落水了。

孙乔乔纵身而起，她的武功果真不错，极快地掠到青石边上，抬手握住阿绯的手腕，将她用力拽了过来。

阿绯糊里糊涂地睁开眼睛，望着孙乔乔惊魂未定的脸："干什么？"

孙乔乔不敢松手，大力抱着她，纵身一跳，从青石上跳到地下，连昇已经跑了过来，着急地拉住阿绯上看下看，唯恐有什么闪失。

孙乔乔将阿绯放下，有些结巴："殿下，你没事吧？"

阿绯道："有什么事？"

阿绯揉揉眼睛，她方才正在做梦，大概是个美梦，半梦半醒的极舒服，一转眼却已经醒了，还有些意犹未尽。

孙乔乔看着她一脸懵懂，指指那块石头："以后不要在上面睡着啦，掉进水里会淹死的！"

连昇也赶紧点头，并且极快地比画手势，阿绯看两人如此紧张，便笑道："好啦好啦，我知道了就是了，咦，方才做的什么梦来着？"

三人正说着，那叫做芳语的宫女小步跑来，行礼道："殿下，外头有人求见。"

阿绯转头看她："是谁？"

芳语垂着头，小声说道："是、是四……四爷府上的。"

阿绯不解，旁边连昇却变了脸色，极快比了个手势。

阿绯扫见了，沉默了会儿，道："那让人进来吧。"

芳语松了口气，转身离开。孙乔乔很是气闷，他们比画的她都不懂，于是便问道："四爷是谁？"

阿绯眨了眨眼："你知道先帝有六个儿子吗？"

孙乔乔听是这个问题，一时很有几分得意："我虽然住在山上，但我爹是朝廷命官，我当然也知道些官家的事……且这些事都是最近发生的，听闻先帝的大皇子病死，二皇子就是现在的皇帝，三皇子自有封地早早地出了京，四皇子……咦，我不知道四皇子怎么样了……"

阿绯转头看着连昇："我也不知道他怎么样了，连昇是我六弟弟，我的五弟弟据说失踪了，如果这算是一家子的话，那可真是家门不幸。"

连昇忙摇头，似乎在说阿绯不应这样口没遮拦。

孙乔乔却道："这大概就是命吧，我听说龙生九子各有不同，就是这个意思啦。"

阿绯扑哧一笑："你偶尔还会说几句有意思的话嘛。"

连昇拉拉她的袖子，做了个手势，孙乔乔看得目不转睛："这又是什么意思？"

阿绯随口道："让你好好跟着我的意思。"

孙乔乔笑："这是当然啦，我答应了轻侯的，会好好地保护公主。"

连昇却在一边轻轻叹了口气，小家伙垂头，心想：明明是"要小心"的意思，皇姐姐总不会看不懂吧？外人不知道四皇子下落，他是皇家人，且宫里头光怪陆离的流言总是层出不穷。

紫珊夫人站在公主府的大堂上，她生得肤白貌美，身段窈窕，只是双眉微蹙，似乎拢着一抹忧愁。一眼看到从内堂转出来的两人，紫珊夫人眼前一亮，继而手叠起来，规规矩矩行了个礼："崔紫珊见过公主殿下，六王爷殿下。"

阿绯扫她一眼，脑中过了一遍，印象里不曾见过这个人，便一言不发地往座上坐了。孙乔乔便站在她的旁边不远，连昇默默地坐在阿绯身旁。

阿绯坐稳了，才问道："你是谁？找我有什么事儿？"

崔紫珊垂了双眸，犹豫了一会儿，拢着双手跪坐下去："殿下，奴只是个无足轻重的人，斗胆前来，是为了求您一件事。"

阿绯取了块点心吃了口，问道："你说你是四哥府上的，怎么会是无足轻重的……难道你是假冒他的名头来的？"

崔紫珊脸色有些不自在，却急忙道："奴的身份说来只会污了殿下的耳朵，奴拼死前来就是为了一件事，万请殿下应允。"

阿绯凝视她一会儿："什么事？你说。"

崔紫珊深吸一口气："我想求殿下……帮忙说情，把四王爷从天牢里救出来。"

阿绯手里还掐着半块点心，有些吃惊地看她："什么？四王爷……他在天牢？"

崔紫珊点头，一脸焦急悲伤之色："此事千真万确，求殿下发发慈悲，好歹也是皇家骨血……"

阿绯道："这事皇上知道不知道？"

崔紫珊正要再说话，外头忽地有人喝道："紫珊夫人，适可而止吧！"

崔紫珊变了脸色，蓦地站起身来。

阿绯看看她，却看不到外头有人，就问道："外头是谁？好大的胆子。"

崔紫珊回头看看，终于转过身来，双手高举过头顶跪了下来，说道："求殿下应允，奴一人做事一人当……只盼殿下救王爷出来，奴在九泉下也当瞑目了。"

阿绯皱眉："你在说什么？"

孙乔乔忽地叫道："住手！"她是习武之人，眼睛厉害，看到紫珊夫人举起的双手里握着一枚匕首，随着这一揖垂下，正欲刺向自己的腹部，她居然是想自杀。

孙乔乔弹出宝剑一挡，只听得"叮"的一声，紫珊夫人跌在地上，匕首被孙乔乔挑了开去，在地上滚了滚，尖儿上居然还沾着血。

事出突然，连昇惊了一跳，便扑入阿绯怀中。

紫珊夫人手捂腹部，抬头看向阿绯："殿下……求您……"但几乎是与此同时，外头有人闪身进来，居然是傅清明的侍卫唐西，身后还跟着几个侍卫，有个侍卫喝道："大胆刺客，敢惊扰公主！"居然不由分说地把紫珊夫人拉了出去。

孙乔乔道："她并没有刺杀公主，她……"

此刻阿绯才想起来，方才那个声音正是唐西在说话，他身边几个侍卫拉了紫珊夫人出去，其中一个侍卫跪地："属下等护卫不力，请殿下责罚！"

孙乔乔跺脚，但这不是她的地头，她便只看阿绯，却见阿绯冷冷一笑，道："你们是谁的人？"

那侍卫垂着头："自然是保护公主殿下的人。"

阿绯盯着他，问道："你们听谁的命令？"那侍卫一怔，哑然无声。

唐西说道："殿下若是有什么吩咐，就吩咐属下便是。"

阿绯望着他："不用假惺惺的，你只是傅清明扔在这里看着我的罢了，你们听的都是傅清明的命令，却是半点没把我放在眼里，我怎么敢吩咐你们？"

唐西低着头："殿下，那个女子出身烟花之地，身份低贱，竟敢闯入公主府，委实是死罪，殿下大可不必将她放在心上。"

"放不放在心上我自有定夺，用不着你来多嘴，"阿绯冷笑着起身，"你们这么忙不迭地把人带走，无非是怕我再问她些什么，但是可惜，我已经听到她说什么了，我现在即刻就要进宫，你够胆的，就来拦我！"

孙乔乔一听阿绯这么说，立刻也跳出来，神气活现道："谁敢拦着公主，先打过我再说！"只有连昇有些担忧，忍不住拉拉阿绯的袖子，眼巴巴地看着她希望她不要冲动。

唐西叹了口气，无奈退后一步："属下怎么敢拦着公主御驾？"

"那就好！"阿绯横他一眼，低头对连昇道："我要进宫去，你不要跟着，留在府里，很快就回来啦。"

连昇很是担忧，做了个手势："我跟姐姐一块儿去。"

"放心吧，"阿绯摸摸他的头，又看看孙乔乔，"……乔乔，你留在府里照顾他。"

阿绯交代完毕出了正殿，却见一些府内侍卫正忙忙碌碌地，有人动作慢了些，便给阿绯看到他们是拖了一个人出去，但却是个陌生装束的男人。

孙乔乔看着院中情形，低声道："殿下，这里好像有过一场打斗，你看，有些血迹。"

阿绯也看到有的地方沾着血，血痕未干，显然是有人负伤倒下留下的。

紫珊夫人能够见到阿绯的确是费了一番周章。

阿绯看唐西还在旁边，便道："那个人真的是出身烟花之地？"

唐西垂着头："是的，殿下。"

阿绯疑惑："那么她怎么敢大胆地顶着四王爷家眷的名头来见我？"

唐西沉默了会儿，终于说道："殿下，这个女人曾经是四……爷宠爱的姬人，本来就是青楼出身，后来四爷出了事，她便又回了青楼安身。"

阿绯有些意外："四王爷是怎么出事的？"

唐西又无精打采地垂了头："这个属下就不甚明白了。"

阿绯哼道："你心里一定想着快点去跟傅清明报告这件事是不是？哼，你没拦住那个女人，傅清明估计会责罚你的。"她看着唐西，居然有几分幸灾乐祸的口吻。唐西见她居然猜中自己心事，虽然无奈，却不由得也苦苦一笑。

阿绯进了宫，太监们入内一报，里头便传了光锦公主觐见。

一干的臣子鱼贯而出，当前两个貌似德高望重的扫了阿绯一眼，各行了礼："见过殿下。"神情还算平静，便自去了，其他的人的眼神同表情却是各异，匆匆行礼后逃也似地离开。

阿绯不以为然，昂首入内，里头慕容善看阿绯来到，一脸喜出望外，捶胳膊敲腿，叫苦连天道："皇妹，你来得可真是时候，朕快要被这帮人折腾死了。"

阿绯看着他白皙的脸儿，道："不要叫苦啦，要真的被朝臣折腾死，倒是一桩佳话，史官会说你'鞠躬尽瘁'，是个为国为民的好皇帝。"

慕容善扑哧一下笑出来："你莫不是盼着你二哥这样啊？"

阿绯哼道："当皇帝哪是那么轻松的？若真的如我所说，那可是最好不过的结局了。"阿绯自顾自说着，看旁边桌上有点心，便去细看哪样好吃。

慕容善正唉声叹气，见状便跟着走过来，端了一盘子酥酪玫瑰糕："这个好吃。"

阿绯拣了一块吃着，觉得细腻甜美，便点头："对了，我来找皇上是有事的。"

慕容善看她吃得满足，忍不住也微微地笑："什么事？你只管说。"见她唇角沾着点渣，正想要不要给她擦去，却听阿绯道："皇上，四哥在哪里？"

慕容善一怔，脸上笑意收敛。

阿绯道："你总该知道吧？不要骗我。"她三口两口地把点心吃了，脸上恢复了几分正经的神气。

慕容善望着她："怎么……忽然提起这个来了？"

阿绯仔细看他，这种回答显然不是一无所知的姿态，便道："二哥，你真的知道是不是？我听人说四哥被关在天牢里，难道是你的主意吗？"

慕容善吓了一跳："不是！"

阿绯道："那四哥果然是在天牢里了？"

慕容善露出后悔神色，居然不由自主脱口而出："阿绯……"他犹豫着，终于问道，"这件事是谁跟你说的？"

阿绯想到紫珊夫人也不知道是死是活，进宫进得急，也没有顾上她，大不了回头就得跟傅清明要人了，总跟他脱不了干系。阿绯也知道慕容善迟早会知道这件事，便道："是个叫紫珊夫人的，她刚闯了我公主府。"

慕容善脸上露出不忿的表情："这个女人委实过分，朕留她一命，她居然还敢作乱，你才刚回来，就要把你扯下水，居心实在可恶！"

阿绯皱眉问道："二哥，你不喜欢她？为什么？还有，四哥为什么被关起来？"

慕容善看着阿绯，问道："阿绯，你跟二哥说实话，今儿你进宫，傅大将军知道不知道？"

阿绯眨了眨眼："他的人想拦着我，却没拦住。"

慕容善若有所思地点点头："那么……你来问我这件事，是为了什么？"

阿绯哼道："我当然想要你把四哥放出来，好歹也是皇子，怎么可以被关押在天牢那么阴森龌龊的地方？都是兄弟，二哥于心何忍。"

慕容善脸上露出为难之色："你想放他出来？那这件事，傅大将军也还是不知道的了？"

阿绯有些不耐烦，又有些警觉："我为什么要跟他说呢……二哥，你干吗总是问他？"

慕容善愁眉苦脸，在地上走来走去，过了会儿才说道："阿绯，朕本来就有些虚弱，现如今还吃着太医开的药，经不起这些了……不如，你去问傅大将军好吗？这件事他知道得比我还清楚几分呢。"

阿绯不肯依从："这是皇族的家事，为什么要问他？不行，要你跟我说！"

慕容善听了这话，抬手捂着额头，忽然呻吟："唉，朕头晕眼花……要晕了，要晕了……"他居然说晕就晕，身子往后一倒。

阿绯正在吃惊，在慕容善身后的两个太监眼疾手快地冲过来，在皇帝跌倒之前将他扶住，一人行礼道："殿下，奴婢等要请太医来替皇上把脉了。"

阿绯目瞪口呆地看着这一幕，当然明白慕容善是为了躲自己，但看他脸儿白白的样子，的确不怎么康健，便哼道："算了算了，至于吗，我自己去问他罢。"

闭着眼睛装晕的慕容善闻言，嘴角便轻轻一抽。

阿绯见在慕容善嘴里问不出什么来，就想出宫再想法子，走着走着，忽然想到一个人，顿时失声笑出来："我实在太笨，光知道进宫找皇帝下令放人，怎么忘了去找祯皇叔帮忙？他定然知道内情的。"

阿绯想到这，心里高兴，兴冲冲地加快脚步。正行走间，走廊前头，从侧边的台阶缓缓走上一人来。阿绯没留意，只顾往前疾走，那人却看到了她，正当最后一级踏上，那人站在原处无法动弹，脸色雪白，双目如寒星般盯着她。长空万里，风起云飞，宫墙森立，殿阁层叠，阿绯只瞧见眼前那熟悉的景物，却没有在意旁边那呆若木鸡的人，竟生生地从他面前擦身而过。

方雪初眼睁睁地看着阿绯从面前走过，整个人屏住呼吸，只是呆呆地看。

她走得急，带着一阵风似的，风中有一股淡淡的香，带着几分熟悉气息，还依依不舍地萦绕在他身畔。

阿绯身后的几个宫女有的认得他，才一行礼，却也极快跟着走了。

一直到她走出了四五步远，方雪初才抬起头来，唤道："殿下！"那个声音传入耳中，阿绯甚至没想到是叫自己，过了会儿才反应过来，脚下缓缓停了。

阿绯看着前方空旷的廊间，恍惚间感觉曾在哪里听过这个声音，如此清冷。

阿绯迟疑着，缓缓地回过头来，身后的宫女们纷纷低头等候，阿绯从人丛中看到那个站在栏杆边的男子，一身红袍，苍白雪肤，皎皎如芝兰玉树。

不知是种什么感觉，阿绯一步步走回来，仰头望着方雪初："你是……谁？"

方雪初听到自己的心怦地响了一声，他慢慢问道："殿下不记得臣是谁了吗？"

阿绯看着方雪初，这男子有一副很精致的眉眼，如此好看当令人过目不忘，但她居然也不记得了。静默里，只有风从两人之间刮过，还有他逐渐变了的脸色。

阿绯觉得自己对不起这双紧紧盯着她的眼睛，心里竟有些不安。然后她瞧见了他胸前那翩然灵动的云雀，没来由地脱口说道："你是侍郎……"

方雪初浑身一震，重看向阿绯，他的目光掠过她身后跟着的那些宫女："殿下有急事要出宫吗？"

阿绯道："嗯……有一件事……"

方雪初道："臣也刚好要出宫，不知可不可以跟殿下同行？"

阿绯想了想："好啊。"

方雪初望着她的眼睛："谢殿下。"

为了赶路，阿绯是乘坐马车来的，方雪初却是乘轿，出了宫门，他便将阿绯拉住："殿下，与我一块儿乘轿如何？"

阿绯有些意外，可是却竟不愿忤逆他："好……好吧。"

方雪初又道："那殿下不如先打发你的从人们回府，殿下要去哪，我陪着你。"

阿绯觉得这样似乎有些不妥，可是望着他的眼睛，又觉得好像没什么不妥，于是鬼使神差地点头："也好。"

方雪初笑了笑，抬手在阿绯腕上一搭，便入了轿子，阿绯随之入内，见轿子里头颇为宽敞，足够两人分开坐，阿绯便坐在一端。

起轿而行，不免有些上下移动，阿绯喜欢："这个好玩，不似马车那么颠簸。"

方雪初手拢在袖子里，不动声色道："待会儿怕殿下会觉得头晕。"

阿绯摇头："我只觉得这样舒服……"她说着，便转头看向方雪初，"我要去祯王府。"

方雪初略一点头："殿下要去见祯王爷啊，听说王爷近来身子不佳，一直闭门谢客。"

阿绯有些紧张："祯王叔的身体怎么了？我记得他以前不是这样的。"

方雪初抬眸看她："殿下记得这个？"

阿绯心头窒息："呃……隐约记得……"

方雪初望着她，唇边露出一丝冷冷笑意："那殿下不记得我吗？"

阿绯咽了口唾沫，转头看向别处。

方雪初抬手，竟抚上她的脸颊："殿下，我听旁人说你忘记了过去，方才我也几乎真的信了，可是现在……"

阿绯用力将他的手拨开："不要放肆！"虽如此说，脸却忍不住发红，声音也有些颤。

方雪初竟不听，反握住她的手把人往怀中一拉，他俯身看向阿绯："殿下还记得我……或者说已经记起来了，是不是？"

方雪初在阿绯耳畔低声说罢，双眸垂下看着她的脸颊微微地泛红，忍不住便贴了上去，轻轻一吻，一瞬间，他的长睫乱抖。

阿绯身子一震，抓住方雪初的衣襟，用力将他往后一推："够了。"

方雪初怔了怔，却见阿绯抬眸望着自己，说道："过去究竟是怎么样我记不清了，可是听别人说，方侍郎在上个月已经成亲了。"

方雪初只觉得身体像是被人重重一击，痛得他甚至无法作声。

阿绯看着他的脸色，眨了眨眼后，忽然若无其事地笑了："所以我……得恭喜方侍郎。"

方雪初宛如雕像般一动不动，阿绯往后坐了坐，转头看向轿子一侧，外头的风似乎不小，轿帘被吹得发出扑啦啦的声响。

阿绯抬手拂拂额前的头发，忽然含含糊糊地哼哼了句："帘外雨潺潺，春意阑珊。罗衾不耐五更寒。梦里不知身是客，一晌贪欢……"

方雪初转眸看她，阿绯展颜一笑："有些事我是真忘了，但有一些我却似乎能想起来，就像是这些……明明不记得，不知不觉地就能唱出来。"

方雪初仍是那清清冷冷，如金石之声："是傅清明说我成亲了吗？"

"不是他，"阿绯摇头，"我不爱跟他说话，是别人闲谈里说起来的，还说你是铁打的侍郎，真的吗？"

方雪初的脸上露出一丝淡漠："是啊，你是不是也觉得这很可笑？"

"没有啊，"阿绯垂头，摆弄着衣带上一条丝带，"我反而觉得这很厉害，浮浮沉沉，或上或下的，多的是随波逐流身不由己的人，像你这样，不是谁都能做到的。"

她似乎想到什么可乐的，伸手捂着嘴嘻嘻笑了两声："你居然能一直如此，你说你多厉害。"

方雪初凝视着她，嘴角一抽，双眼却有些微红："殿下，你还记得，我以前叫你什么吗？"

阿绯手势顿了顿，又若无其事地摇头。

方雪初缓缓地又问："那你记得你叫我什么吗？"

阿绯的手指胡乱地动着，缠着那条丝带，又松开，又缠住，反反复复，最后看着方雪初，眼睛骨碌碌转了转，说道："铁打的方侍郎，不动的侍郎……我瞧你这么呆，大概我叫你呆子吧，哈，哈哈。"

他人如冰雪，心性却机敏聪明，哪里呆了？方雪初的嘴角却极快地掠过一丝笑容，一闪即逝，仍旧冷冷淡淡地说道："这个称呼不错，以后也都这么叫吧。"

轿子缓缓停下，外头人道："大人，祯王府到了。"

阿绯目光扫向方雪初，见他没有下轿的意思，便道："我到了，以后有机会再跟你聊。"

方雪初默默地看着她，不动如松："好，一言为定。"就算告别，他依旧是那样不动波澜的声音。而轿子里他大红袍服，冰雪脸色，像是一尊玉人。

阿绯扭头看着他，莞尔一笑转身下了轿子。轿子重新又起，春风掀动窗帘，方雪初双手拢在袖中，毫无血色的脸上露出一抹颓然神色。

"独自莫凭栏，无限江山，别时容易见时难。流水落花春去也，天上人间。"

落寞的声音，像是在凭吊什么，却掷地有声。

先前，光锦公主性格暴躁，不喜读书，辞赋之类的书见一本撕一本，国子监的太师父不知被打骂了多少，师父们私底下怨声载道。

一直到遇到一个不需要随身携带书本的人。当时的新科状元方雪初，他整个人就是个能出口成章的书簿，极厚重叫人瞧不透的那种，幸喜长得颇为耐看。他有一张素来喜怒不形于色的清冷脸蛋儿，整个人像是笼着一层清雪，轻轻一戳就能戳破。

光锦公主对他肃然的模样很感兴趣，认为他故作正经，虽然更讨厌他的之乎者也，却当然无法撕毁了他……久而久之，才知道他那份故作正经是天生正经，而这本能行走的书，竟也成了她最好的老师。甚至不仅仅是老师而已。阿绯下了轿子才发现，那些宫女是被她打发走了，但是公主府内的侍卫还是尽职尽责地跟在后头，此刻方雪初的轿子去了，便显出身后十几个侍卫，像是平地里冒出来一样。阿绯斜着眼睛看了会儿，才扭头迈步进了祯王府。

大概是方雪初的随从已经替她禀报了，祯王府守门的侍卫跪地相迎，阿绯刚进了府门，里头就有人出来迎接。

入了正厅，祯雪却仍不在，祯王府的管事赔着笑："殿下，王爷刚服了药，在内堂歇息，底下人就没敢去惊扰，您看……"

阿绯担忧祯雪："那别去打扰，我自己悄悄去看一眼。"当下便忙催着领自己入内，管事的唤了两个丫鬟来，迎着阿绯往里去。

走了一会儿，阿绯鼻端嗅到若有若无的苦药味儿，她掀动鼻子，心有些发慌，不由得问道："皇叔病得厉害吗？"

前头带路的两个丫鬟面面相觑，有些畏惧地低头："奴婢不知道。"

阿绯皱眉："你们是王府的人，怎么不知道？"

丫鬟们抖得越发厉害，急忙跪地："殿下请恕罪，殿下请饶命。"

阿绯见又来这套，显然是问不出什么来的，便道："算了算了！"

她见前头有一座阁子，药物气息似是从那传来，便问两个丫鬟祯雪是否在那楼中，得到肯定回答后便将两人挥退，自己往那阁子走去。

那楼前有几棵玉兰树，迟放的花朵上有着颓败的锈红色，阿绯歪头看了会儿，便拾级而上。里头正好出来一个宫女，手中端着个托盘，见了阿绯，脸上便露出惊慌神情。

阿绯怕她大声会惊扰到祯雪，便冲她比出个嘘声的手势，又低声问道："皇叔在内？"那宫女瞪大眼睛点点头，阿绯便又往里而行。

楼下无人，布置得简洁古朴，正面的屏风上是《溪山行旅》图，高山巍峨，山石耸立，笔法浑厚苍劲，十分逼真。

前头桌上堆放着些卷轴，书册，笔架之类的东西，唯一的点缀是墙角的松石纹双耳瓷瓶，里头插着几枝新鲜的花，幽幽地散发着淡香。

阿绯左右看了看，便转身向左侧走去，走了十几步，便见面前是一面上楼的阶梯，脚踏上去，微微发出"呀"的一声，像是有人在挠着耳朵，隐隐地痒痒。

阿绯笑了笑，毫不迟疑，缓步往上，终于折上楼去。

楼上药气更甚，屋门口守着两个丫鬟，忽然看到阿绯上楼来，都是一惊，其中一个更是神色不定，垂头道："参见殿下……"另一个一听，脸上露出震惊表情，赶紧跟着跪地行礼。

阿绯看那人一眼："皇叔在里头吗？"

那丫鬟敛了惊慌神色，道："是的，殿下。"

阿绯便不再理会两人，抬手要推门，又有些迟疑，那丫鬟甚是伶俐，替阿绯轻手轻脚地把门推开:"殿下请。"

阿绯不由得多看了她一眼,却见她生得瘦瘦,看样子大概二十几岁,比旁边那丫鬟要大上不少。

祯雪的房内一片安静,阿绯扫了一眼,便往前走去,脚下铺着厚厚的地毯,屋内光线有些昏暗,右手边是一扇窗,垂着碧色的纱帘。

有一缕风透进来,帘子簌簌抖动。

阿绯径直入内,果真见前头一张大床,一侧金钩挂起,只垂着半幅床帘,床上的人若隐若现。

阿绯忍不住屏住呼吸,轻手轻脚地走到床边,抬手撩起一侧帘子,垂眸看去。她不敢出声,就只是看,见祯雪盖着薄毯子,毯子只及腰部,露出头脸。

阿绯见他似睡得酣然,却好似比之前所见更瘦了些,虽是睡着双眉却仍旧皱着,心里一阵阵隐隐作痛。室内寂静无声,祯雪的呼吸声细微得都似不存在,阿绯越看越是不安,便忍不住伸出手去,在祯雪的脸颊边上轻轻一碰。手指头刚碰过去,祯雪眉头一动,似是个要醒的样子。

阿绯忽然有些害怕,赶紧把帘子一扯,躲在了后面。

正在呆站,却听得祯雪的声音微弱响起,问道:"是……阿绯吗?"

阿绯有几分尴尬,便探头出来:"皇叔,是我吵醒你了吗?"

祯雪双眸如星,仍是躺着:"怎么会?皇叔是怕……自己吓到你了,阿绯、你过来……"

阿绯听话,便乖乖走到床边,祯雪手撑着床铺起身:"你怎么来了?"

阿绯忍不住扶住他:"皇叔,我……"她本来是为了四王爷之事,此刻却说不出来,嘴巴动了动,身不由己道,"我想你啦。"

祯雪听了,目光骤然亮了亮,看着阿绯,便露出温暖笑容:"是吗?"

阿绯听着他暖暖的声音,但是这声音太过微弱,她有些局促却坚定地:"真的,我很想你。"

祯雪轻轻咳嗽数声,胸口起伏不定,阿绯慌忙替他轻轻地抚着背,幸好祯雪只是咳了一会儿,便道:"无事。"

阿绯却仍看着他:"皇叔……"

祯雪微笑着,笑容暖暖的,像是一缕阳光:"怎么了,有话要跟皇叔说吗?"

他病卧在床，只穿着白色里衣，头发略有些乱，阿绯看着祯雪，心里忽然有种极大恐惧："皇叔，你会一直陪着我的，是不是？"

四目相对，祯雪顿了顿，终于一笑："是啊。"

阿绯还想说什么，祯雪抬手将她揽住："傻孩子，又想到什么了？"

阿绯停了停，就毫不客气地顺势爬上床。

祯雪见状，便往里挪了挪给她腾出一点空间来，阿绯卧在祯雪身边，伸手环了他的腰，低低地唤："皇叔，皇叔。"他身上是浓浓的香气，但阿绯却一点也不觉得，只是从他的温暖里头像是又回到了以前。

祯雪任由她抱着自己，他的手轻轻抚摸过阿绯的头发，轻轻道："傻孩子。"他本是半起了身，此刻便又躺了下来，将阿绯搂在胸前，像是护着雏鸟一般地拥着她："皇叔会一直都陪着你的。"嘴唇轻轻地贴在阿绯的眉心，祯雪近距离地凝视着怀中这张看似无心的脸，阿绯的脸上透出极脆弱的表情，她看着他："皇叔，我记得小时候你也这么抱过我，对吗？"

"你说得很对，"祯雪抚过她的头发，"小阿绯果然还记得皇叔，我心里……很高兴。"

阿绯把头在他的掌心蹭了蹭："因为我知道皇叔是真心的对我好。"

祯雪低低一笑："你这孩子……"

阿绯忍不住抬头，在祯雪的掌心亲了口："皇叔要记得自己说的话。"

祯雪看她："嗯？"

阿绯把脸贴在他胸口，带几分娇嗔几分乞求似地："皇叔要一直陪着我。"

祯雪面上的笑容僵了一僵，继而便又道："皇叔会记得的……放心吧，小阿绯。"他微笑且坚定地说，抬手拉了拉毯子，密密地把两人包裹在内。

阿绯觉得好生温暖，"嗯"了声，安了心，她缩在祯雪怀中紧紧地靠着他安稳地睡去。

祯雪却一直凝视着她的脸，一直到窗外日影西斜，屋内被黑暗笼罩，所有的一切，如此平静，近乎死寂。屋内忽然出现了一个人影，也不知道他从哪里出现的……但他的出现却又像是如此自然而然。

他缓步走到床边，掀起帘子。

床上，祯雪抱着阿绯，似乎睡得正熟，他本是大启朝有名的美男子，纵然在病中，也透着几分如画之色。

那人静静地垂眸看了会儿，面纱底下的双眸有一抹异样的光芒。床边那人抬手，无声无息探往祯雪鼻端唇上，然后那手指就像是被蛇咬了一口般退了回来。良久良久，室内忽地有一声悄不可闻的叹息响起，就像是春水潺潺，奔流而去不再还，只留下一点缠绵落寞的余响，令人怀念。

第十一章

两情相悦

傅清明这一日不在帝京，前些日子侦缉司派精锐去虢北探查南溟遗民的下落，顺道却传回来另一则消息，有人在帝京之外的十六里铺发现了朱子的踪迹。

傅清明自然不能对这消息等闲视之，当下亲自前往查探究竟，谁知却只是扑了个空。从十六里铺返回的途中，傅清明得到唐西传来的信息：紫珊夫人闯入公主府，阿绯进宫面圣。

傅清明卷起字条，心中竟有种不好的预感，一路上他反复思量，总觉得似乎有些不对，却想不通其中到底藏着什么诀窍。

诚如唐西所说，紫珊夫人是四王爷曾经的宠姬不错，但是以紫珊夫人在京中的人脉消息网，怎么会不知道，四王爷早在下天牢不久就自尽身亡？

傅清明打马回京，却并非是去公主府，而是将军府。因为他知道阿绯在那里。

傅清明觉得有朝一日阿绯是会心甘情愿地进入他的将军府的，却没想到，让她心甘情愿踏进将军府的理由，竟是这个。

春日的天气，多半和暖，却也反复无常，前一日还春风暖阳，后一天便能寒意料峭。傅清明身后的大氅在风里猎猎作响，他抬头看天色，仍旧是阴晴不定的，天空被淡淡的灰色浅云笼罩，不知下一刻是日出晴空万里，还是阴云密布大雨倾盆。

阿绯其实是不愿意去将军府的，对那个地方她打心里有一股抵触感，但是皇帝对四王爷的事缄口不言，而祯雪却又拖着病体，阿绯只要看到他就已经心满意足，绝不肯再把这些疑惑难解之事抛出去烦扰到他。

阿绯想来想去，只能去找傅清明，谁知道她鼓足勇气到了将军府，却被告知傅清明出京了。正当阿绯愤愤然要离开的时候，南乡非常及时地出现了。

"好哇！"南乡瞪着阿绯，脸上尽是喜色，"你居然跑到这里来了！"

阿绯不屑地看他一眼："小鬼，你想怎么样？"

大概是因为在自己家里，南乡显得越发勇猛："上回你说我打不过你还跑去公主府，这回你却也是自己来的。"

阿绯笑了声："我自己来又如何，你还不是打不过我。"

南乡放声叫道："唐姐姐，唐姐姐快来啊！"

阿绯笑道："怪不得叫得这么大声，原来你找了帮手了啊？在哪呢？"

南乡叫完后，便仰着脖子看向身侧方向，阿绯转头一看，见从左侧的走廊下徐徐走出一个女子。她走路的姿态十分好看，加上穿着特别，显得飘飘欲仙，身段婀娜动人，脸上的笑容却更甜美，容貌本也不俗，一笑之下更是如花。

唐妙棋缓步出来，笑吟吟地将阿绯打量了一眼，就看向南乡："南乡，你叫我做什么？"这声音更是娇媚婉转，一听就像是个温柔体贴的性子。

阿绯撇着嘴看她，又看向南乡："这就是你的帮手？"看起来娇娇弱弱，也不怎么样。

南乡笑得得意："怎么，你是不是怕了！唐姐姐，就是这个坏公主欺负我，还踩我，她送上门来了，你快替我报仇。"

阿绯嗤之以鼻："管你什么糖姐姐蜜姐姐，谁敢动我？"

阿绯说得很是不客气，唐妙棋却丝毫生气的模样都无，依旧笑着行了个礼："原来是公主殿下，失礼了。"

阿绯惊奇地扫她一眼，南乡跺脚："唐姐姐，你为什么跟她客气？"

唐妙棋面对阿绯，手在背后轻轻一拂，南乡见了，便不再做声。

唐妙棋道："殿下驾临将军府可是有事？大师哥目前不在府上……殿下有什么

交代的可以先跟我说。"

"你？大师哥？"阿绯上下打量她，"你又是谁啊？"

唐妙棋含笑道："家父退隐天都，大师哥便是清明哥哥，早年曾拜在天都门下，因此我同他是同门之谊。"

阿绯有些不大耐烦："天都门下，没听说过，随便啦。"

唐妙棋看她身后跟随着许多侍卫，便微微一笑，道："殿下可有什么要事？"

阿绯看她始终面带笑容，笑得很灿烂似的，不知为何心里却只觉得有些不太舒服，便道："有是有，但是不会跟你说。"

唐妙棋又一笑："若是要事，不同我说是理所应当的，瞧着时候，大师哥差不多也该回来了，殿下不如且随我进内堂坐一坐稍候片刻？"

阿绯皱眉想了想，勉为其难地说道："好吧。"

唐妙棋显得十分高兴："多谢殿下赏光逗留，不然的话大师哥回来，怕是要责怪我待客不周。"

阿绯觉得这句话也有点奇怪，却没说什么，只道："你在这里住了很久了？"

唐妙棋道："已经有三个月了。"

阿绯看她面孔娇嫩，大概跟自己的年纪差不多大小，便道："你是独自一人住在这儿的？"

"正是，大师哥照顾得十分周到。"

阿绯又嗤笑了声："那你爹娘倒是十分放心。"

唐妙棋似乎没听出她的弦外之音，只笑道："大师哥小时候拜在天都，爹娘都十分喜欢他，把他视为己出……我记得大概在我四五岁的时候，正好大师哥要出征，他还特意回了天都一趟，当时我哭得厉害，不许他走，大师哥抱着我安抚说一定会凯旋而归，后来他果真打了胜仗回来。"

说到最后，唐妙棋的脸上露出一丝甜蜜笑容，这件事于她来说似乎是颇为值得骄傲的，虽然阿绯不知道她骄傲些什么。

而且两人不过是刚认识罢了，她居然就说了这么些详细故事，阿绯心里只觉得古怪，忽然间想到南乡，便回头看了眼，却没见南乡跟着，而周遭也没有别人，竟只有她跟唐妙棋两人。

此刻已经进了廊下，唐妙棋跟在阿绯身侧，见她打量，便善解人意似的道：

"南乡自幼失母,所以脾气有些任性,我会教导他不要对公主无礼的。"

阿绯转头看向她:"你会教导他?"

唐妙棋面不改色道:"毕竟在这将军府,他只肯听我的……想南乡也很可怜,大师哥事忙,极少陪着他。"

阿绯转念一想,便不再往前走,站定了脚步道:"你拐弯抹角的,到底是想说什么?"

唐妙棋这才有些许惊讶,似乎没想到阿绯居然会这么问,然而她年纪虽然不大,城府却深沉,浅浅一笑道:"殿下真是个急性子……其实有些话,不用别人说出来的,殿下心里该明白的。"

"我不明白,"阿绯面无表情地看着她,"要么你直说,否则就永远也不要说了。"

唐妙棋怔了怔,眼中透出几分赞赏之意:"既然如此,那么就恕妙棋唐突了,其实在师哥回天都那些日子,爹娘已经有意将我的终身托付给他,但当时我的年纪尚小……此事便拖延下来,谁知道后来师哥成了驸马,此事便也作罢了,但是殿下又出了事……"

阿绯道:"你们以为我死了,于是就又想重提旧事?"

唐妙棋微笑:"差不多便是如此了。"

阿绯道:"那傅清明呢,他也巴不得这样?"

唐妙棋含羞垂头:"大师哥怎么想的,我也不知道,但是他对我向来十分疼爱,说实话,殿下没有回京之前,我们差不多已经……"

阿绯盯着她:"已经怎么样?"

唐妙棋却巧妙地不再说下去,只委婉地说道:"殿下,男女之事应该是两情相悦才是,据我所知,殿下跟大师哥之间似乎……何必两相为难呢,倒不如放彼此轻松自在……"

阿绯漠然道:"是你自己要说的,还是傅清明的意思?"

唐妙棋叹道:"大师哥是个重情义的人,殿下流落民间两年多才回京,大师哥怎么肯就撇下殿下不理呢……"

阿绯道:"那就是傅清明的意思?"

唐妙棋干脆不答,但在这会儿,这沉默便是默认了。

阿绯望着她娇嫩的脸蛋，冷笑道："就像是你说的，我不喜欢傅清明，跟他感情也不怎么好，但是，如果这真是傅清明的意思，我要他亲自对我说，而不是让你在这里多嘴，你明白吗？"

唐妙棋没料到她居然会这么说，当下脸色一变，双眸微微眯起。

阿绯又道："我跟他再怎么不合，他也是我的驸马，所以就算要结束这种关系，我要他自己跟我说，而不是什么不三不四的其他人。"

阿绯说完之后，斜睨她一眼："看样子这里没事了。"下巴一抬，迈步往回走。

唐妙棋望着阿绯背影，原本笑眯眯的脸上露出阴沉之色，她思忖片刻，手上握拳，便要追上一步，然而脚下才一动却又极快停住，原来她看到在阿绯之前，有一人正缓步而来，居然正是傅清明。当看到傅清明出现那一瞬间，唐妙棋面上便重又恢复了那种甜如蜜的笑容，似乎方才面露阴沉的那个人从未存在。

然而傅清明却只扫了她一眼，便看向前头那人身上去了。

唐妙棋若无其事地迈步过去，正好傅清明抬手挡住了阿绯："殿下……"他的手臂一张，将阿绯一拦，又顺势双手当胸抱起，行了个礼。

阿绯正心不在焉，猛地停住脚步："你、你回来了？"

傅清明淡淡一笑："幸好赶得及。"

阿绯还想着方才唐妙棋的话，便哼了声："什么赶得及？"

傅清明道："幸好在殿下离开之前赶了回来。"

这会儿唐妙棋也走了过来，向着傅清明袅袅行了个礼："大师兄，你回来了。"

傅清明点头："妙棋也在？方才南乡在前头嚷着找你，你去瞧瞧吧。"

唐妙棋乖顺点头："好的，我已经让厨房熬了莲子清心汤，大师兄别忘了去喝。"

阿绯哼了声，不开口，心里却想：莲子好啊，噎死你。

唐妙棋去后，傅清明打量着阿绯脸色："公主怎么好像不大高兴？"

阿绯没好气地转头："关你什么事？你去哪里啦？"

傅清明道："城外出了点事，我赶去瞧了瞧……殿下，这儿阴凉，往前走走吧。"当然不能说是去探查朱子的行迹。

阿绯却也不过是随口问问的，当下便想到要事："四王爷是在天牢吗？"看他已经往前走，便也急忙跟上。

傅清明貌似随意地缓步而行，对她的突兀问话也并不觉得惊讶："曾经是的。"

"曾经？"

"殿下大概是不知道四爷之事吧，他入天牢，是先帝的旨意。"

阿绯吃了一惊："我不明白。"

走到走廊尽头，一片假山玲珑，傅清明抬眸看了眼，转弯往旁边而行："这件事知情的人也甚少，因为四爷犯的是谋逆大罪，事情败露之后，先帝才将他打入天牢……谁知他禁不起牢狱之苦，很快便在天牢中自尽了。"

"啊……"阿绯万没有想到，傅清明转头看她，抬手轻轻在她腕上握住。

阿绯身不由己地跟着往前："那、那紫珊夫人她为什么……"

"她不过是个妇道人家，怎么能知道皇族内幕？何况这并不是件值得宣扬的事。"傅清明的声音低低地，说完之后又叹了声。

阿绯忽然觉得头顶阴凉，举目四看，才看到居然不知不觉来到了一座阁子里头。

"我……"阿绯有些迷乱，不肯往前走，摇了摇头道，"我不信你说的，对了，唐西把紫珊夫人带走了，她在哪？我要亲自问她。"

傅清明沉默了会儿，才道："殿下恐怕见不到她了。"

"为什么？"

傅清明垂眸："因为她已经死了。"

阿绯不能相信自己所听到的，望着傅清明问道："你说什么？"

傅清明没法子，默默地又重复了一遍："她已经……"

这回阿绯听明白了也想明白了，然后不出所料地便用一种憎恶的眼神看向傅清明。阁楼里静静的，窗外一阵风穿过花枝，枝头上一朵花苞摇了摇，居然直接掉了下来。是的，紫珊夫人居然已经死了。就在傅清明刚刚策马进入帝京的那一刻，她神秘地死在被囚禁的房间里，不知道凶手是谁，或许只是自杀而已。

傅清明再能耐，也没有起死回生的能力，也就是在那一刻，从十八里铺回来路上的那种不妙的预感更重了些，紫珊夫人无端闯入公主府，要救那本来已经身亡了的四王爷……这本来就够叫人莫名了，到如今连紫珊夫人自己也死了。

然后傅清明想到阿绯入宫的事，他忽然有了一个朦胧的不甚清楚的想法：自己好像入了圈套。

从十八里铺发现朱子的行迹，到紫珊夫人乘虚而入……有人似乎是故意把四王爷的事闹出来，闹在阿绯的跟前，仗着她失去记忆不知内情。

阿绯以为四王爷在天牢，却不知他已经死了，她无法从慕容善嘴里问出端倪来，就只能找傅清明。

傅清明就算是把四王爷早已身亡的事实说给她，她也不会轻易相信，必然要再问紫珊夫人。但紫珊夫人也死了，还是死在傅清明的"手中"。

傅清明看着阿绯的脸色："你要相信，这件事跟我无关。"

"哪件事？"阿绯眯起眼睛看他。

是啊，紫珊夫人的死跟他无关，然而紫珊夫人是为四王爷而死。——傅清明喉头一哽，四王爷的事，多多少少其实是跟他有点牵连的，把四王爷之事端在阿绯面前的人显然也知道这一点，知道他无法完全撇清。

傅清明似乎听到冥冥中不知是谁笑了一声，半带得逞后的得意。

阿绯转身要走，傅清明攥住她的手腕："殿下！"

他的声音低沉，有一股天生的威严，让人不知不觉惧怕、臣服，但对阿绯却全然无效。她仍旧只是目视前方，连看也不看他一眼："你还有什么事吗？"

傅清明看着她冷淡的脸色："你要去哪里？"他走到她的身前，温柔地看着她。视线被挡住，阿绯微微抬着下巴，映入眼帘的正是他的颈间，黑色罩服的领口，露出一抹雪白的里衣，两层交叠，很是整齐。

阿绯盯着那看了一会儿，目光往上，是他的脖子，还有一点下巴的影子，阿绯竟然身不由己地怔了怔，随即小心地把目光往旁边移开："我回府。"

傅清明轻声道："好不容易来了一趟，就在府里多待几日好吗？"

阿绯说了声："你在做梦吗？"

傅清明往前一步，手拢上她腰间："我知道我惹了你不高兴，所以今天特意让人做了些你爱吃的……算是向你赔礼，你一定会喜欢的。"

"什么……"阿绯刚要问是什么好吃的，幸好反应得快，立刻变了口风，"傅清明，你当我是什么……我稀罕你这里的吃食？公主府里没有么？少来这套！"

阿绯不屑一顾说完,打开傅清明的手,刚迈步要走,却听身后那人说道:"我在回京的路上,看到有农家挑了一筐红薯……因记得殿下爱吃,故而特意买了下来……"

阿绯咽了口唾沫,站住脚:"在……在哪?"

傅清明道:"我已经叫人去准备了,你就留下来,等着吃便是了。"

"不,"阿绯很有气节地,"在哪你告诉我,我要带走。"

傅清明早就料到她会这样,微微一笑,道:"我新请了一个厨子,他擅长用红薯做一道甜点,别的地方可是吃不到的。"

阿绯不知不觉地跟着说:"那……那你做好了送到公主府吧。"

"这甜点要趁热吃才行。"

"哪这么多规矩!"

"殿下尝过了便知道。"

阿绯怀疑地看着傅清明,有些明白他大概是存心要用食物来诱惑她,可虽然明知道如此,想到那甜如蜜的味道,阿绯还是忍不住咽了口唾沫,心想:吃一顿饭的话又有什么事?吃他一顿,我也不亏。

傅清明用这法子暂时把阿绯留下来,心中稍微欢喜了会儿,他不敢怠慢,亲陪着阿绯坐了,丫鬟们送了茶过来,傅清明道:"你爱喝的红茶,我叫人加了一点蜜在里头,尝尝看可好?"

阿绯扫他一眼:"你对我这么殷勤做什么?我可不喜欢,无事献殷勤,非奸即盗。"

傅清明哑然,继而一笑,自己握了茶杯喝了口,阿绯才也跟着喝了一口,果真淡淡的清甜,和着红茶的气息,很是惬意,不由得喝了两杯。

日影从门外爬进来,阿绯扭头看了会儿,忽然问道:"傅清明,你知不知道皇叔怎么病了的?"

傅清明眉峰微微一蹙:"嗯……祯王爷,是在两年前忽然患了急病,当时没当回事,延误了治疗,便留下病根儿了。"

"什么急病?"阿绯忙问。

傅清明道:"起初只是着凉,后来不知为何咳嗽得越发厉害……据太医说是伤了肺。"

"这应该不算是太大的毛病，怎么两年了还没治好，反而……好像更严重了？"

傅清明斟酌着："太医说，这毛病是需要静心休养的，但祯王爷为着国事格外操劳，另一方面，则是一直记挂着公主……故而身子一直都没有养起来。"

阿绯不由得长长地叹了口气："皇叔……真是的……"

傅清明安抚道："如今你回来了，王爷大概会宽心许多，身体估计也会恢复的。"

阿绯垂了眸子："但愿如此。"

南乡对于阿绯居然留下来了这件事表示震惊，本来想到傅清明跟前去抗议的，却被唐妙棋拦住了，她语重心长地说："南乡，这样去的话只会讨人嫌……你爹不会听你的。"

"那怎么办？"南乡不能相信阿绯进了将军府后居然还能跟在公主府一样自在，而身为将军府少主人的他，依旧吃瘪，实在不甘心得很。

"别急，姐姐在想法子。"唐妙棋脸上依旧笑吟吟地，南乡望着她的笑容，才稍微觉得有点安心。虽然一开始这位"唐姐姐"进府的时候他本来是不喜欢的，总是用戒备的眼神看她，可是却发现她的武功很厉害，人也聪明，加上样子不坏，最重要的是她会教自己习武，还经常弄些好吃的东西……小家伙渐渐地喜欢上她，觉得有个人照顾自己也挺不错的。

目前南乡最想对付的人是阿绯，整个将军府里没有人敢跟他一起闹，只有唐妙棋还坚定地站在他这边，南乡简直把她当成了最能倚靠的人。

"唐姐姐，一定不能放过她啊。"南乡重新叮嘱了一句，小家伙年纪虽然不大，却十万分的记仇，说起这句来眼中还闪烁着仇恨的光芒。

唐妙棋点头："南乡的仇人就是我的仇人，放心吧！"这句话当然可以倒过来说。

中午吃饭的时候，南乡瞧见丫鬟们川流不息地送菜去花厅，起初还不以为然，渐渐地反应过来，这些都是给那个恶公主吃的，南乡蹦跶着去看了会儿，发现好些新鲜的吃食，心中更为不平。

南乡正怒气冲天地来回走动，见个丫鬟端着一盘不知是什么的经过，便喝道："站住！这些东西都是端去哪里的？"

那丫鬟忙行礼："小公子，这是将军为了公主殿下准备的吃食。"

南乡咬牙道："她中午留下来吃饭是吗，好，你进去跟父亲说，我是不会跟她同桌吃的！"

丫鬟略微惊讶，而后小心道："小公子，将军好像并没有要小公子跟殿下同桌……将军此刻正陪着公主殿下一块儿用饭呢。"

南乡大为意外，继而更为愤怒："什么？爹在陪着她？"

丫鬟低声道："是的，小公子……这菜再耽搁下去就冷了，奴婢先告退了。"

南乡见那丫鬟端着菜极快离开，小小胸膛几乎要气炸开，心想：平日里爹都从来不陪着我……只有过节的时候才勉强跟我一块儿吃饭，那个人凭什么这么特殊？

南乡又气愤又委屈，来不及去找唐妙棋讨主意，看看那丫鬟正拐弯，他便拔腿追了上去。

傅清明亲手剥了一只虾放在阿绯跟前的盘子里，他旁边的盘子里一大堆壳，阿绯面前却一个壳也没有，她先前试着要自己剥，结果却被扎了手，于是便悻悻放弃，幸好这虾子新鲜清甜，她才肯吃傅清明剥的。

傅清明是用了心的，除了新鲜的虾子，还有一条黄鱼，被请来的名厨用心整治了一番，鱼肉鲜嫩，十分美味，阿绯竟也不挑剔了，吃了半条，又喝了一碗鱼汤，只不过到底是没有称赞傅清明半句。

这些都吃得差不多了，阿绯正惦记着红薯，却闻到一股焦甜香气扑鼻而来，外头一个丫鬟急急进来，把一个食盒打开："殿下，将军，这是'金玉满堂'。"说着便把那一盘给端了出来。

阿绯还没吃，眼前先是一亮，见眼前的盘中金色透亮，不知是什么东西。

正盯着看，却见傅清明拿筷子蘸了水，去拨开一块夹起来，阿绯看有一道金丝被拉长，不由得惊奇。

傅清明将筷子往回一顿，那柔软的金丝却不知不觉硬脆而断，傅清明才把那块放在阿绯碗中："尝尝看。"

阿绯半信半疑地吃了口，咬开外头一层晶亮的糖衣，里面却是软甜的红薯，阿绯大喜，也不怕烫，忙忙地吃了那块，道："我自己来！"

她也去夹了一块，那金玉满堂粘在她的筷子上，果真也拉出一条长长的糖丝来，阿绯偏不弄断它，反而低头过去，一口咬住，舌尖上甜甜地，极快化开。

阿绯喜欢至极，顺着那条金色糖丝一路舔过去，把根糖丝全吃尽了，才又吹一吹那红薯，慢慢地吃掉。

傅清明在旁边大开眼界，不知不觉竟露出笑容。他自十八里铺回来路上，总记挂着阿绯怕是会不高兴，想着要讨她欢喜，便叫人去整治了些上好的红薯，又特意派人请了京内的名厨回府……却没想到效果竟如此的好，见阿绯吃得高兴，他心里喜悦自不必说。

阿绯咔咔嚓嚓，吃了半盘子金玉满堂，这东西要趁热吃，凉了的话便会都粘在一块儿，幸好傅清明得了厨师嘱咐，事先便动手将红薯一块一块分开来，除去这一宗，凉了的话外头的糖衣更脆，吃起来别有风味。

正在高兴，外头气冲冲地进来一个小人儿，自然是南乡。

南乡本来极为不高兴，闯进来后，见傅清明坐在阿绯对面，脸上竟笑意融融的，小孩子一看，先是一怔，而后便有些委屈，原来傅清明面对他的时候多半都是一本正经，极少面露笑容的，如今却是对着那个人笑。

傅清明转头看南乡进来，有些意外，兀自给阿绯夹了一筷子，才慢慢问："怎么这会儿来了？不去吃饭？"

南乡本要行礼，这会儿却也不行礼了，直直看着他："爹，你为什么陪着她吃饭，却从来不跟我一块儿吃？"

傅清明一皱眉，阿绯正在舔唇边的糖丝，闻言也怔了怔。

南乡说了这句，眼睛里已经冒出泪花来，颤抖着声音说道："爹，你偏心，你总是对外人好，对我一点也不好。"

傅清明眉头略皱："放肆。"

南乡抿着唇，看看傅清明，又看阿绯，看向阿绯的时候，眼睛里却透出怒火来，大声叫道："我讨厌你！"

"住口！"傅清明忍不住提高声音，"谁教你如此无礼的？"

南乡眼中的泪啪啦啪啦掉下来，阿绯看着他，又看看傅清明，慢慢说道："我听说有位唐姑娘会教导他……"

傅清明一怔，南乡也愣神，阿绯依依不舍地把筷子放下，站起身来："我不过是来吃顿饭罢了，又不是来抢人，一个个如临大敌的做什么？吃饱了，我要走了。"

阿绯迈步往外走，傅清明没想到她居然说走就走，来不及多想她那句话，起身便将她拦住："阿绯！"

阿绯叹了口气："傅清明，说实话，你是不是该想想同我和离的事？"

傅清明心头一凉："殿下，你说什么？"

阿绯看看南乡，才又抬眸看向门外："你有个这么大的儿子，还有两情相悦的人，左思右想我都是个外人。何况论起权势，大启没有人比你傅大将军更能一手遮天了，有没有那个驸马的名头都不打紧，你说是吗？"

南乡这才明白她的意思，顿时喜道："爹！不要当驸马啦！"

傅清明看着阿绯，瞧见她嘴角还有一缕糖丝，粘在樱红的唇瓣上，顽皮又撩人地往上翘着，可她自己却不知道，脸上是那副冷淡自傲的表情。

傅清明微微一笑："南乡的话你可以教导，两情相悦是什么我不知道，你是公主，却也是我的娘子，怎么会是外人？何况放眼天下，除了我，我不知道谁还配当驸马。"

阿绯很是震惊："你、你不要这么厚颜好吗？"

南乡也大为失望："爹，她有什么好的？！"

阿绯伸手打了南乡一下："住口，我当然好！"

傅清明笑："是啊，你当然好，是最好的。"他目不转睛地看着她唇瓣上那缕糖丝，料想她会是十万分的清甜。他能够想象，只靠想象就已经很是销魂，可是却忍不住想要真真正正地尝上一尝，因此当着南乡的面，傅清明在阿绯的腰间一揽，低头吻落她的唇上，如愿以偿地把那意料之中的甜香纳入双唇之间。

是啊，任世间有百媚千娇，万种风情，但没有什么……比她更好更美的。

傅清明把阿绯嘴上的糖跟那两瓣香唇都吃尽了，全不顾身边还有一个小家伙，南乡震惊且气闷地望着两人，呆过了会儿后便冲上前，用力推向傅清明："爹，不要亲她！"他人太小，手尽力往上，却只够到傅清明的腿。

傅清明正将阿绯放开，阿绯没想到他当着小孩儿的面也敢如此，气急之下，挥掌打过去："你这疯子！"

"啪"的一声过后，傅清明只皱了皱眉，倒把南乡吓得又惊住了，然后便放弃了推傅清明，转身冲向阿绯，小拳头奋力地捶向她，叫嚷道："你敢打我爹！"

阿绯把他揪住:"我当然敢打他,你这小东西离我远点,不然连你一起打!"

南乡拼命打了阿绯几下,听了这威胁,便记起上次被阿绯踩着的情形,顿时倒退一步,只气道:"你坏!……爹,你为什么亲她?"

小家伙忍不住又要哭,心想:怎么回事?爹从小到大都没有亲过我……

傅清明看到这里,脸上就露出淡淡的笑容。

阿绯见那笑容颇有几分得意似的,她心中极为气恼,却又没有法子,就像是南乡打不过她一样,她也是打不过傅清明的,"动手"的话,必败无疑。

阿绯听着南乡不依不饶的叫喊,咬牙道:"小鬼,你乱叫什么?亲一亲有什么打紧的,我在民间的时候,经常亲鸡亲狗……"

南乡怒视她:这个女人太可恶了,居然把他爹比成鸡狗。

阿绯望着他的小模样,一手叉腰一手探出去,弯腰望着南乡,手捏住他的下巴。南乡发现她脸上的笑很有几分邪恶的意思,还不知要怎么反应,阿绯却已经贴过来,在他的小嘴上狠狠地亲了一下。

南乡魂飞魄散,站在原地呆若木鸡,阿绯得意洋洋地看着他。

南乡指着她:"你、你……"

阿绯扫了傅清明一眼,又看南乡:"怎么样,我现在亲了你,又有什么了不起的?"南乡被她的无耻震惊了,居然说不出话来。

阿绯哼了声,又斜睨傅清明:"你要再敢乱来,我就教训你儿子……我走了,不要再拦着。"

阿绯说完后,便向门口而行,忽然间一怔,却见门口唐妙棋正站在那里,显然也是一脸震惊,阿绯道:"你来这里干什么?"

唐妙棋笑着行礼:"殿下,我听说南乡来了此处,故而来找一找……"

两个人长得差不多高,但阿绯惯常是一副下巴微挑的睥睨样子,因此两下一站,竟给人一种阿绯比较高的错觉,唐妙棋打量着她不可一世的模样,心中暗暗气闷。阿绯上下扫她一眼,便用一种吩咐兼教训的口吻说道:"既然你说要好好地教导他,那就用心点,不要想借着他来做什么无聊的事,知道吗?"

任凭唐妙棋怎么城府深,此刻脸上的笑却也撑不住了,敛了笑道:"殿下这是什么意思?"

阿绯道:"小孩子都比较笨没有心眼,人家说什么就信什么,既然你说要教导他，那么他做的说的，我就认为都是你教的，这下你明白了吗？"

唐妙棋脸色有些发绿，阿绯说完后，回头又看向傅清明，不屑道："上梁不正下梁歪，本来就很够呛了，要是再被教些坏心眼的话，那最后不知道歪成什么样子……恐怕早早地就要被砍了烧掉。"

南乡本正羞恼，听了阿绯阴森森的语气，却又忍不住打了个哆嗦。

阿绯说完之后，一转头便出门去了。

傅清明自始至终都没有开口，此刻才迈步跟上，唐妙棋本来想拦，转念间却又垂头避开一边。

阿绯跑到外面，找到自己的随从，才松了口气，回头看到傅清明的时候也不似先前那样担忧，便道："你跟着我干什么？"

傅清明道："殿下真的要走吗？"

"嗯，"阿绯毫不犹豫点头，"我不喜欢这里，这儿的人也不喜欢我。"

傅清明一笑："多住两日，或许就熟络了。"

阿绯哼道："我没有那个耐心。"忽然望见他无所谓笑着的样子，便警惕道，"你那种笑是什么意思，对啦，你不许去公主府！"

傅清明抬眸看她："这是何故？"

"我不愿看到你。"阿绯理直气壮地说，然而似乎知道这句话是挡不住傅清明的，便赶紧又道，"皇叔这两天身子不好，我决定搬去王府照料他几天。"

傅清明这才意外："是吗？"

阿绯见他终于没了笑容，心里才舒服："是，已经说好了，今天就搬去。"

"那六殿下呢？他不是也在公主府？"

阿绯道："当然跟着我一块儿去，还有孙乔乔。"

傅清明微微叹了口气："殿下……其实祯王爷的病，需要静养。"

"我当然会很安静，"阿绯瞥他，"只要你不去烦我。"

傅清明好生惆怅，却没有法子。

阿绯果真说到做到，入公主府叫了孙乔乔同连昇，又带了几个随身宫女，比如花喜跟芳语等，便一块儿搬去了王府。

祯雪在床上躺了两日，阿绯在王府的大多时间都腻在祯雪的房内，但凡有些端茶送药的事，都要经过她的手，晚上还要在祯雪居室外头加一张新床，非要守着他不可，委实照料得无微不至。

说也奇怪，自她搬进王府之后，祯雪的病便渐渐地不似先前那样严重，到了第三天，已经能够下地行走。府中的太医面色也缓和了许多，肯给些不错的诊断结果了，以前都是面色沉沉不见喜色的。

这一日阳光大好，阿绯在王府里头待得无聊，便起了出去乱逛之意。先前她在妙村的时候，白天宋守出去做工，没有人约束她，她在家里睡饱了，便出去乱走，身边惯常就跟着芝麻糕而已，一人一狗，踏遍妙村每个角落。

等祯雪睡下了，阿绯叮嘱了祯雪的侍女好生看着王爷，便领着连昇，带着孙乔乔出了王府。

三人到了京中最热闹的金正街，一路上不免吃喝玩乐，阿绯还罢了，看什么都是一副懒且挑剔的样儿，连昇却是个小孩儿，又头一遭出宫玩耍，只觉得又是紧张又是兴奋，一手拉着阿绯的手，一双眼睛四处乱看，几乎觉得眼睛都不够用。

从街头还没走到街尾，东西已经买了一堆，都交给孙乔乔，孙乔乔手中提着，怀中抱着，极为后悔出门的时候没劝阿绯带两个随从。

连昇吃了许多小食，肚子几乎都快要吃饱了，鼻端却又嗅到一股香气，一转头看到个靠墙边的摊子，有几个人坐在那摆放的桌子旁正埋头吃什么。

连昇很是羡慕他们能够吃得如此投入而尽兴，一时呆呆地看。

阿绯扫了一眼，却触动心事，当初在妙村，偶尔遇到赶集的时候，宋守也会带她去逛的，累的话，就会在这种摊子上吃点东西。

那些记忆，像是尘丝一样，平日里看不见，但却缠缠绕绕，无所不在。

连昇咽了口口水，显见是很想吃的。

阿绯瞧见了，只道："清汤寡水，没什么好的，回王府有好吃的……"目不斜视地走了过去。

连昇虽然有心要尝尝，但看阿绯不喜，便只好依依不舍地跟着，几乎要走过那摊子的时候，阿绯却又停下步子："算了，看你一副想吃的样子，那么就随便吃点吧。"连昇也不管她是不是口是心非，一时大喜，露出笑容。

孙乔乔把一堆东西放在旁边桌上，自己坐了："公主……"

旁边摊子上的食客们纷纷看过来，孙乔乔咳嗽了声："公主殿下也没有你能买的东西啊……小姐！"

连昇捂着嘴笑，阿绯哼了声，扭头道："一碗面。"

孙乔乔吃惊："我方才忙着拿东西，什么也没吃，我也要吃……"

阿绯道："既然你要吃，那你出钱。"

孙乔乔翻翻空空如也的钱袋，理直气壮道："女侠从来不带钱的。"

阿绯"嗤"地一笑："原来我以前那种叫女侠啊，算啦，那就记在步轻侯账上，来三碗面。"

一会儿的工夫面送上来，连昇看着雪白的面条上飘着青翠的香葱，还有两片切得厚实的牛肉，香喷喷的很是诱人，便捏着筷子埋头吃起来，起初还小口小口地，后来偷眼见周遭的人都吃得稀里哗啦出声，连昇便也跟着学，心里只觉得又有趣，又好吃，简直快活至极。

阿绯吃了口，却道："哼，果然不怎么样。"

孙乔乔对她早就习以为常，便只当没听到的，自顾自埋头大吃。

三个人吃了面，心满意足地便往回走，连昇摸着肚子，手底下的小肚子滚圆，小家伙顿时很是满足。正出了街头，却见一辆马车从面前缓缓经过，旁边也有许多路人，纷纷避让，有人便说道："咦，是将军府的马车！"

另一个人说道："我从帘子里分明看到一个女子，怎么是将军府的？难道那女子是公主，才如此大的派头？"

先前那人便说道："你有所不知，公主现如今不在将军府里，但是将军府里却真有个姑娘，听说这姑娘来头非凡，跟将军关系匪浅……"

"听说公主先前下落不明，最近才回京……你这么说，难道将军跟那女子……"

几个人八卦着，却见那马车停在不远处的茶楼前，从马车上果真走下一个女子来，袅袅婷婷地，虽看不清容貌，却觉得是个美人，她下车之后，又接了一个孩子下来。

孙乔乔跟连昇一起看阿绯，阿绯不屑一顾地哼道："原来是那个糖什么的，狐假虎威，有什么了不起的。"唐妙棋身边的孩子，自然就是南乡了，阿绯看见两个自己不喜欢的人，却也不以为意，迈步往前就走，回王府的路却也是经过这里，连昇跟孙乔乔便只跟上。

这茶楼名唤"沧海",是京内最大的一家,素来有许多名人雅士出没,很是出名,据说这儿店小二都会吟诗作对,茶钱都要比别的地方贵一倍。

唐妙棋带着南乡,便上楼去,楼上有人先迎下来,却是两个儒生打扮的青年男子,见了唐妙棋,皆拱手道:"唐姑娘来了,我等已经恭候多时了,请。"将人迎上楼去。

唐妙棋跟南乡到了楼上,又有两人起身见礼,坐了之后便一顿寒暄,开始谈诗论词,唐妙棋侃侃而言,兴起之时还能吟上两句,几个儒生频频点头,显见十分钦佩。

南乡看了会儿,他年纪尚小,对此不感兴趣,便自跑到栏杆边上往下看热闹,谁知道一眼便看到楼下三个人经过。

南乡眼睛一亮,回身跑到桌边上,先伸手抓了两个果子,想了想,又捏了一个茶盏,跑回到栏杆边。唐妙棋只当他小孩儿贪玩,扫了一眼便不予理会。

南乡到了栏杆边上,瞅着三人正好走过来,便把那茶盏丢出去。而在楼下,眼见那茶盏要掉到阿绯头上,孙乔乔大喝一声,抬手一挥,便将那茶盏挡了出去。

"什么人!"手中拎着抱着的东西皆落了地,孙乔乔把剑拔出来,便行防备。

这边阿绯吓了一跳,抬头一看,正好看到南乡探出的头,顿时叫道:"好啊,你这小鬼!"

南乡哈哈大笑,连着把手中的点心扔出去,都被孙乔乔挡开,阿绯气道:"臭小鬼,有胆给我滚下来!"

南乡也不管唐妙棋等人,噼里啪啦地跑过楼间,店小二忙道:"小公子,您慢点儿,留神跌着。"

南乡人小腿短,上楼都要人牵着,这会儿倒是自己要下楼了。

唐妙棋扫了一眼,略微皱眉。南乡不理,扶着栏杆自己蹒跚地下楼,还没等下了楼梯,就见阿绯已经进了茶楼。

阿绯转头看见南乡,便提着裙子走过来,揪着南乡的耳朵要把他拎下来。

南乡随之一个踉跄,阿绯皱眉,便改揪他的后面领子,半提半拉地把他从楼梯上弄下来。南乡倒也不怕,只是摸着脖子咳咳了两声,便得意抬头看阿绯。

阿绯指着他鼻子道:"臭小子,谁教你这样的,你是不是要害我?"

旁边连昇看着，心想：这是将军府的傅小公子吗？曾在宫里远远地看见过……

南乡打量连昇一眼，又笑嘻嘻地看阿绯，"没有人教，是我自己要做的。"

孙乔乔抱着剑，一本正经道："小公子，这是不对的，如果不是我会武功，会出人命的，以后不要这样啦。"

阿绯道："这个小鬼是故意的，可恶，你给我过来！"看着南乡笑嘻嘻不在乎的样子，便将他拉过来，用力在他小屁股上打了两下。

小孩儿屁股多肉，阿绯下手不轻，打得南乡啊啊大叫，要是在以前，恐怕要哭出来，但是南乡跟阿绯"交手"多次，仿佛练得皮滑许多，当下非但不哭，反而越发嘴硬地嚷嚷道："我才不怕你，你这恶公主！告、告诉你，我爹很快就休了你了，你不要再得意啦……"

这话对别的女子来说恐怕是天都要塌了的感觉，但对阿绯来说却简直是个好消息。阿绯即刻停手，惊喜交加道："谁说的？"

南乡转头看着她："你、你……哼，因为我知道我爹他很快要娶唐姐姐，当然会不要你了。"

阿绯很疑惑，不太相信："真的？是你自己编的吧？"

南乡看着她鄙夷的眼神，叫道："不是我编的，我看到我爹亲唐姐姐了！"

阿绯吃了一惊，孙乔乔拉拉她："殿下……"阿绯答应着，转头一看，却见茶楼里所有人都看向此处，表情各异。而在楼梯上，唐妙棋站在那里，眼神闪烁，脸上微红。

茶楼的掌柜认得南乡，先前见南乡称呼阿绯"公主"，呆若木鸡，魂不附体，本来战战兢兢地冲出了柜台想要跪地行礼的，然而看阿绯跟南乡两个像孩子斗殴般地闹腾，一时有些畏缩不前，那双腿弯了又直，直了又弯，半跪不跪，忽忽悠悠。在场的茶客大概也是如此心理，正在进退两难之际，南乡忽然又爆出这么一句来……

这一瞬间，掌柜的，店小二以及众茶客几乎都流出泪来，真真该死，出门忘记看黄历，居然选了这么个倒霉日子。

最近虽然不曾听闻光锦公主的传言，但是在以前，这位公主可是从不消停，恶名在外，而且传言她尤其喜欢用古怪的方法折磨人。

如今他们听见了不该听见的……下场会是何等凄惨？不敢想象。

掌柜的站不住，扶着桌面跪下去："请殿下恕罪……"

众人被这一引，纷纷也都跪趴下去，仓皇里，有人欲盖弥彰地来了一句："请殿下恕罪，小人等什么也没听到。"

但凡是流言的产生，无非是口耳相传，一传十，十传百，……但如今是在茶楼里头，一个人说，十个人听，可想而知日后的传言必定越发精彩纷呈。

茶楼里的众人都跪了下去，原本跟唐妙棋在楼上谈论诗词的那几个儒生也正下楼来，略听到一二，你看看我我看看你，不管三七二十一，赶紧地也奔下楼来跪地见礼。

唐妙棋大概没有想到会是如此情形，但她委实是个人物，面色依旧镇定，走下楼来不慌不忙地见礼："殿下恕罪，南乡童言无忌……说的都是子虚乌有的，请殿下不要动怒，如果要怪罪的话，就请责怪妙棋一个人吧……"

她的声音动听之极，姿态也放得极低，表面上又扮演着挡箭牌的角色，顿时博得了在场大多数人的好感。

南乡在旁边叫道："我明明看到……"

唐妙棋咳嗽两声："小公子……"便向他使了个眼色，南乡毕竟跟着她，当下便也住嘴。

连昇年纪小，却见惯了官内百态，见唐妙棋如此，就知道这女人心思险恶，故意用这副委屈的姿态来博好感，反衬出阿绯的"恶"来。

只可惜连昇不会说话，只是皱着眉焦急，不停地看阿绯，伸手握住阿绯的袖子，极想提醒她不要冲动行事。阿绯望着跪了一地的人，果然露出了极不耐烦的表情，但最终却只看向唐妙棋："你在高兴什么？"

唐妙棋一怔，缓缓抬头："什么？"

阿绯凝视着她："我瞧你听着这小鬼说出这句的时候，挺高兴的嘛，怎么，难道是我看错了？"

唐妙棋心头一沉，可是却不能说阿绯看错了，便只垂头："殿下……我真的并没有……"

阿绯看她一会儿，忽地一笑扭头："真可笑。"

唐妙棋皱着眉，面色阴沉，南乡却道："什么可笑？"

阿绯哼道："看到这么多惺惺作态的，所以觉得很可笑。这帮人面上虽然怕得要死，心里未尝不是高兴着的，而你也是，那想笑的模样藏都藏不住，你也很想这小鬼把这件事公之于众吧，就这么想让我难堪吗？"

唐妙棋面色极为难看，因为太过震惊居然无法反驳，震惊之余心头有个声音不停回响："到底是小看她了！"

连昇看向阿绯，眼中闪烁着喜悦的光芒，原本紧握着阿绯袖子的小手才缓缓松开，也随之松了口气。

孙乔乔抱着剑，尽职尽责地守在旁边，眼前跪着这么多人，孙女侠觉得相当满足，同时对步轻侯更是爱意如涌："要不是轻侯安排我在公主身边，怎么会这么威风呢？"想到这里，恨不得鼻孔朝天。

却见阿绯冷笑："如果你真的这么想当这小鬼的后娘，那就赶紧跟傅清明说，不要偷偷摸摸的，假如他开了口，我是会成全你们的。"

阿绯说完后，转身要走，忽然又停下来，身后那么多人见公主要走，都偷偷摸摸地抬起头来看她，没料到她忽然又回头，目光相对，所有人顿时又吓得低下头去。阿绯冷笑，又看向唐妙棋："还有，你要是真的跟傅清明搞三捻七，记得避开南乡，毕竟是小孩子，大人爱怎么坏都由得你们，别把他也带得更坏。"

只听得"噗"的一声，却是孙乔乔笑出来，又绷起脸来，忍不住说："就是就是，真是的……好无耻……"

阿绯看向孙乔乔："你是好女孩子，不要跟她学。"

孙乔乔对阿绯很是拜服，乖乖说道："殿下，我才不会呢，何况我家轻侯是没有妻室的！"

阿绯点头："很好。"说完之后，从鼻孔里哼了声，扬长出门而去。

唐妙棋红着一张脸，起身出门去，却见一条大路宽宽，阿绯晃在路上，左边是连昇，右边是孙乔乔，前头若是有人不长眼地挡路，孙乔乔便将人赶开。

只要是看着中间那个人影，就感觉世上所有人都得给她让路似的。

"唐姐姐……"却是南乡叫了一声，小南乡在阿绯面前又没占到上风，有些气闷，本想跟唐妙棋撒个娇的，刚出口忽然吓了一跳，却见唐妙棋的脸色极其难看，竟有几分狰狞似的。南乡吓得咽了口唾沫，唐妙棋反应过来，面色极快缓和，低头看向南乡的时候，脸上已经带了笑容。

而在南乡身后，一干茶客目光略见畏缩闪烁地看着她，原本那几个跟她套交情的儒生们，此刻脸色也有些变。原本虽然知道她住在将军府，但不知她跟将军是什么关系……如今看来，的确有些暧昧不明，想想也是，一个待字闺中的小姐，平白无故住在将军府里，孤男寡女的……委实令人难以想象。

唐妙棋心头越发懊恼，默默想道：本是要给她难堪的，谁知道反而被将了一军，如此一来，辛苦建立的名声也要毁了，只是她跟我想象的很是不同……嗯，看样子以后要改变策略了。

唐妙棋虽然落了下风，却还得若无其事地，极有风度地说道："让几位见笑了，没想到公主殿下对我的误会如此之大，只好等以后慢慢向她解释了。"

"也是也是。"儒生们不敢多言，只是敷衍。

唐妙棋淡淡地说了几句，便带着南乡离开沧海，上了马车往将军府返回。

她尽力撑着，只可惜心里到底不高兴，脸色便好不到哪里去，一路上盘算着该如何行事，脸色风云变化。

南乡虽然年纪小，可也看得出来，便识相地不肯做声，模模糊糊在心里想：原来唐姐姐发怒是这般可怕……不过，她若是对那个坏公主动怒的话，倒是好的。

一想到阿绯，小孩儿不由得露出笑容，觉得十分快活，只可惜他自己都没有意识到，自己的心情是因为想到了那个"坏公主"而好起来的。

阿绯走到半路，王府的人便来接应，一会儿的工夫回了府，阿绯带着连昇去见祯雪，顺便把自己特意给祯雪买的小东西送上献宝。

祯雪歪在卧榻上，笑微微地看着两个家伙摆弄那些奇奇怪怪的民间之物，耳畔一片唧唧喳喳的声音，都是阿绯在说。

连昇趴在桌边上，捧着腮兴致盎然地看着，阿绯一边介绍那些好玩的好吃的，一边分派，倒是给了连昇大半。

连昇自然欢喜无限，特意又选了自己喜欢吃的梅花糕跑到祯雪榻前，双手捧了送给他，意思自然是让他吃。祯雪微笑着抬手，轻轻摸了摸连昇的头。

阿绯看见了，便把连昇拉过去："皇叔才好了，不能吃这些，你自己留着吃吧。"连昇才把这些东西放心收起来。

祯雪便道："叫个人来，帮六王爷把东西都收回屋子里吧。"

祯雪身边的大丫鬟竹简叫了两个小丫头，帮着连昇把些稀奇古怪的东西捧着，跟他一块儿回了房，竹简又奉了茶上来，便退了下去。

阿绯道："皇叔，你不能吃梅花糕，吃块这个。"把那酥酥软软云片糕拈了一小块递过来。

祯雪不知为何竟没有动，只道："好吃吗？"

阿绯道："好吃呢，还容易消化。"见祯雪歪着身子，一只手压在腰间，她便把云片糕送到祯雪唇边。

祯雪双眸看着她，笑了笑，便微张开嘴，含了那片糕。

那一刻，长睫垂下，轻轻地抖了抖，掩住满目异色。

果真入口即化，又带一点清甜，祯雪回味着，轻声道："果真好吃。"

阿绯嘻嘻一笑："虽然好吃，但到底是外头的东西，只吃一片就好啦。"

祯雪"嗯"了声："你偷偷跑出去，也不跟我说……以后不许这样了，就算是要出去，也要带着随从，可记得了？"

阿绯先前卖乖，便是不想祯雪计较这个，听他轻描淡写提起，却急忙点头。

祯雪看她乖乖的模样，却抬手，又在她头上摸了一下，阿绯十分受用，嘴里偏道："我又不是连昇那种小孩儿啦。"

祯雪低声一笑，又问："今儿出去，没发生什么事吗？"

阿绯一听他问这个，又看他精神尚好，眼珠一转，便道："倒是有一件事，不知道好不好说给皇叔听……"

祯雪笑道："小家伙，跟皇叔卖弄心眼儿是吗，你明明是想说的，却偏偏要我问？"

阿绯咳嗽了数声，才说："既然皇叔问啦，那我就说了，是在回来路上……"说着，就把南乡说的那几句话添油加醋复述了一遍。

祯雪听了，面上却没什么惊讶之色，只是看着阿绯："你信……傅将军会跟那位唐姑娘……牵扯不清吗？"不管是不是真的牵扯不清，对阿绯来说都无关紧要，可听祯雪问，却偏露出一副忧郁的神情，叹息说道："皇叔，我心里很乱……那位唐姑娘生得十分美貌，据说又有什么才气，还会武功之类的，傅清明跟她瞧对了眼儿也不一定，皇叔……你看我怎么办？我很快就要成为弃妇了……"

阿绯说到这里，便抬起袖子遮住半边脸，另一只手伸到嘴里沾了点唾沫，在眼角上点了点，声音也故意放得悲悲戚戚地，显得十分伤心，只不过说完了这句，心里略微觉得有点异样，心想：怎么这句话有点熟悉，似乎在哪里说过？

祯雪不动声色地看阿绯演戏，眼底却露出一丝笑意来："小阿绯很难过吗？"

阿绯吸了吸鼻子，放下袖子，向祯雪展示自己"带了泪光"的眼角："自然啦……但是皇叔，我好歹也是皇家的公主，傅清明既然是我的驸马，就该对我忠贞不贰，可是你看，他有了南乡不说，现在还跟个女人这般不清不楚。皇叔，你不知道那些百姓看我的眼神……呜呜呜……"抬起袖子又一挡脸，才又道，"皇叔，这口气我咽不下，既然他无情无义，不如我们先下手为强……让我休了他吧！"

祯雪叹了口气，望着阿绯神采奕奕的脸："你啊……好吧……"

"皇叔你答应了？"阿绯瞪大眼睛，幸福来得太快，让她有些不敢相信。

"唉……"祯雪忍不住咳嗽了声，不太忍心告诉她真相，正要开口，却听得外头有人说道："殿下要休了谁？"

阿绯闻言差点跳起来，回头一看，却见傅清明悠闲地从外头迈步进来，脸上甚至还带着一丝令人牙痒痒的浅笑。

第十二章

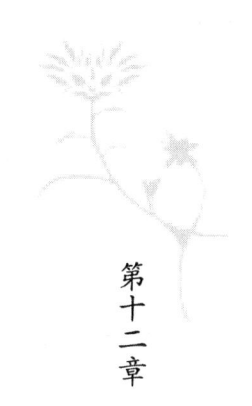

一念执著

　　阿绯见到傅清明，就好像斗鸡似的跳起来，难得傅大将军依旧气定神闲，先不慌不忙地行了个礼："见过殿下，见过王爷。"

　　阿绯见他惺惺作态，不由得就气恼地嫌恶撇嘴，倒是祯雪带着笑意："你何来这般多礼？来得正好……正也说到你了，哈，果然是说曹操曹操到。"

　　傅清明看向阿绯，淡淡笑道："是吗？但末将可不是曹操啊。"

　　祯雪呵呵低笑，阿绯眼角上还沾着口水，闻言就看他，很不客气地说："你来干什么？"

　　傅清明垂眉："来看看王爷如何了，顺便探望公主。"

　　"好吧，"阿绯打量他数眼，决定一鼓作气，"你来得正好，我也有事要跟你说。"

　　傅清明问道："不知是何事？殿下请讲。"

　　阿绯下巴一扬，道："今天南乡那个小子在街上跟人嚷嚷，说你同那个糖什么的……还说你有意要娶她，所以我觉得，有必要成全你们这对苦命鸳鸯，你一定很高兴吧？赶紧谢恩，不用太感谢我。"

　　傅清明哼了声，却一本正经地说道："原来如此，是末将有失管教，才让南乡越来越口没遮拦的。"

祯雪在旁听到这句，便轻轻咳嗽了声。

阿绯却道："是你自己跟姓唐的乱来，倒责怪起小孩子来了，难道是南乡逼你去亲她的？"

傅清明正色道："不是，而且我跟唐妙棋没有任何关系。"

阿绯吃惊地后退一步，指着他道："敢作不敢当，我真鄙视你！"

傅清明摇头："若真的是事实，我自然会认的。"

阿绯不屑："那你是说南乡说谎吗？"

"倒也不是。"

阿绯觉得好笑至极，便干笑两声："哈，哈哈……"

傅清明道："是南乡误会了，才会那么说。"他那副正经表情，跟说真的似的。

阿绯只觉得匪夷所思："傅清明，就算是胡扯你也要说得像样点儿，这样才会有人相信好不好？"

傅清明复又微笑："殿下该相信，我对你是一心一意的。"

阿绯没想到他居然是非同一般的厚颜，伸手捂着胸口："你！……我信你才怪！一心一意到孩子都生出来了！我呸呸……"

傅清明叹了一声，看向阿绯，又看了祯雪一眼："王爷……"

祯雪无奈，缓缓摇了摇头："好了，不要用这种眼神看我，我也正想要把实情跟阿绯说的。"

阿绯赶紧跑到祯雪榻前："皇叔，你不要袒护他，先前你不是答应我跟他休离的吗……"

傅清明淡淡道："据我所知，王爷那时候是没说完，并非就是答应。"

阿绯只觉得百爪挠心："傅清明，你到底偷听了多久？"

看他那淡定安然的死样子，阿绯恨不得上去撕破他的假面具，分明来了很久，也不知把她跟祯雪的对话偷听了多久，居然还是一副很无辜很正经的模样，开始的时候还假装什么也不知道。

傅清明冲她一笑："请殿下恕罪，该听到的都听到了。"

阿绯觉得应该快些想出个法子，把傅清明除之而后快，不然的话，迟早要给他活活气死。阿绯正在怒火中烧，手上却被一按。

阿绯低头，却见是祯雪抬手，将她的手握住："阿绯，其实有一件事，是该告诉你的，不然的话对清明很不公平。"

阿绯一呆，又皱眉："皇叔，是关于他的事吗？我没有兴趣听！"

傅清明在一边自顾自坐了，依旧是一副令阿绯抓狂的淡然表情。

祯雪叹道："跟他有关系没错，可是更跟皇叔有关。"

阿绯闻言就有些动心："跟皇叔有关？是什么？"

傅清明听到这里，忽然冒出一句："王爷，你要留神呐，或许殿下会不相信的，反而以为你在袒护我。"

阿绯抓住旁边那包云片糕，劈头盖脸扔过去："你不说话没人当你是哑巴，而且我瞧你是在心虚。"傅清明张手，准确地将那糕点握住，云片糕酥软，极容易散掉，他的内力却操纵得极好，竟把一整包都完好无损地接了个正着。

"多谢殿下，"他看了阿绯一眼，低头开始吃，一副津津有味很是享受的表情。

阿绯瞪圆了眼睛看了会儿，心中默念："我不生气不生气……当他不存在……"才又转过头来看向祯雪，"皇叔，是什么？"

祯雪本是半起半卧，这会儿便坐起身来，轻轻地握着她的手，思忖了片刻，才道："阿绯，你以为南乡是清明的儿子，对吗？"

阿绯点头："那当然，不是我以为，是别人说的……唔，他也认了啊，想来也是，只有他才能生出那样顽劣的小鬼，实在可恨得很，想到他我的手又痒了。"阿绯搓搓手，想到南乡的小脸儿，恨不得立刻就去捏几把。

祯雪的表情很是奇妙，嘴唇微动，想要说话又没说出口。

而傅清明忍着笑，把头转开一边，仍旧不紧不慢地吃云片糕，大概是口渴了，又取了一杯茶慢慢地喝了口。

阿绯看一眼，只觉得自己快要被气死，赶紧不去看他。

祯雪叹了声，唇边多了一丝明显的苦笑，终于又道："其实……那些都是假的……不是真的，南乡、南乡不是清明的儿子。"

阿绯目瞪口呆，十分意外："皇叔，你在说什么？这个怎么会是假的？你、你不要骗我。"

她忽然想到傅清明方才那多嘴的一句，顿时脑中灵光一闪，便道："皇叔，你不要为了袒护他而骗我啊！我是不会相信的。"

傅清明似乎吃得很满足，缓缓地出一口气，挑眉道："王爷，你看吧，被我说中了。"

阿绯暗暗祈祷他给云片糕噎死，祯雪却是一副极严肃的模样："皇叔没有骗你。"

阿绯看着祯雪的神情，心中一沉，便有了七八分相信："可、可……如果不是他的儿子，又会是谁的？他为什么会认？而且南乡那小鬼……他也说傅清明是他爹啊！他长得那么可气，又顽皮不听话，狡诈阴险，不是他的儿子……"

傅清明竭力忍笑。

"阿绯，你听我说，"祯雪微微摇头，沉默了片刻，才道，"皇叔不会拿这个开玩笑，因为……南乡他……是我的儿子。"

"嘶……"阿绯倒吸一口冷气，整个人几乎要晕过去。

祯雪看一眼阿绯，又看傅清明，却见后者正握着一杯茶，手稳稳地，纹丝不动，面上带着一丝轻描淡写的笑意。他并未看这里，目光虚虚地看向别处，静了会儿，一抬手，又轻轻喝了口茶，那副从容不迫、胸有成竹的模样，似乎永远不会因为谁而改变，也不会有什么能打破。

祯雪看着他，握住阿绯的那只手无意识地紧了一紧。

要不是打从心里信任着祯雪，阿绯真要以为这是祯雪开的一个玩笑。

"为什么……"阿绯望着面前脸色苍白的祯雪，"我、我从来都不知道……那么，南乡的娘亲又是谁？"

"她已经去世了，"祯雪握着阿绯的手，眼中透着几分惘然，"她的出身低微，曾经是王府里的一个丫鬟，生了南乡后就去世了。"

阿绯呆呆地看着祯雪："可、可是……"她不记得这件事，丝毫的印象都没有，但是南乡呢？为什么会"挂名"在傅清明名下？

阿绯忍不住回头看了傅清明一眼，却见他安静地正在吃东西，这个时候他还吃得那么惬意，实在叫她恼火之余，又有无限无奈。

"那是因为要保护南乡，"像是看出了阿绯的疑惑，祯雪慢慢地又说，"这件事谁也不知道，只有清明跟我……"

"保护他？"

祯雪沉默，旁边的傅清明道："王爷累了，不如让我来说吧。"

阿绯本要让他闭嘴的，然而看祯雪的确是有些疲倦似的，便道："你也知道？那你说罢。"

傅清明拍拍手，手上沾着些云片糕的碎屑，阿绯看他吃得差不多了，不由得又道："你可真能吃，是特意在将军府没吃饭跑来这儿讨吃的吧？"

傅清明冲她一笑："殿下总是这么聪明。"

阿绯才不吃他这套："快说快说。"

傅清明道："殿下大概知道，王爷也算是京城内数一数二的美男子吧。"

阿绯挑眉，便看向祯雪，却见他半闭着眼睛靠在榻上，闻言便无奈一笑，病弱里头却仍旧难掩清美之色。

阿绯不由得咳嗽了声："又如何。"

傅清明道："是这样的，王爷当时风流倜傥，自然就招惹了些情债，其他的女子倒也罢了，唯独有一位，是个不好招惹的主儿……"

阿绯听得皱眉不已，便盯着祯雪瞧，又小声问道："皇叔，你真的很风流吗？"

祯雪一笑，同样低低说道："这么多年都是清明护着南乡，就让他多说两句吧。"

阿绯胡乱点头："我猜也是的，他就爱胡说，好像世上就他最好似的。"

两人声音虽低，又怎能瞒过傅清明的双耳，傅大将军忍着笑，道："那王爷若非风流，又怎么会惹上南溟的前任护教呢？"

阿绯耳朵抖了抖："南溟？……是那个'南溟'吗？"

傅清明便看她："不错，正是你知道的那个南溟，就是朱子……"

"行了行了，不要提他，"阿绯皱眉，回头又看祯雪，心中想道：皇叔也跟南溟遗民有什么瓜葛吗？唉！

祯雪像是懂她在想什么，便低声道："当初不知道她的真实身份……等发觉之时却已经晚了。"

"倒不是王爷的错，"傅清明难得地说了句公道话，"但风蝶梦向来眼高于顶，不把天底下的男人放在眼里，却对王爷一见钟情，又怎么会轻易放弃呢。"

阿绯抓头:"风蝶梦?"

祯雪默不作声,傅清明道:"说起来那也是一个美人,若不是她的身份特殊,王爷倒可以把她纳入府里……也不至于……"

阿绯叫道:"什么?你当皇叔跟你一样好色吗!"

傅清明笑道:"我哪里好色啦?"

阿绯怔了怔,望着他笑吟吟的样子,一时脸红:"你哪里都是。"

傅清明笑而不语。

两人一时大眼瞪小眼,祯雪双眉微蹙,道:"算啦,还是我来说吧。"

那两个人才停了嘴斗,一起看向祯雪,祯雪道:"记得那天,也是春日,有些阴天,我因一件事入宫一趟,走到半路,马忽然惊了……"

祯雪说着,便似那一幕就又出现在三人眼前一样……

马儿受惊,侍卫急忙前来相护,祯雪拉住了马儿,却见前面的侍卫在呵斥一人,那人缩在街边一角,浑身沾着泥,衣衫褴褛头发散乱,甚至看不出是男是女,想必是个叫花子,方才就是因为这叫花忽然动了,才惊了祯雪的马儿。

侍卫便想将这叫花子赶开,谁知他仿佛不懂他们在说什么,动也不动,双手抓在地上,沾满了泥,仰头痴痴呆呆看着众人。

在场的侍卫跟两边的百姓看清这叫花子的脸,都露出嫌恶表情,原来这人的脸上仿佛是溃烂了般,委实龌龊,只依稀能看清两只眼睛,眼皮都是肿胀着的。

侍卫掩着口鼻,就要将他踢开,祯雪却将侍卫喝止,上前看了会儿,只觉得甚是可怜,便道:"这人身患重病,已经极可怜了,不许为难他。"又叫两个侍卫留下,拿一些银两,送他去医馆治疗。此后祯雪便离开了,后来两个侍卫回报,只说那叫花子送到医馆去了,祯雪便不以为意。

阿绯问道:"皇叔,你为何说那叫花子?难道他跟风蝶梦有关?"

祯雪轻声道:"是啊,但不是有关,后来我才知道,那个叫花子居然正是风蝶梦。"

"啊?"阿绯吃了一惊,"是她?但是她不是很美吗?"

祯雪道:"我也是后来听她自己说起来的,原来当时她中了毒,我遇到她的时候,正是她逼毒的时候,毒气散发所以才那副模样,后来却是好了。"

傅清明在旁一笑:"那风蝶梦当年在南溟也是艳名远播,据说追求她的少年不计其数，她都不放在眼里……后来她中毒毁了容颜，所遇到的人无不心生畏惧，恨不得避而远之。她的心性本就偏激，受了刺激，更觉得天底下的人都是薄情寡义之人，谁知道在她最危难不堪的时候，却遇见了王爷。"

祯雪的脸上却没有任何轻松之色："我当时只是发了恻隐之心而已……谁知道竟然惹下如此孽缘，后来虽然是因为发觉她的身份跟她做了了断的，但仔细想想，我同她也的确并非一路人，迟早是要反目的。"

傅清明才敛了笑意："倒也是，风蝶梦太过狂傲偏激，又性烈如火，王爷早些跟她了断是对的。"

阿绯听得又是揪心，又是好奇："后来她又出现了吗？那她的脸好了？还跟皇叔……"

祯雪才又道："后来她又出现……我不知她就是那曾落魄的叫花子，但是很快却知道了她的真实身份，朝廷跟南溟素来如同水火，我便跟她直言，谁知她因此心生怨恨。恰逢当时有一位朝臣有意将女儿许配给我……风蝶梦闻知，竟出手毁了那女子的容貌。"

阿绯心头一凉："什么？"

祯雪似有些难过："我同那女子虽然没什么交际，但她因我而毁了容颜，我一恨风蝶梦，二来又觉得对不起那女子，便想索性跟那女子成亲……"

祯雪说到这里，便有些说不下去。

阿绯呆问："然后呢？"

傅清明道："谁知道风蝶梦大怒，竟出手杀了那女子跟她府上之人，且迁怒之下，又连连害了数个名门闺秀，且对外扬言谁若是嫁给王爷，便会杀其满门。"

阿绯听得惊心："那个女人……疯了吗？"

傅清明道："大抵是疯了吧，刑部跟侦缉司都派人缉捕她，有一次合围中重伤了风蝶梦，传闻她重伤不治而亡，谁知就在南乡出生在即之时，她却又出现，出手害了南乡的生母……"

阿绯没想到世上竟有这么疯狂的女人，一时听得呆住。

祯雪似乎想到昔日场景，长长地叹了口气："南乡的娘亲拼了最后一口气生下他，南乡是早产十分虚弱，几乎也只剩下一口气。当时清明来府上助我，知道以风蝶梦的性子怕是不会罢手，便用了偷梁换柱之计策，用了一个死去的孩子换了南乡，只说南乡感染了蛊毒不治身亡，自己却担了虚名，把南乡收到府里头，只说是自己的儿子……此事只我跟他知道，而至此之后，风蝶梦果真不曾出现过。"

阿绯到现在才全信了这件事，想到"风蝶梦"此人，浑身有些不寒而栗，又想到南乡那小家伙……居然是祯雪的儿子，而她还教训了他那么多回，且当着祯雪的面又骂了许多次，匪夷所思之余有些不安，但却想到一个更严重的问题，便问道："那么那个风蝶梦现在在哪里？是离开京城了吗？"

傅清明道："这个没有人知道。"

阿绯斜睨他："连你也不知道？"

傅清明抱起双臂："我又不是神仙，且南溟遗民的能耐不容小觑，更何况风蝶梦曾是前任护教，为人狡诈，蛊术又是出神入化，让人防不胜防，只怕她现在仍留在京内某处潜伏着伺机而动也不一定呢。"

阿绯想了会儿，忽然惊道："那皇叔的病是不是也跟她有关系？"

祯雪跟傅清明对视一眼，傅清明道："多多少少是有那么一点儿关系的，殿下，这机密今日跟你说了，你可要守口如瓶啊，不然的话若是传出去，给风蝶梦知道了，南乡可就……只怕王府里也永无宁日了。"

阿绯握拳道："我当然什么也不会说的，皇叔，你放心吧。"

祯雪却神色黯然："她曾说要跟我不死不休的，我若死了，倒也是好事……"

"皇叔！"阿绯大叫一声，"不要胡说！"

祯雪才抬眸看向她，露出温暖笑容："皇叔知道，皇叔答应了阿绯的……"

阿绯才有些安心，刚要再说几句安抚祯雪，却见傅清明在旁边冲自己使了个眼神。

阿绯奇怪地看着他，心想：这个家伙对自己这么自信吗？这是什么意思，难道是想让我……

果然，傅清明起身道："王爷，你该好好休息休息了，我先带殿下出去吧。"

阿绯就白了他一眼，傅清明又道："也是时候该让太医进来再把把脉了，殿下，你说呢？"

阿绯一听这个，才也站起身来："皇叔，你说了这么久，一定也累了，快躺下歇息会儿，我一会儿再来看你啊。"

袂雪的确是累了，便答应了，重新躺了下去。

阿绯把门轻轻关了，同傅清明下了楼，太医们果真等在外头许久了，见他们出来，便进去探望袂雪。

阿绯下楼后，才看向傅清明："你冲我挤眼干什么？"

傅清明道："那当然是有要事要跟殿下商量。"

阿绯道："什么事？"

傅清明看看左右无人，便道："殿下你可知道，风蝶梦为何要杀那些女子？"

阿绯仰头看天："因为她疯了。"

傅清明一笑："这只是其中一个原因。"

阿绯忍不住也笑了笑，却又板起脸，扭头看傅清明："你想说什么？又要同我拐弯抹角，这点上你跟糖棋子倒是一样的。"

傅清明笑着摇头："殿下，说正经的，你不能再住在王府啦，最好还是跟我一块儿回去吧。"

阿绯嗤之以鼻："若是要说这个，趁早不要提。"

傅清明走到她身后，忽然张开双臂将她抱住，阿绯挣了一下："你又干什么？不要动手动脚！"

傅清明低头，在她耳畔低低说道："风蝶梦之所以杀那些女子，是因为嫉妒，她不顾一切地杀了南乡的生母，也是同样的道理，她无法忍受王爷对别的女人好，宁肯王爷恨她也不想王爷好过……殿下你明白吗？"

阿绯有些明白，又有些不敢相信："你是说她、她会对我……但我是不一样的！"

"在风蝶梦的眼里，唯有她自己在王爷面前才是不一样的，"傅清明语重心长地说，"殿下，你若是留下来，恐怕会给王爷带来许多不便……就算是你不怕，可若是你有个三长两短，叫王爷如何承受？故而……跟我回去，让我护着你，好吗？"

傅清明说到最后，嗅着阿绯身上淡淡香气，顺势就在她娇软的脸上亲了下。

阿绯认为傅清明这是在趁火打劫，还带一点借机要挟的意思，但除此之外，倒真的还有些道理。另外提到将军府，除了那个唐妙棋外，却还真的有一个人阿绯还挂在心上，那自然就是南乡了。先前以为南乡是傅清明的儿子，因此越看越不顺眼，每次见面都要争吵或者动手。

南乡也怪，不知道为什么总是跟她不对眼儿，阿绯想了想，或许是因为有人在南乡耳畔挑唆的缘故。现在知道了南乡是祯雪的儿子，心理上居然起了奇妙的变化。一来有几分愧疚，二来还想着……替祯雪好好地照顾或者"疼爱"南乡。

"疼爱……我怎么想到那个……鸡皮疙瘩都冒出来了。"阿绯摸着手臂，打了个哆嗦。

"到底在想什么，心不在焉地，我可是在跟殿下说正经事，"傅清明叹了口气，手在阿绯身上摸过，从腰间顺着往上试探，"最近殿下似乎胖了些。"

阿绯挣扎着："不要乱摸！"终于将他推开，"这是在王府！"

傅清明恋恋不舍："是我太想念殿下了……"

阿绯呸呸数声："我才不相信，男人靠得住，母猪也上树！"

傅清明哈地笑出声："什么？哪里听来的这些怪话，但是还是有点道理的，殿下，除我之外的男人都不能相信哦。"

"你是排在最前面的那个！"

"我府里的厨子新研制出了一道菜，神仙闻了也动心，南乡起了个名字叫做'仙下凡'，还嚷嚷着要吃呢……"

阿绯上了心："真的？你给他吃了？"

傅清明道："当然没有，必须得让你先吃。"

阿绯又高兴，又有点觉得对不住南乡："对啦，南乡是……哼，所以你才对他那么差的？"

傅清明抱着阿绯坐在靠窗的榻上，木桌子上摆着一个小花瓶，斜插着三两枝花，开得十分闲适静美。傅清明听她问到这个问题，脸上浮现一丝为难："倒不是故意冷淡他，只是不知道该怎么对待一个小娃儿……而且我毕竟不是他的……如果对他太好了，也不应该。"

阿绯听了这几句话，觉得十分意外，冷清而高深莫测如傅清明，居然会不知道该如何对待南乡那样的小孩儿……而且是因为顾忌南乡不是自己亲生的，所以不能对南乡太好，是怕以后南乡舍不得离开他？还是怕夺走了祯雪身为南乡生父的权利？总之像是傅清明这种人会有这样的顾忌跟考虑，让阿绯觉得几分新奇。甚至觉得这个人不再像先前那样毫无可取面目可憎了。

"那好吧，"阿绯手拄在桌子上，支着腮端详着傅清明，"我去可以，但是你不能……"想到上回的经历，便又转回头来不看他。

"不能什么？"傅清明瞧出异样，凑近了来，轻声地问。

阿绯身子抖了抖，叫道："不然我就不去了！"

"你都没说具体是什么，叫我怎么答应？"傅清明明知故问，恨不得把人拥入怀中，肆意而为，却还得忍着。

"就是……就是……"阿绯低头，手指头在桌上画了几个圈，"你不能强迫我跟你……"

傅清明看着她的脸一点点地红了起来，是那种娇嫩嫩的红，他的手指间，唇上，心底，都记得那种绝美而诱人的触感……

傅清明探手轻轻地握住阿绯的手腕："殿下放心吧，我决不会强迫你做任何事情。"脸色居然异常的温柔跟庄重。

阿绯盯着他的眼睛："真的？"

傅清明坚定地回答："当然是真的。"

他正经的时候实在正经得不得了，让人觉得仿佛怀疑他半分都是一种罪过。

阿绯歪头看了会儿，忘了有一句话自己刚刚说过：男人靠得住，母猪也上树。唐西来迎接阿绯的时候，阿绯发现他换了一件衣裳，居然是件褐色的袍服，他先前穿黑，忽然这样，阿绯有些不习惯，便多看了两眼。

阿绯跟连昇各带了丫鬟，大丫鬟底下还有小丫鬟，因此分了两个车坐，唐西负责保护他们这辆。其实也用不着，阿绯身边，孙乔乔不离左右，忠心耿耿地跟随着。

在路上，连昇比着手势问道："姐姐，你跟将军和好了吗？"

阿绯有些尴尬，就回："在一个地方住久了气闷，要经常换换。"

连昇大概是看出她有点不自在，便没有再问什么，只比画道："不管去哪里，我要跟姐姐在一起就好。"阿绯高兴起来，便把他抱入怀中。

车行到半路，速度忽然放慢了，阿绯听到外头似乎有喧哗的声音，便道："发生什么事了？"

外头唐西回答："前头有人挡着，一会儿便好，殿下放心。"

孙乔乔撩起车帘子："什么人挡路？哦……原来是个叫花子。"

阿绯不以为意地扫了一眼,从掀动的车帘看出去,隐约瞧见个衣着褴褛的乞丐,被侍卫拉开丢在路边,那乞丐一动不动,像是死了一样。

车继续往前走,阿绯觉得似乎有人盯着自己一样,有些不安,她转头看过去,却瞧见那乞丐缩在黑色肮脏的袍子里头,隐隐地露出两只眼睛,正也盯向她。目光相对的瞬间,那叫花子眼神变了变,仿佛在笑,阿绯心头咯噔一下,正要再看,马车却已经过了那巷口。

马车到了将军府,头一个迎出来的居然是南乡,小家伙望着阿绯很不客气地问:"坏公主,你又来干什么?"但是目光闪闪地,却是一脸的兴奋。

阿绯先前以为他是傅清明的孩子,便百般挑剔,现在知道是祯雪的,忽然觉得有点顺眼,又瞧破他的真实心意,便笑道:"小家伙,就这么想我吗?"

南乡吓了一跳:"胡说,谁想你啦?我、我恨不得……哼……"

阿绯嘻地一笑,无视两边跪地迎接的奴仆,径直走到南乡身边,南乡竭力做出趾高气扬的模样,但随着阿绯走近,却显得越来越不安,想跑却又拉不下面子来,就硬撑着站在原地。阿绯垂头看了他一会儿,抬手便捏住他的小脸儿,笑道:"小家伙不要这么口是心非,我知道你很想我。"

南乡红了脸,大叫道:"我没有!"胡乱地便挣了开去。

阿绯哼了声,道:"不想我吗,亏我还特意来看你……那算了,我走了。"

她说着,转过身作势欲走,南乡急忙跑过来:"喂喂,你怎么……"

阿绯回身一把抱住他:"还说不想我?"

南乡被她抱入怀中,满脸通红,说不出话来,这会儿连昇跟孙乔乔走过来,一左一右,连昇小大人儿似的背着双手,一言不发。孙乔乔却笑嘻嘻地说道:"公主跟小公子的感情可真好啊。"

南乡终于忍不住叫道:"谁说的,我们没有……"

这边正一片其乐融融,却见有几个府内的仆人匆匆地跑进来,唐西见了,便喝道:"乱跑什么?如此没有规矩。"

那几个仆人变了脸色,慌忙跪地道:"西爷恕罪!小人们方才经过侍卫房,听说有两个侍卫无端死了,死状可怖……"

唐西一惊:"什么?"

这边阿绯也停了玩闹,见唐西喝令那两个仆人带路,自己亲去查看。

南乡从没见过这样的事，当下便道："我也要去！"

阿绯紧紧握住他的手："死人有什么好看的！招惹了鬼的话晚上会来找你的！"

南乡道："我不怕……"虽然如此，却不敢嚷着要去看了。

唐西到了侍卫房，见那边果真已经乱成一片，地上躺着两具尸身，旁边竟有些小小虫子簌簌蠕动，有几个侍卫本围在跟前，此刻也面无人色地退后。

忽然有人惊叫："我的手！"唐西上前一看，却见有个侍卫张开手，一只手乌黑一片，那黑气正往手腕上蔓延，唐西脸色一变，把旁边侍卫腰间的刀陡然拔出来，当空一闪，那侍卫惨叫一声，一只手已经被砍了下来，污血洒了遍地。

唐西把手上那把沾血的刀一扔，喝道："地上的尸身不许碰到，立刻取火油来浇了烧掉！"侍卫们都被吓呆了，听了盼咐慌忙奔走。

唐西叫那侍卫统领监看着，自己便出了府，径直往兵部亲自向傅清明禀报。

阿绯捉着南乡往府里头走，心头想到那两个侍卫忽然死了，以及路上遇到的那个乞丐，想道：难道真的是那个人……不会这么快吧？

南乡起初不情不愿的，见挣扎不开，倒也妥协了。如此进了内院，才见唐妙棋姗姗迎出来："不知殿下驾到，有失远迎。"

阿绯扫她一眼，径直上位坐了，才道："看见我来，心里很不舒服吧？"

唐妙棋道："殿下说哪里话。"

阿绯望着她眉眼儿精致的脸蛋，忽地一笑："没关系，知道你不舒服我就舒服了。"

唐妙棋决定将阿绯除掉。

这个念头在心里滋生，恶狠狠地，像是一朵恶之花，迅猛生长。

当初在听说傅清明是驸马的时候，在唐妙棋的心里，那个传说中名声非常不好的公主就被定位为一个简单易消灭的炮灰角色。唐妙棋觉得光锦公主这个人物……只是为了衬托她才是傅清明的真爱而存在的。那简直是个反派人物的典型，完美地衬托了她的温柔可爱，善良大方，知书达理，武功高强等等优点。

想当初在天都的时候，门中的男弟子几乎都被她这个小师妹的魅力征服，还有人时不时地为了她争风吃醋而大打出手。甚至有一次有一位弟子被失手重伤，几乎残疾。可是没有人把责任算在唐妙棋的身上，因为小师妹是无辜而纯真的，反而是他们不好，惹得小师妹伤心落泪。她扮演这样表面清纯里头一团黑的角色，得心应手。

其实天都也是个有名的门派，门中男弟子不乏几个出身不错的。但是唐妙棋觉得无趣。她有自己更高远的目标，那就是傅清明。那是一个高不可攀的神祇般的人物，当听爹娘说起傅大将军先前曾拜在天都门下的时候，唐妙棋简直疯了，她觉得这是冥冥之中上天的一点指示：意味着她跟傅清明前缘早注定。

当然傅清明"遇人不淑"，他们之间产生了一块小小的绊脚石。

然后那块绊脚石神奇而如愿以偿地失踪了。

对唐妙棋而言这简直是个完美的爱情传奇故事的开始，她跟傅大将军的故事将翻开新的一页。恶毒任性不解风情的公主消失了，温柔善良清纯动人的她出现在傅清明的面前，近水楼台干柴烈火，她一定可以迷倒那个高高在上的男人……成为命运的女主角。相比较寄人篱下的女主角爱上表哥或者爱上表叔或者爱上姐夫妹夫之类的狗血故事，唐妙棋觉得小师妹这种设定简直顺理成章到令人拍案叫绝。

只除了一点。

绊脚石是没有了，但是她要攀爬的男主角却有些生硬难啃。

在住进将军府的这段日子里，唐妙棋把自己的温柔——每天见到傅清明都会嘘寒问暖，善良——积极笼络下人跟南乡，活泼——偶尔会唱个歌儿弹弹琴，多才多艺——武功不在话下，吟诗作赋之类的更是难不倒她。

对着镜子或者对着湖面顾影自怜的时候，唐妙棋觉得自己都要爱上自己了。

可是傅清明却好像还没有接收到这些优质因素。

他好像是一座表面温和实则冷漠的冰山，让她又爱又恨，甚至觉得再这么熬下去，什么温柔善良……她的本性恐怕就要暴露出来了……实在可怕。

唐妙棋委实有点惆怅，觉得路漫漫其修远兮……不过从另一个方面想，越是艰难越是值得，而傅清明又是个顶尖的男人，她的所有付出倒也是不亏的。

然而正在她孜孜不倦地开始攻陷这座表面温和的大冰山的时候，那个绊脚石忽然又出现了。

唐妙棋大为意外，在她意料之中那个公主已经作为炮灰而退场了，忽然又冒出来是怎么回事？然后她默默地推测了会儿，觉得这也是一个神迹。

估计是上天看她跟傅清明之间没什么进展，所以才把这位炮灰公主调出来，以促进两人之间的感情吧。每段停而不前的感情中间都要有一个催化剂的。而对唐妙棋而言，光锦公主的存在恐怕正是如此。应该是因为她的复出，反衬了她的光辉灿烂，让傅清明睁大眼睛看看明白，到底谁更可爱一点，谁更值得爱更适合他。

可是没想到，几番交锋，都让唐某人大为意外。首先这个公主的确如她所料不是个善茬，任性嚣张得可以。可是最让人气愤的是，光锦公主居然不是个白痴……

起初唐妙棋很不愿意承认这点，但是一连经过几次的打击她不得不承认，这个绊脚石的存在实在是太过碍眼……气场也太过强大了一点。

唐妙棋看阿绯的眼神也跟先前不同，最可气的是傅清明，他对待那恶公主的态度，让唐妙棋呕血。唐姑娘几乎要呕出内伤，甚至想要弄一个小人儿来扎。

只是，正愁找不到她，交不上手，没想到她居然又回到将军府。因此若说是"不舒服"，唐妙棋的不舒服只是来自于阿绯回来是出自傅清明的意思。在另一方面，她却是挺舒服的，至少可以面对面地对上她的敌人了。

唐妙棋望着得意洋洋的阿绯，暗地里咬牙切齿觉得自己的机会来了。

吃了午饭，阿绯抱着连昇想要小憩片刻，却听得隔着墙窗外有人道："好奇怪，外头的侍卫无端端地死了两个，还有一个人的手被西爷砍断了。"

阿绯听到"西爷"，嘴角抽了抽，想到是唐西，他居然也得如此尊称。

"是啊，据说死得蹊跷，尸体都给当场烧掉了！好可怕，不知是不是严重的瘟疫？"

"应该不会吧……公主才回府来，就发生这种事……"

阿绯皱眉听着，那说话的声音却越来越小，极快消失，大概是终于觉得忌惮了不敢再说。连昇本来睡着，此刻便睁开眼睛看阿绯，似乎担忧。

阿绯摸摸他的脸，用嘴形说道："没事。"

抱紧了连昇，阿绯闭上眼睛，脑海中浮现好多的影子。

阿绯没有跟任何人说，那些断断续续的影子纠缠她许久了……自从在妙村，傅清明找到她开始。

"混蛋，你放开我！谁让你对我这样无礼的！"

"这怎么是无礼呢，殿下？"

"你居然敢不听我的，放手，我的手很疼！你干什么！"

"若是殿下肯对我仁慈一些，自然就不必这样了！"

他说着，手腕一动，一声惊呼，那个娇小的身影猛地跌向旁边，他不费吹灰之力地按住她："既然殿下执意如此，那我就不客气的，想来这里也极好……"

"嘶啦"一声，衣衫被扯破。

"不要！傅清明你这混蛋！"那叫声越来越低，渐渐却成了压抑的呻吟。

阿绯紧闭的双眸不安地动了动。

"我讨厌他，讨厌他……恨不得他死。"

临水边，那娇小的人坐在那里，手里撕着一朵花，花瓣从手指间落下，飘飘扬扬地，漂在碧水之上，随着水流婉转。

眼泪一滴一滴掉下来，有的打在花瓣上，宛如朝露。

撕完了花瓣，她伸手抱住膝盖，无助地凝望着水面，有个念头忽然从心头掠过，如此清晰的："要是跳下去，就不用忍受那些了吧……"

水面漂着的花瓣之中，忽然又映出了一张脸，小小的，清秀地凝望着她。

她眨了眨眼，望着那张脸，惊喜交加："啊，是你啊！"

水面上映出的那张脸眨了眨眼，然后冲她露出了一个温和的笑。

阿绯猛地打了个哆嗦，怀中的连昇也惊醒了，惊讶地看向她。

片刻，连昇抬手摸摸她的额头，小小的手指上沾着许多汗。

阿绯咽了口唾沫："啊……天气这么热了……"

连昇不能说话，只是静静地望着她。

阿绯伸手扇风，从榻上爬起来："不睡了，我们出去转转吧。"

傅清明得了唐西的消息后，尽快返回了将军府。先去看了一眼阿绯，见她抱着连昇睡在榻上，他站了会儿，便轻轻地退了出来。有两个丫鬟在多嘴，见了他便急忙停口。

傅清明出来后，吩咐管家把那两人调出阿绯的房中。

他沿着湖畔慢慢而行，心中想着要不要再在阿绯的身旁多加几个侍卫，却见迎面走来一个人，正是唐妙棋。

两下见了，唐妙棋行礼道："大师哥，你回来了。"

傅清明一点头："没有歇息会儿吗？"

唐妙棋莞尔："大师哥不也是一样的？如果有空，妙棋陪你一块儿走走？"

傅清明望着她藏着心事的眼睛："也好。"

天气渐热，幸好风还是清爽的。两人走了会儿，唐妙棋问了问外头的情形，便道："今儿公主殿下回来了，是师哥的主意吗？"

傅清明淡淡道："是啊。"

唐妙棋听着他的声音，忽地笑了笑："师哥对公主，似乎很是纵容……呢。"

傅清明道："阿绯虽然任性，本性却不坏，她嫁了我，我对她好些是应该的。"

这是目前为止他说的最长的一句话了。唐妙棋心里略酸，面上却仍巧笑嫣然："妙棋竟没瞧出来，师哥是如此多情温柔的人，可是……"

"嗯？"

"可是我听南乡说，公主她……还打了师哥……"她的声音放得极小，脸上的笑也敛起来，几分不平，几分烦恼地望着傅清明，"这也太过分了些，师哥你怎么可以容忍……"

"是吗。"傅清明倒仍是先前的表情。

"师哥……"唐妙棋仍旧不忿，"你对她如此之好，就算是公主，这么做也……"

傅清明忽然停了步子。

唐妙棋停口，仰头看他。

傅清明望着天边那一朵云缓缓而行，道："你若是知道失而复得的滋味，就会明白我怎么纵容她……都不为过。"

唐妙棋望着他略带一丝郁悒的眼神，她从没想到无所不能的傅清明，脸上居然会出现这样的神情，然而无可否认，却更动人。

不知为什么唐姑娘有些控制不住自己，尤其当看到傅清明身后出现的熟悉人影的时候，那种无法自控便更如潮水一般袭来，唐妙棋一咬牙，张手便将傅清明抱住，低声呜咽："可是师哥，妙棋替你不值啊！"

唐妙棋自己也觉得她选的这法子有些老套，但是没有办法，已经无法控制心底的欲望，而且有那么一句话不是：最老套的法子往往也最有效。何况她终于抱了一次傅清明，就算是无效也值回票价。沉溺爱意妒意中无法自拔的唐妙棋不忘观察敌人反应，微微歪头从傅清明的胳膊旁边看向后面。

阿绯跟连昇两个一左一右正往这边走，唐妙棋看着阿绯那渐渐凝住的眼神，心中大叫一声万岁。奇怪的是，傅清明并没有粗暴而果断地推开她。

唐妙棋一瞬间觉得傅大将军是不是心里头也早就中意了自己，所以这个机会对他来说也是个机会？这念头在心中徘徊，阿绯跟连昇已经走到了跟前。

连昇不能说话，只能用眼神表达自己的惊讶跟……

唐妙棋一时不知道该怎么继续，本来她应该当机立断放开傅清明然后装出一副很不好意思刚巧给人撞破奸情的羞涩来的，只可惜大概是这抱住的感觉太好了，这机会又委实珍贵，让她竟无法撒手。

另一方面，可能是被光锦公主殿下的反应给惊呆了。

阿绯开始的时候还带一丝狐疑地看着抱"在一起"的两人，等走到跟前的时候，脸上却露出明明白白的一份鄙视来，然后她翻了个白眼，哼了声，一扭头，迈步径直走过两人身旁。

唐妙棋张大了嘴，感觉有一阵冷风绕身而过。

傅清明终于有了反应，他咳嗽了声，唤道："殿下……我在这里。"

阿绯头也不回地摆摆手："知道知道，继续忙你的吧。"

唐妙棋听到自己的心跌在地上，发出咕咚一声。

傅清明终于又道："妙棋，可以放开我了吗？"

唐妙棋忽然发现自己错失了装羞涩无辜的良机，而是像个傻子一样地被人摆布着，她"啊"了一声，然后急忙松手，局促道："师哥……我……"

傅清明淡淡一笑："没事的话，就回房去吧。"

唐妙棋疑心她所有的心思都被人看穿了，只可惜无法验证。

傅清明交代了一句后，便跟上了阿绯。

唐妙棋听他说："殿下怎么不多睡会儿？"

阿绯哼道："你怎么知道我在睡觉？"

傅清明道："先前去过，看殿下睡着便未曾打扰。"

唐妙棋定定地看着，傅清明一直跟在阿绯身旁，高大的身影像是世上最可靠的依靠，那个人却丝毫也不在意似的，连回头看一眼都不曾。

"不值……真的不值啊……她凭什么！"心中那句话忽然又响起来，这一回，却是真心诚意地。

阿绯看傅清明跟着，便道："你没有正经事做吗？总是跟着我做什么……对了，待会儿我要出门，你可别烦我。"

傅清明道："确是有些忙碌，不过此刻还算空闲，殿下要去哪里？"

阿绯哼道："这个你不用管。"

他们两个说话间，连昇便不停地仰头看傅清明，傅清明望着他乌黑晶亮的眸子，不知为何竟冲他微微一笑，连昇急忙又垂了头。

傅清明才又看向阿绯："殿下，这几日怕不大太平，倘若无事，尽量不要出府才好。"

阿绯心头一动，便问："你说的，可是……那个蝴蝶？"她不肯轻易泄露风蝶梦的名字，便抬起双臂做蝶翼扇风状。

傅清明看着她的举止，忍不住笑："正是。"

阿绯这才回手，摸摸头皱了眉："原来那两个侍卫真的是……算啦，你不是让唐西跟着我吗，还有乔乔，应该无碍的。但你若是想用这个理由拦着不让我出府，那可不成，要不然你亲自陪我出去。"

傅清明望着她，问道："不知道殿下要去哪里？"

阿绯想了想，终于道："那我也不妨告诉你，再说迟早你也会知道的，我要去见方雪初。"

傅清明有些意外，双眉微微蹙起："这……殿下去见他做什么？"

阿绯看到傅清明有些忧郁似的神色，便笑得有些坏："我跟他以前认得，所以去叙旧可不可以。"

傅清明沉默了片刻，道："若是如此，殿下不妨将他请入府中，也不必出外冒险。"

阿绯打了个哈欠："偏不要，府里头这么闷，我要出去！"她说着，便握住连昇的手，"我知道你是没空的，你自去忙吧，我有数。"

阿绯拉着连昇跑回房中，略换了件衣裳，又叫了孙乔乔，便要出府，唐西早就恭候门边，便陪着一块儿出去了。

傅清明站在厅前阶下，望着阿绯走出门口，不由得叹了口气。

远处天际飘来一片阴云，傅清明耳力极佳，听得到在遥远的天际，传来一阵阵闷雷声响。一场风雨将至。

金元寺是间不大的寺庙，周遭多树，夏日郁郁葱葱地遮着，从空中看像是一汪碧波里的孤岛。寺庙幽静，香火稀疏，从上到下也没几个僧人，方丈管得不严，这般夏日午后，僧人各自或打坐，或静卧，或去偷懒。

阿绯缓步走过那鹅卵石排布的甬道，不进正殿，只是从旁边绕过去，靠寺墙边生着好些野草，随风摇摆。阿绯走着看着，步向殿后，刚一转弯，就看到在殿后的石阶上，那斑驳掉漆的红柱子旁边靠着一个人，身边放着几本书，手中尚握着一本，翻开着，页面被风吹得发出细微的哗啦啦声音。而他一边的袖子挽起，头靠在柱子上，半明的光影里闭着双眸如睡着的样子，因仰着头，雪白的里衣衬下露出一截如玉的肌肤，喉结微凸。

阿绯轻手轻脚走近了去，看他仰着头假寐的安然模样，忽然玩心大作，从后面伸手，便将那人的眼睛捂住。

那人身子震了震，终于不动声色地说道："殿下？"

仍旧是那样冷清淡然的声音，似乎分毫未惊。

阿绯放手，有些无趣："你怎么一下就猜到了？"

转到跟前，将裙子一踢正要坐下，那人道："我知道你迟早都会来这里的……且慢。"把几本书放平了铺好，从怀中掏出一方帕子放在上头，"跟你说了女子不能就这样席地而坐。"

阿绯看他一眼，慢慢地坐下："你知道？那你……总不会是每天都在等吧？"

方雪初扫她一眼，转头淡淡地看天色："闲暇时候会来的，心里想着，或许有那么一点机会会等到你来。"

阿绯抱住膝头："哦……可等到了又怎么样呢？"

方雪初默然无声，过了会儿，才说道："我也不知，大概只是一种执念罢了。"似乎也觉得自己可笑，他一垂眸，唇边极快掠过一丝淡笑。

阿绯一时也无声，两个人坐在阶边上，两两沉默。

片刻，方雪初才道："你上回说不想再跟我有些瓜葛，这回却又来见我，总不会是因为想起来了所以才来看一眼的吧，可是有事？"虽然是问话，他的声音却仍旧冷冷清清，毫无起伏似的。

阿绯看着脚底下那茂盛的野草，并不回答，只是忽然笑道："这寺里的和尚仍是这样懒，不知道除草，……我记得，有一次也是夏日，你依旧是在这儿靠着柱子看书，我却在下头贪玩，没想到乐极生悲，竟从草里翻出一条蛇来……"

方雪初眼睛一眨："哦，是啊。"

阿绯道："我当时怕极了，你便叫我跳到你身上，你背着我，把那条蛇打死了，但谁知道那条蛇有毒，你的腿都给咬伤了，太医说差一点就会死。"

方雪初面色虽冷清，此刻却带了一抹极浅的笑意："连这些也都记起来了。"

"是啊，有些不爱想起来的都想起了，没有法子，"阿绯抬手捧着腮，转头看方雪初，"喂，木头，我问你……要是这会儿再跑出一条毒蛇来，你还会不会拼了命地替我赶走？"

方雪初并没有回答，阿绯也没有再问，一阵风吹过，长长的草发出簌簌声响，仿佛真的随时都会有一条蛇跑出来。这阵风过去之后，方雪初才抬起手来，在阿绯的额头上一按："已经知道答案的问题，问来有意思么。"

阿绯被他的手按住额头，不由得闭上眸子，静了片刻，才道："你可以不答应的。"

方雪初一笑："傻话。"

阿绯睁开眼睛，望着近在咫尺的玉一样的人，忽然道："你腿上的伤还在么？我记得是留下疤痕了的。"

"在，丑得很。"

"我看看。"

"不行，难看。"

"我要看。"阿绯低头，便去抓他的袍子，方雪初往后一倾身子，阿绯扑了个空，竟跌在他身上。方雪初探臂，便将人抱了个满怀。

第十三章

殿下出马

毫无预兆地，阿绯趴在方雪初的身上，一抬头正对上他清洌的双眸，就算是在此刻，他的神情依旧没什么变化，只是一手揽着阿绯，一边冷静地看着她。

阿绯任凭方雪初揽着自己，忽然问："你怕不怕被人看到？"

方雪初道："怕什么？"

阿绯轻轻一笑，忽然伏低下来，靠在他耳畔又说了句话。

方雪初神情不变，也不做声，阿绯却看到他雪色的脸颊边上慢慢浮起淡淡粉红色。阿绯望着那一抹绯红，眨了眨眼，手撑在他肩头起身："算啦，抱都也抱了，给我看一眼又如何？你最好了，给我看看嘛。"她不死心地又低头去拉扯他的衣袍。

"还是规矩些的好……"话虽如此，方雪初心里念着那句"你最好了"，却叹了口气。

他把她放开，又一本正经地说："与其让你这般乱来，倒不如我自己动手。"

阿绯乖乖地跪在旁边，等着看似的。

方侍郎看她一眼，几分无奈，然后便将袍子往上拉起，大红官袍底下，是黑色绸裤，他将裤脚从靴子里拉扯出来，往上卷起，露出底下雪白的肌肤。黑白相映，旁边大红一衬，颜色的极致互相一撞，说不出的打眼。

阿绯眨了眨眼，看到他腿上那几个小小的疤痕，是蛇牙咬住留下的，那条蛇委实凶悍，大概也是被打得发了凶性，在方雪初的腿上留下数处痕迹。阿绯俯身，渐渐地靠近了看，整个人像是匍匐在了地上一般，又抬手轻轻摸过去。

方雪初望着她的表情，身子不为人知地抖了抖，就在阿绯的手指头碰到他的伤痕之时，极快地把裤脚放下："看够了。"

阿绯正要碰一碰，方雪初拉住她的手腕："到底是公主，你趴在地上成何体统，起来。"将她硬是拉起，靠在自己身边坐着。

阿绯望着他冷清的脸，没头没脑冒出一句："我有些后悔啦。"

方雪初长眉一挑："后悔什么？"

阿绯垂头看着自己的手，双手交握在一块儿，有些不安地绞着："后悔……来找你，也后悔……"

"没关系，"方雪初不等她说完，便淡淡说道，"你大概不知道，我等了多久才等来你一次后悔。"

阿绯临走的时候，方雪初仍坐在那殿阁外头，半靠着斑斓的红柱子，对阿绯说："我想再坐会儿。"

阿绯回头看他，他却不看她，一腿垂在石阶下一腿竖起来，手搭在上头，微微地垂着头，几分落寞。他只是默默地望着那没到人膝盖的杂草，风撩着他大红袍子跟身边的书页，袍子无声抖动，书页哗啦啦地响成一片，而他眼皮都不眨一下，容颜清清冷冷，宛若不动冰山。

阿绯狠了狠心，才让自己拔腿离开。阿绯转到前头，见孙乔乔跟连昇一大一小站在一块儿，孙乔乔不知在聒噪什么，连昇却瞪着眼睛四处打量。旁边不远处是唐西，孤零零地站着，像是一棵风里的枯树，自从他的老友胡三被调往外地公干，当然也可能是胡三见势不妙早一步先逃了，唐西寂寞高手的气质越发凸显。西爷面上略显几分抑郁，看到阿绯出来，那抑郁也是越发成倍增长，心中暗恨自己当初怎么没有跟胡三那只狐狸一块儿逃走。

阿绯摸摸连昇的头，便跟孙乔乔说："乔乔，我一会儿打算入宫，这几天又辛苦你啦，就给你半天假消散消散，你去找步轻侯也好，随便逛逛京城也好，高兴吧？"

孙乔乔一本正经道："虽然我还是愿意跟着公主，但既然是公主的命令，我也很乐意遵从，那我就去啦。"

阿绯笑："去吧，但在此之前把连昇先送回府。"

连昇急忙拉了她的袖子一下，阿绯知道连昇的心意，便道："知道你不愿意进宫，不必勉强，再说我是不会吃亏的。"

孙乔乔笑道："我觉得也是，殿下不去欺负别人就已经谢天谢地啦。"

阿绯哼了声，一扬下巴先走了，还不忘叮嘱："好好地把他送回去，不要有任何闪失。"

孙乔乔在后面笑着应道："遵命殿下。"

小太监诚惶诚恐地将阿绯迎进殿内，慕容善从桌子后探头向她打招呼。阿绯见他面前的桌上堆着好些书本兼奏折之类，宛如书山，桌子又大，慕容善坐在后面探头探脑，样子像极了被五指山压住的孙猴子。

阿绯忍不住笑："皇兄，你在干什么？"

慕容善向她一招手："快过来，朕要被这些东西给逼疯了！"

阿绯绕过去，跟慕容善一块儿坐在长桌后面，随手捡了一本书，竟见连"如是我闻"这种高深莫测的也有，顿时对慕容善另眼相看："皇兄，你还看佛经啊？真瞧不出……"

慕容善长长地叹了口气："朕是没法子给逼的，希图看看能静静心消消火，谁知道只看了一页就看不下去，反而头晕眼花。"说着，就拿手揉眼睛。

阿绯看着他消瘦的模样："皇兄，当皇帝是不是很辛苦啊？"

慕容善道："当然了，真是不在其位，不知其苦，当初还以为是……"脸上便露出点悻悻之色，却未曾再说下去。

阿绯道："可是我隐约记得父皇是很威风很了得的，当初几个哥哥也都很想自己当太子。"

慕容善一惊："皇妹，你……你记起来了？"

阿绯对上他的双眸："该记得的大概都记起来了吧。"

慕容善咽了口唾沫，露出几分不安神情："是……吗？"

阿绯伸手在那些书册上划来划去："而且我记得皇兄原先好像是不怎么喜欢我的……"

慕容善像是被口水噎到，双眸瞪大。

阿绯笑："看皇兄的样子大概是真的，那为什么现在对我这么不同了呢？"

两人坐在这长桌之后，说话声音都悄悄的，只有两人才能听到。

慕容善看一眼阿绯，似乎被她的话触动，露出想要说点什么的样子，却小心地问："皇妹，你想说什么？"就像是缩在壳中的寄居蟹一样，只是伸出触须试探一下又极快地缩了回去。

阿绯挑眉："皇兄对我这样好，总不会是忽然之间觉得我比之前可爱，那……一定是有点缘由的，我猜，莫非是因为皇叔……还是傅清明的原因？"

阿绯在正阳殿待了半个时辰才出来，日影已经有些偏西了，阿绯眯起眼睛看了会儿，忽然想去自己以前的寝宫走走。原先对皇宫、宫内的人以及整个京城感觉都淡漠得很，但是记忆里的那些东西一片一片地拼起来后，感觉却又不同。

阿绯看着这一切，就好像看着已经失去了却还在心里怀念的东西，分明极为熟悉，但是靠近了，却只觉得陌生。就像是慕容善，明明是兄长，且装出一副很亲切的模样来，可是最初的意外过后，想起关于他的一切，阿绯心里头凉凉的。

在这个皇宫里，唯一对她好的人果真只有一个而已。一直到想到了祯雪的脸，阿绯心里头才又升起一丝暖意，暖意融融地蔓延开来。

她伸手在胸前一按，安稳了几分。

公主殿在皇宫的偏西南处，阿绯走了会儿，发现自己居然有些迷路，短短的几年时间，竟让她记不清回自己寝殿的路，这感觉让阿绯觉得迷惘而又有几分哭笑不得。

带路的宫女太监并未发现异样，垂着头默默而行。

阿绯暗中叹了口气，老老实实跟着走了会儿，却意外地发现了前边的宫道上，徐皇后带着一帮子太监宫女浩浩荡荡而来。

阿绯见她打扮得像是一只开屏的孔雀般，盛装打扮极尽奢华，被宫人簇拥其中，行走起来倒的确有几分气势，而且看这旁若无人的架势，正好是冲她而来。刹那间两人的目光隔空相对，阿绯便"哼"了声，徐皇后不甘示弱，隔着十数步就没好气地说道："哟，这不是公主殿下吗，本宫差点儿没认出来，这是要去哪啊？"

阿绯不耐烦看她，心里也知道徐皇后前来必然没有好事，便鼻孔朝天地说道："别挡道，别来惹我。"

徐皇后一看她傲然的模样，脸孔就不由得扭曲了一下："殿下，看样子你是真没弄明白，在这宫里，就算你是公主，见了本宫也要行礼的，……无礼的行为，有一可没有再二了。"

"那又怎么样，"阿绯这才赏光似的上上下下打量了她一眼，"戴上凤冠就以为自己是皇后了吗？这么多钗子你不嫌压得头疼吗，不知道的还以为你是卖首饰的呢，可笑。"

徐皇后双手握得紧紧的，那保养得极好的长指甲涂着丹蔻，因用力过度指骨都有些泛白："好大胆，你真以为就没有人能管得了你？"

"起码那个人不是你。"阿绯不屑一顾地，迈步往前就走。

就在阿绯要经过徐皇后身边的时候，徐皇后猛地抬手握住了阿绯的手腕："慕容绯，你太放肆了！"

"我放肆也不是一天两天了，你才知道啊，"阿绯扭头看她，"谁许你握着我的手腕了？放开。"

徐皇后咬牙："今儿本宫非要教训教训你，让你知道什么叫做长幼有序……"

阿绯又"嗤"的一声，不屑道："当初乖乖跟在我身后的时候，可从来没听你说什么叫做长幼有序，现在想让我跟你行礼？你做梦呢！"

"混账！"徐皇后脸孔通红，不知道是因为被说起昔日的事而恼羞成怒，还是本来的怒火就无法压抑，另一只手掌举起来，不由分说地便打向阿绯脸上。

阿绯伸手一架，便将她挡住，得意洋洋道："我这么美貌的脸也是你能随便碰的吗？"她看了看徐皇后养得极长甚至有些锋利的指甲，倒吸一口冷气，"你这个妖怪，想要对我的脸做什么！"

徐皇后觉得自己快被她气疯了，用力挣扎了一下，却挣不脱，此刻她一手攥着阿绯的手，阿绯的另一只手却攥着她的，两人面面相觑像是打了个死结，徐皇后气恼之极，瞧见旁边呆若木鸡的宫人们，顿时叫道："混账东西，都愣着干什么，还不替本宫将她拿下！"

徐皇后身边浩浩荡荡地跟着大概有十几个贴身的宫女太监，众人慑于光锦公主的恶名，不敢靠前，此刻见了阿绯跟徐皇后的一番对话，更是吓得如痴如呆，听了徐皇后的大喝，才醒悟过来，有人便冲上来"护驾"。

有几个宫女便上来拉住阿绯，七手八脚地将她缠住，阿绯喝道："一帮贱民！给我滚开！"但这些人都是徐皇后的跟随，平常又被她淫威吓住，就算害怕阿绯也不敢放手。

徐皇后见状，便才得意起来，狞笑着说道："现在看看本官要对你做点什么？"

因官人帮忙，她便松开阿绯的那只手，也不管自己的那手还被阿绯拉扯着，心里只当阿绯已经是盘中餐俎上肉，琢磨着要在她脸上打上几巴掌才好。

谁知道阿绯极为聪明，见势不妙，便攥紧徐皇后那手腕，另一只手用力一挥，竟抓向徐皇后头上。阿绯一把攥住了徐皇后那高耸入云的头发，用力一揪，耳畔便响起惊天动地的惨呼，徐皇后低着头被阿绯拉过去，叫道："你……放手！放开我……"几支金钗在挣扎里落地，有一个珠串散了，珍珠在地上乱滚。

官人们见状个个魂飞天外，试图来让阿绯松手，谁知阿绯一瞬间竟属狗了似的，死死地攥着徐皇后的头发不放，而拉扯间，徐皇后的惨叫声连连，一刻也不曾消停。

"你这个混账，给本官打死她！"徐皇后被抓得眼冒金星，只觉得自己一头如云青丝都要被阿绯扯掉了，眼泪哗啦啦地涌出来，又痛又气。

几个宫女识好歹地放开阿绯，徐皇后气急败坏，也忘了所谓皇后威严，抬手一撩乱糟糟的头发，撸起袖子冲过来就要打阿绯。

阿绯被宫女们按着手动弹不得，见徐皇后来势凶猛，急忙一抬脚，踢向徐皇后腰间。一瞬间，时间都好像停顿了，阿绯的脚踢中徐皇后的腰腹，而徐皇后整个人被踢个正着，顿时弯下腰来，痛不可挡，身后的官女们急忙来扶住她。

徐皇后半天才缓过劲来，指着阿绯，却不敢靠前："给本官、把、把这个贱人打死！"

跟随着阿绯的几个人，有公主府的，有将军府的，早见情况不好，赶紧冲上来相助，怎奈皇后的人多，两下里冲突，便更热闹起来，瞬间像是群殴。

阿绯浑然不惧，咬牙叫道："贱民！你敢，谁敢动我，诛他九族！"

宫女太监们像是被夹在风箱里的老鼠，两头受气。

而这工夫，周围也有些人被惊动了，甚至还有好些侍卫，起初听了尖声嚎叫，还以为是刺客入侵，如今看是公主跟皇后争锋，都不太敢靠近，有几个侍卫脑瓜不灵，靠得近了些，被阿绯一眼瞅见，立刻道："还不快快滚过来护驾！"

徐皇后一歪头，气急攻心地叫道："谁敢帮她，就是本宫的敌人！"

正在相持不下的时候，不远处的廊下，有个人目瞪口呆之余，便对旁边的人道："你不去帮忙吗？"

旁边那人幽幽地叹了口气："不必去，你瞧她……不会吃亏的。"

"但这样下去，如何了局？"

旁边那人便轻轻笑了出声："任凭她闹吧……反正也……无伤大雅。"

唔，好一个无伤大雅，皇后的头发跟衣衫都凌乱着，地上散着许多钗子，光锦公主被一帮宫女围着，兀自蠢蠢欲动地叫嚣，而周围一团的太监宫女闹哄哄地挤在一起，外围上，却有些倒霉的侍卫，不知道该往前还是后退……

这场景着实，百年难得一遇。

"你还是不是驸马啊，"步轻侯看一眼云淡风轻丝毫不着急的傅清明，隐隐地挺了挺胸，"不想当的话可以换人嘛。"

"我当然是，"傅清明眼睛望着正冲着皇后发狠的阿绯，只觉得她发狠的样儿也这么好看，别有一股精神劲儿似的，"所以我许她这么闹，这世上也只有我可以如此。"

孙乔乔得了阿绯的话，得了半天空闲，把连昇护送回府之后当下一溜烟地蹿出去，先去侦缉司找寻步轻侯。

这地方孙乔乔原先也来探过一次的，侦缉司衙门门口的两位兄弟瞧见她又来了，其中一个便熟头熟脑地打了个招呼："孙姑娘！"

孙乔乔笑嘻嘻地凑过去："两位大哥，轻侯在吗？"

那打招呼的便道："哟，可是不巧，步检法一刻钟前刚刚出去。"

孙乔乔眨巴着眼睛："知道他去哪里了吗？"

那人道："听闻是去刑部交付文书……不过也不一定，就听这么一说。"

孙乔乔道："那我先去刑部看看，下回来给你们带点酒肉啊。"

那人笑道："客气什么？"正说着，里头出来一个官儿，见两名差人跟个女子谈笑，不由得站稳脚咳嗽了声，孙乔乔笑笑，便溜之大吉了。

第十三章 殿下出马

孙乔乔去后,那官儿道:"居然当街跟女子调笑,成何体统!"

那差人道:"头儿,您还不知道,这位姑娘是步检法的……那个……"

那官儿精神一振,急忙探头看向孙乔乔离开的方向,念叨道:"呀,那家伙可真是艳福不浅。"

两个差人也一起注目,先头说话那人便道:"只可惜落花有意流水无情呐。"

"啥意思?"

那差人道:"步检法有意避着这位孙姑娘,还特意叮嘱倘若她来找的话就说他不在。"

"啧啧,"那官儿咂巴了两下嘴巴,叹道,"步轻侯这厮真是……怎么能辜负佳人呢?"一直瞧见孙乔乔的身影消失,才又道:"这佳人眼神也不好,偏看上他,像是爷这种却偏无人问津。"

两个差人齐齐打量他:"大人,您不是有妻室了?"连孩子都可以打酱油了。

"有妻室了就不可以被看上吗?"那厮抖抖袖子甩甩手踱步自去了。

身后两个差人叹道:"瞧瞧,这孙姑娘要是看上他才是眼神不好呢。"

"叫我说还真眼神不好。"

"啊?"

"你我这样的青年才俊,又没成家,应该看上咱们才是。"

"哈哈哈……"两人贼眉鼠眼地瞎快活起来。

孙乔乔飞奔去刑部,路上暂停买了点东西,谁知到了刑部,却听说步检法来是来过,但已经走了。

孙乔乔叹息,有些无精打采地往回走,想到好不容易得了半天闲,便打起精神在市集上逛游,心里想着留在将军府的连昇,想道:倒不如带着六王爷出来一块儿玩耍有趣,但是后悔无用,我便买点东西回去哄他开心吧。

孙乔乔打定主意,便拣着些好玩的东西买了些,看看时候不早了,又琢磨着想去侦缉司再看看步轻侯回来了没有,谁知道正迈步要走的瞬间,却见前头路上行过一辆马车,车帘掀动,露出里头一张熟悉的脸。

孙乔乔大喜,刚要唤一声"殿下",马车转过,却有另一人的脸一闪而过,竟然正是步轻侯。虽然只是极快地一闪,孙乔乔却看到他眉开眼笑,一副意气风发的模样,似乎正在跟阿绯说话,眉宇里带着几分欢快似的。一个不留神,怀中抱着的东西掉了一件在地上，经过的路人看她抱着太多东西，便好心帮她捡起来，孙乔乔愣了愣，来不及说什么便跑过人群，向着那车追了上去。

且说先头阿绯在皇宫里大战徐皇后，委实闹得天昏地暗日月无光，侍卫宫人束手无策不敢靠前，阿绯兀自大叫："有本事你过来啊！"

徐皇后吃了亏，哪里敢自己过来，却也不甘示弱："本宫决不放过你！"

阿绯咬牙，因手被些官人捉住了而不能动弹，正在挣扎中，身上手腕一松，那些抓着她的人居然渐渐松手了。

阿绯大喜，来不及回头看发生何事，便冲向徐皇后，一边还不依不饶地叫道："让你知道知道我的厉害！"

徐皇后吓了一跳，却神奇地未动，阿绯正攥着拳头冲出一步，腰忽然被什么搂住，双脚身不由己地竟后退回去。

阿绯还没明白到底是怎么回事，整个人就被拦腰抱了回去！

阿绯惊讶地低头看去，却见腰间多了一只手臂，垂落的袖子花纹葳蕤，黑缎并金线，有几分眼熟。身子跌进一个宽阔的胸怀，阿绯再抬头，正好对上傅清明如星辰般的双眸，他冲她微微一笑。

阿绯愣神，傅清明抱着她，向着对面徐皇后行礼，缓缓说道："娘娘请恕罪，殿下一时焦躁，冒犯了皇后娘娘，请娘娘念在她初回宫，饶恕她这一回，微臣替她向娘娘请罪了。"

现场均无声，傅清明说完，徐皇后蓬着头发，木然呆站，嘴唇动了动，却未出声。这一幕来得突然，她有些措手不及，不知该怎么面对才好。

阿绯却挣了一下："混蛋，谁让你请罪了？我没错！"

傅清明任由她叫嚣，一手抬起，又捂住她的嘴，重新向着徐皇后略低头："末将会将公主带回府，好生教……训，娘娘若是怪罪，也请怪在末将身上。"

徐皇后结结巴巴，却有人在她袖子上拉了一把，徐皇后回头一看，却见是皮公公。

"这……这个没什么，"徐皇后艰难地说出这一句，十分不甘心地望着阿绯，却说着心口不一的话，"本宫、本宫只是跟公主闹着玩儿而已，既然傅将军如此说了，那么，此事就算了……将军带她回府吧。"

傅清明嘴角露出一抹温和的笑意："多谢娘娘仁慈，殿下，还不谢过娘娘。"

阿绯不屑而鄙视地瞪他，傅清明带着笑，在她的头上轻轻按下去，向着徐皇后的方向低了一低，算作行礼。

阿绯忍无可忍："傅清明你……"还没叫完，就又被傅清明捂住了嘴，只能无奈而不甘地唔唔。

徐皇后见状，略觉好过，皮公公趁机打圆场道："傅大将军果然深明大义，娘娘，时候不早了，不如暂时回宫吧？"

徐皇后道："好……那就回宫。"

她临去之时，又瞪阿绯一眼，阿绯不甘示弱，也以眼神回击。

一直到徐皇后离开，傅清明才放开阿绯，阿绯先回身，拉开架势，用力在他身上打了两拳："卑鄙无耻两面三刀的小人！"

傅清明摸摸脸颊："殿下今日给我的评语倒是十分新奇。"

傅清明半抱半拉地把阿绯带出宫，宫门处等候的马车上看到步轻侯，一副要坐顺风车的模样。

阿绯见了步轻侯，心情略微好转，就问："你怎么在这儿？我放了乔乔去找你。"

步轻侯拍拍额头，庆幸不已："我奉命入宫送文书，啧，幸好有这差事，不然或许会撞个正着！"

阿绯皱眉："乔乔很想见你，你这样……"

步轻侯显然不是很喜欢这个话题，便顾左右而言他，大赞阿绯方才勇斗皇后的英姿。阿绯对称赞的这些话很是受用，听着听着却道："你都看到啦？"

步轻侯不知死活道："那是当然。"

阿绯凑近看他："既然看到了，那怎么不出来帮忙？只躲在一边看热闹！"语气有些阴森森地。

步轻侯一时嘴快，没想到会这样，转头对上傅清明幸灾乐祸的眼神，心里暗暗叫苦，便咳嗽了声，振振有词道："其实我是想出去帮忙的，但是傅将军拉着我不许我出去。"傅清明意外之余，用匪夷所思的眼神看向步轻侯。

车行半路，车厢内一阵闹哄哄地，吵嚷不休，最后步轻侯被傅清明跟阿绯夫妻同心一块儿踢下了车。

步轻侯站在原地整理一下被阿绯扯乱的衣襟，自我叹息："当个骑墙派可真不容易啊。"

步检法自怨自艾完了，刚要走，一抬头却见孙乔乔跑得上气不接下气地，出现在视线中。步轻侯一见孙乔乔，本能地要闪避，但看到她仓皇焦急的神色，怀中还抱着若干东西，那双脚便不由自主地停下了。

孙乔乔一口气跑到他的跟前，张手把步轻侯胸前的衣裳揪住："终于、终于给我追上了！"怀中的所有东西七七八八地尽数跌在地上，也无人管。

步轻侯看着她通红的脸颊，额头上的汗亮晶晶的，说话间还带着气喘，便叹了口气："你怎么这么傻啊，追着车跑？要是车永远不停呢？"

孙乔乔吸了吸鼻子："我看到你在里面……那……我就知道我一定会追上的嘛。"步轻侯心头一动，望着面前的人，忽然看到一点类似自己的影子。

且说傅清明将步轻侯这个碍眼的家伙踢下车后，才满意地同阿绯回到将军府，进府之后，竟意外地发现南乡居然正在跟连昇玩得兴起，两个小家伙蹲在庭院里，不知道在看什么看得入迷。

两人一看阿绯跟傅清明出现，不约而同齐齐地往此处跑来，只不过南乡是扑向傅清明，而连昇则是扑向阿绯。

两人像是小狗看到主人一样，南乡更是对着傅清明问长问短，傅清明依旧是那样平静的模样，只是等南乡说完后，便叫了丫鬟来，将两个孩子一块儿领了出去。

阿绯步入内堂，先喝了杯茶，又吃了块点心，满意地吁了口气，这才发现南乡跟连昇都不见了："阿昇呢？"

傅清明走到她身边，望着她有些蓬乱的发髻，又看看她头上那支钗子，忽然觉得很碍眼，便抬手慢慢地移过去握住钗子，刚要拔下来，阿绯已经察觉，扭头瞪他："你干什么。"

傅清明若无其事地："没什么，你头发乱了……我叫人准备些好的首饰来给你，这个就不要了吧。"一边说着一边极快地拔下那钗子，轻轻塞入袖子里。

阿绯摸了摸头上，便叫："不行，这是步轻侯给我的。"转身捉住傅清明的手，"你给我弄哪去了？"

阿绯在妙村本来有几支钗的，只可惜那晚上出去得突然，回来后屋子又遭了大火，所有物件都被烧得一干二净。这一支是回来的路上步轻侯给的，阿绯还用它刺伤过傅清明，回了京城虽然有很多更加华美珍贵的首饰供她选择，但对阿绯来说，这支普通的银钗却对她有更为不同的意义。

傅清明藏起钗子，任凭阿绯在自己身上翻找，阿绯在他胸前摸了一会儿，毫无所获。傅清明感觉她柔软的小手在胸前摸来摸去，忍不住面露笑意。

阿绯忙着找寻，胸前没有，便转向他的手上，傅清明咳嗽了声，把手臂往后一背，阿绯叫道："你怎么这么赖皮！快点还给我！"起身绕着他转了一圈。

傅清明忍不住低笑出声，将手一举，阿绯看到他手里果真握着那支钗，只可惜两人身高相差悬殊，她跳着都够不到。

阿绯无法，索性说道："不给我算了，你这么喜欢我就大方地送给你，大不了再让步轻侯给我买一支。"她哼了声，作势要走。

"不要提他……"傅清明却将她揽了回来，顺势竟抱在腿上："殿下，我对你可好？"

阿绯试着跳下去，闻言毫不犹豫地说道："不要问废话，当然不好。"

"哪里不好？"傅清明笑，便在她脸颊上轻吻。

"全都不好。"阿绯挣了挣，"很热，放我下去。"

傅清明道："那殿下去跟方雪初抱在一起，就不觉得热吗？"一边说着，竟咬住她的耳垂，细细地用力。

阿绯见他果真知道，倒并不觉得意外："唐西那个家伙……"忽然觉得腰间一松，阿绯低头，却见傅清明不知不觉地将她的腰带解开了。

阿绯见势不妙："你又想干什么！"这时候才发现屋内连丫鬟都不见了。

"殿下不是说热吗，这样凉快些……"傅清明低低说道。

"闭嘴！"阿绯抬脚去踢他，却反而被他乘虚而入。

"别动……"傅清明低声耳语，"不然会疼……"

他的口吻温柔，动作却简单而有效，不容抗拒。仓促间阿绯吸了口气，眉心皱起来，到底没忍住，还是骂了声："我要杀了你！"

傅清明在她唇上深深一吻，用暧昧入骨的口吻低声道："如果是死在殿下身上，我乐意之至……"

虽然知道他向来厚颜无耻兼下流，阿绯还是忍不住红了脸。每一回被他折腾，都好像轮回了一遭，阿绯昏头昏脑地睡足一夜，次日太阳高照才爬起身来。

刚有些意识，就听到外头南乡的声音："她是不是死了？"

阿绯嘴角一抽。隔了片刻，南乡又道："你是说没有？可为什么现在还不醒，动也不动一下？"

阿绯忍无可忍地睁开眼睛，转头看去，却见床边上趴着两个小脑袋，一个是连昇，一个是南乡，而连昇正同南乡做手势。

阿绯一张口，便哼出了声，两个小家伙惊动了，齐齐转头看来。

南乡瞪着眼睛，然后飞快地后退开去，连昇却惊喜地抓住阿绯的手，眼睛里写着担忧。

阿绯摸摸他的头："怎么啦？"又瞪向南乡，"居然敢咒我死？"

本想发怒，转念间记起南乡其实是祯雪的儿子一事，于是急忙打消敌意，只道："小孩子，不许胡说八道。"

南乡站在离床数步之遥，嘴硬地说："是你自己睡得像是死了一样……跟我有什么关系？"

阿绯爬起身来，忽然呻吟了声，只觉得腰像是折了一样，忍不住骂："该死的傅清明！"

南乡立刻跳起来："你自己赖床，又骂我爹做什么？坏人！"

阿绯磨了磨牙，真不忍心听南乡一口一个爹，可惜又不能说出真相，只好说道："他欺负我，当然要骂他。"

"你又打又骂，可真是个凶女人，"南乡叹息，竟有几分老气横秋，摇着头说道，"可是我爹爹怎么偏偏这么喜欢你，真没有办法。"

阿绯仔细看他，见他这副小大人的模样倒有几分像祯雪了，不由得心生欢喜，随口道："我当然很值得人喜欢啦，但不是被傅清明那种喜欢。"

这会儿丫鬟们便进来伺候阿绯起身，阿绯咬着牙下了床，试着动了动，只觉得浑身不适。

连昇冲她比画了一番手势，阿绯随意看了两眼，问道："什么……会有人来？"

连昇点头，阿绯说道："什么人？"

连昇指指西边的方向，阿绯笑道："糖棋子认识的人啊？不是什么好东西吧。"

阿绯并没将连昇说的事放在心上，只是赶紧命人备水，先好好地沐浴了一番。出浴后阿绯才觉得舒服多了，随意吃了点餐饭，就晃出来找南乡跟连昇，谁知刚出门，就瞧见有个丫鬟领着一个面生的女人正往这边走来，那女人身后还跟着两个随身丫鬟，看打扮也不是将军府上的。

阿绯便歪着头看，想到连昇所说，心想莫非这女人就是唐妙棋约来的？

谁知片刻之间，这几个人就走到了阿绯跟前。

那头前的丫鬟低着头道："殿下，这位是侍郎夫人，来求见殿下的。"禀告完后，低着头便欲退下。

阿绯皱眉，上下一打量面前的女人，喝住那要离开的丫鬟："什么侍郎夫人，我怎么不知道？"

丫鬟细声道："是方侍郎的夫人……说有要事要求见殿下。"

这会儿方夫人才徐徐行礼下去，口称："妾身见过公主殿下，殿下万福。"那丫鬟趁机便走了。

阿绯看她不过是双十左右年纪，生得温婉端庄，便迟疑问道："你……是方雪初府上的？"

方夫人点头，垂着眸子道："妾身正是，唐突前来，还请殿下莫怪。"

阿绯皱眉道："你来找我做什么？是方雪初有事吗？"

方夫人一听，便缓缓抬头："殿下为什么会觉得是外子有事呢？"

不知为何，这女人的声音很是温和，但阿绯却觉得她的口吻里带着一丝不善的气息，阿绯重看她一眼："你这话是什么意思？"

方夫人望着阿绯，天日渐热，阿绯又刚沐浴完，穿得甚是凉快，方夫人忽然留意到她颈间残存的数点微红，她定神看了会儿，便又低头："妾身只是……"

她的声音本是极冷静地说了这四个字，却又没了声音，阿绯疑惑地看着她，却见方夫人又道："妾身、妾身……"这数字却带着颤音，正在阿绯想要问她到底怎么了的时候，方夫人目光转动，忽然之间便跪了下去："妾身求殿下，不要再跟大人见面了！"

阿绯大吃一惊："你干什么？"

而与此同时，就在阿绯身后不远处，一帮人站在原地，呆若木鸡，几个全是女眷，多半是妙龄女子，少数几个妇人打扮，都被这边的场景惊住了。

其中一个，身着一袭红衣，姿容出众，竟是唐妙棋，旁边一个淡黄衫带剑的却是孙乔乔，孙乔乔见状呆了呆，便要上前，唐妙棋一把拉住她，低声道："你瞧见了？那位是方雪初大人的夫人，这可真闹得不像话了……也只有你才傻傻地……"

孙乔乔道："你说什么？"

唐妙棋望着她，微笑："方大人跟公主的关系匪浅，方夫人才忍无可忍的……步小公爷不是一直也都很喜欢殿下吗？说起来，你跟殿下，可也算是情敌关系呢。"

事出突然，方夫人跪在地上，仍在求："求殿下答应我……妾身也是没有法子……"声泪俱下，居然哭了。

阿绯看了她一会儿，缓缓俯身，抬手捏住她的下巴。方夫人一呆，竟然忘了哭泣，双眸带泪地望着面前高高在上的公主，眼底闪过一丝惊慌。

"没有法子？所以才到这里来胡闹？"阿绯似乎是在问。

方夫人咽了口唾沫，只觉得被她逼视着很是异样，本能地想将头转开去，阿绯手指却略微用力："听着，我跟方雪初之间有两种关系，第一，我是公主，他是臣子。第二，我当他是我的朋友，生死之交的那种。而不是你想象的那么不堪，本来所有看热闹的人也只是在不堪地想象而已，可是你却做这么愚蠢的事。"

方夫人有些心跳，张皇地看着她，也忘了挣扎，结巴道："殿、殿下……"

阿绯道："我的名声本就够差了，也不在乎更差一点，但是方雪初不一样，你不是来让我难堪，而是让他难堪的，你明白吧。"

方夫人浑身一抖，眼中的泪缓缓地流了出来。

阿绯这才放开她，缓缓起身，冷冷道："我知道你大概是不忿又难受的，很抱歉，我不懂女人嫉妒的滋味，所以不明白看似聪明的你为什么会做出这么蠢的事来，当然，也不想明白。"

方夫人抬手，猛地捂住了脸："我……我……我那么喜欢他……"

阿绯心头一动，看着她伤心的模样，终于说道："要是真的喜欢他，就对他好。除此之外，不要傻呆呆地去做其他蠢事！"

阿绯抬脚要走，方夫人缓缓地放下手，喃喃道："对他好……我、我对他还不够好么？"

　　阿绯已经走开两步，闻言便嗤笑一声：计较着自己对别人付出了多少，值不值得，做得够不够，得不到回应，就开始委屈跟不平，倘若真的爱那个人，就不该这样算计。如果觉得所有的都不值得，那就放弃啊。这么简单的事，为什么有人就不会选择，又要去喜欢，又要去算计，还不舍得放手。

　　阿绯径直走到唐妙棋跟那一堆女子的跟前，见到阿绯靠近所有人表情各异，有的人竟忍不住发出惊呼的声音，目光畏缩地看着她，有人悄悄地后退，而后大家才又醒悟似的，参差不齐地开始行礼。

　　阿绯看向唐妙棋："这帮人是你叫来的？"

　　唐妙棋微笑着，心底却充满戒备："是的，殿下，我请了各家夫人小姐过来游园的，将军也答应了。"

　　阿绯嗤笑："游园？傅清明把他的将军府当成什么了……"忍不住又要诋损两句，看着众人畏惧的表情，便又忍住了，只问道，"那方夫人呢，也是你请来的？"

　　"怎么可能呢，"唐妙棋道，"小妹跟她素不相识。"

　　阿绯目空一切地扫视她："你比我还大，就不用称小妹了，我也不想跟你这么亲热。好了，既然要游园，就去游吧，不要在这杵着了。"

　　阿绯说完之后，便转了身，剩下一堆人大眼瞪小眼，阿绯刚走了一步，又转头看向孙乔乔："你在这儿干什么？"

　　孙乔乔竟也有些畏缩："殿下……"

　　唐妙棋笑道："孙女侠要跟我们一块儿游园呢。"

　　阿绯的脸色也看不出什么意外跟失望，只淡淡道："是吗，也好，一个人玩大概是无趣了点，去玩吧，但是跟坏人在一起，留神学坏。"

　　阿绯说完之后，便一甩头，自己走了。

　　孙乔乔望着她的背影，身后各家闺秀们见她走远了，才各自窃窃私语："公主可真是……真是的……"

　　"瞧她那样子……"

　　"那么凶，我都不敢看她的眼睛。"

　　大家闺秀们像是受惊的鹌鹑一样缩在一起。

唐妙棋不失时机地落井下石："公主一向都是这样的，看方夫人跪得多惨，她还要去欺负人家，我都不忍心了。"

方才阿绯跟方夫人那一番话她们都听在耳中，唐妙棋说到这里，便走到方夫人面前，温柔地抚慰："方夫人，不要哭了……不如跟我们一块儿游园散散心吧？"

方夫人掏出帕子擦泪，却摇头道："不必了，我要回府了。"

唐妙棋假惺惺道："方夫人，你也想开点儿，殿下那么说，恐怕她跟方大人真的没什么的。"她故意这么说，语气却透出相反的意思。

方夫人脚步一停，转头看向唐妙棋，她的双眼已经哭红，如此瞪视，眼神竟有几分凌厉。

唐妙棋做不安状道："我、我说错了什么？"

方夫人望着她，又看看她身后那些女人，忽然说道："我觉得殿下说得有道理，这一回的确是我来得唐突了，改天我会郑重登门谢罪，请求殿下原谅，众位，失陪了。"

她恢复常态后，倒是风度出众的，说完之后便带着侍女离开了。

唐妙棋目瞪口呆，忍不住跺脚道："什么东西……不过是侍郎的夫人居然敢……"

孙乔乔望着方夫人的背影，默默地低头也要走，唐妙棋忙唤住她："孙女侠，你去哪里？"

孙乔乔默默说道："我去跟着公主。"

唐妙棋道："你还要去跟着她？你看方夫人的下场！"

孙乔乔抬头对上唐妙棋的眼睛："我想通了，我喜欢轻侯，不一定要他也反过来喜欢我，就好像轻侯喜欢公主，公主却不喜欢他一样，这件事……是我自己愿意的，如果我要怨恨，那也轮不到公主头上，这很没有道理。"

孙乔乔喃喃地说到这里，才又挺胸道："所以公主说得对，我只要继续喜欢他，对他好就行了，而且我了解轻侯的性子，我对他好，他一定会知道，以后也会喜欢我的。"孙乔乔说完之后，迈步便向着阿绯离开的方向追去。

唐妙棋再度呆若木鸡，眼睁睁看着孙乔乔离开，忍不住骂道："这个蠢货！"

身边的几个女人复又露出受惊的表情，唐妙棋看着这群娇弱闺阁，一时只觉得索然无味，居然没了应付她们的心思。

孙乔乔叫道："殿下，殿下！"

阿绯正呆坐在假山石头上，仰头望着石头顶上麻雀跳来跳去，闻言便低头看来，哼道："你来干什么？不是跟她们游园去了吗。"

孙乔乔跳着脚叫道："我不喜欢跟她们在一起，我决定还是跟着殿下，我这算是弃暗投明，殿下别不要我啊。"

阿绯嘴角一扯，复又冷冷地说道："我觉得这不叫弃暗投明，这是两面三刀。"

"我当然不是了，我是一条心的，对殿下跟对轻侯都是一样。"孙乔乔拍着胸脯表明真心。

阿绯哼地一笑，心已经软了，刚要说话，却见不远处，连昇跟南乡一左一右，握着一人的手正往这边来。

阿绯看见中间那人的脸，整个心花开了，手足并用地从假山石头上往下爬，吓得孙乔乔大叫："殿下小心！"

那边上那人也看到了这情形，见阿绯正伸着腿往下行，那脚眼看就擦过了石块，他便急忙松开连昇跟南乡，纵身极快地掠过来。

阿绯脚下踩空，手握不住假山石，果真便流星似的掉下来。本以为会摔痛，谁知却被人紧紧抱住。

阿绯望着那人熟悉的脸，心怦怦乱跳，却又欢喜又乖地叫道："皇叔！"

祯雪将人抱着，看着怀中的人，忍不住叹了口气："又爬那么高做什么？就没想到会摔下来疼么？"

阿绯抬手搂住他的脖子，甜言蜜语道："皇叔会接着我的！"忽然间又想起一件事，"我、我这次有没有撞伤皇叔？"上回她从梅树上掉下来的时候，也多亏了祯雪接着，当时祯雪咳嗽不已，暗中咳血的事阿绯却不知道。

祯雪眼底掠过一丝异样，旋即微笑："皇叔的身子已经大好了，当然不会。"

这会儿连昇跟南乡一块儿跑来，连昇拉住阿绯的裙摆，几分焦急。南乡却道："为什么你可以爬那么高？"很是不服气地。

阿绯冲他做个鬼脸："你求我我就教你。"

南乡跃跃欲试，但小孩儿却也爱惜面子，那个"求"竟有些说不出口。

连昇胡乱比画,而祯雪忙道:"这可不成,跌下来的话没人管你们,以后都不许再爬了!"四个人在一块儿,竟有几分其乐融融的。

唯有孙乔乔站在旁边,目光有些发直,心想:祯皇叔的身子大好了吗?方才那一招轻身功夫可真是令人惊喷……原来皇叔的武功那么好?

第十四章

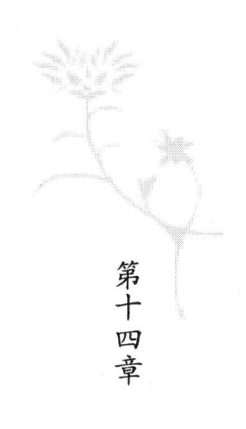

忍痛割爱

若是细看，这将军府的景色倒也不错，尤其是身边陪着的是自己喜欢的人。

此刻对阿绯来说就是如此。

先前连昇跟南乡两个小的不知所踪，孙乔乔又疑似叛变了，换做其他人怕早就不乐，但阿绯以前在妙村的时候就惯常一个人行动，最多还有芝麻糕跟着，一个人也悠闲轻松，因此倒并不觉得如何难过。

阿绯自己走着走着，竟无限想念那只狗，芝麻糕对她很忠诚，开始的时候阿绯不喜欢它，见它跟着便会呵斥，然而芝麻糕并不嫌她凶，一直忠心耿耿锲而不舍地出现在她周围，甚至有时候还会冲阿绯露出"笑"的模样，阿绯也不记得是从什么时候开始认为芝麻糕就是属于她的……大概是不知不觉里就认同了那只狗，有什么东西也会舍得分给它一点。

阿绯想得入神，不由得回头往腿边上瞅一眼，几乎就盼望芝麻糕在那，怎奈什么也没有。阿绯眨了眨眼，凭空生出几分伤感来，百无聊赖之下便爬上假山。

但是祯雪一出现，满眼都是春暖花开。

丫鬟们捧了些点心果子，在院子里摆好了，连昇跟南乡两个吃了会儿，便去旁边蹲着玩排兵布阵。

阿绯捧了一杯茶，呼呼地吹热气。

祯雪看着她的一举一动，眼里都带着笑，却偏说道："你这个样子，没有公主的风范，被人看到了留神又要招来闲话。"

阿绯咂巴着嘴："管他们呢，我又不是要做给别人看。"

祯雪哈哈一笑："看你这样儿我反倒放心，看样子清明对你不错。"

阿绯一听他提起傅清明，立即就翻了个白眼，祯雪瞧着她的表情，探究问道："怎么，难道皇叔说错了？"

南乡正在一边玩得起劲，闻言便转头道："她总是欺负我爹！我爹对她确是不错的。"

阿绯冲他一瞪眼："小鬼，有你什么事！乖乖玩你的泥巴去！"呵斥完了才又想起南乡跟祯雪的关系，这可好，当着祯雪的面又凶起来了，阿绯不由得抬手打了自己的头一下，苦恼道，"怎么总是忘……"

南乡倒是习以为常了，说完后便哼了声，转过头捏起一块泥巴，假装是冲锋杀敌的马儿，去跟连昇手中的"马儿"相撞。

祯雪见两个小家伙没看向这边，便又道："既然清明是你的驸马，要对他好一点儿。"

阿绯意兴阑珊地说道："我才懒得。"

祯雪便笑："那你可要留神，男人都是有自尊的，你触怒了他……他若真的心灰意懒了，就会离开你啦。"

阿绯不在乎地看天："那我就谢天谢地啦。"忽然反应过来，"皇叔你怎么说起这个，难道你是说方雪初的事，你也知道啦？""方侍郎……什么事？"祯雪笑意收敛，神情淡淡地。

阿绯见他是个不知情的样子，便笑着摆手："没事。"

祯雪瞧着她，便挑眉道："你不说就算啦，方才的话，可是皇叔给你的金玉良言，你不听就罢了……另外，听闻你进宫的时候，跟皇后打架啦？"

阿绯听祯雪说起，便眉飞色舞："皇叔，我可没吃亏，那个贱民想欺负我，反被我打了一顿，想必把连昇昔日在宫内受的气也讨回来啦。"她说着说着，想到好笑之处，拍着手掌笑起来，"姓徐的在宫里头指不定怎么记恨我呢，但又如何？真真好笑。"

祯雪望着她兴高采烈的模样，低声道："你啊，这脾气真是一点儿没改……"

风轻轻地吹过，风里头透着暖暖的阳光气息，阿绯闭上眼睛深深呼吸，竟嗅到何处传来花香的味道，阿绯情不自禁地叹道："啊，这会儿妙村外河堤上的花都开了……"

祯雪神情一变，放在膝头的手忽地捏紧下去，指骨因用力而泛白。

南乡虽然在玩儿，却时不时地留心这边，听阿绯叹，小孩儿便不记前仇好奇地问："什么是妙村，什么是河堤？"

阿绯睁开眼睛，对上他乌溜溜的眼睛："是个不错的地方，河堤就是……你以后会见到的。"好歹耐心地解释了两句，却见祯雪忽然起身，往旁边走开了两步。

阿绯急忙又喝了口茶，才起身跟过去："皇叔怎么了？"

祯雪眼睛看向远处，缓缓地轻声道："没事，皇叔只是忽然想到……当初你刚失踪的时候，也不知道你去了哪里到底如何，我跟你父皇都很着急……"

阿绯听他说到"父皇"，脸上笑意便渐渐消失无踪："父皇，也会为了我而着急吗？"

祯雪回头看她："傻孩子，那是当然了，你到底是他的女儿，只可惜后来……"

阿绯怔怔问道："后来怎么了？"

祯雪皱了皱眉，仿佛是想到什么不好的事情，却道："没什么，不要问啦，皇叔只是……有些遗憾，你父皇并没有看到你安然归来。"

阿绯的心怦怦乱跳，看看周围，并没有人靠近，阿绯咬了咬唇，便鼓足勇气问道："皇叔，我记得我离开的时候父皇好端端的，父皇怎么会……忽然驾崩啦……"她的声音也难得地放得很低，几分迟疑。

祯雪面色难得地肃然，沉声道："这些事不要问了，还有上次你打听老四的事……都不许再追究啦，尤其是对傅清明……一个字也不能提。"

阿绯脑中嗡的一声："皇叔……"

祯雪抬手在她肩头上轻轻拍了拍："阿绯，皇叔只要你……无忧无虑地，不想你再出任何事，知道吗？"

阿绯似懂非懂地点点头。

祯雪来过将军府后两天，阿绯才明白祯雪劝她好好对待傅清明那句话是什么意思，因为虢北来了一个人，这个人并非普通人，却是虢北身份尊贵的多伦公主。

起初阿绯是从孙乔乔的嘴里听说的，孙乔乔隔三岔五会跑出去溜达，然后便带一些奇怪的消息回来，据她所说，这几天市集上传得最多的，就是虢北的多伦公主同使者一块儿前来大启的事。

阿绯觉得大启的百姓们真是爱大惊小怪，连同孙乔乔在内也是一样，便道："有什么了不起的，我也是公主，虢北的公主难道会是三头六臂吗？"

孙乔乔摸着下巴思索："听说虢北的女人真的跟我们长得不一样，据说她们是青面獠牙的，像是夜叉一样。"

阿绯吃了一惊："什么？这个得好好看看。"

两个人正说着，却听有个声音隔着窗户笑道："这个怕要让公主失望了，我听说她们非但不是青面獠牙，反而个个生得极美，又能歌善舞，男人见了都会忍不住被迷倒。"阿绯探身出去，果真见唐妙棋站在窗外，正笑眯眯地看着这边。

阿绯啐道："说得跟你见过了似的。"

唐妙棋道："我虽然不曾见过，但听一个见过的男人说过，还有，我有一个很劲爆的内幕消息，现在免费送给殿下。"

阿绯问道："是什么？不会是关于傅清明的吧？"

唐妙棋惊奇："公主你怎么会知道？"

阿绯不屑一顾："我猜的，你一般都会说些傅清明的坏事来给我听，这次又是什么？他跟你爬到床上去了？"

"哈哈哈，当然不会，"唐妙棋笑完后，居然换作一脸正经，从头到脚透着凛然不可侵犯的气息，宣称道，"我是清白无瑕的，先前那些关于我跟傅将军的，不过是传言而已。"

阿绯大大地吃了一惊，连孙乔乔都凑了过来，看唐妙棋变脸变得炉火纯青，唐妙棋面对两人敬仰的目光，竟仍神色如常地说道："事实上跟将军爬上床的另有其人，对了，就是你们方才说的这位青面獠牙的公主，试想如果她真的长得那么难看，将军怎么会忍心吃下呢。"

阿绯立刻冷嘲热讽："那可不一定，傅清明那么……咳，万一他就爱那一种类型呢。"

唐妙棋噗嗤一声，孙乔乔纠正道："殿下，不要这么说将军，将军当年出使虢北，以不凡之能把虢北交战之意压下，免除了虢北跟大启的一场恶战，不知道多少百姓因此而获救，不然的话，得有好些人家破人亡呢，大启也不会如此太平。"

阿绯"啊"了声："是吗，他这方面还是了不起的。我说的是他、私德方面……不、不大好。"

"男人都是一样，有何稀奇，"唐妙棋咳嗽了数声，"听闻虢北的女子热情如火，将军在那里又待了数年时光，一个成年正常的男人，如果还能忍得住……那可就……"

孙乔乔斥道："喂，你可不要再说将军的坏话啦，不然我就要对你动手了。"

唐妙棋哼了声："我不过是说实话。"

阿绯却觉得奇怪，便问道："不对，糖棋子，先前你对傅清明的态度不是这样的，今天这是怎么了，你吃错药了？"

唐妙棋一仰头，道："不是吃错药，我就是觉得这块骨头太难啃，我要另谋高就了。"

阿绯跟孙乔乔两个齐齐又被震撼，阿绯道："高什么就，说人话行不行，你要离开将军府吗？"

孙乔乔问道："啊？那你要去哪，回天都？"

唐妙棋摇摇头，神秘道："你们很快就会知道啦。"

阿绯跟孙乔乔狐疑地看着她，唐妙棋却又道："公主还是别管我啦，管好自己就成……总之以后我是不会跟你争了。"她说完之后，迈步施施然地离开，阿绯跟孙乔乔探头目送，却意外地看到从前方又来了一人。

孙乔乔一看那人，惊喜交加，来不及回身，推开窗便跳了出来。看得阿绯白眼不已，一方面是觉得孙乔乔因为一名男子而如此张皇失措，很无骨气，另一方面，则是羡慕自己没有这等高来高去的轻功本领。

阿绯看孙乔乔远远迎上来人，自己试着爬了爬窗户，虽然勉强可以爬出去，但绝做不到孙乔乔那么轻灵利落。

阿绯叹："算了，反正她比较笨，所以手脚才格外伶俐些也是有的。"

能让孙乔乔见一眼就跳窗的人，自然就是步轻侯。近来他当了官儿，出入一身官服，本就几分风流倜傥，又多一点官威，人物更是出彩，虽然皮相极佳官位亦不错，但他仍旧笑哈哈的，不管见谁都是未语先笑。

步轻侯老远就看到这边阿绯和孙乔乔探着头跟一名女子交谈，他认得那女子是将军府的唐妙棋。

关于这位唐姑娘步轻侯是有所耳闻的，唐妙棋出身天都，也算是半个武林中人，倒也无甚可提。关键是她来到京城之后，很快之间便声名鹊起，竟博得了"文武全才""女中状元"等种种美誉，原来这位唐姑娘不仅仅文采风流了得，更有一身好武功，曾数次"路见不平""行侠仗义"，因此被人敬仰爱戴……名头是极响亮没话说的。

可是步轻侯只觉得这位姑娘有些"别有心机"，没有几分玲珑手段，又怎能让那些动辄挑剔而愤世嫉俗的书生们交口称赞？每当对上她的时候，他从那双看似很美的眼睛里看到的满满都是算计。步轻侯有些不明白傅清明为何会留这么一个棘手的问题人物在府中，一直到最近才隐约明了。

步轻侯同唐妙棋两人井水不犯河水，各自侧身经过，那边孙乔乔已经如风一样卷来："轻侯，你是不是想我啦！"

步轻侯笑得有些抽搐："这个可能性微乎其微。"

孙乔乔自顾自地："行了行了，不要口是心非了！你今天没事吗？要不要带我出去玩？公主留在府中，不需要我陪伴。"

步轻侯往她身后瞟了几眼："那你自己出去玩，公主留在府内不闷吗？"

两人正说着，阿绯从窗口探头出来，说道："谁说我闷啦，你们两个不要在这里嘀嘀咕咕扰人，我准啦，出去玩吧。"

孙乔乔即刻欢呼起来，步轻侯却有些为难似地敛了眉，双眸看着阿绯，道："殿下，我来其实是找你有事的。"

阿绯靠在床边，不以为然地摆了摆手："有什么要紧事回来再说。"

步轻侯道："是关于……皇叔的。"

阿绯一听是关于祯雪的，立刻上了心："是吗，既然如此，那说完了再去玩也不迟。"

孙乔乔虽然有些忧郁，但想到还是可以出去的，于是便又高兴起来，步轻侯道:"我跟公主要谈正经事,你不要打扰。"孙乔乔便也乖乖答应。

宽敞的书室,一侧窗户的帘子卷起来,风从帘子底下缓缓吹入,带着一股暖意洋洋。

丫鬟奉了茶,便退了出去,阿绯道:"是皇叔的什么事,皇叔不会有事吧?"

步轻侯道:"殿下,皇叔无事,只是我想见殿下的理由而已。"

阿绯一听,不高兴道:"你疯啦,拿皇叔来做由头!"

"如果不是这样,你怎么肯见我呢。"

阿绯气道:"那你到底要跟我说什么?"

步轻侯凝视着她:"殿下,我觉得你有心事。"

他忽然不笑了,一脸正经,这副严肃样貌让阿绯觉得这个人都有些陌生了,阿绯咽了口唾沫:"不要乱猜,胡说什么呢,没别的事儿你可以走了。"

步轻侯坐着不动:"殿下为什么去见方雪初?"

阿绯正要起身,闻言便怔了怔:"你说什么。"

步轻侯垂着眸子,眼睛眨了眨,忽地抬头,这一抬头却重新绽放笑意:"没什么,我大概是有些嫉妒。"

阿绯皱着眉看他的双眼,步轻侯看看她,又左顾右盼,忽然慢慢起身,走向窗户边:"你还记得我们是怎么认得的吗?"

阿绯听他说起这个,便道:"我、我不记得了……"

她的确对步轻侯没有印象,大概是没有记起来?但像步轻侯这样笑嘻嘻一脸灿烂的家伙若是曾经出现,又怎会记不起?

步轻侯低低一笑:"其实我只跟你相处过几天……然后就因为一件事而离京了。"

阿绯静静听着,步轻侯回头看她一眼,又道:"当时我的年纪不大,也只有十二三岁,你就更小了……而那一遭,是在皇家宴席上,当时的皇上忽然命我剑舞助兴,我当时年小,但也算是学了几年功夫,颇有点自得,于是便也欣然从命。"

阿绯吃了一惊,眼前闪出一个矫健不群的身影来,手持剑当庭而舞,舞得漫天梨花如雪落,而他一身白衣,站在落花之中,如同谪仙。

果真步轻侯说道:"老实说,那套剑法我练得炉火纯青,所以舞得格外出色,舞罢了之后，引来无数称赞……"

阿绯默默地听步轻侯说到这里，心中有种不大好的预感。

步轻侯又道："皇上赏了好些东西，又连连嘉许，我也很是高兴，自觉颜面有光，谁知席中却有个人说……"

阿绯几乎要捂住耳朵，心怦怦乱跳。

步轻侯道："那人说，这样的舞我也见过，前日里伎坊的人也跳过，比这个还好看……"

阿绯大叫一声："不是我说的不是我说的！"

步轻侯本正望着帘子外头，春日烂漫，闻言回头："你想起来啦？"

阿绯垂头丧气："不……那个……怎么是你……啊！我都忘记了……"那个骄傲的白衣少年，现在阿绯才略有点印象，可是跟现在的步轻侯丝毫也不一样，一个冷，一个热。

步轻侯轻声道："当时我正是少年，年轻气盛，听了你把我比作舞姬，差点气炸了，还是傅清明在旁边开脱，加上祯王爷圆场，才遮了过去，事后我便离开了京城。"

"为什么？是因为我说那句话吗。"阿绯有些惭愧，自觉以前的自己说话说得太过了。

"也许是有点……也许……"步轻侯道，"不知道，虽然听了你那句话起初很受挫，很恼，但是后来我纠结了几日，忽然豁然开朗，我的确不能再困在京城里做笼中鸟，坐井观天……所以我才弃了小国公爷的身份，前去外头拜师学艺，这些年，心里时常有一个念头，就是想学成归来之后，见到那个当初说我的丫头，让她对我……"

步轻侯回头，却惊见阿绯正伏着身子往桌子底下钻，步轻侯闪身过来，探臂将她拉出来："你干什么？"

阿绯捂着脸道："过去的事就过去了，你不要再说啦。"

步轻侯垂眸看着她："阿绯。"一瞬间像是又看到了那高高在上坐着的小丫头，她简单的那句话，或许是无心的，但听者有意，像是一支锐箭，射穿了他洋洋自得的假面具。才知道原来自己其实是可笑的，或许在那些皇族眼里自己也跟个舞姬没什么两样，十多岁的少年脸红耳赤，心跳得几乎要炸开。

"我不是怪你，"步轻侯轻声说道，"……我从来没有怪过你。"

阿绯有些愣怔："真的？"

步轻侯道："真的，也多亏你那时候说了一句，才有今日的我。"

阿绯挠挠头："当然要你自己争气才行，跟别人说什么没关系……什么'天生我材必有用'对吧。"

步轻侯笑了笑，忽然略微用力将阿绯拥入怀中。

阿绯挣了挣："步轻侯！"

步轻侯抱着她，目光直直地看向别处："起初我心里有点忿……然后回来见了你后，我已经不想其他了，唯一所愿就是……"

他的声音里居然有点伤感，阿绯听呆了："什么？"

步轻侯转头，在她的发上一吻，以耳语的音量低低说道："阿绯，有些话我不能说……但是这句你听着，最近京里有大人在动作，会对将军不利……"

阿绯身子一颤，步轻侯看向她面上："你……是不是期待看到这样的场景？"

阿绯不做声，步轻侯慢慢地沉声说："这不是儿戏，也不是个人私怨……但是如果你真的……"

向来谈笑无忌的他忽然像是才学会说话的稚子，最后只道："阿绯，你自己要好好想想。"

阿绯茫然。

"步轻侯！"

正在室内一片寂静之时，却听到一声断喝，阿绯跟步轻侯一块儿转头，却见孙乔乔站在窗口边上，怒气冲天地看着他们："步轻侯你还不放开……你怎么对得起我！"

步轻侯缓缓放开阿绯，似笑非笑地："你又说什么。"

孙乔乔气道："你出来，我跟你说！"

"你又不是我的什么，我干吗要听你的？"

"步轻侯！"孙乔乔一声怒喝。

步轻侯道："如何，不听的话，你要动手吗？"

孙乔乔本没这个意思，听步轻侯一说，顿时把腰间的剑给拔了出来："你给我出来！"

阿绯见两人闹起来，便急忙道："步轻侯，你干吗激她？乔乔……"

话还没说完，便给步轻侯抱了过去："你给我看好了，我喜欢的人是公主，不是你，以前不是现在不是以后也不是！孙乔乔，你要还有点峨眉派的骨气，就赶紧离开这儿，别在这儿丢脸了！"

阿绯大吃一惊："你疯了？"

孙乔乔看看步轻侯，又看看阿绯，眼圈中泪在打转："你、你说什么！"

步轻侯道："你听得很明白，别整天装糊涂了，我对你有心没心你看不出来吗，我一辈子也不会喜欢你这样的！"

孙乔乔眨了眨眼，泪便掉下来："你、你这么说太过分了，我好歹也是个女孩子……我……我真的会不理你的……"

步轻侯恶毒道："那就滚，谁会留你不成！"

"我、我再也不理你了……"孙乔乔撑到极致，再也忍不住，把剑一丢，捂着脸哭着往外跑去。

步轻侯望着她离开的方向，忽然之间脸上一疼，却是被阿绯打了一巴掌。

"你是不是疯了，为什么故意说那些难听的话！"阿绯气道。她虽然不知道步轻侯为什么忽然如斯暴躁，但隐隐地却嗅到有些不对。

步轻侯苦苦一笑，本来不想说的，但是望着阿绯，竟不愿隐瞒她："长痛不如短痛，何况现在情形复杂，我自个儿已经是泥菩萨过江……她要真走了，反而对她好。"

阿绯呆了呆："你是说她留在京内会有危险吗？可是……你就这么把她气走了，她一怒之下不知会做出什么来……你看，剑都扔了，万一有人图谋不轨她都不知应不应付得来，瞧你平日里那么聪明，怎么这时候这么糊涂。"

换了步轻侯发呆。

阿绯咬了咬牙，道："你要是真对她好，就去跟她说明白，哼，你说得那么难听，如果心眼儿小点的，直接就自杀啦！"

步轻侯咳嗽了声："不至于吧？"话虽如此，眼睛不由自主地瞥向孙乔乔扔的那把剑。

阿绯喝道："真笨，我才懒得理你们……哼。"她自顾自地出门离去。

孙乔乔一怒之下，不知所踪，后来步轻侯也离开了，阿绯特意派人去看，孙乔乔扔的那把剑也随之不见。

阿绯对此很不以为然："真无趣，你追我我赶你的打打闹闹，当自己是小孩子么？"

正巧连昇跟南乡来，连昇比画着："姐姐，我们出去玩吧？"

阿绯一扭头："不去，我又不是小孩儿。"

连昇道："很好玩的……是南乡刚从外面学来的。"阿绯就看南乡，南乡正眼睁睁地盯着她看，没想到她忽然转过头来，四目相对，小家伙急忙把头扭向一边。

阿绯漫不经心地问道："有什么好玩的？哼，我才不稀罕。"

连昇拉着阿绯的手，南乡跟在身后，三个到了院子里，连昇拎了条木头，在地上画了一会儿，阿绯眨着眼看了会儿，忽然叫道："这个我也会！"

这不过是"老鹰捉小鸡"的游戏而已，阿绯在村子里的时候，常常看到许多小孩儿玩得兴高采烈，她倒是有点羡慕，只不过那些小孩儿多半听了家长的教唆，又心里害怕，就不肯带她一块儿玩。

阿绯又从不求人，于是每次见了都作出一副"老娘不爱看"的样子，鼻孔朝天地经过，如此一来，就算有孩子想跟她一块儿玩都不敢靠前。

此刻阿绯"他乡遇故知"，一时有些意外的兴奋："你们也会啊，我来当老鹰，快快……"

连昇见她答应了，便冲南乡笑着比画，南乡也蹦出来，张口却是抗议："为什么你当老鹰，我要当老鹰！"

阿绯理所当然道："不行，我当，因为我大，老鹰都是比较大的，只有鸡才小。"

南乡叫道："老鹰也有小的，老鹰生的小鹰就小。"

阿绯道："你懂得还挺多啊。"

两个人游戏还没玩上，就先吵起来，连昇在旁边看了会儿，无奈比画："我来当老鹰吧。"这下两人倒是没得争了。

南乡缀在阿绯的身后，手拉着她的裙子一摆。

阿绯张开双臂挡住他，连昇在她面前转来转去，想要捉住阿绯身后的南乡，南乡人小腿脚不利落，但阿绯跳到哪他就紧跟着跳到哪，竭力不让自己落后。

渐渐地一前一后两人，为了共同对付"老鹰"，竟练出一点默契。

连昇见状，便装出力竭的模样，脚下放慢，向着左边扑去，阿绯急忙去拦，谁知道连昇乃是虚招，居然极快地调头回来扑向阿绯身后正挪动的南乡。南乡大意之间躲闪不及，心里把自己当成无助的小鸡，即刻要被老鹰捉住吃了，便害怕地哇哇大叫。阿绯赶紧上前挡住他，南乡脚下一蹒跚，往前一撞，便紧紧地抱住了阿绯，死活不肯放手。

三个人轮换角色，玩得不亦乐乎，最后南乡也扮了一回老鹰过了瘾，实在累得不行了才作罢。

三个便坐在阶前歇息，此刻日影昏黄，风也停了，眼看一个下午就要过去，阿绯坐在阶前的垫子上，只觉得浑身冒汗，转头看两个小的，也都是脸儿通红，呼呼地喘个不休。虽累，却仍然意犹未尽，只觉得跑来蹿去这一番实在痛快。

傅清明回来的时候，所见的正是这一幕和谐场景，阿绯，连昇，南乡三个一溜儿坐在台阶上，就像是一根枝子上三只小麻雀，姿势都是差不多的，弓起膝头手放在上头，出神地仰着头看天色。

一直到丫鬟出声见礼，三个才发现傅清明回来了，南乡当下便跳起来前去迎接，阿绯坐在原地，望着傅清明，心里头不由自主地就想起唐妙棋说的那些话。

傅清明握着南乡的手走了过来，先向着连昇行了个礼，又对阿绯说道："殿下，为什么坐在这里，留神被风吹了。"

阿绯斜着眼睛道："我好端端的，不要咒我。"

傅清明低头看南乡："没有惹殿下生气吗？"

南乡对着傅清明一贯是老实的，当下摇头。傅清明便道："一脸的汗，先去消消汗，再洗洗脸吧。"便有照料南乡的丫鬟来领了他下去，连昇见状，便也跟阿绯告退了，自己去收拾仪容了。

阿绯见两人都走了，便随口问道："傅清明，这两天你很忙啊。"

"是有一点，"傅清明看看左右，总觉得坐在这里不大合适，便只站在阶下，"近来事由有些繁杂。"

"都是什么事？"阿绯扭头看他。

傅清明见她居然主动问起，略有些意外，对他来说的确是有几件棘手的事，可惜好巧不巧，都跟她有点儿关系……傅清明想了想，便道："有一些乱民仍在图谋闹事，虢北那边，也有使者要应付，还有……最近朝中有些人事变动……"

阿绯问道："乱民是说南溟遗民吗？"

傅清明苦笑："嗯……"

"有……他的消息？"

傅清明见阿绯坦然问起，索性也不隐瞒，便说道："前些日子有人说他在虢北出现过，然而我派人去查探，却并无下落。"

阿绯看了看天边一抹云色："不知道为什么，我有种感觉……"

"什么？"

"我大概还会再见到……"阿绯说到半路又停下，"对了，那个虢北的使者里头，是不是有个什么伦公主啊？"

傅清明见她这个也知道了，便笑："是多伦公主吗？"

阿绯睁大眼睛："真来了？生得什么模样？"

傅清明说道："那不过是传言而已，多伦公主身份尊贵，我们同虢北的关系不过是泛泛之交，公主前来会有诸多不便，还容易生出其他变数来。"

"原来又是流言，那他们还说虢北的女人时而青面獠牙，时而十分之美，你是见过的，那这个公主到底是什么样儿。"

傅清明呵呵一笑："多伦公主不过也是普通之人的模样罢了，但是他们虢北的人，皮肤比我们这儿的人要白一些，头发多半也是黄色的，眼窝比较深，鼻子比较高……身形也高大一些……"

阿绯吃惊道："这还真有点青面獠牙的意思了！"

傅清明忍不住又笑出声来："真个不同……以后殿下有机会去虢北，就知道了。"

阿绯哼道："说来那么可怕，我干吗要去那里。"

傅清明也只是一笑，当作是两人之间闲谈而已，并不在意。却不知有些事，冥冥中天意早有注定，来自哪里，去往何处，谁是路人，谁又是归宿。早就一笔一笔，因缘分明。

旁边花树上蹲着一只花雀，听到这里，便吱溜一声，飞得无影无踪。

傅清明转头凝视那雀儿踪迹直至其消失在天外，却听阿绯又问道："那朝廷上的人事变动又是什么？"

步轻侯说，有"大人"要对傅清明不利。阿绯看着傅清明遥望远方的沉静模样，心中想：他自己是不是也已经知道了？

"没事，只是皇叔跟我在官员的任用上略有些分歧，"傅清明打起精神来，看着阿绯专注望着自己略见担忧的脸色，不由得温声说道，"放心吧……如果是皇叔的话，我可以退让。"

当天晚上，傅清明便同阿绯宿在一块儿，他难得地并没有强人所难，安安稳稳地睡了一夜，阿绯缩在他怀里，早晨醒来的时候竟舒服地打了个哈欠，然后便想起来昨晚的事，一时有种"老虎今天吃草"的感觉，谁知道这念头刚冒出来不久，身边的人就将她复搂入怀中，手在她腰间轻轻一按，又略用力捏了捏，咬着她耳垂低低道："傻乎乎的，在想什么？"老虎并非今天吃草，而是昨晚上吃草，所以把昨晚上欠下的肉在一清早就又变本加厉地吃回去了。

阿绯捏着肩头，不胜唏嘘，正躺在床上不愿意动，门口处南乡跟连昇两个小家伙却又在探头探脑，阿绯转头看见，便唤了他们进来。

南乡跟在连昇身后，亮晶晶的眼睛紧盯着阿绯。

连昇做了个手势，阿绯道："今天不行，我有点累，要休息会儿。"

南乡虽然不懂手语，但却也知道连昇说的是什么，一听阿绯如此回答，便挺身而出道："你明明什么也没干，为什么会这么累？"

阿绯目瞪口呆，然后就嘴硬说："昨天我们不是玩老鹰捉小鸡么？我跑得很累。"

南乡人小鬼大，精明非常，振振有辞说道："我也跑过，连昇也跑过，为什么我们不累？"

阿绯咬牙道："因为、因为我跑得格外卖力些……而且我人高腿长，所以更吃力，懂吗？"

南乡一脸的不信，义正词严地指责说："你分明是在偷懒！"

阿绯恨不得一口咬死他，就算知道是祯雪的儿子，可是面对这可恨的小脸，却仍旧生不出彻头彻尾喜爱的感觉，但是面对连昇就不同，可见还是小孩子自己的原因，有的就天生招人恨，譬如南乡，当然……也不排除是被傅清明养坏了的可能。

阿绯便反问："你一早跑来这儿做什么，怎么不去找你的唐姐姐？"

第十四章 忍痛割爱

南乡呆了呆,脸上居然露出点不太高兴的表情,连昇忙比了个手势,阿绯一惊:"什么?她已经走了?这么快?"

连昇一点头,又比画:"听闻是要准备着进宫了,姐姐,这件事好生稀奇。"

阿绯歪头想了会儿:"她那么爱闹,就让她闹去吧,在宫里也好……"忽然间又露出不怀好意的表情,"姓徐的跟糖棋子两个人的卑鄙无耻是半斤八两,如果遇上了也不知道谁会赢。"南乡便撇嘴,连昇只是无奈地笑。

阿绯越想越起劲,一时精神抖擞地翻身下床,南乡道:"你不是累不想动吗?"

阿绯道:"我一想到高兴的事儿就会很快恢复过来,不行吗?"

南乡皱眉:"你所说的高兴的事,不会是刚刚提起的皇后娘娘跟唐姐姐不知谁会赢吧?"

阿绯笑眯眯地:"看不出来你还挺聪明的嘛。"

南乡本能地要骄傲一下,一转念觉得不是那个味,便道:"听你的口气她们两个不会和睦,这怎么是高兴的事?"

阿绯道:"她们打起来对我来说就是高兴的事,小鬼你还真喜欢刨根问底啊。"她下了床,伸了个懒腰忽然哈哈大笑,"反正她两个都不是省油的灯,最好狗咬狗两败俱伤。"想到这里,越发浮想联翩兴高采烈,却听得南乡大皱起眉,小家伙年纪虽然不大,却本能地觉得这种行径似乎不太正常。

唐妙棋的生父是天都派的掌门,但生父的出身却是正统的书香门第,而其母的家族也是京内有名的士绅一流,此际正值采女选拔之时,唐妙棋便搬回了祖母家里去待选。诸君都知,唐妙棋本是看准了傅清明的,怎奈一开始就看走了眼,那人品貌的确是一等的无可挑剔,然而却是个啃不动的主儿。

本来以为有个跋扈的公主做对比,会立马显出自己的优势来,没想到一连几次的交手都落了下风,让唐某人险些抓狂。

她自回了京城之后,以文会友,仗着一些"文采风流",很快地声名鹊起,加上母亲一族的势力,要入选后宫并非难事。

因此当几个舅舅来找她的时候,唐妙棋思虑了两天,在"傅清明"跟"皇帝"之间权衡了一番,终于还是选择了后者。

这其实是一次合作关系,唐妙棋跟她的母族各取所需的关系。

对她来说，傅清明的确是难得的，人物是无可挑剔的，至于权势之类，只要他愿意，只要将来两人同心，她从旁协助，又何愁天下不可得。

但在发现自己很有可能不是这段关系里的主角之时，这一切显得有点糟糕。

而且就算是小白花演得再出色，傅清明似乎总是那么不冷不热地，而那位公主，却更是个变数莫测的角色。

唐妙棋觉得自己的智慧跟武力值都比阿绯高许多，奈何她的智慧对上阿绯，却总是显得多余而可笑，至于武功……光是阿绯身边那个孙乔乔就足够她应付的。这真是件无奈的事儿。在这种不上不下的尴尬境地，入宫成了一个新的途径。毕竟，如果在后宫里混得好的话……如果达成她的目标的话……回头再咬某只呆蠢公主一口，或者一口将其咬死……似乎也不是什么难事。

所以唐某人在选定了自己新的目标的开始，就秉承着一个俗之又俗却令人向往的"不想当皇后的妃子不是好妃子"的直白信条。

于是阿绯的幸灾乐祸是很有理由的。

人在深宫的徐皇后正在赏花，对着头顶明媚的大太阳，忽然吸了吸鼻子，猛地打了个大喷嚏，徐皇后吸吸鼻子："谁在念我么……"

这两日，虢北的使者果真到了，如傅清明所说，多伦公主人果真也没来。

只可惜人虽然没来，国书却到了一封。

慕容善因此特意召见阿绯入宫，将国书的内容复述了一遍。

阿绯本来觉得莫名其妙，虢北的国书跟自己有何干系？一直到听完之后才明白。

"这……是什么意思？"她有点儿不敢相信，就看慕容善。

慕容善面色尴尬，委婉地说道："皇妹，瞧这上面的意思，这位虢北的多伦公主似乎是想跟你抢驸马。"

阿绯道："可是说什么'两情相悦'，这位多伦公主跟傅清明两情相悦啊？"

慕容善揣起手来："这就要问傅大将军了，毕竟……外人不大好插嘴。"

阿绯皱着眉思索了会儿，然后大义凛然地说道："那皇兄你叫我来干什么？难道是怕我会不答应？……唉，这个时候当然是要急国之所急了，虢北不是一直都蠢蠢欲动地不安分吗？既然他们的公主看上了傅清明，不不，是跟傅清明两情相悦，那么就把傅清明送去和亲吧……就算我大义灭亲好了。"

286

第十四章 忍痛割爱

"和亲？"慕容善头皮一紧，"大义灭亲？"

阿绯想了想，道："不对，是怎么说来着？叫做……忍痛割爱，对，是忍痛割爱！"慕容善翻出一个很吸引人的白眼。

"公主你当真这么想吗？"身后有个声音缓缓响起，有点伤心似的，"要忍痛割爱？"

阿绯脊背都僵了一下，扭头瞪向傅清明："你、你躲在那里干什么？"

傅清明道："这个不怪微臣，是皇上方才说要看看殿下的反应的。"

阿绯回过头来狠瞪慕容善："你给我记着。"

慕容善假装没听见，伸手摸脸做自怜状。

傅清明走到阿绯身边，缓缓落座，一本正经地说："这一躲，果真听到殿下的真心话，让我很感动。"

阿绯斜眼看他："感动？"

他从哪里来的感动？她就差把"落井下石"四个字写在额头上了。

傅清明叹道："殿下为了大启，居然想'忍痛割爱'，傅某身为殿下所爱之人，自然感动了。"

"这个不是重点……"阿绯不得不提醒他。

"这对傅某来说已经足够了。"傅清明深情款款地。

阿绯几乎有种犯罪似的愧疚感："呃……那么说你答应了吗？如果说那位多伦公主真的生得天上有地上无，又热情又可爱又绝色无双，那么倒也是一件好事……"

"傅某已经有了公主，对别的女人从来不屑多看一眼，"傅清明不疾不徐地打断了阿绯的话，"殿下不必担心会失去我。"

她会担心？笑话。阿绯瞪目结舌："那你的意思是？……等等，国书上不是说你跟那位公主'两情相悦'？"

傅清明淡淡道："纯属无稽之谈，我对殿下是一心的，殿下亦不必吃醋。"

阿绯露出一副吃了黄连的表情："你哪只眼睛看到我吃醋了？"

傅清明却已经看向慕容善，正色道："虢北的其他要求可以答应，这点陛下就当作没看到吧，傅某会修书一封托人带给多伦公主……"

阿绯在旁喷喷道："哟哟，还说没有两情相悦，都已经鸿雁传书了哟。"

傅清明转头冲她一笑："这算不算是吃醋？"

阿绯感觉被狠狠噎了一下，赶紧转头翻着白眼看天。

这件事大抵便如此定下。只不过不知为何，在此事消散淡去的同时，却另有些不太好的传言在京内四起，说什么"傅大将军情结异族公主始乱终弃""同虢北原来是权色外交"……之类的野趣故事，纷纷乱乱，沸沸扬扬地，一瞬刷新了大启百姓们对于傅将军的认知。

孙乔乔再次出现的时候，却是来向阿绯告别的。

孙乔乔道："殿下，以后不能护着你啦，我要去边疆了。"

阿绯以为她要回她父亲那边，孙大将军是守疆名将，便不以为然，道："也好啊，你回去的话大将军会很高兴吧。"

孙乔乔摇头说道："我不是回家，我是要跟着轻侯。"

阿绯便吃了一惊："啊？步轻侯要去边疆吗？"她竟一点儿也不知情。

孙乔乔点头，认真道："是啊殿下，听说近来边疆的局势紧张，轻侯奉命要去边疆侦察，所以我要跟着他……"

最近的确有些传言，说是傅大将军对虢北的多伦公主始乱终弃，虢北的皇族一怒之下，随时都会出兵，朝廷也已经调兵遣将，紧锣密鼓地戒备起来。

因此私底下一些不知内情的百姓甚至开始抱怨起傅清明来。

有一句话叫做：众口铄金，积毁销骨。

阿绯沉吟着，孙乔乔又道："对啦，我还要谢谢殿下，前日在轻侯面前替我说话呢。"

阿绯怔了怔："啊……那个没什么。"

孙乔乔握了握剑，脸上露出一点惆怅的神情来："其实我知道轻侯是喜欢殿下的……可是我、我喜欢他，所以很想他也喜欢我，这次轻侯要去边疆我心里其实挺高兴的，殿下，你不会怪我吧？"

阿绯奇道："我为什么要怪你？"

孙乔乔期期艾艾地说："我觉得轻侯离开京城就见不到殿下了，我跟他朝夕相处，总会有机会的。"

阿绯叹了口气："你不用担心，要是你真的跟步轻侯修成正果，你们成亲的时候我会送个大红包的，俗话说'烈女怕缠郎'，我瞧着反过来也是一样的，所以你不用气馁，或许有一天步轻侯会被你感动也不一定呢。"

孙乔乔闻言，兴高采烈："殿下，多谢你！"

阿绯道："不用谢，但是边疆怕是会有危险，你们多加留神吧。"

孙乔乔听了这句，便道："是了殿下，轻侯听闻我要来跟您告别，就托我带一句话来。"

"哦……"阿绯心想步轻侯居然不想跟她说再见，然而前日单独相处时候他那表现，倒隐约能瞧出些别离的端倪来，于是便也没计较这个，只问道，"是什么？"

孙乔乔一本正经地说道："轻侯说，'转告殿下，京内同样危机重重，要殿下务必自己多保重'。"

阿绯嗤之以鼻："什么啊，我还以为是什么了不起的机密话呢。"

孙乔乔嘻嘻哈哈地笑："要有什么机密话，轻侯也不会让我带啦。"

"这倒是。"阿绯也跟着笑起来。

片刻后孙乔乔要走，起身的时候便道："对了殿下，我自己有一句话要跟殿下说，说得不对的话，殿下你可不可以不要怪我？"

阿绯极为自信地说道："我是个心胸宽阔的人，当然不会跟你计较，你只管说，要走了的话可就没机会了。"

孙乔乔点头，这才鼓足勇气说道："殿下，我瞧着这京内也不大太平，我不是很喜欢在这里……可是我走了留殿下一个人……"

阿绯吃惊道："你要跟我说的就是这个？"

孙乔乔忙摆手："还有还有，我的意思是……根据我在京内这么短时间内的仔细观察，我觉得有一个人对殿下是真心的好的。"

阿绯便托着腮道："啊？你还能观察出这个来？让我猜猜是谁……一定是皇叔对不对？这个我自己知道，不用你说。"

孙乔乔又忙摇头："不是不是。"

"不是？"阿绯正笑得合不拢嘴，当下保持着这个模样，意外地看孙乔乔。

孙乔乔握紧了剑后退一步，阿绯哼道："你干什么，我又不会打你。"

孙乔乔咳咳两声，道："防备些总是好的……殿下，我真的觉得，将军对你很好……嗯嗯，不用怀疑也不用吃惊，就是傅大将军啦……他看起来虽然很凶，但是我发现当他看着殿下的时候，目光很温柔……一点也不像是假的，要不是喜欢轻侯，我也一定会爱上他……"

"呃……"阿绯意外之余便做出呕吐之态，"你这花心无知的丫头，你一定是眼睛坏了。"

孙乔乔已经往后跑去："我话说完了，殿下，我是说真的哦！我走啦！"她说着，纵身几个起落，果真便消失得无影无踪。

阿绯气愤地望着孙乔乔消失的方向，恨恨道："算你跑得快，不然真要打一顿，眼光太差了。"

入了夏，天气越来越热，阿绯热得受不了，每天跑去湖边泡脚，某天竟犯了暑热，直热晕了过去。夏夜静谧，凉风徐徐，傅清明屏退左右，抱着阿绯在檐前乘凉，只觉得怀中的人娇小柔软，他心里欢喜，便叹道："人家都说冰肌玉骨，清凉无汗，你瞧你，像是从水里捞出来的。"

阿绯道："你别来腻歪我，那样的话我的汗也会出得少些。"

傅清明道："我却就喜欢殿下这样湿湿黏黏的。"说着，便又来温存。

阿绯早习以为常，便不很抗拒，傅清明抱着她在椅子上行了一回，委实心满意足，将阿绯抱在身上，摸着阿绯的纤腰叹道："殿下最近越来越乖顺，我的心里却反而有些不安起来，就仿佛这是假的一般。"

眼前所见，是漆黑的天幕，银河天悬，星光如梦，美得不似真实。

阿绯身子微微一抖，便趴在他胸口假装睡着的样子。

傅清明目光如炬洞察秋毫，手在阿绯的腰间轻轻一挠，阿绯用力一抖便挺身起来，喝道："干什么！"

傅清明呵呵低笑，阿绯知道上当，磨了磨牙便要翻身下来，傅清明将她搂住，望着她的小脸儿，道："罢了，就算是梦，也是美梦……我却认了。"

阿绯心头一动，便看傅清明的眼睛，却见他双眸深邃，带着些深情之色，看着她的时候果真有几分温柔，阿绯莫名就想起孙乔乔的话来，心头不由得一阵迷惘。傅清明爱宠地捏捏她的下巴："在想什么？"

阿绯怔怔地看着他，嘴唇动了动，想说什么又有点吃力，傅清明仔细看她："有心事吗？"

阿绯眨了眨眼，终于说道："最近京里头热，我……我想出去避暑。"

傅清明眉头一蹙："避暑？去哪里？"

阿绯道："父皇在世的时候，曾经在京郊百里开外的雀山建了一座行宫，我小时候去过一次，觉得很好……所以想去那里。"

傅清明想了想："那座行宫有些年头了……难得你还记得，真的想去么？"

阿绯顿了顿，终于用力点点头。

傅清明将她胸前的头发撩到肩后，琢磨了会儿，道："既然如此，让我安排一下……"

阿绯问道："安排什么？"

傅清明看着她："你也知道，有些人或许会对你不利……我先派人去探查一下，若是可行，再叫人护你前去。"

阿绯眨了眨眼，垂了眸子，傅清明道："怎么了？"

阿绯咬了咬唇，终于问道："那你呢？"

"我？"

阿绯抬眸扫他一眼："你……不去？"

傅清明心头一跳，定神看着阿绯，慢慢说道："殿下……是想邀我同去么？"

阿绯脸上发热，急忙摇头："不是，我随口问问而已……"她说着，就转头看向别处，"你不要自作多情啦。"

傅清明看着她的神情，便又低低地笑，隔了会儿道："若是殿下邀我同去，我是千难万难，也务必要跟随的。"

阿绯听到他说那个"千难万难"，心头又是一动，嘴上却道："你想得美，我乐得一个人清静。"

傅清明把她拉过来，抱入怀中："真的吗？殿下一个人去的话，不会想我？"

阿绯道："哼，你的脸皮可真厚。"

傅清明轻吻她的额头，温声低语："脸皮不厚，怎能抱得殿下归？"

阿绯推开他的脸："烦人。"

傅清明呵呵笑着，仍规矩地将她抱入怀中，阿绯贴在他胸前，睁着双眼，听到傅清明的心跳沉稳有力，而她自己的心跳，却乱无节奏。

傅清明牢牢拥着阿绯，双眸仍看着头顶的星空，他的眸子就宛如星空一般，璀璨深邃，令人难以探究。

三天之后，光锦公主避暑车队清早启程出京，但傅清明傅大将军却并未同行。连昇跟南乡两个听说有此乐事，连昇还罢了，南乡却吵嚷不休闹着要随行，却被阿绯喝止，因此阿绯竟是一个人孤身而去雀山行宫的。

阿绯坐在车厢内，盘膝垂眸，望着手中的一朵花，花瓣重叠的小蔷薇，花瓣带一点绯，阿绯的手指头犹豫着掐过去，扯下一片，嘴里轻轻念道："来……"又扯落一片，"不来……"而她的心七上八下，随着那些花瓣起伏飘荡。